SARAH HARVEY

Noch einmal mit Gefühl

Buch

»Prince Charming« Alexander Avery kann sich nicht beklagen: Von den Männern wird er beneidet und von den Frauen heiß und innig geliebt. Spielerisch flirtet er sich durch das Leben, von einer Schönheit zur anderen, ohne sich je auf eine feste Bindung einzulassen. Und genau so unbeschwert wollte er eigentlich auch sein Leben weiterführen. Doch seine Lebensplanung gerät heftig ins Wanken, als er sich Hals über Kopf in die so unverschämt attraktive Imogen Fielding verliebt. Schließlich trifft er die einzig richtige Entscheidung, die für einen Gigolo seines Ranges in Frage kommt – er verlässt mit dem nächsten Flieger das Land, um sich möglichst weit weg von der Gefahr einer ernsthaften Beziehung in Deckung zu begeben. Auf einem fürstlichen Landsitz seiner Großeltern in Südfrankreich hofft er, bei frischem Beaujolais, französischen Gaumenfreuden und neuen Bekanntschaften vom Festland auf andere Gedanken zu kommen und Imogen endlich zu vergessen.

Doch im Laufe eines langen heißen Sommers muss Alexander sich schließlich die Frage stellen, ob ihn sein Lebensstil wirklich glücklich macht. Und ob die Dinge, die man ein Leben lang fürchtet, nicht erst dann ihren Schrecken verlieren, wenn man sich ihnen stellt …

Autorin

Sarah Harvey ist Mitte dreißig und lebt mit Mann Terry und Hund Freddie in Newquay, Cornwall. Sie arbeitete als Journalistin, bis sie mit ihrem ersten Roman »Wachgeküsst« ihren Durchbruch als Autorin feierte. Seither wurden alle ihre frech-romantischen Bücher internationale Erfolge.

Von Sarah Harvey außerdem bei Goldmann lieferbar:

Absolut unwiderstehlich. Roman (54213)
Wohin mit meinem Bräutigam? Roman (54226)
Eine Braut zu viel. Roman (45368)
Rendezvous zu dritt. Roman (54202)
Drei Frauen und ein Bräutigam. Roman (45670)
Wachgeküsst. Roman (54171)
Die Hochzeit meiner besten Freundin. Roman (54158)
Küssen verboten. Roman (54236)

Sarah Harvey

Noch einmal mit Gefühl

Roman

Aus dem Englischen
von Julia Eisele

GOLDMANN
MANHATTAN

FSC
Mix
Produktgruppe aus vorbildlich
bewirtschafteten Wäldern und
anderen kontrollierten Herkünften

Zert.-Nr. SGS-COC-1940
www.fsc.org
© 1996 Forest Stewardship Council

Verlagsgruppe Random House FSC-DEU-0100
Das FSC-zertifizierte Papier *München Super* für Taschenbücher
aus dem Goldmann Verlag liefert Mochenwangen Papier.

2. Auflage
Deutsche Erstausgabe April 2008

Umschlaggestaltung: Design Team München
Umschlagfoto: Tertia Ebert
Redaktion: Alexander Groß
KS · Herstellung: Str.
Satz: Uhl + Massopust, Aalen
Druck und Bindung: GGP Media GmbH, Pößneck
Printed in Germany
ISBN 978-3-442-54255-0

www.goldmann-verlag.de

Prolog

Just in dem Moment, als Alexander sich auf Zehenspitzen von Abbys Fenster wegschleicht, hält ein Taxi vor dem Haus. Ein Mädchen, das Alexander irgendwie bekannt vorkommt, springt hektisch aus dem Wagen, wirft dem Fahrer ein paar Geldscheine durchs Fenster und eilt in seine Richtung. Sie sprintet die Eingangstreppe hinunter, die Augen fest auf den Boden gerichtet, um im Dunkeln nicht zu stolpern, und sieht Alexander erst, als sie schon in ihn hineingelaufen ist und ihn mit Karacho gegen die Tür geworfen hat. Sie taumelt mit vor Schreck geweiteten Augen zurück und sieht ihn voller Reue an.

»Huch … Oh, das tut mir furchtbar leid, ich hab dich nicht gesehen. Hast du dir wehgetan?«

»Schon gut«, beruhigt er sie, während er sich den Staub von Abbys Haustür aus der Jacke klopft. »Nichts passiert.«

Sie richtet sich gerade auf, mustert ihn mit ihren hellblauen Augen und fragt sich, was zum Teufel er um Mitternacht vor Abbys Haustür zu suchen hat.

»Wo ist Abs?«, fragt sie misstrauisch, aber es klingt fast ein bisschen wie »Wer bist du denn?«.

»Drinnen, kuschelt mit Nathan auf dem Sofa«, antwortet er ebenso ehrlich wie umstandslos.

Diese Antwort scheint sie zufriedenzustellen, jedenfalls nickt sie, während sich ihr verstehendes Lächeln in ein erleichtertes, glückliches verwandelt.

»Oh, Gott sei Dank! Hetta hat nämlich gesagt, sie hätten Schluss gemacht.«

»Im Moment sieht es eher so aus, als bräuchte man eine Brechstange, um die beiden auseinanderzubringen.«

»Ich hab eine Dreiviertelstunde lang versucht, sie anzurufen, aber es war immer besetzt. Dann ist jetzt also alles wieder in Ordnung?«

»Das will ich verdammt noch mal hoffen«, antwortet Alex.

Sie sieht ihn noch einmal aufmerksam an, und dann fällt es ihr wieder ein: »Bist du nicht Alex?«

Alex nickt und fragt sich, woher sie das weiß.

»Wir sind uns schon mal begegnet, wenn man das so sagen kann. In meiner Galerie. Du bist in meine Eröffnungsparty reingeplatzt.«

Jetzt ist es an ihm, sie genauer zu mustern. Ihre neugierigen, fröhlichen himmelblauen Augen, ihr dichtes, kornfeldblondes Haar und ihre Wespentaille sind ihm schon damals für den Bruchteil einer Sekunde aufgefallen, als er die Galerieräume nach Abby absuchte. Er erinnert sich, dass Abby immer in den höchsten Tönen von ihr gesprochen hat, ihm klingt noch in den Ohren, wie sie ihm von ihr vorschwärmt, und da fällt ihm auch ihr Name wieder ein:

»Imogen?«

Das Mädchen nickt.

»Dann war das also deine Party, auf der ich ungeladen aufgetaucht bin?«

Sie nickt erneut.

»Mensch, das tut mir echt leid«, sagt er mit dem entwaffnendsten Lächeln, das er auf Lager hat. »Ich hab Abby mehr oder weniger verfolgt.«

»Ich weiß. Die Glückliche …«, grinst sie breit, und Alexander hat das Gefühl zu schwanken, als würde er wieder gegen Abbys Tür gedrückt, diesmal von einer unsichtbaren Hand. »Gleich zwei tolle Männer, die nach ihr verrückt sind«, fährt Imogen fort und streicht sich zum x-ten Mal das Haar hinters Ohr. Es will einfach nicht bleiben, wo es ist, und fällt ihr immer wieder ins Gesicht. Alexander verspürt plötzlich den unwiderstehlichen Drang, es das nächste Mal für sie zu tun. Seine Hand bewegt sich auch schon, ganz gegen seinen Willen, sodass er sie schnell wieder in seiner Hosentasche verschwinden lässt. Was ist nur los mit ihm? Sie redet immer noch, aber er kann kein Wort davon hören. Alex versucht sich zu sammeln. Jetzt fragt sie ihn was, mit zur Seite geneigtem Kopf und diesen Augen, die ihn freundlich betrachten und in denen man so leicht versinken kann wie in tiefem blauen Wasser, in das man unbedingt eintauchen möchte. Alex schüttelt den Kopf und zwingt sich zur Konzentration.

»Wenn du immer noch hinter Abby her bist, warum willst du dann, dass sie und Nathan sich wieder vertragen?«

»Weil sie in Nathan verliebt ist und wir beide sowieso besser nur Freunde sein sollten.« Als er es ausspricht, wird ihm schlagartig klar, dass es wahr ist.

»Bist du denn noch in sie verliebt?«, fragt Imogen teilnahmsvoll.

Wieder schüttelt er den Kopf, teils um ihre Frage zu verneinen, teils weil er sich so seltsam fühlt, so benommen.

»Abby wird es dir bestätigen, ich verliebe mich nicht.«

»Sehr vernünftig«, nickt sie zustimmend. »Wie es aussieht, brauchst du dann ja auch keine Schulter, an der du dich ausweinen kannst, dabei habe ich meine extra-wasserfesten Sachen an, für alle Fälle. Tja dann«, sagt sie und winkt mit der Flasche Wein, die sie in der Hand hält, »dann gehe ich jetzt mal nach Hause und kümmere mich allein um die Angelegenheit.« Nach einer kleinen Pause sieht sie ihn besorgt an. »Bist du okay? Du siehst doch ein bisschen mitgenommen aus... Oje, da ist aber jemand vielleicht doch nicht ganz so über Abby hinweg, wie er vorgibt, was? Mach dir keine Sorgen, ein so gutaussehender Mann wie du findet sicher bald wieder jemanden...« Sie berührt sanft seine Hand mit ihrer und streicht ihm dann vorsichtig übers Gesicht. Es ist eine freundschaftliche Geste, sie will ihn einfach nur beruhigen. Aber für ihn fühlt es sich an, als hätte er einen elektrischen Schlag erlitten. Sein Magen beginnt zu kribbeln. Was ist das für ein Gefühl? Entweder hat er sich irgendeinen Virus eingefangen oder...

Er sieht Imogen an.

Ihr Gesicht verschwimmt in einem Nebel aus Schönheit, und wäre es nicht mitten in der Nacht, er würde schwören, dass die Vöglein singen.

Nein, das kann nicht sein... Das ist absolut unmöglich. ABSOLUT UNMÖGLICH!

Alex Avery verliebt sich nicht. Schon gar nicht auf den ersten Blick. Oder, wie in diesem Fall, auf den zweiten.

Und dann hört er wieder Abbys Stimme, die in seinen Ohren klingt wie die Stimme eines Propheten: »Dir wird das auch passieren, weißt du, wahrscheinlich genau dann, wenn du es am wenigsten erwartest. Die Liebe wird sich auf Zehenspitzen von hinten an dich heranschleichen und dich – peng! – mit einem Schlag auf den Kopf so treffen, dass du dich nie wieder davon erholst.«

Alex sieht in Imogens wunderschönes, lächelndes Gesicht, fährt mit der Hand nach oben und befühlt instinktiv seinen Hinterkopf…

Kapitel 1

Alexander Avery hatte eigentlich nicht vorgehabt, Amor zu spielen, erst recht nicht für jemanden, auf den er selbst mehr als nur ein Auge geworfen hatte. Und doch stand er hier draußen, unter dem Fenster seiner Exfreundin Abby Lane, und war drauf und dran zu applaudieren, als er sie bei einer langen, leidenschaftlichen Knutscherei mit dem Mann beobachtete, der, wie sie ihm unter Tränen gestanden hatte, »der Richtige« hätte sein können, wenn, ja wenn sie sich nur nicht auf so dramatische Weise getrennt hätten. Nicht dass Alex an das Konzept des einen »Richtigen« geglaubt hätte, es erschien ihm doch auf eine übertriebene Weise optimistisch und, ehrlich gesagt, auch zu limitierend. Sein Leben hatte er bisher an der Seite einer Serie »momentan Richtiger« verbracht, und zwar in der festen Überzeugung, dass man »Qualität« haben könne, ohne auf »Quantität« verzichten zu müssen. Von »Entweder Oder« hielt er nichts. Mit anderen Worten: Er war ein Spieler, sah besser aus, als gut für ihn war, war intelligent, aber immer bereit zuzugeben, dass er seine Intelligenz nicht gerade fanatisch zum Einsatz brachte, und so reich, dass er in seinem ganzen Leben noch nicht einen Tag lang gearbeitet hatte.

Dennoch war er ein netter Kerl, und es musste dieses zwar angeborene, aber tief in ihm verborgene Gen der »Nettigkeit« sein, das ihn dazu veranlasst hatte, Abbys Zuneigung nicht für sich selbst zu sichern, obwohl das seit seiner Rückkehr nach

England sein oberstes Ziel gewesen war, seit er nach England zurückgekehrt war, sondern keine Mühe zu scheuen, sie wieder mit »dem Richtigen« zu vereinen, an dem sie gerade so hingebungsvoll hing wie ein zerkauter Kaugummi an einer Schuhsohle, auch wenn er hierfür eine romantischere Analogie hätte finden können, denn schließlich handelte es sich hier um »wahre Liebe« (noch so eine bescheuerte Redewendung).

Die Tatsache, dass sie sich da drinnen gerade mit einem anderen befand, war wohl Beweis genug dafür, dass er nicht »der Richtige« war. Jedenfalls nicht für Abby.

Dabei war er eigentlich überzeugt gewesen, »der Richtige« für sie zu sein, aber dann hätte er jetzt enttäuschter sein müssen, als er sie durch ihr Wohnzimmerfenster beobachtete und Zeuge einer Tätigkeit wurde, von der er gestern noch geglaubt hatte, ihr ebenfalls nachgehen zu wollen. Seltsamerweise empfand er aber jetzt nur eine Mischung aus Genugtuung und dem warmen Gefühl, das mit dem Vollbringen einer guten Tat einhergeht, geschmälert lediglich durch ein leises Gefühl des Zukurzgekommenseins, denn schließlich war er bis vor kurzem noch ganz sicher gewesen, dass Abbys Zunge in seinen Mund gehörte und nicht in den eines anderen.

Und schon erlebte er ein neues, sehr eigenartiges Gefühl, das er Schwierigkeiten hatte zu benennen, das aber am ehesten mit dem Genuss einer Magnumflasche Champagner vergleichbar war, wenn man sie ganz alleine trank: angenehmes Kribbeln und Katzenjammer, und zwar gleichzeitig.

Er schüttelte den Kopf, um die starke, pochende Empfindung zu vertreiben, musste aber feststellen, dass es sich dabei um das Echo seines eigenen klopfenden Herzens handelte.

Imogen war gerade in dem winzig kleinen Badezimmer ihres Apartments eingezwängt, als ihre verzweifelte Tante Hetta anrief, um ihr mitzuteilen, dass Abby und Nathan sich soeben getrennt hätten.

Es war Hetta gewesen, die ihr Abby vorgestellt hatte, und Hetta zufolge war es auch sie, die, gemeinsam mit ihrem Mann Henry, Abby Nathan vorgestellt hatte, den oben bereits erwähnten »Richtigen«. Und weil sie am Zusammenkommen der beiden auf diese Weise beteiligt und wie so viele andere, die sie kannten, der festen Überzeugung war, dass die beiden einfach »füreinander bestimmt« waren (ein weiteres romantisches Klischee), fühlte sie sich jetzt nur umso berufener, irgendetwas zu ihrer Wiedervereinigung beitragen zu müssen.

Daher war Imogen wie eine Verrückte mit der größten Flasche Wein, die sie zu Hause auftreiben konnte, zu Abby gerast, Hettas dramatische Beschwörungen, »der Liebe um jeden Preis zu ihrem Recht zu verhelfen«, noch im Ohr. So wie es aussah, wurde sie hier allerdings gar nicht gebraucht. Deshalb kam sie sich auch nicht wie eine schamlose Voyeurin vor, als sie über Alex' Schulter nach drinnen in Abbys Wohnraum spähte; sie wollte schließlich nur sichergehen, dass die stürmischen Wogen in Abbys und Nathans turbulenter Beziehung sich wieder geglättet hatten.

Und das hatten sie ganz eindeutig, es sah sogar so aus, als würde Abby glücklich schnorcheln und Nathan kräftig brustschwimmen! Imogen starb fast vor Peinlichkeit – Abby musste wirklich langsam ihre Abneigung gegen Gardinen überwinden!

Schnell wandte sie den Blick ab.

»Ähm … Es ist ihnen ganz offensichtlich gelungen, ihren

Streit beizulegen. Und das ist auf deinem Mist gewachsen?«, fragte sie erneut, bemüht, das Bild, das Abby ihr von Alex gezeichnet hatte, durch einen zwar widerwilligen, aber uneigennützigen Amor zu ersetzen.

Alex spähte immer noch in den Raum. »Nö, das hatte sie vor ein paar Monaten auch schon drauf«, witzelte er.

Erst lachte sie mit ihm, aber dann fiel der aufmerksamen Imogen auf, dass Alex' Stimme sich verändert hatte, sicher weil es ihm sehr schwerfiel, das Mädchen, das er selber wollte, mit einem anderen zu sehen.

»Warum?«, insistierte sie.

»Weil andere Leute sie auseinanderbringen wollten, und das ist einfach nicht fair. Eine Beziehung ist schon schwierig genug zu zweit, ohne dass sich auch noch andere einmischen, vor allem seine Ex, die alles systematisch sabotiert hat.«

»Na, dann ist es ja gut, dass Abby auch einen Ex hat, der alles wieder in Ordnung gebracht hat, nicht?« Sie lächelte ihn an, und ohne darüber nachzudenken, nahm sie vor lauter Dankbarkeit einfach seine Hand und drückte sie.

Und da war es wieder. Alex sprang fast aus dem Hemd, so elektrisierend war ihre harmlose Berührung für ihn. Schwer atmete er aus.

»Geht es dir wirklich gut?« Jetzt sah sie ihn ganz genau an, ihre Besorgnis war spürbar.

Alles, was er zu tun im Stande war, war ein Nicken als Antwort.

»Du hast nicht zufällig Lust, mir bei der Flasche Wein hier zu helfen? Du siehst aus, als könntest du einen Schluck vertragen.«

Diesmal schaffte er es wenigstens, seinen Mund zu einem

unartikulierten »Ähm« zu formen – während er verzweifelt versuchte, sein Gehirn neu zu starten und irgendwie wieder zum Funktionieren zu bringen. Eine schöne Frau bot ihm gerade an, eine unverhältnismäßig große Flasche Wein mit ihm zu trinken, und er zögerte? Der alte Alex trat dem neuen kräftig in den Hintern, um ihn dazu zu zwingen, sich auf etwas anderes zu konzentrieren als dieses fürchterliche Herzklopfen.

»Ja, das wäre toll, danke.«

»Super!« Sie hielt ihm den Arm hin. »Ich hasse es, alleine zu trinken. Na ja, das ist zwar eine Lüge, aber eine so große Flasche trinkt man wirklich besser in Gesellschaft.«

Es ist nicht nur das Schicksal, das bei den großen Romanzen dieser Welt seine Hand im Spiel hat. Viel öfter sind es andere Köche, die mit ihren Löffeln im Liebesbrei herumrühren – allen voran Freunde und Verwandte. Wir möchten, dass die Menschen, die wir mögen, glücklich sind, und aus irgendeinem Grund glauben wir, dass die romantische Liebe uns immerwährendes Glück verheißt. So ist es kein Wunder, dass wir uns verpflichtet fühlen, uns in die Liebesdinge der anderen einzumischen, und indem wir das tun, spielen wir Schicksal, für uns und für die anderen. Insofern ist die Frage berechtigt, ob Schicksal das ist, was passieren muss, oder das, was wir passieren lassen?

Das Leben ist eine komplizierte Angelegenheit, und während wir vielleicht denken, es konzentriere sich auf uns, legt es in Wirklichkeit gerade einen Stolperstein für jemand anderen aus. Man sagt, dass das Ende der einen Sache den Anfang einer anderen Sache bedeute, und obwohl wir noch längst nicht am Ende von Nathans und Abbys Geschichte angelangt sind, beginnt tatsächlich gerade eine andere Geschichte. Ihre Geschichte bringt sozusagen eine weitere Geschichte hervor. Leben erzeugt Leben. Liebe erzeugt Liebe. Oder auf gut Deutsch gesagt: »Entschuldige, aber mein Freund steht auf dich.«

Imogen hatte keine Lust, zurück in ihr »Apartment« zu gehen, wie es der Makler ironischerweise genannt hatte. Denn es war eigentlich nur ein winziges, aus drei Räumen bestehendes Schlupfloch, in dem man kaum eine Maus unterbringen konnte, geschweige denn eine Katze. Sie schämte sich dafür, eigentlich deprimierte es sie sogar, erst recht, wenn sie an ihr bezauberndes Cottage am Stadtrand von Brighton dachte, von dessen Schlafzimmer unterm Dach sie aufs Meer hinaus hatte sehen können. Sie hatte es aufgegeben, als sie nach London gezogen war.

Deshalb nahm Imogen Alex lieber mit in die Galerie. Die Galerie, für die sie alles, was sie in Brighton besessen hatte, zurückgelassen hatte. Die Galerie, die erst einige Monate alt war, aber dreizehn Jahre gebraucht hatte, um Wirklichkeit zu werden.

Die Galerie war derzeit ihr wichtigster Lebensinhalt und der einzige Ort, an dem sie sich wirklich zu Hause fühlte. Vielleicht sollte sie ihre Wohnung einfach aufgeben und hierherziehen, hier war es viel freundlicher und geräumiger.

Während Imogen zu der kleinen Küchenzeile ging und einen Korkenzieher und Weingläser holte, sah sich Alex neugierig in den Galerieräumen um und betrachtete bedächtig die Kunst an den Wänden.

Als Imogen in den Raum zurückkehrte, stand Alex vor dem größten der ausgestellten Werke. Einer Leinwand voller ineinander übergehender Farben, die Imogen nach zwei Stunden ständiger Betrachtung, während sie am Empfangstisch saß und unkonzentriert ihre Papiere durchging, schließlich als eine schöne, wilde Ansammlung bunter Blumen identifiziert hatte.

»Wie findest du es?«, fragte Imogen, während er gerade ein anderes Bild studierte.

»Ich frage mich, ob es richtig herum hängt«, versuchte er zu scherzen. »Als ich das letzte Mal hier war und deine Party gesprengt habe, hatte ich keine Gelegenheit, mir das alles in Ruhe anzusehen.«

»Als du nach Abby gesucht hast, die mit Nathan hier war …«, fügte Imogen voller Mitgefühl hinzu und kaute auf ihrer Unterlippe herum. »Das muss wirklich schlimm für dich gewesen sein.«

Er stieß ein selbstironisches Lachen aus. »Was? Zu akzeptieren, was für ein Vollidiot ich war?«

»Ich fürchte, in solchen Fällen gibt es eigentlich nur eine Lösung.«

»Und die wäre?«

Imogen winkte mit der Weinflasche. »Wusstest du, dass man auf dem Grund dieser Dinger hier Trost finden kann?«

»Ein bisschen Trost zu finden ist immer eine gute Sache.«

»Sollen wir uns dann mal auf die Suche machen?«

»Sehr gerne«, sagte er und nickte.

Als Imogen am nächsten Morgen erwachte, wusste sie nicht mehr, wo sie war. Sie hatte Kopfschmerzen, ihre Zunge klebte am Gaumen, und ihre Lippen fühlten sich an wie Sandpapier. Es lag aber nicht am Alkohol, auch wenn sie die große Flasche vielleicht ein bisschen zu schnell geleert hatten und dann zu Kaffee übergegangen waren, sondern daran, dass sie viele Stunden lang geredet hatten, und davon tat ihr jetzt der Hals weh. Und die Kopfschmerzen hatte sie, weil sie auf dem Sofa eingeschlafen war und ihr die Wand als Kopfkissen gedient hatte.

Alexander war verschwunden, aber das überraschte sie nicht. Sie hatte sich eher gewundert, dass er überhaupt so lange geblieben war. Er hatte kaum über Abby reden wollen, sondern nur gesagt, dass er sich in Bezug auf sie wie ein Idiot benommen hätte, und anstatt zu gehen, hatte er sie in Gespräche über Gott und die Welt verstrickt, nur nicht über das, worüber zu reden ihm auf dem Herzen liegen musste. Und als sie nachts um vier aufgewacht war, weil sie dringend aufs Klo musste, hatte er schlafend neben ihr auf dem Boden gelegen, den Kopf auf sein zusammengerolltes Armani-Jackett gebettet.

Sie rappelte sich vom Sofa auf und ging in die Küche, um Kaffee zu kochen. Sie schaltete die Kaffeemaschine ein, band sich ihr langes Haar zu einem Zopf zusammen und lehnte sich über das Spülbecken, um sich den Schlaf aus den Augen zu wischen. Dann griff sie zur Seife, um ihr müdes Gesicht zu reinigen. Tante Hetta würde ausflippen, wenn sie wüsste, dass sie ihr Gesicht mit Seife wusch, aber so fühlte sie sich einfach frischer.

Es war erst sieben Uhr morgens, aber es lohnte sich wirklich nicht mehr, jetzt noch in ihre Wohnung zurückzukehren. Bis sie dort gewesen, geduscht und umgezogen wäre, würde sie es nicht mehr rechtzeitig bis zur Öffnung der Galerie schaffen, und so machte sie einfach, so gut es ging, eine Katzenwäsche.

Es war eine »Slip-linksherum-tragen-oder-gar-keinen-Sliptragen«-Situation. Sie entschied sich für die zweite Variante, stopfte den String-Tanga des Vortags in ihre Handtasche und betete zu Gott, nicht zu vergessen, dass er dort war und sie später nicht in eine peinliche Lage – zum Beispiel beim Wechselgeldsuchen – bringen würde. Dann zog sie ein ockergelbes, ärmelloses T-Shirt an, das sie eine Woche zuvor auf dem Markt in ihrem Stadtteil gekauft und zum Glück nach Hause mitzunehmen vergessen hatte, sowie einen der sauberen weißen Baumwoll-Overalls, die sie immer in der Galerie aufhob, um in ihnen zu malen, wobei »sauber« in diesem Fall »sauber abgesehen von den vielfarbigen Spritzern« bedeutete, gegen die ihre überstrapazierte Waschmaschine völlig machtlos war.

Diese Overalls hatte sie schon länger nicht mehr getragen. Denn ihre eigene Arbeit litt unter dem Verkauf und der Promotion für die anderer Leute. Um neun würde ein Künstler kommen, um eine Installation vorzubereiten … Sie müsste eigentlich dringend eine Pressemitteilung für ihre nächste Ausstellung schreiben, aber jetzt hatte sie schon mal zwei Stunden Zeit und war schon richtig angezogen …

Und bevor sie ihre Meinung ändern konnte, betrat Imogen ihr kaum benutztes Atelier, stellte eine frische Leinwand auf die Staffelei und begann zu malen.

Alexander war um halb sieben aufgewacht und genau zwei Minuten später gegangen. Er hatte es so eilig gehabt zu verschwinden, dass er im Treppenhaus zwei Stufen auf einmal nahm. Draußen wollte er sich eigentlich ein Taxi nehmen, aber stattdessen lief er kopflos die Straße hinauf und hinunter, bis er in einer Seitenstraße einen kleinen Park entdeckte und dann den hinauf- und hinunterlief.

Das tat er eine gute halbe Stunde lang, und das wusste er

deshalb so genau, weil er dabei so oft auf seine Uhr sah, dass seine bohrenden Blicke schon längst ein Loch in das Zifferblatt hätten brennen müssen. Zeit war der Hauptgrund für seine Unentschlossenheit. Wenn er sofort nach dem Aufwachen mit dem Taxi nach Hause gefahren wäre, wäre es jetzt einfacher. Aber je länger er blieb, desto schwieriger wurde es zu gehen. Und je länger er blieb, desto unwahrscheinlicher war es, dass sie noch da wäre, alleine, wenn er jetzt zurückginge.

Nach weiteren fünf Minuten traf er zumindest die Entscheidung, in ihre Straße zurückzulaufen, und als er dort war, schaffte er es sogar bis vor ihr Haus. Er sah hinauf zu Imogens Galerie im obersten Stockwerk und schirmte dabei seine Augen gegen die Sonne ab.

Ob sie noch da war? Oder war sie nach Hause gefahren, um sich umzuziehen? Um wie viel Uhr machte sie auf? Und warum wollte er überhaupt dorthin zurück? Was war los mit ihm? Warum nahm er sich nicht einfach ein Taxi und fuhr zurück in sein Hotel? Er fühlte sich unbeholfen wie ein neunjähriger Internatsschüler, den seine Mutter das erste Mal in seinem Leben alleingelassen hatte und der weder wusste, wohin er gehen, noch, an wen er sich wenden sollte, und sich am liebsten irgendwo verstecken würde.

Er musste seinen beängstigend verwirrten Geist beruhigen und sich endlich entscheiden, ob er nach Hause fahren, was zurzeit eine Suite in einem exklusiven Hotel in Mayfair war, oder trotz seiner Angst und Unentschlossenheit diese verdammten Treppen hochlaufen wollte.

Jetzt, wo er weg war, wollte er sie unbedingt wiedersehen. Die Tatsache, sie schon eine halbe Stunde, nachdem er sie verlassen hatte, wiedersehen zu wollen, erschreckte ihn zu Tode.

Auf der anderen Straßenseite öffnete gerade ein Coffeeshop, und der Duft von Kaffee und frischem Gebäck drang zu ihm herüber und regte seine verwirrten Sinne an. Er konnte jetzt etwas Kräftiges gebrauchen, am besten eine kräftige Dosis gesunden Menschenverstand, aber er würde sich vorerst mit einem Espresso begnügen müssen, und da drinnen würde er wenigstens nicht ganz so fehl am Platz wirken. Aber anstatt ins Café zu gehen und sich einen Fensterplatz zu nehmen, wie er es eigentlich vorgehabt hatte, ging er aus unerfindlichen Gründen zum Take-away-Schalter. Ein paar Minuten später, mit einem Frühstück für zwei unterm Arm, sog er kräftig die nicht ganz so frische Londoner Luft ein und überquerte die Straße. Wieder nahm er zwei Stufen auf einmal, nur diesmal die Treppe hinauf.

Alexander stand auf der Türschwelle, hielt die Luft an und biss sich auf die Zunge. Sein Verstand sagte ihm, dass sie sicher nicht die schönste Frau war, der er je begegnet war – und das war keinesfalls eine Beleidigung, denn Alexander Avery hatte das Glück, schon mit Models und Filmstars geflirtet und gefeiert zu haben –, doch selbst mit ihrem zurückgebundenen Haar, dem vom Waschen rosafarbenen Gesicht und in diesem lächerlichen Arbeitsoutfit hatte er noch nie eine so atemberaubend begehrenswerte Frau gesehen wie sie.

Da stand er und betrachtete sie. Er fand Gefallen an dem Bild, das sie abgab, mehr als an irgendeinem anderen, das an den Wänden der Galerie hängen mochte, aber sein Vergnügen wurde schnell geschmälert durch die Erkenntnis, dass er sie anstarrte wie ein Hund die Auslage eines Metzgers. Reiß dich zusammen, Mann. Du verwandelst dich in einen Psychopathen.

Sie war total in ihre Arbeit vertieft, nahm ihn kaum wahr,

er sollte also einfach auf dem Absatz kehrtmachen und wieder gehen. Das war sicher das Beste. So heimlich und leise zu verschwinden, wie er gekommen war …

Als er sie an der Schulter berührte und sie sich umdrehte, lächelte er und hielt die Papiertüte hoch, die noch warm, duftig und mit Butterflecken von den Croissants versehen war.

»Ich dachte, du könntest vielleicht ein Frühstück gebrauchen.«

Sie war überrascht, wie sehr sie sich über sein Wiederkommen freute. Normalerweise hasste Imogen es, unterbrochen zu werden, wenn sie in ihre Arbeit vertieft war, aber es gelang ihr, ihn mit einem freundlichen Lächeln zu begrüßen.

»Ich dachte, du wärst nach Hause gegangen.« Sie legte ihren Pinsel hin und lächelte.

»Ich habe kein Zuhause, in das ich gehen könnte«, antwortete er mit einem Schulterzucken.

Die Sonne schien auf die Terrasse, und so setzten sie sich raus, um den Kaffee zu trinken, den er mitgebracht hatte, und mit fettigen Fingern die langsam abkühlenden Croissants zu essen.

»Wie kommt es, dass du kein Zuhause hast?«, fragte sie, während ihr Blick über die vor ihr ausgebreitete Stadt wanderte.

»Ich bin so etwas wie ein Zigeuner. Habe keine Ahnung, wo oder ob ich mich niederlassen soll.«

»Aber wo übernachtest du dann?«

»In Hotels und in den Wohnungen anderer Leute.«

»Bei deinen Eltern?«

Er schüttelte den Kopf.

»Meine Mutter wohnt auch in Hotels, und mein Vater segelt im Moment auf einem großen Boot durch die Weltgeschichte.«

»Dann sind sie nicht zusammen?«

»Manchmal sind sie es, manchmal nicht.«

»Hört sich kompliziert an.«

»Ist es manchmal auch.«

»Was würdest du dann als dein Zuhause bezeichnen?«

»Mein Zuhause ist immer da, wo ich mich gerade schlafen lege«, sagte er ein bisschen zu beiläufig. »Meine Eltern haben zwar ein Haus in London, aber da hat so lange keiner mehr gewohnt, dass es eigentlich nur noch eine Ansammlung von staubigen Bettlaken und Spinnweben ist – mit der kühlen, klammen Atmosphäre, die verlassene Orte eben so verströmen.«

»Dann ist das also nicht dein Zuhause?«

»Doch, das ist es wohl, aber es fühlt sich nicht mehr so an.«

»Ich weiß, was du meinst. Dieser Ort hier zum Beispiel fühlt sich für mich auch mehr wie mein Zuhause an als der, an dem ich tatsächlich wohne. Ich mag meine Wohnung eigentlich überhaupt nicht.«

»Warum ist es dann deine Wohnung?«

»Nachdem ich meinen letzten Penny in die Renovierung und die Miete hier gesteckt hatte, konnte ich mir nichts anderes mehr leisten. Und es gibt dort einen schönen Garten.«

»Nur dass du keine Zeit hast, dich dort aufzuhalten.«

»Du kennst mich erst seit gestern Abend und weißt schon alles über mich!«, rief sie mit gespielter Empörung. »Ich habe wirklich schon daran gedacht, hier einzuziehen. Ich bin sowieso die meiste Zeit hier.«

»Ich kann verstehen, warum. Der Ausblick hier ist toll.«

»Ich fürchte, mein Blick ist meistens eher nach drinnen gerichtet«, bemerkte sie mit einer Kopfbewegung in Richtung der Galerieräume. »Magst du Kunst?«

»Ich mag Kunst, aber Kunst ist die Imitation von Leben, und ich sehe mir lieber gleich das Leben selbst an als einen Haufen Bilder.«

»Wofür kannst du dich dann begeistern?«

Er zuckte unverbindlich mit den Schultern.

»Aber jeder begeistert sich doch für irgendwas?«

Er sah sie einen Moment lang an und antwortete sanft: »Ich nicht. Ich habe nur meine Zerstreuungen.«

Daraufhin schwiegen beide, und nach ein paar Augenblicken richtete sie sich gerade auf und verstaute die leeren Kaffeebecher in der leeren Papiertüte. Obwohl er wusste, dass das nicht als Aufforderung zu gehen gemeint war, nahm er es als solche.

»Wann öffnest du?«

Imogen sah auf ihre Uhr, und ihre Augen weiteten sich vor Überraschung. »Vor genau zwanzig Minuten!«

»Oh, dann gehe ich jetzt besser und überlasse dich deiner Arbeit. Oder kann ich dir noch bei irgendwas behilflich sein …«

Sie schüttelte den Kopf. »Es sei denn, du kannst ein paar Bilder malen, die uns beiden ein Vermögen einbringen«, scherzte sie.

»Ich fürchte, ich bin nicht besonders künstlerisch veranlagt.«

Als es galt, sich zu verabschieden, schwiegen sie beide verlegen.

»Na dann …«, sagte er nach einem Moment, lehnte sich in

ihre Richtung und legte eine Hand auf ihr Knie. Sie dachte, dass er sie jetzt küssen würde, und fragte sich, wie sie das finden sollte, obwohl sie augenblicklich mehr beschäftigte, dass sie ihre Zähne nicht geputzt hatte, aber dann gab er ihr nur einen schnellen Kuss auf die Wange und lächelte fast schüchtern. »Vielen Dank für letzte Nacht.«

»Nichts zu danken. Kommst du zurecht?«

Er zuckte mit den Schultern. »Ich weiß es ehrlich gesagt nicht.« Er ertappte sich dabei, die Wahrheit zu sagen.

»Ich weiß nicht, ob dir das hilft, aber du hast das Richtige getan.«

»Habe ich das?«

»Ja. Abby ist bis über beide Ohren in Nathan verliebt.«

»Ja, nicht wahr?«, erwiderte er, überrascht, dass er seit gestern Abend kein einziges Mal mehr an Abby gedacht hatte. Seit er Imogen auf ihrer alten Samt-Chaiselongue hatte schlafen sehen, deren Burgunderrot ihre blassen Wangen mit einem warmen Schimmer versehen hatte, ihr goldenes Haar ausgebreitet im Sonnenlicht, das durch die vielen staubigen Fenster hereinfiel.

»Ich hoffe, die beiden schaffen es.« Sie lief vor ihm her in die Galerie zurück. »Sie hat schon so viel durchgemacht. Es würde ihr das Herz brechen, wenn das jetzt auch noch schiefginge.«

Als sie sich bei diesen letzten Worten umdrehte, sah sie einen Schmerz in seinem Gesicht, der sie sich erneut fragen ließ, ob es vielleicht sein Herz gebrochen hatte, dass Abby ihres jemand anderem geschenkt hatte.

»Entschuldige. Das war gedankenlos von mir.«

»Glaubst du nicht, dass das eigentlich Gedankenlose ist,

sich überhaupt zu verlieben?«, sagte er leise. »Dich jemand anderem auszuliefern, ihm zu erlauben, über deine Gefühle zu bestimmen? Was für eine dumme und gefährliche Lage, in die man sich damit bringt.«

»Es tut mir leid«, sagte sie.

»Das muss es nicht«, erwiderte er.

Plötzlich sah er so traurig aus, dass sie den überwältigenden Drang verspürte, ihn in den Arm zu nehmen, aber als sie auf ihn zuging, wich er zurück wie ein erschrecktes Tier, sodass sie ihre Arme unbeholfen wieder fallen ließ.

»Also gut. Wenn du reden willst, jederzeit. Ruf mich einfach an.«

»Mach dir um mich keine Sorgen«, lächelte er sanft, warf ihr eine Kusshand zu und wandte sich zum Gehen. »Wie ich schon sagte, ich verliebe mich nicht.«

Kapitel 2

Pamela und Tom Averys Villa thronte auf den kühlen Hügeln über St. Tropez. Auf der Rückseite war sie von Bäumen umstanden, die ihr Schatten, saubere Luft und Pinienduft spendeten, auf der Vorderseite war sie sonnenbeschienen und mit einer Reihe von nach unten verlaufenden Terrassen versehen, von denen aus man einen prächtigen Ausblick aufs Mittelmeer genoss. Ursprünglich erbaut von einem italienischen Grafen für seine französische Mätresse, war ihre herrliche Fassade eine fortwährende Huldigung ihrer Schönheit und ihr Garten voller versteckter Lauben ein mit gut gehüteten Geheimnissen gespicktes Liebesnest. Es war ein himmlischer Ort aus purem Luxus, ein kalorienreiches Dessert von Gebäude, ein sahniges, extra-buttriges Plätzchen. Davon abgesehen war es dank seiner Großeltern der einzige Ort, an dem sich Alexander tatsächlich zu Hause fühlte.

Alexander verfügte über seine eigenen Räume im zweiten Stock, von wo aus er auf den von römischen Säulen umstandenen Swimmingpool hinuntersehen konnte, der wegen seiner olympischen Größe die zweite Terrasse komplett ausfüllte. Als er ankam, waren seine Großeltern nicht zu Hause, wohl aber seine Cousine Lily. Sie schwamm nackt im Pool. Er konnte sie vom geißblattüberwucherten Balkon vor seinem geräumigen Schlafzimmer aus sehen, wie sie sich mit schlanken, muskulösen Armen aus dem Wasser zog und geschmeidig und nassglänzend ums Becken herumwanderte. Sie sah nach oben und bemerkte nun auch ihn, wie er an seiner verzierten Steinbalustrade lehnte, lachte und winkte unbefangen, bevor sie wieder ins azurblaue Wasser tauchte. Mit Kleidung hielt man es in der Villa Marchmont ebenso wie mit Manieren: Man wusste sie einzusetzen, vergaß sie aber meistens.

Alexander überließ Monique, dem zweiten Hausmädchen, seine Koffer zum Auspacken und nahm eine Dusche, um sich den Schmutz der Reise abzuwaschen. Die Kleidung, in der er gereist war, verteilte er einfach auf dem Badezimmerboden, in der Gewissheit, dass sich die langmütige Monique auch dieser Angelegenheit fürsorglich annehmen würde. Denn sie war in ihn verliebt, seit sie ihn zum ersten Mal gesehen hatte, und daher würde sie seine Hemden liebevoll an ihre Nase halten, bevor sie sie in die Wäsche gab, und manchmal, wenn sie sich danach fühlte, sogar in seinen Boxershorts zu Bett gehen.

Geduscht und erfrischt schlüpfte Alex in eine weiche Leinenshorts und ein weißes Hemd, das zuzuknöpfen er sich nicht die Mühe machte, und mit noch nassem Haar und nach der anstrengenden Reise vor Müdigkeit gähnend schlenderte er die weitläufige Treppe hinunter und hinaus auf die oberste Terrasse, wo an einem schmiedeeisernen Tisch Tee serviert worden war.

Die noch immer nasse Lily saß schon am Tisch. Als kleine Konzession an seine Gegenwart hatte sie sich ein kurzes Seidenkleid übergestreift, das an den Stellen, an denen es mit ihren feuchten Kurven in Berührung kam, völlig durchsichtig war. Sie hielt sich ein zartes, mit Rosen bemaltes Porzellantässchen unter die Nase und sog das feine Aroma des duftenden Chinatees ein, der noch zu heiß zum Trinken war.

»Gestern Abend habe ich Pandora gesehen, im Ocean«, sagte Lily, ohne von ihrem Tee aufzublicken, als würde sie eine Unterhaltung wieder aufnehmen, die sie nur für einen Moment unterbrochen hatten, dabei hatten sie sich seit Weihnachten nicht mehr gesehen.

»Danke, Lily, es geht mir gut«, erwiderte Alex ungerührt. »Und wie ist es dir so ergangen die letzten Monate?«

Schließlich sah sie auf, aber nur, um eine Grimasse zu schneiden. »Seit wann scheren wir uns um Höflichkeitsfloskeln?«

Einen Moment lang schnitt er die gleiche Grimasse, um dann gemeinsam mit ihr in ein Grinsen zu verfallen und ihr dabei so ähnlich zu sehen, dass man sie für Bruder und Schwester hätte halten können. Lily sprang von ihrem Stuhl, umrundete den Tisch und ließ sich elegant auf Alexanders Schoß fallen. Dann schlang sie ihm die Arme um den Hals und begrüßte ihn mit einer nassen, liebevollen Umarmung.

»Was treibt dich her?«, fragte sie leise, während sie sein noch feuchtes Haar mit Küssen bedeckte. »Ich dachte, du würdest den Sommer in England verbringen, um deine flüchtige Ex zu bezirzen?«

Alex' Mund verzog sich zu einem schiefen Lächeln. »Flüchtig ist das richtige Stichwort. Jedenfalls, was mich angeht. Ihr neuer Freund erlebt das glaube ich anders.«

»Verstehe.« Lily schlüpfte von seinem Schoß, kehrte zu ihrem Platz zurück, goss ihm von dem Tee ein, den sie selbst noch nicht gekostet hatte, und schob die Tasse in seine Richtung, als wäre es eine Medizin, die seine Melancholie heilen könnte.

»Es ist gut so, sie ist sehr glücklich«, bemerkte Alex mit

einem Achselzucken, nippte am Tee und fuhr zusammen, weil er sich die Zunge verbrannt hatte.

»Das kann ja sein, aber ich sorge mich um dein Glück, liebster Cousin.«

»Ich freue mich aber für sie.«

»Und warum seufzst du dann so tief?«

Alex hatte in der Tat geseufzt, aber er seufzte nicht, weil Abby Lane sich für einen anderen Mann entschieden hatte. Er seufzte, weil er, wenn er an Abby dachte, automatisch auch an Imogen denken musste, und Alex wollte partout nicht an Imogen denken, und so wechselte er schnell das Thema.

»Also, Pandora war gestern Abend im Ocean?«

Lily entging sein Versuch nicht und begriff sofort, dass an dieser Geschichte mehr sein musste als ein simpler stoischer Verzicht, aber sie ließ die Sache vorerst auf sich beruhen, um sie zu günstigerer Stunde wieder hervorzuholen und mehr Details zu erfahren. Also schnitt sie ihm ein Stück Mohnkuchen ab und hielt es ihm auf einem Porzellantellerchen hin.

»Wie sah sie aus?«, fragte Alex und biss in den Kuchen, der unglaublich luftig war.

»Halb nackt und halb betrunken.«

»Also alles wie immer.«

»Wirst du sie anrufen?«, fragte Lily scheinbar beiläufig, aber in Wirklichkeit interessierte sie sich brennend für die Antwort.

Würde er sie anrufen? Das fragte sich Alexander auch. Pandora war für Alex so etwas wie gelegentliches Rauchen, eine Angewohnheit, die er zwar bedauerte, aber auch nicht ganz abzulegen gewillt war. Schon im Flugzeug hatte er beschlossen, sein geliebtes schwarzes Notizbuch aus der Versenkung hervorzuholen und jeden einzelnen Namen darin anzurufen … bis auf Abby natürlich. Nathan Rochester sei Dank würde er durch ihren Namen einen dicken schwarzen Strich ziehen, einen schmerzlichen, aber auch Glück verheißenden Strich. Für jemanden, der eine Langzeitbeziehung noch nicht einmal dann erkennen würde, wenn sie ihm nackt ins Gesicht sprang, hatte Alex das erstaunlich sichere Gefühl, dass es ernst mit den beiden war, und so war er wirklich nicht empört, sondern freute sich aufrichtig für sie.

Abby war von all seinen Liebeleien die einzige »richtige Beziehung« gewesen; sie nahm deshalb einen besonderen Platz in seinem Herzen ein, und er wollte sie wirklich glücklich sehen. Pandora hingegen war keine »richtige Beziehung«, eher eine un-richtige. Sie war lustig, dekadent und appetitlich, sie war purer Genuss, sie war ein zart schmelzender Schokoladenkuchen nach einer langen, entbehrungsreichen Diät.

»Ich werd wohl mal bei ihr vorbeifahren und hallo sagen«, antwortete er schließlich auf Lilys Frage. »Wo sind eigentlich Pops und Grams?«, fragte er, ohne zu bemerken, dass sich bei seiner bejahenden Antwort ihr Blick verengt hatte.

»Tauchen.«

»Wie tauchen?«

»Tauchen eben«, wiederholte Lily, und als sich daraufhin seine Augen überrascht weiteten, fügte sie hinzu: »Ihr neuestes Hobby.«

Seine Großeltern lebten jede Sekunde ihres Lebens, als sei es die letzte. Den Sommer zuvor hatten sie eine Wein- und Tango-Tour durch Argentinien gemacht, waren Tiefsee-Angeln und Surfen auf Barbados gewesen, um im Anschluss daran segeln zu gehen und vor ihrem Haus in den Hamptons Muscheln zu suchen. Im Winter fuhren sie Ski in Klosters und tankten Sonne auf den Seychellen. Und jetzt lernten sie tauchen. Was würde als Nächstes kommen?

»Und wie geht es dir?«, fragte er, über den Rand seiner Tasse blinzelnd.

Sie sah ihn schüchtern an und überlegte, wie sie am besten antworten könnte. »Einsam«, sagte sie dann wimpernklimpernd.

»Du solltest mehr ausgehen«, erwiderte er lässig. »Okay. Ich bin dann mal weg. Hab 'ne Menge nachzuholen.«

»Du wirst heute Abend hier zum Essen erwartet«, sagte Lily in schärferem Ton, während Alex seine Teetasse abstellte und Anstalten machte, von seinem Stuhl aufzustehen.

»Um acht bin ich zurück«, versprach er.

»Nimm mich mit«, bettelte sie mit Kinderstimmchen.

Aber er schenkte ihr nur ein mildes verneinendes Lächeln und wandte sich ab.

»Du Ratte!«, rief sie ihm hinterher, als er die Terrasse in Richtung der Garagen verließ, lächelte aber ebenfalls. Lily war jetzt seit zwei Wochen in der Villa und langweilte sich bereits. Ein hübscher Vogel in einem goldenen Käfig. Es war so viel schöner, wenn Alex da war, und wenn sie sich nur gemeinsam ein Feuerwerk ansahen …

Alex war ums Haus gegangen und schritt nun über die Auffahrt, von wo aus man über eine Abzweigung zur Rechten zum Fuhrpark gelangte. Groß genug, um eine stattliche Anzahl Autos zu beherbergen, waren im ersten Stock des Gebäudes auch die Hausangestellten untergebracht: Bertrand, der Butler, und Silvie, seine Frau und Köchin des Hauses, wohnten im linken Apartment, und Marnie, das erste Zimmermädchen, und ihre süße kleine Schwester Monique im rechten. Der nicht mehr ganz junge Gärtner Albert bewohnte mit seiner Frau Amélie und ihrem gemeinsamen, gutaussehenden Sohn das malerische, lebkuchenhausartige Pförtnerhäuschen am Eingang des Anwesens.

Alex drückte auf einen versteckten Knopf in der Wand, um die Tür zu öffnen, die am Ende des langgestreckten Gebäudes lag. In dem dunklen Raum blieb er einen Moment stehen, um die Kühle zu genießen, und schaltete erst dann das Licht an. Eine ganze Reihe schutzhüllenbedeckter Automobile erstreckte sich vor ihm, unterbrochen von einer Lücke, in der normalerweise der Bentley seines Großvaters stand. Aber auch der Platz daneben war leer, wo Albert gewöhnlich den Rasenmäher parkte, wenn er nicht wie jetzt gerade gutgelaunt auf ihm saß und zwischen den Akazien auf der weiter entfernt gelegenen Pferdekoppel herumfuhr. Albert war genauso stolz auf den Rasenmäher wie auf jedes andere Gefährt in der Garage.

Alex interessierte nur ein Auto: sein eigenes. Er zog die Hülle von seinem Geburtstagsgeschenk, das seine Mutter ihm zum Achtundzwanzigsten kredenzt hatte. Dass sie selbst zu den Feierlichkeiten nicht erschienen war, wurde durch die Ankunft eines mit seinen Initialen versehenen LKW wettgemacht, in dem ein silber-blauer Ferrari 430 Spider stand. Er streichelte den Flitzer so liebevoll, wie man ein vermisstes Haustier begrüßt, zog die Schlüssel aus seiner Hosentasche und öffnete den Wagen.

Alexander Avery war hochgradig verwöhnt, und das Einzige, was man zu seiner Verteidigung vorbringen konnte, war, dass er sich dieses Umstands voll bewusst war, und wenn er auch keine Veranlassung sah, sich dafür zu entschuldigen, so ließ er doch keine Gelegenheit aus, sich in dieser Hinsicht auf charmante Weise selbst auf den Arm zu nehmen. Er genoss seinen ererbten Reichtum in vollen Zügen, war aber auch auf fast übertriebene Weise großzügig zu seinen weniger privilegierten Freunden, ohne sie damit je in Verlegenheit zu bringen.

Wie er so in dem schnittigen Wagen aus der Garage fuhr, verkörperte er die Inkarnation des modernen Playboys. Jung, reich, gutaussehend und tadellos gekleidet, wie er war, drehten sich alle nach ihm um, als er nach St. Tropez hineinfuhr. Die rosa- und ockerfarbenen Häuser der Altstadt erinnerten ihn immer an Battenburg-Kuchen; und er war in der Stimmung, einen großen Bissen davon zu nehmen, denn dies war seine Lieblingsstadt. Er klappte sein Handy auf und drückte auf die Nummer eins seiner gespeicherten Kurzwahladressen.

»Hallo, du Schwerenöter«, grüßte ihn eine tiefe, lässige Stimme.

»Nelson, alter Junge! Wo zum Teufel steckst du?«

Alex' bester Freund Nelson Goodchild-Jones hielt in ihrer Lieblingsbar im Hafen von St. Tropez Hof. Er lehnte in einem Stuhl auf der überfüllten Terrasse, hatte seine langen Beine vor sich ausgestreckt und sich seine Rayban ins kurze Haar geschoben. Er war wie immer umringt von schönen Frauen – und auch von ein paar schönen Männern –, aber als er Alex sah, verwandelten sie sich zu an seinen Füßen klebendem Sand, der plötzlich von einer kühlen, willkommenen Welle weggespült wurde.

Wie Alex ein Einzelkind, fühlten er und Alex sich einander verbunden wie Geschwister.

»Hey, Bruder!«, rief Nelson begeistert, stand auf, griff nach

Alex' Hand und zog ihn zu einer typischen Männer-Umarmung an sich, Brust an Brust.

»Bruder«, wiederholte Alex und drückte seine Stirn an die seines Freundes.

Sein Fanclub beobachtete diese natürliche und innige Begrüßung voller Neid, ein Gefühl, das Menschen hervorrufen, die alles zu haben scheinen. Alles an Nelson war geschmeidig, schlank und schön. Mit einem afroamerikanischen Unternehmer als Vater und einem englischen Model als Mutter hatte er milchkaffeefarbene Haut und seegrüne Augen. Das war eine eindrucksvolle Kombination, die ihm zusammen mit seiner natürlichen Art, sich zu geben, und seinem Sinn für Humor viele Bewunderer einbrachte, männliche wie weibliche.

»Und, wie war London? Wie ist es gelaufen?«

»Schlecht.« Alex schüttelte den Kopf.

»Willst du damit sagen, sie hat dich abgewiesen?«

»Skandalös, nicht wahr?«

»Was sagt das Herz?«

»Fühle mich wie Fallobst.«

Beide lachten.

Nelsons geheimer Spitzname für Alex war »Teflon«, weil an ihm einfach nichts hängenzubleiben schien. Er konnte sich nicht vorstellen, dass irgendeine Frau eine nachhaltige Wirkung auf ihn haben könnte, und daher machte er sich keine Sorgen, außer vielleicht darüber, ob er eine angenehme Reise hatte. Deshalb war er auch nicht gerade begeistert von Alex' Plan gewesen, um jeden Preis wieder mit Abby Lane zusammenzukommen. Dass er sie nicht aus dem Kopf bekam, konnte mehrere Gründe haben, unter anderen den, dass er sie mit einem anderen gesehen und sofort Besitzansprüche angemeldet hatte. Doch der Hauptgrund war Nelsons Meinung nach sein schlechtes Gewissen. Es stimmte, dass Alex mehr für sie empfand als für irgendein anderes Mädchen, mit dem er gegangen war, und dann der Grund für die Trennung … Na ja, Alex hatte sich ihr gegenüber wie ein echter Dreckskerl benommen, oder war Alex am Ende ein Dreckskerl? Er konnte einfach nicht treu sein, es war nicht in ihm angelegt. Nelson war der festen Überzeugung, dass Alex nicht in erster Linie über die Tatsache traurig war, dass sie sich getrennt hatten, sondern über die Art und Weise, wie. Sie waren gut miteinander ausgekommen, klar, und Abby war ein tolles Mädchen, Nelson hatte sie auch sehr gemocht. Trotzdem wusste er, dass Alex' Reise nach London nichts anderes gewesen war als ein Versuch, sich zu entschuldigen. Eine Reise der Buße. Gott sei Dank hatte sich Abby schon in einen anderen verliebt. Denn Alex hätte sich noch mehr verachtet, wenn er sie ein zweites Mal enttäuscht hätte. Und so, wie die Dinge nun standen, hatte er sich sogar halbwegs rehabilitieren können.

»Und was jetzt?«, fragte er seinen Freund.

»The show must go on«, antwortete Alex, ohne zu zögern. »Auf das Ende eines Kapitels und auf den Beginn eines neuen.« Er erhob sein Glas.

Nelson erhob seines. »Das Ende eines Kapitels in einem langen, sehr interessanten und nicht ganz jugendfreien Buch.« Er zwinkerte. »Und was ist sonst noch so passiert, während du weg warst?«

»Oh, eigentlich nicht viel«, antwortete Alex, »eigentlich überhaupt nichts.«

Um Punkt acht war Alex zurück in der Villa Marchmont. Als er den Fuß über die Schwelle setzte, wurde er sofort von fünf Hunden belagert, was ein sicheres Zeichen dafür war, dass seine Großeltern zurück sein mussten, denn ohne ihre treuen Tiere fuhren sie niemals weg – alle fünf Hunde saßen dann auf dem Rücksitz ihres Wagens und steckten hechelnd und schwanzwedelnd ihre Köpfe durch die Fenster und manchmal auch aus dem Sonnendach.

James, ein irischer Wolfshund, der größte der Hunde und daher auch ihr Anführer, war der Erste im Rudel, das Alex stürmisch begrüßte.

»Hey, Jamie.« Alex musste sich nicht bücken, um ihm den großen grauen Zottelkopf zu tätscheln. Lady Jane Gray, der rotfellige Setter seiner Großmutter, eine zurückhaltende, elegante Madame, die normalerweise darauf wartete, dass man zu ihr kam, um ihr zu huldigen, machte bei Alex eine Ausnahme und stürzte sich in einem Anfall von Zuneigung auf ihn.

Monique, die die Szene hinter einer Tür in der Nähe verfolgte, wünschte sich, der große rote Hund zu sein, um sich ebenso ekstatisch Alex zur Begrüßung an den Hals werfen zu dürfen.

Honey, der etwas streng riechende goldgelbe Labrador seines Großvaters und ihrerseits die Großmama der Hundetruppe, fühlte sich im Haus der Familie in den Cotswolds im Herzen von England wohler als in der Hitze der Riviera, daher begnügte sie sich damit, kurz lethargisch mit dem Schwanz zu wedeln und sich dann in Richtung des klimatisierten Schlafzimmers der Großeltern zu bewegen, wo ihr Körbchen stand.

Der Jack-Russell-Terrier Little Louis, der aufgrund seiner geringen Körpermaße in der Meute der Hunde ein bisschen unterging, zeigte seine große Freude, indem er sich sehr entschieden – und ehrlich gesagt auch ein bisschen zu liebevoll – an Alex' Unterschenkel zu schaffen machte.

Alex hob ihn vorsichtig hoch und hielt ihn sich vor den Oberkörper, wo Little Louis sofort begann, ihm wie ein Irrer das Gesicht abzulecken. Einen Moment lang erinnerten ihn sein süßes kleines Gesicht und seine großen braunen Augen an Abbys Border-Terrier George, und als ihm dann auch Abbys hübsches Antlitz vors innere Auge trat, wusste er, in wessen blaue Augen er als Nächstes blicken würde.

Er setzte Louis wieder auf den Boden und wischte sich mit einem Seufzer das hundefeuchte Gesicht trocken.

Der wilde Manuel, genannt Manny, kam als Letzter dran. Der schlanke, langbeinige Mischlingshund unbestimmten Stammbaums war auf einer der großelterlichen Reisen aus einer Mülltonne in Honduras gefischt worden und hatte sein ungestümes, unabhängiges Temperament bis heute behalten. Er kam gerade von einem Ausflug den Hügel herunter, wo er mit Begeisterung die wohlerzogene Spitz-Dame des nachbarlichen Anwesens besprungen hatte. Monique, die sich mittlerweile im Küchenflur versteckt hielt, stellte schmerzerfüllt fest, dass der Hund den gleichen zufriedenen Gesichtsausdruck hatte wie Alex, wenn er nachts aus gewesen war.

Seine Großeltern saßen schon zu Tisch, aber als sie den Trubel hörten, kamen sie angelaufen, um Alex zu begrüßen.

Seine Großmutter Pamela, die von allen nur Pom genannt wurde, war größer als Alex, hatte ein schönes, leicht gebräuntes Gesicht mit gesunden weißen Zähnen, die bei ihrem natürlichen Lachen zum Vorschein kamen, und ihr mittlerweile ergrautes Haar war akkurat frisiert, seit zwanzig Jahren auf exakt die gleiche Weise.

Großvater Tom hatte sein Leben lang in seinem eigenen Unternehmen gearbeitet, das Kugellager für die Industrie herstellte. Die Firma hatte ihm und seinen Söhnen zwar eine ganz schöne Summe Geld eingebracht, hurra, aber ihr großes Vermögen war alt, geerbt von einem kinderlosen adligen Onkel.

Sie waren beide in den Cotswolds aufgewachsen, hatten sich aber in Südafrika kennen gelernt und auch dort geheiratet. Sie waren beide ihr ganzes Leben lang leidenschaftliche Reisende gewesen. Alex' Vater Horatio war in Amerika geboren, sein Onkel Julius in Italien, und beide Söhne hatten von den Eltern die Reiselust geerbt.

Pom und Tom waren im Besitz zahlreicher Häuser auf vielen Kontinenten, aber ihr Zuhause war immer noch England. Allerdings hielten sie sich, seit sie vor knapp zwei Jahren die Villa Marchmont gekauft hatten, immer häufiger hier auf. Offenbar hatte dieser Ort eine ähnliche Anziehungskraft auf sie wie auf ihre Enkel.

»Alex!«, rief Pom, wobei ihre Stimme Freude und gleichzeitig Tadel verriet. »Endlich bist du wieder da! Wie kannst du es wagen, so viel Zeit zwischen deinen Besuchen verstreichen zu lassen, du ungezogener Junge!«

»Alexander.« Sein Großvater zog ihn zu einer Umarmung an sich. »Wie geht es dir, mein Junge?«

Die Begrüßungszeremonie war ausgiebig. Erfüllt von einem fast salomonischen Gerechtigkeitsempfinden hätte Pom niemals zugegeben, dass Alex ihr Lieblingsenkel war, aber alle wussten, dass es so war. Lily machte das nichts aus, sie war sich der vorbehaltlosen Liebe ihrer Großmutter gewiss, und deren kleine Schwäche für Alex war der Grund dafür, dass ihr Großvater ihr mehr Zuwendung zuteilwerden ließ – sowohl emotional als auch finanziell.

»Also«, sagte Pom und hakte sich bei ihm unter, »du musst mir *alles* erzählen.«

Lily und Alex wechselten Blicke.

Sie wussten beide, dass ihre Großeltern nur die Light-Version der Ereignisse der letzten Monate serviert bekommen würden. Die nicht jugendfreie Version würde Lily später in Erfahrung bringen.

Sie bekam ihre Chance nach dem Abendessen, als die Großeltern sich vom Brandytrinken auf der Terrasse zurückzogen, um eine Runde mit den Hunden zu drehen.

»Also, raus mit der Sprache, warum bist du so überstürzt aus England zurückgekommen?«

»Du weißt doch, dass ich auf der Suche nach einer Frau war«, begann er ein wenig förmlich, um so besser seine Gefühle verbergen zu können.

»Große Überraschung«, kommentierte Lily und verdrehte die Augen. »Also dein üblicher Zeitvertreib.«

»Ja, aber diesmal ging es nicht um irgendeine Frau, es ging um Abby.«

»Ja, das weiß ich doch«, erwiderte sie, »aber ich dachte, das wäre längst vorbei.«

»Sagen wir es so: Vielleicht wollte ich die Asche wegpusten und nachsehen, ob darunter noch etwas glüht.«

»Soso. Du warst also mal wieder auf dem Balz-Boulevard unterwegs.«

»Es geht nicht immer nur um Sex, weißt du.«

»Oh, um was dann? Liebe etwa?« Ihre Augen wurden größer. »Wenn es hier um Liebe geht, dann ist Abby keine schlechte Wahl. Ich mochte sie«, sagte Lily versonnen, »sie war in Ordnung.«

»Lily«, sagte er mit gespielter Entrüstung. »Nettsein passt nicht zu dir.«

»Und Verliebtsein passt nicht zu dir.« Lily nahm einen Schluck Brandy und verschluckte sich beinahe vor Lachen. »Die meisten Leute verbringen ihre Zeit damit, der Liebe hinterherzulaufen. Du bist der Einzige, den ich kenne, der vor ihr davonläuft.«

»Es macht das Leben um ein Vielfaches leichter.«

»Aber wird das Leben nicht langweilig, wenn es zu leicht ist?«

»Mein Leben ist leicht, aber es ist definitiv nicht langweilig«, konterte er. »Und was die Liebe angeht… Ich habe zu viele Leute gesehen, die an ihr zugrunde gegangen sind. Liebe bedeutet Chaos und Schmerzen. Und so, wie ich es mache, habe ich eine Menge Spaß, aber keine Schmerzen.«

»Dass du das sagst, beweist nur, dass du keine Ahnung hast, was du verpasst.«

»Dann sag es mir«, stichelte er, legte die Ellbogen auf den Tisch, stützte sein Kinn auf die Hände und sah sie mit großen Augen erwartungsvoll an.

»Es ist schwer zu beschreiben.«

»Wenn das stimmt, warum gibt es dann so viele Lieder und Bücher, die diesem Thema gewidmet sind? Ein paar Leuten ist es offenbar gelungen, es zu beschreiben, und zwar ausführlich!«

»Okay, dann ist es eben nur für mich schwer zu beschreiben.«

»Aha. Na ja, vielleicht warst *du* noch nie verliebt?«

»Wir wissen beide, dass das nicht stimmt.«

»Und ich sage es dir noch einmal, liebste Cousine: Du bist nicht in Nico verliebt, du bist in sein Bankkonto und seine zwanzig Meter lange Yacht verliebt.«

»Du weißt genau, dass ich gar nicht von ihm geredet habe. Ich kenne Nico schließlich noch nicht gut genug, um überhaupt in Betracht ziehen zu können, ihm meine Liebe zu gestehen, obwohl ich mich dann, wenn du mich endlich einmal auf eine seiner berühmten Partys mitnehmen würdest, wie du es mir immer wieder versprichst und nie tust, selbst von seinen Qualitäten überzeugen und ihm als Gegenleistung für ein paar Diamanten und einen Sportwagen mein Herz schenken könnte.«

Alex wusste, dass ihre affektierte Art nur Schutzverhalten war. Obwohl Lily lustig, hübsch und geistreich war und man sich gern in ihrer Nähe aufhielt, war sie seit zwei Jahren Single. Und das, weil der letzte Mann, dem sie ihr Herz geschenkt hatte, Charlie Freyn, ein alter Kumpel von Alex, ihr selbiges gebrochen hatte, und zwar auf ziemlich niederträchtige Weise. Ja, auch Alex' Weg pflasterten eine Menge weinender Frauen, aber er hatte sich wenigstens immer die Mühe gemacht, so rücksichtsvoll wie möglich zu ihnen zu sein. Aus Rache hatte Alex Charlie das Nasenbein gebrochen. Selbstverständlich waren sie seither keine Freunde mehr, und Alex war seitdem vorsichtig, Lily seinen anderen Freunden vorzustellen, aus Angst, sie könnte wieder so verletzt werden.

»Was ist mit dir? Bist du in Abby verliebt?«

»Das habe ich nie behauptet«, antwortete er schnell.

»Aha, du verdrängst es also. Vielleicht solltest du mal *Sturmhöhe* lesen. *Das* ist ein Buch über die Liebe!«

»Ich habe es gelesen und fand es eher abschreckend. Ehrlich gesagt frage ich mich, ob es tatsächlich ein Buch über Liebe oder über Irrsinn ist. Ein völlig vernünftiger Mann wird in den totalen Wahnsinn getrieben – von einer Frau!«

»Du bist ein schrecklicher Zyniker. Arme Abby.«

»Es besteht kein Grund, Abby zu bemitleiden. Sie ist sehr glücklich.«

»Wirklich?«

»Ja«, zwinkerte er ihr zu, »nur eben nicht mit mir.«

Und dann stand Alex wütend auf und ging davon. Einfach so. Wortlos.

Lily nahm einen entschlossenen Schluck aus ihrem Brandyglas und sah Alex mit zusammengekniffenen Augen nach. Was zum Teufel war los mit ihm? Sie würde es schon noch herausfinden, und wenn sie ihn erst betrunken machen müsste, um ihn zum Reden zu bringen.

Kapitel 3

Geographisch nur ein paar Kilometer entfernt, gesellschaftlich gesehen aber in einer gänzlich anderen Welt, irgendwo zwischen den mittelalterlichen Dörfern Seillans und Fayence, fuhr Henry Davies dem verfallenden Steinhaus entgegen, in dem er den Sommer zu verbringen beabsichtigte.

Er hatte die Fähre von Dover nach Calais genommen, und sein Mercedes war bis oben hin vollgestopft mit Dingen, die der Gastrokritiker, Autor und Bonvivant Henry für überlebensnotwendig hielt: ein paar wenige Kleidungsstücke und sechs große Kisten mit Küchenzubehör. Auf dem Vordersitz neben ihm saß Arthur, sein hechelnder Spaniel, der den Großteil der Fahrt verschlafen hatte, jetzt aber hellwach war, als der Wagen die Schotter-Auffahrt des Hauses entlangrollte.

Sie hatten zwei Tage gebraucht, um herzufahren. Er hatte die Reise für eine Übernachtung in einer bezaubernden Auberge in Auxerre unterbrochen, wo er sich zum Abendessen köstliche Crêpes einverleibt und mit dem freundlichen Herbergsbesitzer eine Flasche wunderbaren Weins aus der Gegend geteilt hatte.

Henry war so begierig, an seinen Zielort zu gelangen, dass er bis auf eine kurze Rast, die er eher Arthur als sich selbst zuliebe eingelegt hatte, danach quasi nonstop durchgefahren war.

Jetzt waren sie endlich da und fielen mit vom Sitzen steifen Gliedern aus dem Auto. Während Arthur die Beine streckte und dann ausgelassen durch die Heuwiese tollte, die ihr Vorgarten war, betrachtete Henry seine neue Bleibe mit einem Seufzer purer Freude.

Schon bei seinem ersten Besuch hatte sich Henry Hals über Kopf in das Steinhaus mit dem weitläufigen Garten verliebt.

Er war hingerissen gewesen von der riesigen Landküche mit dem massiven alten Holzofen und der direkt davor gelegenen Terrasse, der ein Dach aus wildem Wein Schatten spendete. Mindestens zwanzig Menschen würden zum Essen um den langen Tisch an einem Sommerabend Platz finden können.

Er war so in Verzückung über die Terrakottaböden und die rauen Steinwände geraten, dass er die Armeen von Ameisen übersehen hatte, die dabei über seine Füße liefen. Und die Begeisterung für den Garten voller Wildkräuter war so groß gewesen, dass ihm gar nicht weiter aufgefallen war, dass der Pool eher algengrün als hockneyblau war und mindestens zwei Froscharten und ihrer Nachkommenschaft ebenso wie einer Ringelnatter Heimstatt bot.

Er war so entzückt von der geschwungenen Eichentreppe gewesen, die nach oben und unten in zwei Stockwerke führte, dass er ihren Holzwurmbefall übersehen hatte.

Die Orangen- und Zitronenbäume, die wild wuchernden Blaubeerbüsche, die so schwer mit Früchten beladen waren, dass die Zweige fast bis zum Boden herabhingen, die kleinen Wilderdbeersträucher, die jetzt noch blassgrün waren, aber am Ende des Sommers erntereif sein würden, erfüllten ihn mit so inbrünstiger Freude, dass er die fehlenden Ziegel im Dach und die Risse in den Fenstern nicht bemerkt hatte.

Wie immer siegte Henrys Sinn für Poesie über das Praktische, die Inspiration über die Inspektion.

Seine lebenslustige Frau Hetta, die er überredet hatte, sich eine Weile von ihrem Job als Marketing-Direktorin in der Kinderbekleidungsfirma ihrer Nichte zu befreien, wollte am Ende der nächsten Woche nachkommen. Sie dachte, sie hätten das Haus für den Sommer gemietet. Was sie nicht ahnte, war, dass sie diese heruntergekommene Ansammlung aus Charme, Verrücktheit, Wurmstichigkeit, Schimmel, Abenteuer und porösen Stromleitungen nicht gemietet hatten … Nein, dieses beschauliche, arthritische Problemparadies war nicht etwa nur ein Mittsommer-Alptraum, sondern ein auf Langfristigkeit angelegter Neuzugang in ihrem sonst so idyllischen Leben. Henry hatte das Haus nicht gemietet – er hatte es gekauft.

Wie war es dazu gekommen? Seit sie das College verlassen hatten, hatten Hetta und Henry in ihren jeweiligen Berufen immer ausgesprochen hart gearbeitet. Deshalb hatten sie sich schon vor langer Zeit versprochen, sich zu seinem sechzigsten Geburtstag einen ganzen Sommer lang freizunehmen und zwei Monate nichts zu tun, als zu faulenzen und es sich gutgehen zu lassen, und zwar an jenem Ort, an dem sie in ihren Zwanzigern die Flitterwochen verbracht hatten: im Süden Frankreichs.

Und so hatte Henry im Frühjahr auf der Suche nach dem perfekten Ort für den Sommer seine geliebte Frau für ein Wochenende alleingelassen und Rollo Jones besucht, einen alten Freund aus seiner Zeit bei der Zeitung, der mit seiner Frau Virginia ein hübsches, zweistöckiges Haus in Seillans besaß.

Rollo – kurz für Roland – spielte an diesem Wochenende Henrys Fremdenführer und Immobilienmakler, und wie es der Zufall wollte, erwähnte er bei einer ihrer Besichtigungstouren einen Bekannten, der gerade sein Bauernhaus zum Verkauf angeboten hatte. Da sie ohnehin in der Nähe waren, machten sie einen kurzen Abstecher, um es sich anzusehen.

Die »Maison S« – wie es nach dem S weiterging, wussten sie nicht, weil der rechte Teil des Schildes verrottet war – war ein baufälliges Steinhaus, wie es typisch für die Region war. Es hatte dicke Wände, eine niedrige Dachrinne, mehrere Terrassen und Stockwerke auf verschiedenen Ebenen, um sich der Abschüssigkeit des Geländes anzupassen.

Es stand schon seit fünf Monaten zum Verkauf und war bisher auf wenig Interesse gestoßen, daher riefen sie den Bekannten an, um zu erfragen, ob er es vielleicht während der Sommermonate vermieten wolle, solange es noch nicht verkauft sei. Henry war so über die abschlägige Antwort enttäuscht, dass er einem spontanen Impuls folgend seine Geldbörse zückte und eine absurd hohe Summe auf einen Scheck schrieb. Wenn er es nicht mieten konnte, dann würde er es eben kaufen.

Erst nachdem die Wirkung des Weins, mit dem er abends in Rollos und Virginias Garten auf den Kauf angestoßen hatte, nachließ, begann sich Henry zu fragen, was in aller Welt ihn dazu bewogen hatte, einen Schritt dieser Tragweite zu tun, ohne darüber nachzudenken – und ohne Hetta zu fragen.

Es war gar nicht so sehr der Kauf des Hauses selbst, der ihm Sorgen machte. Er war sicher, dass sie ebenso begeistert sein würde wie er. Es war eher die Tatsache, dass er es im Alleingang getan hatte. Henry und Hetta waren stolz auf ihre enge Verbundenheit, darauf, dass sie über alles reden konnten, egal was es war, sie waren ein Team und trafen wichtige Entscheidungen immer gemeinsam.

Abends am Telefon wollte er es ihr nicht sagen, sondern damit warten, bis er wieder zu Hause war.

Und dann, als er nach Hause kam, änderte er zu seiner eigenen Verwunderung seine Meinung erneut. Wie viel schöner wäre es, es ihr zu erzählen, wenn sie erst gemeinsam in dem verzauberten Garten stünden!

Rollo und Virginia verpflichtete er zu Verschwiegenheit. Das Geld hatte er von dem Sparkonto genommen, das sie vor vielen, vielen Jahren gemeinsam eröffnet hatten, um darauf ihre Ersparnisse fürs Rentenalter anzulegen. Hetta würde nie auf den Gedanken kommen, sich den Kontostand anzusehen, weil sie es nur dazu benutzten, von Zeit zu Zeit kleinere Summen darauf einzuzahlen, wenn sie etwas Geld übrig hatten, also war es äußerst unwahrscheinlich, dass sie den fehlenden Betrag bemerken würde, egal wie hoch er war.

Und so entschloss er sich zu warten, bis sie käme, bis sie den Ort mit eigenen Augen sähe und sich ebenso heftig in ihn verliebte wie er, bis sie atemlos ihrem Wunsch Ausdruck verliehe – und er war sicher, dass sie das tun würde –, wie schön es doch wäre, wenn das Haus ganz ihres wäre und nicht nur für den Sommer, und er dann sagen könnte: »Hetta, meine Taube, dein Wunsch ist mir Befehl, ich habe ihn sogar vorhergesehen.« Diesen Satz hatte er sich schon unzählige Male vorgesagt. Und dann würde er die Schlüssel hervorholen, die er für sie hatte nachmachen lassen. Und er wäre ein Held statt eines gedankenlosen, rücksichtslosen Idioten. Jedenfalls hoffte er, dass es so kommen würde. Denn er war zu alt und noch immer zu verliebt, um eine Scheidung zu wollen.

Er hatte auch schon einen schlauen Plan, wie er den fehlenden Betrag ihres sauer ersparten Geldes ersetzen wollte. Er würde ein Buch schreiben, das teils Autobiografie, teils Gedichtsammlung, teils Rezeptbuch sein würde, Arbeitstitel: »Mein Südfrankreich – Tagebuch eines Gourmets«.

Er sah sich schon seinen Verleger mit dem Angebot eines langen Wochenendes in der gleißenden Sonne Seillans' ködern. Der Buchdeal würde das Loch stopfen, das der Scheck für das Haus in ihr Bankkonto gerissen hatte, und zwar hoffentlich noch bevor Hetta von seiner Existenz erfuhr.

Und da stand er nun voller Dankbarkeit inmitten seines französischen Dschungels, Besitzer all dessen, was er vor sich sah, und fand beinahe noch mehr Gefallen daran als beim ersten Mal.

Henry schritt sein neues Königreich ab, die Hände tief in seinen Hosentaschen vergraben, ein breites Lächeln im runden Gesicht, und während die Sonne auf seine Locken schien, lauschte er dem Gesang der Vögel und atmete tief den Duft der Pinien ein, der ihm von den Bergen her gemeinsam mit der mildesten aller Brisen entgegenwehte. Er sah Schmetterlinge auf dem Sommerflieder sitzen, aß Blaubeeren direkt vom Strauch, streifte ekstatisch durch den überwucherten Gemüsegarten und konnte der Versuchung nicht widerstehen, junge Erbsen aus ihren Hülsen zu pflücken und einfach so zu essen. Vor seinem inneren Auge sah er die Wildnis schon gezähmt, das Unkraut gejätet, die verschiedenen Gemüse in Reih und Glied stehen und wachsen und strahlte vor Begeisterung bei dem Gedanken. Wie wundervoll!

Unter Einsatz seiner ganzen Willenskraft riss er sich von dem Anblick los, um das Auto zu entladen, und da fast alles, was er mitgebracht hatte, in die Küche gehörte, nutzte er die folgenden Stunden, um sie startklar zu machen. Ja, sie war dreckig, und ja, die meiste Zeit in der Küche verbrachte er damit, Spinnweben, Staub und tote Insekten zu entfernen und dicke Schichten Schmutz von den Oberflächen zu schrubben, aber das Endergebnis rechtfertigte alle Mühen. Als sich der Tag dem Ende zuneigte, war aus dem verwahrlosten Raum eine Küche geworden, die eines Meisterkochs würdig war. Und das hatte Henry vom ersten Moment an, als er das Haus gesehen hatte, gewusst.

»Himmlisch«, seufzte Henry, als er schließlich am Tisch auf der weinüberwucherten Terrasse saß und in der einen Hand ein Glas eiskalten Sancerre, in der anderen frisches Baguette mit göttlichem Brie, frischen Tomaten und Rauke aus seinem Garten hielt. »Einfach himmlisch.« Er nahm einen kleinen, genießerischen Schluck aus seinem Weinglas, und mit dem scharfen Krachen spröden, wurmzerfressenen Holzes brach die Bank, auf der er saß, unter ihm zusammen …

»Was heißt ›trüb‹ auf Französisch?«, fragte Henry am nächsten Morgen seine Frau am Telefon.

»Trouble«, antwortete Hetta nach kurzem Blättern in ihrem Taschenwörterbuch.

Wie vernichtend ironisch, dachte Henry.

»Und was ist das Wort für Klempner?«

»Plombier«, ewiderte sie, ohne nachzusehen. »Henry, ist irgendetwas nicht in Ordnung mit dem Haus?«

»Nur ein kleines Problem mit den Rohren, Hetta-Liebling.«

»Muss das nicht der Vermieter in Ordnung bringen?«

»Das wird er auch, mein Schatz.«

»Warum rufst du ihn dann nicht einfach an?«

Weil er gerade mit dir telefoniert, meine Taube, dachte Henry. Er unterdrückte den plötzlichen Impuls, ihr alles zu gestehen. Nein, es war besser, sie würde alles erst vor Ort erfahren.

»Ich rede sofort mit ihm«, sagte Henry und beruhigte sein Gewissen damit, dass er streng genommen nicht einmal log. Er würde sich gleich selbst eine Standpauke halten, die sich gewaschen hatte.

Er fühlte sich schrecklich, nicht nur, weil er Hetta immer noch nicht die Wahrheit gesagt hatte, denn er dachte nach wie vor, dass er das besser von Angesicht zu Angesicht tun sollte, sondern auch, weil er sie furchtbar vermisste und das Haus solche Probleme machte. Der sonst so unbeschwerte nette Kerl wurde tatsächlich ein bisschen schwermütig.

Um sich aufzuheitern, bereitete er unter Zuhilfenahme der Minze, die überall wild wuchs, frische Eiscreme zu. Kochen war für ihn die beste Therapie. Als er die fünfte Ladung Minzeis in der Gefriertruhe verstaute, lächelte er schon wieder und summte vor sich hin. Er setzte sich an den großen alten Eichentisch in der Küche und schrieb sein neuestes Rezept nieder.

Henrys Pfiffige Pfefferminze nannte er es, und dann war er nach dem langen Tag so müde, dass er bei Einbruch der Dunkelheit nur noch schnell unter die kalte Dusche und dann gleich zu Bett ging.

Am nächsten Morgen stand er früh auf und fuhr die Küste hoch bis nach Nizza, wo er die Promenade des Anglais hinunterschlenderte und sich über den massiven Verkehr wunderte, der die achtspurige Straße verstopfte, flanierte glücklich über den Wochenmarkt auf dem Cours Saleya, wo ihm beim Anblick der wunderbaren Stände, die vor bunten Früchten und Gemüse förmlich nur so überquollen, das Wasser im Mund zusammenlief, und kaufte Schalentiere und frische Austern auf der Place St. François. Er setzte sich in ein Café und schrieb ein paar Postkarten. Die mit dem großen gelben Haus am Ende des Cours schickte er an Imogen, weil er wusste, dass sie das Foto von dem Gebäude, in dem Matisse gelebt hatte, zu schätzen wissen würde.

Als er nach Hause kam, hatte er gerade noch Zeit, kurz unter die Dusche zu springen, bevor er sich ein Taxi zu Rollo und Virginia nahm, wo er zum Abendessen eingeladen war. Die Austern nahm er als Mitbringsel mit.

Voll des Vin ordinaire, der alles andere als gewöhnlich gewesen war, taumelte er nachts um zwei nach Hause und rollte sich in voller Montur ins Bett. Deshalb bemerkte er auch erst am nächsten Morgen, als er seinen elektrischen Rasierapparat benutzen wollte, dass das Haus keinen Strom mehr hatte. Er hatte sein Handy-Aufladegerät zwei Abende zuvor in die Steckdose gesteckt, aber die Batterie war immer noch so tot wie der ausgestorbenste aller Dodos. Wie lange hatte das Haus schon keinen Saft mehr? Apropos Saft – mit einem unguten Gefühl dachte Henry an seine Eiscreme. Sein glamouröses Pfefferminzeis mit Tonnen dicker, fetter Sahne darin … So schnell es sein verkaterter Zustand erlaubte, sprintete Henry zu dem kleinen Außenhäuschen, in dem die alte Tiefkühltruhe stand.

Der Gestank, der ihm entgegenschlug, als er den Gefrierer öffnete, raubte Henry den Atem. Schnell schlug er den Deckel wieder zu und taumelte mit einem heftigen Übelkeitsgefühl im Magen hinaus in den glänzenden Sonnenschein. Nach einer halben Stunde hektischen Herumsuchens auf dem Dachboden kehrte Henry zur Tiefkühltruhe zurück, ausgerüstet mit einem Eimer heißen Seifenwassers, Mülltüten und Lufterfrischer. An den Füßen trug er alte Gummistiefel und auf dem Gesicht eine Gasmaske aus dem Zweiten Weltkrieg.

Am Abend schrieb er dann das erste Gedicht für sein Buch, dem er den Titel »Das Gras im Paradies ist auch nicht grüner« gab:

Im Land wo Milch und Honig fließt gibt's Bienen und auch Kühe,
Und wenn auch duft'ge Blume sprießt, und nichts mehr hier macht Mühe,
Musst du nicht ständig ängstlich sein vorm Bienenstich in deine Waden?
Und überall du trittst hinein in fetter Kühe Fladen.

Au weia, dachte Henry, als er seine Bettdecke nach Spinnen absuchte, bevor er sich misstrauisch unter selbige legte, wenn Hetta herausfände, was er getan hatte, würde er nicht nur bis zu den Waden in der Scheiße stecken, sondern bis zum Hals.

Es blieben nur noch fünf Tage bis zu Hettas Ankunft. Und anstatt, wie es sonst seine Art war, sich gemütlich durchs Meer des Lebens treiben zu lassen, wurde Henry nun von hektischer Geschäftigkeit erfasst. Als Erstes rief er seine Lieblingsnichte an, um ihr alles zu erzählen.

»Oh, nein, Onkel Henry!«, tadelte sie ihn liebevoll. »Was hast du da nur angestellt?«

»Ich weiß, ich weiß, ich bin ein alter Narr, aber könntest du mir bitte helfen, das Chaos zu beseitigen?«

»Das würde ich natürlich gern, aber wie soll das gehen, wenn ich hier in London bin und du … ja, wo genau bist du eigentlich, Onkel Henry?«

»Im Fegefeuer, mein Liebes, im Fegefeuer.«

Übers Telefon half Imogen ihm, so gut sie konnte – sie hatte zwar in der Schule gute Noten in Französisch gehabt, aber das war nun auch schon eine Weile her –, doch nach und nach gelang es ihnen, alles Nötige zu arrangieren. Die Telefonkosten stiegen ins Unermessliche, aber es half ja alles nichts. Henry gelobte, seinen Audio-Sprachkurs Französisch so schnell in Angriff zu nehmen wie nur irgend möglich.

Am frühen Sonntagabend, eine orange leuchtende Sonne versank gerade hinter den immergrünen Bergen im Westen, verabschiedeten sich die zahlreichen Handwerker, die seine Nichte für ihn organisiert hatte, mit einem fröhlichen »à bientôt«, stiegen in ihre Kastenautos und fuhren davon.

Henry blieb allein zurück in seinem Reich, und das erste Mal seit Tagen empfand er wieder so etwas wie Seelenfrieden, und Freude umfing ihn wie eine tröstende Umarmung.

Der Pool war wieder klar und blau, nachdem sie die Frösche und Kaulquappen vorsichtig in den nahe gelegenen Teich zurückgebracht hatten, den bisher noch niemand bemerkt hatte, so dicht war er von Flieder und Azaleen überwuchert gewesen.

Die Wasserleitungen stöhnten und ächzten nicht mehr wie übel wollende Geister, wenn man sich duschen wollte, und das Wasser war auch wieder klar und nicht mehr so »trouble«-grünlich wie der Pool am Anfang.

Die gesprungenen Fensterscheiben waren ersetzt und die

Metallrahmen abgeschliffen und in einem frischen Mintgrün neu gestrichen worden.

Ein schrumpliger kleiner Franzose mit einem Gesicht wie ein Schimpanse und ebensolchen Kletterfähigkeiten war drei Tage lang auf seinem Dach herumgestiegen und hatte die Ziegel erneuert. Henry war über seine Wendigkeit und Fitness erstaunt gewesen, dabei musste er mindestens acht Jahre älter gewesen sein als er.

Eine ganze Armee von Putzkräften hatte sich an diesem Tag durch das gesamte Haus gearbeitet und angesichts seines Zustands Schreie des Entsetzens ausgestoßen. Sie vertrieben Ameisen, Fliegen und Spinnen, merzten Holzwürmer aus, entfernten Spinnweben, staubsaugten Teppiche und reinigten die Holzböden mit einem Eifer, der ans Mörderische grenzte. Alles glänzte wie poliertes Silber, und es roch köstlich nach Bohnerwachs, das das gleiche verführerische Aroma hatte wie Sattelseife, und nach frischen Blumen, die Henry draußen gepflückt und in Vasen gestellt hatte, in jedes Zimmer eine. Selbst die alten Möbel, die im Kaufpreis enthalten gewesen waren, sahen jetzt aus wie frisch restauriert anstatt reif für den Sperrmüll.

Henrys ganzer Stolz war das neue Schild, das eine Steinsäule am Eingang zierte. Das anonyme Bauernhaus hatte mit Hilfe Imogens jetzt einen Namen bekommen: »Maison S'endetter«. Er hoffte, dass Hetta nicht herausfinden würde, dass das übersetzt so viel bedeutete wie »Haus der Schulden«.

Von den phantastischen Handwerkern, für deren ausgiebige Mittagspausen er übrigens jeden Tag gekocht hatte, hatte er auch das eine oder andere französische Wort aufgeschnappt. Keins dieser Worte fand er allerdings in seinem kleinen Wörterbuch, wie zum Beispiel »merde«, »enculé« oder »salope«, das wegen der lustigen Art und Weise, wie es einem von der Zunge rollte, sein Lieblingswort war.

Jetzt ist meine Welt wieder in Ordnung, dachte Henry, als er auf einen seiner neuen robusten Terrassenstühle niedersank und eine Flasche Fitou öffnete, den er für geringes Geld im Supermarkt von Fayence erstanden hatte, und zu allem Überfluss kommt übermorgen meine geliebte Hetta …

Er konnte es kaum erwarten, ihr Gesicht zu sehen, wenn sie in ihren Garten Eden treten würde, ihr eigenes kleines Paradies, ihre ländliche Idylle. Es war wirklich so zauberhaft, sie würde gar nicht anders können, als entzückt zu sein. Vom Gesang der Grillen, der angenehmen Wärme des Tages, der leichten Brise, die mit sich den Duft nach wildem Knoblauch, Pinien und dem Salz des dreißig Kilometer entfernten Meeres brachte.

Morgen würde er den Kräutergarten angehen und vielleicht sogar ein Gewächshaus bauen oder, noch besser, und er wurde ganz aufgeregt bei dem Gedanken, sich einen Gewächstunnel zulegen, einen richtig tollen langen Gewächstunnel, in dem er noch effektiver Pflanzen ziehen könnte.

Seine Laune war wieder so gut, dass er beschloss, den Fitou für später aufzuheben, und zum Abendessen in ein Restaurant in Seillans fuhr, das Rollo ihm empfohlen hatte, wo er ein exzellentes Kaninchengericht verspeiste und in dem entzückenden Wirt, Monsieur Escoffier, der seine Leidenschaft für gutes Essen und lokale Weine teilte, einen neuen Freund fand.

Das Einzige, was sein Glück an diesem Tage trübte, war ein auffälliger silber-blauer Ferrari, der ihm auf den schmalen, gewundenen Straßen entgegengerast kam, ihn fast von der Straße drängte und dann auch noch die Dreistigkeit besaß, ihn anzuhupen, als sei es seine Schuld, dass er es wagte, zur selben Zeit wie er die Straße zu benutzen, die doch eigentlich nur ihm, dem Fahrer des exklusiven Sportwagens, gehörte.

Dennoch sicher zu Hause angekommen, stellte ein Glas Cognac seine gute Laune wieder her, und in seinem makellos sauberen Schlafzimmer fiel er in einen süßen Schlummer, in dem er von glänzenden Reihen fester Zucchini, Kürbisse und Auberginen träumte, von reifen roten Tomaten, perfekten Erbsen und scharfen Peperoni in ihren unterschiedlichen Reifegraden, und im Schlaf lächelnd sah er seine geliebte Frau vor sich, die in nur zwei Tagen hier wäre, um die Idylle mit ihm zu teilen.

Kapitel 4

Hetta Davies kam am Marseiller Flughafen mit drei Koffern an, von denen nur einer Kleidung enthielt, und einem Beautycase voller Lotionen und Cremes, die sie im Kampf gegen die Fältchen und Falten, die sich langsam ihres fröhlichen rundlichen Gesichts bemächtigten, für unabdingbar hielt. Nicht, dass sie eine eitle Frau gewesen wäre, denn dies war die einzige Schwäche, die sie sich hinsichtlich des ewigen weiblichen Wettstreits gegen Zeit und Schwerkraft gestattete.

Ihr Flug hatte wegen eines Streiks der Gepäckleute in Gatwick drei Stunden Verspätung, aber das hatte Hetta nichts ausgemacht, weil sie zu den wenigen Leuten gehörte, die sich gerne auf Flughäfen aufhielten. In einer Wartelounge hatte man doch eigentlich alles, was man brauchte, um sich zu entspannen, dachte sie: Kaffee – und damit meinte sie als Amerikanerin guten Kaffee, keinen englischen, und schon gar keinen Instantkaffee –, Bücher und Zeitschriften und ein recht ansehnliches Angebot internationaler Speisen. Also hatte sie drei glückliche Stunden verbracht, in denen sie an ihrem Cappuccino nippte, frisches Sushi genoss und den neuesten Jilly-Cooper-Roman verschlang.

Henry hingegen, der in Marseille auf sie wartete, war enttäuscht über ihre Verspätung, denn er vermisste sie und konnte es nicht erwarten, sie zu sehen. Trotzdem freute er sich, weil er auf diese Weise genug Zeit hatte, zum Hafen zu fahren, um dort die verbleibenden Stunden zu verbringen. Denn dort gab es seinen absoluten Lieblingsmarkt: den Marseiller Fischmarkt. Zum Glück hatte er Arthur zu Hause gelassen, es wäre viel zu heiß im Auto für ihn gewesen, und so konnte er sich ganz ungezwungen zwischen all den Ständen der Fischer bewegen, die ihre Meeresausbeute des heutigen Tages präsentierten.

Die Fische waren so frisch, dass sie praktisch noch schwammen. Am Ende seines Ausflugs musste Henry sich eine Kühlbox zulegen, so viel Fisch hatte er gekauft, um sich zu Hause an seine Version der berühmten Marseiller Spezialität zu wagen, die Bouillabaisse. Die Kosten der Box und des Fisches – dreißig Euro kostete das Kilo, und er hatte drei Kilo gekauft – fraßen ein weiteres Loch in sein Portemonnaie und in sein Gewissen, aber wie immer beschwichtigte er sich selbst, indem er an seinen Verleger Max Morris-Young und seine Frau Yvonne dachte, denen er gerade am Tag zuvor eine Einladung nach Frankreich zu einem Gourmet-, Wein- und Geselligkeitswochenende geschickt hatte.

Henry war zuversichtlich, dass Max seine Einladung annehmen würde, denn dieser war nicht nur sein Verleger, sondern auch ein alter Freund. Sie kannten sich schon seit Universitätszeiten, als sie beide in Cambridge studiert hatten, und als Henry später sein erstes Buch schrieb, eine Anthologie seiner liebsten Yeats-Gedichte, kombiniert mit Rezepten aus Yeats' irischer Heimat, die er bei Besuchen der dortigen Restaurants gesammelt hatte, hatte er sofort wieder an ihn gedacht.

Sein neues Buch sollte eine Art französisches Pendant zu seinem ersten sein, nur dass er diesmal die Gedichte und die Rezepte selber schreiben würde. Natürlich ein sehr viel ehrgeizigeres Projekt, aber Henry sagte sich in aller Bescheidenheit, dass er sich im Laufe seines Lebens genug Anerkennung erarbeitet habe, um es zu wagen und es zu verkaufen – und verkaufen musste er es, und zwar bevor Hetta das hausgroße Loch in ihren Ersparnissen bemerkte.

Als Henry am Flughafen ankam, war Hetta schon in der Ankunftshalle angelangt und saß umgeben von ihrem Gepäck an einem kleinen Bistrotisch in einem Flughafencafé und genoss sichtlich zufrieden einen weiteren Kaffee. Das Lächeln über ihr französisches Heißgetränk war allerdings nichts verglichen mit dem breiten Strahlen, das ihr in dem Moment ins Gesicht stieg, als sie ihren Mann sichtete. Seit ihrer Hochzeit hatten sie kaum eine Nacht getrennt voneinander verbracht, das lange Ohneeinander war also ungewöhnlich gewesen und schwieriger für beide, als sie erwartet hätten. Sie rannten einander entgegen wie zwei Verliebte am Strand. Mit weit geöffneten Armen hüpften sie aufeinander zu, als liefen sie durch eine wogende Brandung und nicht über Fliesenboden, um sich in einer stürmischen Umarmung zu begegnen, die ihre gleich großen Bäuche aneinanderschaukeln ließ wie zwei Fischerboote in einem Hafen, die versuchen, den letzten Ankerplatz zu ergattern.

Sie küssten sich lange und innig.

»Hast du mich ein kleines bisschen vermisst?«, fragte sie ihn, als sie sich endlich nach Luft ringend voneinander gelöst hatten, und klimperte neckisch mit den Wimpern.

»Natürlich nicht«, neckte er sie zurück, »ich habe dich nicht ein kleines bisschen vermisst, sondern ein großes bisschen.«

»Na ja, ich hinterlasse ja auch eine ziemlich große Lücke, wenn ich nicht da bin …«, rief sie lachend und sah an ihrem üppigen Busen und ihrem molligen Bauch herunter.

Auch wenn ihre Liebe zu gutem Essen Henry und Hetta ähnlich rundliche Figuren beschert hatte, waren sie rank und schlank gewesen, als sie sich kennen gelernt hatten. Henry war der typische englische Internatsschüler gewesen, Hetta die laute Amerikanerin. Zwei Klischees von entgegengesetzten Seiten des Atlantiks, die die Grenzen überschritten und ihre Liebe entdeckten. Eine Liebe, die schon länger als ein Vierteljahrhundert hielt und auf die sie sich niedlicher- und berechtigterweise auch etwas einbildeten. Jetzt, wo sie sich endlich wieder gegenüberstanden, wurde ihnen die Schmerzlichkeit des Getrenntgewesenseins erst recht bewusst, und schon fanden sie sich wortlos in einer weiteren Umarmung wieder, die doppelt so lange dauerte wie die erste, und aus der sie sich erst wieder lösten, als das dunkelhaarige französische Mädchen hinter der Kaffeetheke spontan und wohlwollend zu applaudieren begann.

Hetta wurde rot und kicherte wie ein Teenager, und Henry verbeugte sich stolz, und dann schritten sie Arm in Arm hinaus in den herrlichen goldenen Sonnenschein, während Henry an einer Hand Hettas Gepäcktrolley hinter sich her zog. Hetta schloss instinktiv die Augen und drehte sich wie eine Sonnenblume dem warmen Sonnenschein entgegen, blieb einen Moment lang still stehen und sog tief die sie umgebende Luft ein.

»Es riecht hier süßer als in London«, sagte sie leise, und Henry, der in diesem Klima selbst aufgeblüht war, wusste genau, was sie meinte, ohne dass weitere Erläuterungen nötig gewesen wären.

Auf dem Weg zu ihrem Auto schnatterte sie sofort los und berichtete von den neuesten Ereignissen zu Hause. Henry hörte ihr aufmerksam nickend zu und verstaute das Gepäck und seine Kühlbox mit dem Fisch im Kofferraum des Mercedes.

»… der Himmel weiß, wo unsere Nichte und unser Neffe sich gerade herumtreiben, die beiden Frechdachse. Du weißt ja, wie die Zwillinge sind, sie könnten überall sein, nur nicht zu Hause. Das Letzte, was ihre Mutter von ihnen gehört hat, war, dass sie in Kapstadt in einer Bar arbeiten, obwohl ich das kaum glauben kann …«

»Dass sie in Kapstadt sind?«

»Nein, dass sie arbeiten, natürlich.«

»Stimmt.« Henry nickte. »Meine Schwester muss hocherfreut gewesen sein zu hören, dass sie tatsächlich selbst für ihren Lebensunterhalt sorgen wollen.«

»Mhm, ich fürchte nur, das wird nicht lange so bleiben. Ihre älteren Schwestern scheinen alle Fleißigkeitsgene allein abbekommen zu haben. Lucy und Imogen arbeiten wie immer zu viel, wir müssen sie unbedingt an ihr Versprechen erinnern, uns für ein paar Wochen zu besuchen. Eine kleine Sommerpause würde den beiden wahnsinnig guttun.«

»Wie kommen Marcus und Lucy zurecht?«, erkundigte sich Henry nach seiner ältesten Nichte und ihrem seit einem knappen Jahr angetrauten Ehemann.

»Sie benehmen sich immer noch, als wären sie in den Flitterwochen.«

»Sie werden noch so enden wie wir, was, mein Liebling?«, strahlte Henry und drückte voller Zärtlichkeit die Hand seiner Frau.

»Oh, das hoffe ich doch«, strahlte Hetta zurück. »Ist es nicht furchtbar, wie eingebildet wir sind?«

»Möglicherweise, aber solange wir diese Selbstzufriedenheit

für uns behalten, müssen wir uns glaube ich nicht allzu viele Sorgen darüber machen«, antwortete Henry gutgelaunt.

»Apropos Sorgen, Livvy macht sich welche wegen Imogen. Seit sie die Galerie eröffnet hat, hat sie jede Minute mit Arbeit verbracht. Ich habe sie kürzlich gesehen, sie sah so abgerissen aus! Hatte dunkle Ringe unter den Augen, und ihre Haare waren völlig verwahrlost. Sie steckt so tief in ihrer Arbeit, dass sie seit Ewigkeiten selbst kein Bild mehr gemalt hat.«

»Oh, das ist wirklich eine Schande.«

»Ja, ihre Bilder sind so schön. Hier würde es ihr auch gefallen«, fügte Hetta hinzu, als sie aus Marseille herausfuhren. Henry nahm den Weg über die Küstenstraße, und bald schon verstummte Hetta in Bewunderung der herrlichen Szenerie. Nur ein paar staunende »Oh's« und »Ah's« verließen noch ihren Mund, während ihr Blick auf immer neue Juwelen der mediterranen Landschaft fiel.

Marseille war nicht der dem Haus nächstgelegene Flughafen, aber die sparsame Hetta hatte sich den billigsten Flug herausgesucht, und der ging nun mal nicht zum näher gelegenen Nizza. Die Fahrt nach Hause war also recht lang, und Henry war erstaunt, dass seine Frau ausnahmsweise einmal nicht wie ein Wasserfall redete. Als sie den pinienumstandenen Feldweg hinauffuhren, der zu ihrem Haus führte, war Henry so aufgeregt und gespannt, dass er praktisch den Atem anhielt und schon gefährlich blau aussah, als ihm endlich wieder einfiel, Luft in seine Lunge strömen zu lassen.

Als sie aus dem Auto stiegen, wurden sie natürlich zuerst von einem jubelnden Arthur begrüßt, der sich in einer ekstatischen Begrüßungszeremonie auf sein lang entbehrtes Frauchen stürzte. Es dauerte mindestens fünf Minuten, bis Arthur sich so weit beruhigt hatte, dass Hetta sich aufrichten und einen Blick auf ihre Umgebung werfen konnte.

Sie sagte so lange nichts, dass Henry glaubte, vor Spannung platzen zu müssen.

»Oh, wie wunderschön!«, waren zum Glück endlich ihre ersten Worte, und Henry atmete erleichtert auf, erst recht, als sie dann begeistert in die Hände klatschte und ihn freudestrahlend ansah.

»Das hast du gut gemacht, uns einen so herrlichen Ort für den Sommer zu suchen!«

Er verspürte einen kleinen Stich, aber als er aus ihrem Mund die Worte »gut gemacht« und »herrlich« hörte, wurde sein schlechtes Gewissen von dem drängenden Wunsch fortgespült, ihr alles zu zeigen. Er würde sie ausführlich herumführen und ihr dann später, wenn sie Zeit gehabt hätte, sich zu akklimatisieren und zur Ruhe zu kommen, bei einem Glas Wein eröffnen, dass ihr Aufenthalt hier auf längere Zeit angelegt war als nur für einen Sommer.

»Komm, ich zeige dir meinen Gewächstunnel«, forderte er sie stolz auf und nahm ihre Hand.

»Oh, das ist aber eine ganz neue Variante von ›Darf ich dir meine Briefmarkensammlung zeigen‹!«, witzelte Hetta.

»Es kann ganz schön heiß und feucht da drin werden«, stieg er auf ihre Anspielung ein.

»Findest du nicht auch, dass wir viel zu alt, fett und unattraktiv sind, um überhaupt daran zu denken, an einem solchen Ort Sex zu haben?«

»Wer redet denn hier von Sex, ich will dir doch nur meine schöne Gurke zeigen.«

»Oh, wenn du mir deine Gurke zeigst, zeig ich dir meine Melonen«, gluckste Hetta.

»Du bist mir vielleicht ein Früchtchen«, lachte Henry und drückte ihre Hand.

Der Gewächstunnel mit all seinen glänzenden Gemüse- und Obstsorten wurde mit Begeisterung aufgenommen. Ebenso verzaubert war Hetta vom Haus. Henry schickte stille Dankesrufe zu seinem Putztrupp, der ganze Arbeit geleistet hatte, während sie von Raum zu Raum tänzelte und Begeisterungsrufe ausstieß – über die französischen Antiquitäten und das wunderbare Licht der Côte d'Azur, das durch die blitzblank geputzten Fenster hereinfiel; über das Schlafzimmer mit dem überdachten Himmelbett und die alten französischen Türen, die auf einen ruhigen, blumenreichen Teil des Gartens hinausführten; über das Badezimmer mit der nostalgischen Wanne mit Löwenfüßen; über die drei Ebenen, auf denen das Haus gebaut war, um sich an das umliegende hügelige Land anzupassen. Aber am meisten hatte sie sich augenblicklich in die üppig bewachsenen Gärten mit ihrer überbordenden Fülle der Natur verliebt.

Nach der Hausführung öffnete Henry die versprochene Flasche Sancerre, und sie machten es sich auf zwei Liegestühlen am Pool gemütlich. Hetta hatte die Augen halb geschlossen und genoss in vollen Zügen den Sonnenschein, der ihre, wie sie sie nannte, »ältlichen« Knochen wärmte.

»Also, wie findest du es?«, fragte er, nachdem er ihr einen Moment Zeit gegeben hatte, richtig in ihren Stuhl zu sinken und sich völlig zu entspannen.

»Märchenhaft schön«, murmelte sie mit geschlossenen Augen.

War das jetzt der geeignete Moment, es ihr zu sagen?, fragte sich Henry. Sie schien ehrlich entzückt zu sein von der Maison S'endetter. Oder war es noch zu früh? Sie war schließlich erst seit einer Stunde hier. Vielleicht sollte er doch lieber bis zu ihrer Abreise warten, bis sie mit Tränen in den Augen Abschied für immer nehmen müsste, und dann würde er wie ein Held auf dem weißen Pferd angeritten kommen und sie vor allem Unbill retten und ihr erklären, dass sie gar nicht Abschied nehmen müssten von ihrem gallischen Paradies, weil es *ihr* gallisches Paradies sei.

Diese Vorstellung gefiel ihm außerordentlich gut, so gut sogar, dass sie ihn davon abhielt, ihr sein Geheimnis an Ort und Stelle zu verraten.

»In London hat es heute Morgen geregnet, als ich losfuhr«, sagte sie zufrieden. »Der Wein ist übrigens sehr gut.«

»Vin de région«, erläuterte er. »Er ist eine appellation d'origine contrôlée von einem Weingut der Côtes de Provence. Da fahren wir mal hin.«

»Ja, das wäre schön«, murmelte sie schläfrig.

Als Hetta in Schlummer versank, legte sich Arthur auf die Füße seines Frauchens und stieß dabei einen zufriedenen Schnaufer aus. Wäre Henry ein Hund gewesen, er hätte das Gleiche getan. Da auf Hettas Sonnenstuhl kein Platz mehr war, musste er sich damit zufriedengeben, die Hand seiner Frau zu nehmen und ebenfalls ein Nickerchen zu machen.

Hettas enormes Gepäck verarzteten sie vor dem Abendessen. Den ersten Koffer, der Hettas Kleidung enthielt, trug Henry herein, und sie packte ihn aus und hängte ihre Kleider auf. Eine Reisetasche enthielt eine eklektische Fülle an Zeitschriften, die meisten davon Modemagazine. Hetta war zeitschriftensüchtig. Sie rechtfertigte ihre zahlreichen Käufe damit, dass sie in der Modebranche arbeitete und schließlich auf dem Laufenden bleiben müsse, und obwohl Henry Schwierigkeiten hatte zu verstehen, was Kinder- mit der Erwachsenenmode zu tun hatte, die man in der *Vogue* und der *Elle* fand, ließ er sie machen, so wie sie Verständnis für seine Hobbys hatte.

»Englische Zeitschriften kosten im Ausland manchmal das Doppelte wie zu Hause, also dachte ich, ich spare ein bisschen …«, erklärte sie lächelnd, als Henry genau vierzehn Zeitschriften aus ihrer Tasche zog. Er hatte sie in den letzten Wochen so sehr vermisst, dass er es nicht übers Herz brachte, ihr zu sagen, dass sie sich von der Gebühr, die das Übergepäck gekostet hatte, alle Zeitschriften der Welt hätte kaufen können.

Der zweite Koffer enthielt all seine Lieblings-Küchenutensilien, die Henry nicht hatte mitnehmen können, und er fiel in Ekstase über sie her. Es war, als begrüße er alte Freunde, als er mit den Händen zärtlich über seinen liebsten und unersetzlichen Rührbesen strich und an die Köstlichkeiten dachte, die er mit seiner Hilfe in der französischen Küche zubereiten würde.

Der dritte Koffer enthielt nur einen Gegenstand: Arthurs Körbchen. Er war auf der Hinfahrt vergessen worden und von dem alten Hund ebenso sehr vermisst worden wie Henrys Küchen-Equipment von ihm.

Während Hetta ihre Cremes und Wässerchen auf dem riesigen antiken Schminktisch ausbreitete und Arthur sich glücklich grunzend in seinem Hundekorb niederließ, eilte Henry in die Küche, um das Abendessen vorzubereiten. Er hatte seit Tagen über das perfekte »Willkommen-in-Frankreich-Menü« für sie nachgedacht und ein Festessen zu Ehren ihrer Ankunft vorbereitet. Kleine schwarze in Thymian und Lorbeer eingelegte Oliven und frisches Brot aus der Boulangerie sollten als Appetitanreger serviert werden. Dann sollte die Bouillabaisse folgen, für die er am Morgen den frischen Fisch eingekauft hatte, und dann gegrillter Wolfsbarsch, von den Franzosen »loup« genannt, mit Fenchel und Baby-Zucchini und deren hübschen orangefarbenen Blüten. Zum Dessert sollte es Obstsalat mit Früchten aus dem eigenen Garten geben und ein Himbeersorbet, das er selbst gemacht hatte. Zum Essen, das am Terrassentisch stattfand und wie bei den Franzosen mehrere Stunden dauerte, tranken sie zwei Flaschen Wein und kamen überein, dass das Einzige, was ihnen noch zum perfekten Glück fehlte, höchstens wäre, dass ihre Freunde und Familie jetzt mit ihnen an dem langen Tisch säßen.

»Ich hoffe, sie kommen uns alle besuchen.«

»Sie haben es jedenfalls alle versprochen.«

»Ich weiß, aber das heißt nicht, dass sie auch wirklich kommen. Sie sind alle so wahnsinnig beschäftigt, vor allem meine Mädchen.«

Ihr scheinbar perfektes Liebesglück wurde nur von einem einzigen Umstand getrübt, nämlich dem, dass sie keine eigenen Kinder hatten bekommen können, und deshalb hingen sie umso mehr an ihren Nichten und Neffen. Besonders eng verbunden waren sie Lucy, der Ältesten, und Imogen, dem mittleren Kind, wenn man die Zwillinge nur einfach zählte. Die Zwillinge liebten sie auch sehr, aber deren Jetset-Leben verhinderte, dass sie sich oft sahen.

Lucy, in deren Modefirma Hetta arbeitete, war ein gutherziges, liebenswertes, fleißiges Mädchen und seit kurzem glücklich mit dem gutaussehenden Marcus verheiratet.

Imogen, die zehn Jahre lang die Jüngste der Familie gewesen war, bis ihre Zwillingsgeschwister geboren wurden und sie damit zum mittleren Kind wurde, war eine widersprüchliche, aber wundervolle Mischung aus kratzbürstig und lammfromm, ernst und lustig, tough und zerbrechlich, und dafür liebten sie sie.

Justin und Flora, die Zwillinge, waren eine »späte Überraschung« gewesen, wie ihre Mutter Olivia gern betonte, und der personifizierte Hedonismus. Ihr oberstes Ziel im Leben war, sich auf Teufel komm raus zu amüsieren, was für sie selbst natürlich eine schöne Sache, aber insgesamt betrachtet doch ein wenig egoistisch war.

Hetta und Henry behandelten sie alle, als wären sie ihre eigenen Kinder, und hatten sogar einen Teil ihrer Freunde so gut wie adoptiert, besonders Abby. Dieses hinreißende Mädchen hatte seine lausigen Eltern einfach nicht verdient. Es war so unfair, dass manche Leute im Handumdrehen Kinder bekamen, sie aber nicht zu schätzen wussten oder ihren Wert nicht erkannten.

Was hätten Hetta und Henry für eine eigene Tochter oder einen eigenen Sohn gegeben! Aber sie waren keine Leute, die sich beklagten, und so schenkten sie ihre Liebe einfach denen, die sie brauchten, und hingen ein bisschen stärker aneinander, als andere Ehepaare das vielleicht taten.

Sie führten eine bemerkenswerte Beziehung voller Liebe, Vertrauen und Aufrichtigkeit, aber obwohl sie nun schon seit einigen Stunden beieinandersaßen, hatten sie über alles gesprochen außer über das Eine, das Henry auf der Seele brannte.

Wäre es jetzt nicht an der Zeit, fragte er sich erneut, als sie ihnen gerade Wein nachschenkte und ihm eine Kusshand zuwarf? Aber kaum hatten sie einen Schluck aus ihren Gläsern genommen, stand sie auch schon auf und streckte ihre Hand nach ihm aus.

»Komm, Schatz, zeig mir das Schlafzimmer. Ich hatte schon viel zu lange einen leeren Platz neben mir im Bett.«

Sie liebten sich laut und ziemlich stürmisch, während Henry betete, dass das Himmelbett ihr heftiges Oldie-Vorspiel aushalten möge, und dann fiel Hetta, glücklich und zufrieden, ihren Mann und ihren Hund endlich wieder bei sich zu haben, umstandslos in einen tiefen, erholsamen Schlaf. Auch Henry ruhte wohlig und entspannt an ihrem Rücken wie ein Teelöffel im Besteckkasten, hatte einen Arm um sie gelegt und hörte ihrem ruhigen Atem zu, der nur vom Ruf irgendeines seltsamen Nachtvogels aus dem Wald in den Bergen unterbrochen wurde, und dankte dem lieben Gott für sein Glück.

»Du sollst nicht lügen«, kam es umgehend vom lieben Gott zurück.

»Ich sag es ihr ja bald«, versprach er, »Ich sag es ihr ganz bestimmt.«

Kapitel 5

Zur selben Zeit, als Hetta und Henry ins Bett fielen, fiel Alexander Avery aus einem heraus. Es erübrigt sich zu sagen, dass es nicht sein eigenes war. Dieses hier gehörte Louella Bentley, einer sylphidenhaften Blondine, deren Bardot-mäßiges Aussehen und Vadim-artiger Reichtum sie zu einem der angesagtesten Girls von St. Tropez machten.

Abgesehen davon, dass sie wirklich heiß war, war sie auch eine Eisprinzessin, die man besser nur aus der Distanz bewunderte, und diese Distanz war in der Regel substanziell. Ihre Unnahbarkeit brachte ihre Verehrer nur noch mehr dazu, sie unbarmherzig zu verfolgen. Alex gehörte diesem Verein eigentlich nicht an, doch obwohl er bisher nie ein Bentley-Verfolger gewesen war, hatte er aus Gründen, die ihm selber noch nicht ganz klar waren, die letzten Tage damit verbracht, ihr zäh und entschlossen nachzustellen wie ein Bluthund seiner Beute. Und er war ziemlich gut darin gewesen.

Nach drei Abenden feinen Essens, genug Champagner, um die *Titanic* damit zu versenken, und auf volle Lautstärke gedrehtem Avery-Charme hatte sie ihn zu Kaffee und Digestif zu sich nach Hause eingeladen, eine Einladung, die seltener und begehrter war als der freie Zugang zum Backstagebereich auf einem U2-Konzert.

Eine halbe Flasche edelsten Cognacs und eine volle Avery-Charme-Dröhnung später war die Einladung erst auf das

Schlafzimmer erweitert worden und dann auf ihr Bett, wo er sich nur einige kurze Augenblicke lang nackt und triumphierend ausstreckte, während sie im Bad verschwand, bevor er in einem Anfall von plötzlicher Klaustrophobie auf den Balkon hinauseilte.

»Ich muss hier raus«, hörte er jemanden sagen, und dann stellte er erschrocken fest, dass dieser Jemand er selbst war.

Die meisten Männer des gesamten Mittelmeerraums hätten ihren rechten Arm dafür gegeben, da zu sein, wo er gerade war, und doch nutzte er den Moment, in dem sie verschwunden war, um »ihre Nase zu pudern«, um einen Abgang hinzulegen, der eines Steve McQueens würdig gewesen wäre.

Er ging zurück ins Zimmer, zog seine Sachen an, ließ sich auf den Boden fallen, robbte an der offenen Badezimmertür entlang, stoppte kurz, um einen Blick auf den vollkommensten Körper zu werfen, den er je die Ehre gehabt hatte, nackt unter der Dusche zu sehen, schüttelte den Kopf, ungläubig sowohl über den Körper als auch seinen Entschluss, robbte weiter bis zum Flur, rappelte sich auf, rannte wie ein Besengter zu seinem Auto und raste die Auffahrt runter wie Michael Schumacher das letzte Stück beim Grand Prix von Monaco.

Erst als er mindestens fünf Kilometer zwischen sich und Louellas palastartiges Zuhause gebracht hatte, drosselte er seine Geschwindigkeit bis unter das Tempolimit, fuhr in eine Parkbucht und stieß endlich den Atem aus, den er angehalten hatte, seit sein armes verwirrtes Hirn ihm befohlen hatte, von dort zu verschwinden, aber pronto.

Was war nur los? Er lehnte sich nach vorn und legte den Kopf auf seinem Lenkrad ab, sodass alles, was er im Dämmerlicht der Straßenbeleuchtung noch sehen konnte, das berühmte Symbol von Ferrari war, der Zuchthengst, der sich in der Mitte seines Lenkrads aufbäumte.

Warum war er weggelaufen? Warum um alles in der Welt war er einfach gegangen, wo er doch schon so weit gekommen war? Nein, nein, NEIN! Die Frage war vielmehr, warum er sich überhaupt an ihre Fersen geheftet hatte? Er war nämlich gar nicht an Louella interessiert, jedenfalls nicht auf diese Weise. Sie war ja wirklich ein nettes Mädchen, aber ehrlich gesagt …

»Verdammt«, seufzte er, und es war fast ein Seufzer der Resignation. Wie sehr er sich auch dagegen wehrte, er wusste die Antwort, er wusste die Wahrheit. Er war schließlich nicht dumm, ein guter Verdränger vielleicht, aber kein Dummkopf. Es war ihretwegen. Imogen. Alles, was er getan hatte, seit er ihr begegnet war, war ihretwegen geschehen. Aber wie war das möglich? Er hatte sich nicht einmal dazu bekannt, sie kennen gelernt zu haben, und doch … Das Leben fühlte sich seither irgendwie anders an. Er hatte mehr gefeiert und heftiger geflirtet als je zuvor, hatte sich davon zu überzeugen versucht, dass alles noch beim Alten wäre, aber es funktionierte nicht. Er musste immer an sie denken. Ein Mädchen, das er kaum kannte, besetzte jede wache Minute seine Gedanken, und egal, wie heftig er sich in seine unbeschwerte, hedonistische Welt zurückzukatapultieren versuchte, die zuvor sein Lebensinhalt gewesen war, er wurde sie nicht los. Er verstand es einfach nicht.

Das Einzige, was er wirklich wusste, war, dass er zu viel getrunken hatte, um zu fahren, egal, wie nüchtern er sich gerade fühlte. Er holte sein Handy heraus und suchte Alberts Nummer, aber dann fiel ihm ein, dass es drei Uhr morgens war und der gute Albert natürlich längst selig schlief, also klappte er sein Handy wieder zu und machte sich zu Fuß auf den Weg.

Er brauchte eine Stunde bis zur Villa Marchmont. Jeder, der an ihm vorbeifuhr, musste ihn für einen Verrückten halten, denn während er ging, redete er mit sich selbst, gestikulierte wild, schüttelte den Kopf, faselte Unzusammenhängendes, das ihm seine verwirrten Gedanken und Gefühle eingaben, die in ihm durcheinanderwirbelten wie Blätter in einem Sturm.

Als er die Auffahrt zur Villa hinaufschritt, ging gerade die Sonne auf, und auch seine Gedanken wurden ein bisschen lichter. Als er oben ankam, ging er nicht ins Haus, sondern lief um es herum bis zur untersten Terrasse, wo er sich auf eine schmiedeeiserne Gartenbank setzte, von der aus man freien Blick über das im Morgenschimmer liegende St. Tropez und das Mittelmeer hatte, und holte sein Mobiltelefon heraus.

Es klingelte ziemlich lange, bis eine verschlafene, ungehaltene weibliche Stimme sich am anderen Ende mit einem müden »Hallo?« meldete.

»Abby, ich muss mit dir reden.«

»Alex?« Die Stimme klang plötzlich schrill. »Weißt du, wie spät es ist?«

»Wieso, ist es nicht auch Morgen in England?«, witzelte er.

»Ich nehme an, das bedeutet, dass in deinem Teil der Welt gerade Morgen ist.« Sie gähnte ausgiebig. »Wo genau steckst du denn?«

»Ich bin bei meinen Großeltern.«

»Na, das kann von den Cotswolds bis Konstantinopel alles sein. Warum rufst du zu einer so unmöglichen Zeit an?«, fragte sie, schon weniger unfreundlich.

»Ich wollte hören, wie es dir geht.«

»Um vier Uhr morgens?«

»Hier ist es fünf.«

»Ach so, na dann ist es natürlich etwas ganz anderes.« Abby gähnte erneut.

»Also, wie läuft es so mit deinem Wieheißterdochgleich?«

»Wie du ganz genau weißt, lautet sein Name Nathan, und wie wir beide ganz genau wissen, ist das nicht der Grund, warum du anrufst, also los, raus damit.«

»Können wir nicht noch ein bisschen um den heißen Brei herumreden, bis ich so weit bin?«

»In Anbetracht der Uhrzeit auf keinen Fall.«

»Wie geht's meinem kleinen haarigen Freund George?«

»Hundemäßig gut, wie immer, danke, aber du redest immer noch um den heißen Brei herum.«

Alex atmete tief ein. »Okay«, sagte er, und sein Mund wurde plötzlich ganz trocken. »Erzähl mir ein bisschen von deiner Freundin Imogen.«

»Imogen?«, wiederholte Abby erstaunt.

»Ja, du weißt schon, blond, blaue Augen, hat 'ne Galerie …«

»Ich weiß, wer Imogen ist, du Schwachkopf, ich will wissen, warum du mich nach ihr fragst.«

Das wüsste er ja selber gern.

»Nur so aus Neugierde, glaub ich«, behauptete er schließlich. »Ich hab sie vor deinem Haus getroffen, an dem Abend, als du wieder mit Nathan zusammengekommen bist.«

»Das hat sie mir nicht erzählt.«

»Hat sie nicht?« Alex war überrascht, wie sehr ihn das enttäuschte. »Wir haben sogar die Nacht miteinander verbracht.«

»Das habt ihr nicht!«, schrie Abby.

»Wörtlich genommen haben wir das, aber nicht so, wie du

denkst. Sie hat mich mit in ihre Galerie genommen, damit ich meinen Liebeskummer in einer großen Flasche Wein ertränken konnte, die sie deshalb dabeihatte, weil sie sie eigentlich mit dir teilen wollte, damit du deinen Liebeskummer wegen Nathan darin ertränken könntest...«

»Die Gute, das sieht ihr ähnlich. Sie ist so süß.«

»... nur dass du den Wein gar nicht brauchtest, weil ich Trottel dich unter Aufopferung meines eigenen Glücks wieder mit deinem ach so perfekten und ach so gutaussehenden Banker zusammengeführt habe.«

»Wofür ich dir ewig dankbar sein werde.« Abby kuschelte sich in ihre Kissen und lächelte versonnen.

»Und ich mir ewig in den Hintern treten werde.« Jetzt lächelte auch Alex, nur dass sein Lächeln etwas schwächer war.

»Oh nein, das wirst du nicht«, versicherte ihm Abby, »du warst gar nicht richtig in mich verliebt, stimmt's?«

»Ich hab dich sehr lieb, Abby«, sagte er wahrheitsgemäß.

»Ja, aber Liebhaben und Verliebtsein sind zwei ganz und gar verschiedene Dinge, es sind zwei unterschiedliche Arten der Liebe, Alex.«

»Ich weiß.«

»Und, bist du in Imogen verliebt?«

»Wie bitte?!«, rief er. »Wie um Himmels willen kommst du denn auf die Idee? Du weißt doch, dass ich mich nicht verliebe, und außerdem kenne ich sie ja nicht einmal, Abby.«

»Dann solltest du sie vielleicht kennen lernen.«

»Wieso?«

»Na ja, du hast mich um vier Uhr morgens angerufen, um etwas über sie zu erfahren.«

»In Wirklichkeit habe ich dich angerufen, weil ich dich vermisse, und sie schien mir der beste Vorwand für einen Anruf zu sein«, log er und wünschte sich augenblicklich, nicht angerufen zu haben.

»Okay, klar, glaub ich dir«, log Abby ihrerseits.

»Na gut, dann lass ich dich besser wieder schlafen.«

»Ja, wenn du sonst über nichts mehr reden willst…«, ermunterte ihn Abby, weil sie ganz genau wusste, dass er über eine Menge reden wollte, und dann auch wieder nicht.

»Okay, also dann, mach's gut. Bis bald hoffentlich.«

»Mach du es auch gut, Alex. Und wenn du reden willst, ruf einfach an.«

»Auch wenn es vier Uhr morgens ist?«, lachte er.

»Auch wenn es vier Uhr morgens ist, wenn es nicht anders geht…«

Abby klopfte ihre Kissen auf und schlüpfte wieder tiefer unter die Decke. Der Terrier, der neben ihr auf dem Bett schlief, gähnte, streckte sich und öffnete ein Auge.

»Weißt du, George«, sagte sie und strich ihm zärtlich über den nach oben gedrehten Bauch, »ich hatte gerade eine sehr seltsame Unterhaltung mit Onkel Alex.«

Alex steckte sein Handy zurück in die Tasche, blieb einfach sitzen und betrachtete den unglaublich schönen Sonnenaufgang, sah zu, wie das Meer langsam seine Farben wechselte. Um halb sieben hörte er den Dieselmotor eines Taxis. Lily kam offenbar vom Tanzen zurück, aber er rührte sich immer noch nicht.

Auf dem Weg zur Küche, um ihren spätnächtlichen Heißhunger zu stillen, entdeckte Lily Alex durch ein Fenster und ging hinaus in den Garten. Mit einer halbleeren Flasche Champagner in einer Hand und ihren Schuhen in der anderen schwankte sie ihm über den Rasen entgegen, während der Morgentau sie unter den Füßen kitzelte und ihren müden, abgetanzten Beinen Kühlung verschaffte, und ließ sich nicht gerade grazil neben ihn plumpsen.

»Na so was«, sagte sie freundlich, »was machst du denn hier?«

»Nichts Besonderes.«

»Hast du was auf der Seele, lieber Cousin?«

»Nee.«

»Gar nichts?«

»Überhaupt nichts«, sagte er und zauberte ein breites Lächeln auf sein Gesicht, um sie damit zu überzeugen.

Lily schlang einen Arm um ihn und legte ihren erschöpften Kopf auf seine Schulter. »Denn wenn da etwas wäre, dann könntest du mit mir darüber reden, weißt du.«

»Danke, Süße, aber ich chille nur ein bisschen und seh mir den Sonnenaufgang an.«

»Du sahst eher so aus, als wärst du tiiiiieeef in Gedanken«, erwiderte sie und winkte zur Unterstreichung des Gesagten so heftig mit ihrer Champagnerflasche, dass Alex sie am Ellbogen festhalten musste, sonst wäre sie die Bank heruntergerutscht und neben ihm ins Gras gefallen.

»Ich habe nur darüber nachgedacht, wie wunderschön es hier ist.«

»Ja, und darüber, wie wunderschön das Leben ist«, ergänzte Lily.

»Das auch«, stimmte Alex zu und lächelte.

»Alles ist super«, lallte Lily zufrieden, nahm einen Schluck Champagner, der in ihrem Mund lustig aufschäumte wie kleine Glücksbläschen, und hielt Alex die Flasche hin.

»Toll«, nickte Alex, »einfach absolut phantastisch.«

»Absolut phantastisch«, echote Lily, und ihre Lider wurden immer schwerer.

»Absolut phantastisch«, wiederholte Alex.

»Einfach absolut phantastisch«, intonierte Lily und genoss die goldenen Sonnenstrahlen, die auf ihre halb geschlossenen Augen fielen.

»Einfach absolut total grenzenlos phantastisch«, sagte Alex.

Wenn er es nur oft genug sagte, würde er es am Ende auch glauben, dachte er. Er hielt sich an den alten Spruch: »Was ich nicht weiß, macht mich nicht heiß«, und außerdem: Verdrängung war ein todsicherer Weg ins Nirwana.

Kapitel 6

Die Sonne schien nicht ganz so golden in London, ehrlich gesagt war es sogar eher bedeckt, und dunkle Wolken, die aus Süden kamen, kündigten Regen an.

Imogen Fielding, achtundzwanzig, blond, meerblaue Augen, dickes glänzendes Haar, schön, aber sich dieser Schönheit gänzlich unbewusst, ebenso wie der Wirkung, die selbige derzeit auf einen jungen Mann in wärmeren Gefilden ausübte, stand auf der Terrasse des Studios im fünften Stock, das sie kürzlich zu ihrer Galerie gemacht hatte, und zitterte.

Sie lehnte mit geschlossenen Augen am Geländer und sog die nach Metall riechende Stadtluft ein. Ja, es würde ganz bestimmt regnen. Zumindest wäre das gut für ihre Pflanzen, aber es würde den Holzstühlen schaden, die sie für ihre Kunden zum Ausruhen hingestellt hatte, und erst recht den Bildern, die auch draußen ausgestellt waren.

Sie wandte sich um, nahm eine kleine Tonstatuette mit hinein und stellte sie im Innern der Galerie auf eine Säule, kam dann zurück, um alles in Sicherheit zu bringen, was von einem Regenguss beschädigt werden könnte, und als sie mit ihrer Arbeit fertig war und sich mit in die Hüften gestemmten Armen zufrieden und auch ein bisschen stolz in dem Raum mit den hohen Wänden umsah, huschte ein Lächeln über ihr müdes Gesicht.

Sie konnte immer noch nicht ganz glauben, dass dieser Ort ihr gehörte – streng genommen gehörte er ihr auch nicht, sie hatte ihn nur gemietet –, aber alles, was sie sah, hatte sie selbst konzipiert und gestaltet und war das Ergebnis jahrelanger harter Arbeit, die nun Früchte trug.

Seit sie mit sechzehn aufs Kunst-College gegangen war, hatte sie eigentlich ununterbrochen gearbeitet. Obwohl ihre Eltern glücklicherweise in der Lage waren, sie finanziell zu unterstützen, und ihr das College bezahlten, hatte sie in ihrer freien Zeit erst in einem Café und später, als sie achtzehn war, in einer Bar gearbeitet, um Geld zu sparen. Die Galerie war ein lang gehegter Traum, und wie für fast alles im Leben brauchte man Geld, um ihn zu realisieren.

Mit neunzehn begann sie ein Kunststudium an der Universität von Brighton und suchte sich in einer Galerie einen Wochenendjob als Assistentin. Weil eine Wohnung zu mieten bedeutet hätte, ihr sauer verdientes Geld in die Vermögensbildung eines anderen zu stecken, benutzte sie ihr Angespartes, um ein kleines Haus am Stadtrand anzuzahlen, wo sie mit einer ganzen Reihe verschiedener Mieter wohnte, um es dann im vorigen Jahr wieder zu verkaufen und mit dem Erlös die Galerie zu gründen. Auch wenn ihre Wohnung hier nur eine scheußliche Abstellkammer war, war das das Opfer auf jeden Fall wert.

Die Galerie hatte sie ausgerechnet am 14. Februar, am Valentinstag, eröffnet. Das symbolische Datum passte, wie Imogen fand, weil sie nicht nur ihren letzten Penny, sondern auch ihr ganzes Herzblut in das Projekt gesteckt hatte. Zum Glück lief es gut, besser sogar, als ihr Businessplan es vorgesehen hatte, aber die Konkurrenz unter den Galeristen in London war hart, und sie wusste, dass sie sich ein »gewisses Etwas« ausdenken müsste, um ihrer Galerie einen kleinen Vorsprung gegenüber den anderen zu verschaffen.

Ihr ursprüngliches Ziel bei der Eröffnung war gewesen, einen Ausstellungsraum für gänzlich unbekannte Künstler einzurichten, eine Tür zu etwas zu öffnen, das eigentlich eine abgeschlossene Welt für sich war. Es war ein hohes Ideal und noch immer ihr Hauptantrieb, aber die Realität einer Galeriebetreiberin sah so aus, dass sie sich nicht mehr nur auf die künstlerischen Aspekte konzentrieren konnte, sondern auch an die Zahlen denken musste, an Kalkulationen, Kunden und Kreditinstitute. Und obwohl sie gewusst hatte, was sie erwartete, war sie sich nicht im Klaren darüber gewesen, wie viel Zeit das alles verschlang. Seit Wochen hatte sie keinen Pinsel mehr zur Hand genommen, und die Entzugserscheinungen waren schlimmer als die, sich das Rauchen abzugewöhnen.

Obwohl sie an ihre Unbekannten dachte, hatte sie doch verstanden, dass sie auch wirklich große Namen brauchte. Ihre ausgestellten Künstler verkauften sich nicht schlecht, aber ihr fehlte noch jemand oder etwas, das ihrer Galerie die nötige Aufmerksamkeit verschaffte, um sich ernsthaft in der Londoner Kunstszene zu etablieren. Sie brauchte einen Knüller. Entweder musste sie einen bekannten Künstler woanders abwerben oder einen neuen entdecken, der die Herzen und Geldbörsen ihrer schillernden Klientel im Sturm erobern würde.

Und sie brauchte Urlaub. Während ihre Seele voll und ganz bei der Sache war, versuchte ihr Körper mitzuhalten – vergeblich. Imogen Fielding, blond, schön, und total geschafft. Fix und foxy.

Sie gähnte, sah die Sonne hinter einer regenschwangeren Wolke verschwinden und dachte an ihren Onkel Henry in Südfrankreich. Es war typisch für ihn, so impulsiv zu sein. Wie herrlich, die Mittel zu haben, etwas so glamourös Verrücktes tun zu können. Vielleicht hätte sie auch so etwas machen sollen. Ihre Galerie war eine riskante Investition – gut, sie hatte es so gewollt –, aber es war eben riskant. Wenn die Galerie nicht funktionierte, würde Imogen mit nichts dastehen.

Sie hatte versprochen, ihren Lieblingsonkel und ihre Lieblingstante zu besuchen, aber woher sollte sie Zeit dafür nehmen? Nein, Ferien kamen nicht in Frage. Vielleicht in ein paar Monaten … oder realistischerweise Jahren. Mit einem wehmütigen Lächeln dachte sie sehnsüchtig an Henrys Beschreibung der Maison S'endetter und machte sich wie jeden Morgen mit ihrem alten Staubwedel daran, Bilderrahmen und Statuen abzustauben.

Bei dieser Beschäftigung traf sie auch ihre Mutter Olivia an, als Imogen eifrig einen großen Phallus aus Ton abwedelte, den ein reizender schwuler Künstler aus Cornwall gefertigt hatte – eine sehr ansprechende Serie mit Keramik-Klitorides ging ebenfalls auf sein Konto.

»Mum!« Sie umarmten sich. »Was für eine schöne Überraschung! Was machst du hier?«

»Weihnachtseinkäufe.«

»Weihnachtseinkäufe? Aber es ist noch nicht einmal Sommer!«

»Ich weiß, aber damit kann man nie früh genug anfangen«, grinste ihre Mutter. »Außerdem ist gerade Schlussverkauf. Und ich möchte ein paar neue Sachen für Daddy kaufen, er trägt seine alten Klamotten jetzt schon so lange, dass er wie eine Vogelscheuche aussieht.«

»Wie geht es ihm?«

»Ach, er ist gerade dabei, im Garten einen Teich anzulegen, und beschwert sich ohne Unterlass, wie mühsam das ist, dabei genießt er jede Sekunde. Er lässt dich übrigens herzlich grüßen und sagt, dass du mal wieder zu Besuch kommen sollst. Apropos Besuchen: Hast du in letzter Zeit mit Hetta gesprochen?«

»Ich habe mit Onkel Henry telefoniert«, erwiderte sie und lächelte leise in sich hinein.

»Es gefällt ihm in Frankreich, oder?«, bemerkte ihre Mutter geistesabwesend, während sie verwundert den Tonphallus betrachtete.

»Ja, vielleicht sogar ein bisschen zu sehr«, antwortete Imogen.

»Ich habe jedenfalls neulich Tante Hetta zum Flughafen gebracht, sie verbringt jetzt den ganzen Sommer dort mit ihm.«

»Die Glückliche! Ein ganzer Sommer an einem so wundervollen Ort!«

»Sie hat mir gesagt, ich soll dich unbedingt an dein Versprechen erinnern, sie besuchen zu kommen.«

»Ich weiß, dass ich das versprochen habe, aber das war, bevor ich die Galerie eröffnet habe.«

»Das kann schon sein, aber du hast so viel gearbeitet, Liebes, du brauchst unbedingt eine Pause. Kannst du denn keine Vertretung finden?«

»Ehrlich gesagt bin ich mir da nicht so sicher, und ich weiß auch gar nicht, ob ich das will. Es ist ein bisschen so, als würde man sein Neugeborenes alleinlassen.«

»Schon, aber es muss doch irgendjemanden geben, dem du dein Baby anvertrauen würdest?«, nahm ihre Mutter den Vergleich auf.

»Ja, aber die können wiederum ihre eigenen Pflichten nicht vernachlässigen, um den ganzen Tag hier zu arbeiten.«

»Könntest du dir nicht einen Assistenten zulegen?«

»Und wie sollte ich den bezahlen?«

»Oh Schreck, läuft die Galerie so schlecht?«

»Nein, nein, gar nicht, im Gegenteil, sie läuft sogar ganz gut, aber für einen Assistenten habe ich frühestens in ein oder zwei Jahren das Budget.«

»Und hast du für Mittagessen ein Budget?«

»Wie bitte?«

»Du bist so dünn geworden.«

»Umso besser.«

»Kind, isst du denn auch genug?«

»Mum, ich weiß, du machst dir Sorgen, aber ich bin vor dreizehn Jahren von zu Hause ausgezogen, glaubt du wirklich, du musst mir noch solche Fragen stellen?«

»Es spielt gar keine Rolle, wie lange es her ist, dass du ausgezogen bist, ich werde immer deine Mutter sein und habe deshalb das Recht, dir solche Fragen zu stellen. Ich dachte, ich könnte dich vielleicht auf einen kleinen Imbiss einladen?«

»Das ist eine sehr gute Idee, aber ich fürchte, ich kann nicht.«

»Machst du nicht einmal Mittagspause?«

»An meinem Schreibtisch.«

»Kaffeepause?«

»An meinem Schreibtisch.«

»Pinkelpause?«

»Zum Glück nicht an meinem Schreibtisch, aber sicherlich schneller als eine Kanonenkugel.«

»Klingt aber schmerzhaft!«, witzelte ihre Mutter entsetzt.

»Ist es aber nicht. Es ist schön, den ganzen Tag hier zu sein, umgeben von Kunst.«

»Das kann schon sein, aber es gibt auch andere Schönheiten außer Bildern an der Wand, mein Schatz.«

»Ich weiß, Mum«, seufzte Imogen und dachte daran, wie sie zum letzten Mal in Brighton zum Strand hinuntergegangen war, bevor sie nach London gezogen war, und sich den Sonnenuntergang angesehen hatte.

»Und es gibt auch mehr im Leben als nur Arbeit.«

»Nicht, wenn du deine Rechnungen bezahlen musst und Leute von dir abhängen, die wiederum ihre bezahlen müssen.«

»Ja, ich weiß, dass es hart ist, aber es muss doch möglich sein, eine Balance zu finden, damit dein Leben nicht ausschließlich aus Arbeit besteht.«

»Ich habe gerade erst aufgemacht, und ich habe immer gewusst, dass es hart werden würde, das ist doch immer so, wenn man sich selbständig macht, hab ich nicht recht?«

»Ja, du hast recht«, stimmte ihre Mutter zähneknirschend zu.

»Frag Lucy.«

»Ich weiß, ich weiß. Aber es ist mein Job, mich um dich zu sorgen, und ich meine eben, dass du dringend Urlaub brauchst.«

»Ehrlich gesagt, Mum«, erwiderte Imogen und umarmte ihre Mutter fest, »meine ich das auch, aber manchmal im Leben ist eben das, was du willst, nicht das, was du bekommst.«

Alexander befand sich auf einer Party, die schon zwei Tage dauerte und auf dem besten Wege war, es bis zum dritten zu schaffen und vielleicht sogar noch weiter. Es war eine tolle Party in einem tollen Haus. Vier Etagen voller Spiegel, Marmor und barocken Möbeln. Eine Miniversion von Versailles. Alles, was an der Riviera berühmt-berüchtigt war, hatte sich hier versammelt und über das Haus verteilt, wobei die meisten Leute um die Swimmingpools innerhalb und außerhalb des Hauses herumstanden. Eine Swim-up-Bar servierte schier unendliche Mengen Champagner, und der DJ war extra aus Ibiza eingeflogen worden. Das Catering stammte von Südfrankreichs besten Köchen: Das Essen war einfach köstlich. Wer Hunger bekam, stürzte sich auf Hummer-Crêpes und Jakobsmuscheln. Die Gäste waren ebenso betrunken wie schön, sie waren die Schönsten der Schönen. Es war die Party der Saison. Es gab nur ein Problem. Alexander amüsierte sich nicht.

Er betrank sich, wurde wieder nüchtern, betrank sich, wurde wieder nüchtern, und gerade war er bei der dritten Runde exzessiven Trinkens angelangt, als ihm ein Gedanke kam.

»Wozu das alles?«, sagte der Gedanke.

»Wozu was alles?«, erwiderte Alex.

»Wozu das alles hier?«

»Es soll uns amüsieren.«

»Ja, aber du amüsierst dich nicht. Also, wozu das alles?«

Er hatte eigentlich alles, was ein Hedonist sich nur wünschen konnte, aber wenn er sich in diesem Moment wirklich etwas hätte wünschen können, hätte er sich meilenweit von hier fortgewünscht. Oder, genauer gesagt, so viele Meilen, wie es nach London waren.

Alex stieß sich mit der Hand gegen die Stirn. Warum dachte er nur einen solchen Blödsinn? Er wollte natürlich nicht nach London … oder? Er war doch nach Frankreich zurückgeflogen, weil er nicht mehr in London sein wollte. Und er hatte sein schönes, angenehmes, amüsantes Leben wieder, also warum um alles in der Welt sollte er zurück nach London wollen? Obwohl er sich noch immer in der schlimmsten Verleugnungsphase befand, wusste er doch die Antwort auf all seine Fragen und den Grund für seine überstürzte Abreise aus London. In London war sie, die Frau, die ihn in einen hoffnungslosen Idioten verwandelt hatte. Die Frau, die ihn Sachen fühlen ließ, die ihm solche Angst machten, dass alles, was er tun konnte, wenn er sich in ihrer Nähe befand, war, sich aus dem Staub zu machen.

Wollte er dieses Paradies verlassen, um sich auf die Suche nach ihr zu begeben? Die Tatsache, dass er auf diese Frage nicht mit einem klaren, ehrlichen, sonoren Nein antworten konnte, machte ihn unglaublich wütend – auf sich selbst.

»Du Schwachkopf!«, schimpfte er mit sich. Das Paar, das neben ihm dabei war, Zungenküsse auszutauschen, unterbrach seine Tätigkeit und starrte ihn ungläubig an.

»Ich hab nicht euch gemeint«, blaffte er.

Was war nur los mit ihm, er war sonst nie unhöflich. Mit einer entschuldigenden Geste überreichte er dem Pärchen seine Champagnerflasche, die er eigentlich allein hatte trinken wollen, und machte sich auf den Weg nach draußen, wo sein Auto geparkt war.

Er würde zum Flughafen fahren und den nächsten Flieger nach London nehmen. Die Sache musste er ein für alle Mal aus der Welt schaffen. Er war nicht verliebt. Er war einfach nur besessen, und die beste Methode, sich dieser Besessenheit zu entledigen, war, sich das Objekt der Begierde noch einmal in der Wirklichkeit anzusehen, statt es sich in seiner Phantasie nur immer weiter auszumalen.

Seien wir doch mal ehrlich. In Wirklichkeit ist sie bestimmt eine Nervensäge. Sie kaut an ihren Fußnägeln. Putzt sich höchstens einmal in der Woche die Zähne, wenn sie überhaupt daran denkt. Sie trägt drei Tage lang dieselbe Unterwäsche. Reißt sich mit den Händen die Hornhaut von den Füßen. Flucht wie ein Dachdecker. Nestelt sich mit der Gabel die Speisereste aus den Zähnen, mit der sie gerade gegessen hat… Okay, diese Beispiele waren vielleicht ein bisschen übertrieben, aber sie war bestimmt ein Workaholic, so eine von denen, die alle mit ihrer Arbeit langweilen, sie wohnte ja quasi in der Galerie, obwohl… was sie ihm über ihre Liebe zur Kunst erzählt hatte, war gar nicht langweilig gewesen…

Wenn man der Wahrheit ins Auge sah, musste man zugeben, dass sie zwar ein schönes Mädchen war, aber natürlich nicht in derselben Liga spielte wie er. Alexander Avery ging mit Models und Schauspielerinnen aus. Die kleine, hübsche Abby war sein einziger Ausflug in die Welt weiblicher Normalität gewesen. Auf der anderen Seite war die kleine, hübsche Abby die längste und erfolgreichste Beziehung gewesen, die er bisher geführt hatte. Aber er wollte ja gar keine neue Beziehung. Vielleicht war es wegen Abby. Vielleicht war er dabei, einen Rückfall zu kriegen, wie man so schön sagte. Immerhin hatte er wieder mit ihr zusammen sein wollen. Genau, das war es, Imogen war nur ein Symptom für eine andere Krankheit. Er wollte sie gar nicht wirklich. Sie war nicht sein Typ. Sie hatte nicht diese tiefblauen Augen, die ihn an den Himmel erinnerten, wenn der Tag sich dem Ende zuneigte. Und er musste nicht jedes Mal, wenn er das sanfte Gurren eines hiesigen Waldvogels hörte, an ihr Lachen denken.

Oh Gott, er fing an, poetisch zu werden! Das musste so schnell wie möglich in Ordnung gebracht werden. Verdammt noch mal, wo waren jetzt wieder seine Autoschlüssel?

Kapitel 7

Nichts ahnend, welches Chaos sie in einem anderen Land angerichtet hatte, betrachtete Imogen das Chaos in ihrem eigenen Leben. Ja, es war wundervoll, eine eigene Galerie zu führen, es war alles, wovon sie je geträumt hatte, und mehr, aber gerade dieses »Mehr« war es, das ihr momentan zu schaffen machte. Niemand konnte ihr vorwerfen, das sie nicht alle Schwierigkeiten vorhergesehen hatte, die die Leitung einer Galerie mit sich brachte, sie hatte sich schließlich seit ihrem sechzehnten Lebensjahr innerlich darauf vorbereitet, verdammt, und die Wirklichkeit konnte mit ihren Vorstellungen sogar mithalten, aber kein normaler Mensch auf dieser Welt konnte auf restlos alles vorbereitet sein, was passierte, und kein normaler Mensch konnte siebzig Stunden die Woche arbeiten, ohne irgendwann gesundheitlichen Schaden zu nehmen, und zwar sowohl körperlichen wie seelischen.

Sie war glücklich, aber so müde, dass sie hätte heulen können; sie hatte wegen der vielen Arbeit an Gewicht verloren, aber auch an Fitness, weil sie keine Zeit mehr hatte, sich um sich selbst zu kümmern; sie liebte zwar die Arbeit in der Galerie, vermisste aber ihre eigene künstlerische Tätigkeit; sie freute sich, endlich in London zu sein, aber ihr fehlten ihr Zuhause und Brighton. Um es kurz zu machen, sie war ein Wrack. Ihre Mutter machte immer wieder Anspielungen wegen eines anstehenden Urlaubs, die letzte, nicht gerade subtile war ein

Buch gewesen, das sie ihr über Amazon hatte schicken lassen. Zuerst hatte sie gedacht, es sei ein von ihr bestelltes Buch über Kunst des Zwanzigsten Jahrhunderts, um dann festzustellen, dass es sich um einen Reiseführer für die Französische Riviera handelte.

Anfänglich hatte Imogen nur ungeduldig durch das Buch geblättert. Auch wenn sie die Bemühungen ihrer Mutter zu schätzen wusste und tatsächlich am liebsten abgehauen wäre, um es sich an einem dieser Strände mit einer Flasche Wein und Baguette mit Brie und einem guten Buch gemütlich zu machen, konnte sie einfach nicht. Sie hatte schlicht zu viel zu tun. Und die wunderbaren Fotos in dem Buch frustrierten sie nur noch mehr und steigerten ihr Fernweh. Trotzdem las sie weiter in dem Reiseführer, weil ihre Sehnsucht nach anderen visuellen Eindrücken als den immer gleichen vier Wänden so stark war und von den Bildern romantischer kleiner Dörfer, die sich an die Hänge schmiegten, schwindelerregender Serpentinen, die den Blick aufs Mittelmeer freigaben, sonnengetränkter Strände und kristallblauen Wassers nur mehr geschürt wurde. Und dann kam sie zu dem Kapitel über die Künstler dieser Region.

»Ich habe versprochen, sie zu besuchen«, flüsterte sie, und dann klingelte das Telefon, es war einer ihrer panischen Künstler, also legte sie das Buch weg, das schnell von anderem Papierkram bedeckt wurde und schließlich unter selbigem in irgendeiner Schublade verschwand, und der Frankreichtraum war vergessen, als die Wellen der Londoner Arbeitswelt wieder über ihr zusammenschlugen.

Henrys Postkarte mit dem Matisse-Haus in Nizza hätte sie vielleicht wieder daran erinnert, aber unglücklicherweise landete sie versehentlich bei den Druckern im Erdgeschoss, die von der Karte entzückt waren und sie an ihre Pinnwand hefteten, ohne sie überhaupt zu lesen.

Schließlich griff das Schicksal ein, und zwar auf sehr drastische Weise. Imogen wurde von einem Bus der Linie 47 erfasst. Das heißt, glücklicherweise nur ein Teil von ihr. Ihr Fuß. Ihr Körper war mutig vorangeschritten, aber den Kopf hatte sie in den Wolken gehabt, und so bekam der Ausdruck »Mit einem Fuß im Grab stehen« in ihrem Fall eine ganz neue Bedeutung und materialisierte sich in drei gebrochenen Zehen und einem gebrochenen Mittelfußknochen, sodass sie sich fast vorkam wie David Beckham, nur leider lange nicht so glamourös, als sie auf ihren Krücken mit dem Gips herumhumpelte, den sie notdürftig in eine alte rote Schuluniformsocke ihres Bruders gesteckt hatte, weil sie nichts Größeres hatte auftreiben können.

Zum Glück passierte es am Samstag auf dem Heimweg von der Arbeit. Sie hatte den Sonntag frei und hoppelte dann am Montagmorgen tapfer zurück in die Arbeit, wobei sie zum ersten Mal den Umstand verfluchte, dass sich die Galerie im obersten Stockwerk befand. Heute hätte sie ohne zu zögern ihre schöne Aussicht gegen einen *zuverlässigen* Aufzug eingetauscht.

Mit Krücken zu laufen war eine Sache, mit ihnen fünf Stockwerke treppauf und treppab zu hüpfen eine andere. Einer der Maschinenarbeiter der Druckerei im Erdgeschoss bemerkte, wie sie verzweifelt auf den Rufknopf des nicht reagierenden Aufzugs drückte, und bot ihr an, ihr nach oben zu helfen, aber sie lehnte dankend ab und machte sich an den Aufstieg. Abby, die im selben Haus ihr Fotostudio hatte, steckte den Kopf aus der Tür, als sie vorbeikam.

»Guten Morgen, Imogen … der verdammte Lift ist schon

wieder kaputt … Oje! Der Lift scheint nicht das Einzige zu sein, was kaputtgegangen ist … Was um Himmels willen ist mit dir passiert?«

Imogen lehnte sich ans Geländer und schnappte nach Luft. »Ich hatte eine Auseinandersetzung mit einem Bus und habe verloren.«

»Einem Bus?«

»Frag lieber nicht.« Imogen schüttelte verlegen den Kopf.

»Kann ich dir irgendwie helfen?«

»Trag mich huckepack nach oben«, witzelte Imogen.

»Klar. Ich gehe nur schnell Kit holen«, erwiderte Abby. »Hast du dir was gebrochen?«

»Ein paar Zehen, das Übliche.«

»Wenn du was brauchst, klingel einfach schnell durch.«

»Und du schickst mir dann Kit, ja?«

»Natürlich. Das Mädchen kann schließlich auch mal was tun.«

Das Telefon klingelte gerade, als Imogen die Tür zur Galerie aufschloss. Weil es schneller war, als mit den Krücken zu humpeln, hüpfte Imogen auf einem Bein bis zum Empfangstisch der Galerie, warf sich in den Drehstuhl dahinter und nahm den Hörer ab.

Die letzen zwei Stockwerke waren noch mal richtig anstrengend gewesen, also klang sie ziemlich außer Atem, als sie sich meldete.

Ihre Mutter klang mindestens ebenso atemlos. »Warum um alles in der Welt hast du mir nicht gesagt, dass du einen Unfall hattest?«

»Ich wollte nicht, dass du dir Sorgen machst. Es geht mir gut. Aber woher weißt du es?«

»Ich habe es von deiner Schwester erfahren müssen.«

»Aber Lucy weiß doch gar nichts davon.«

»Nicht Lucy. Flora.«

»Flora?«

Das konnte sich Imogen nun wirklich nicht erklären, wusste sie doch, dass Flora auf den Seychellen war und mit dem Gedanken spielte, für eine Weile nach Südafrika zu gehen.

»Ich nehme an, Kit hat es ihr erzählt«, sagte Livvy, bevor Imogen fragen konnte.

»Aber Kit weiß es doch selbst erst seit …« Imogen sah auf die Uhr. »Seit höchstens zehn Minuten.«

»Mobiltelefone sind eben eine tolle Erfindung«, entgegnete ihre Mutter. »Man kann von überall aus damit anrufen, selbst von Krankenhäusern aus.«

»Tatsächlich muss man sie in Krankenhäusern ausschalten, Mum.«

»Dann hättest du mich immer noch anrufen können, nachdem du wieder draußen warst.«

»Das war doch gar nicht nötig. Es geht mir gut. Ich hab mir nur ein paar Zehen und einen kleinen Knochen im Fuß gebrochen, nichts Schlimmes.«

»Ja, aber es hätte was Schlimmes sein können. Was hat dein Fuß auch unter einem Bus verloren, kannst du mir das vielleicht mal erklären? Was hast du dir dabei gedacht, mein Schatz? Wie konntest du einen großen roten Bus übersehen? Dass dieser Unfall überhaupt passieren konnte, ist der Beweis dafür, dass du urlaubsreif bist. Ich hab dir das schon so oft gesagt, und jetzt sage ich es dir noch einmal umso dringlicher.«

»Mum, ich bin erwachsen, du kannst mir nicht mehr vorschreiben, was ich tun soll.«

»Umso schlimmer.« Jetzt musste ihre Mutter doch lachen. »Hör mal, wir wissen doch beide, dass ich dir nichts vorschreiben will, aber wäre ein kleiner Urlaub nicht einfach eine tolle Idee? Nur eine kleine Verschnaufpause, damit du wieder auf die Beine kommst? Bei Onkel Henry und Tante Hetta? Was meinst du?«

»Ich meine, dass das sehr schön wäre, aber ich kann nicht. Ich habe ein Geschäft zu führen.«

Und so arbeitete Imogen trotz der Schmerzen, trotz ihrer Einschränkungen und obwohl sie es kaum allein auf die Toilette schaffte, die ganze Woche durch.

Sie hängte Bilder auf, beantwortete Tonnen von E-Mails, schrieb Pressemitteilungen, lief den ausstellenden Künstlern hinterher, wenn sie ihre dringend benötigten Lebensläufe oder zitierfähigen Statements nicht ablieferten, wimmelte unzählige Anzeigenverkäufer ab, aktualisierte ihre Website, staubte Statuen und andere Ausstellungsobjekte ab, kochte Kaffee und Tee für ihre Kunden, schwatzte ihnen Bilder auf und putzte sogar das Klo, das sie kaum benutzen konnte. Sie war das übliche Mädchen für alles, mit dem für Kunden und Künstler einzig sichtbaren Unterschied, dass auf der Dachterrasse keine nicht-wasserfesten Ausstellungsstücke mehr standen, weil Imogen sie bei Regen nicht mehr reintragen konnte.

Abby war ihre Retterin, brachte ihr Sandwiches, Plätzchen und Kaffee und andere lebensnotwendige Utensilien wie Spülmittel und Toilettenpapier. Wenn sie es nicht selber schaffte, hochzugehen, schickte sie ihre Assistentin Kit, die sie mit starkem, brandyverschärftem Kaffee in Thermoskannen in Versuchung führte, sie mit dicken Tafeln Bio-Schokolade fütterte und mit schmutzigen Witzen so sehr zum Lachen brachte, dass ihr die Kiefermuskeln am Ende mehr wehtaten als ihr Fuß.

Am Samstagabend, als sie sich anstatt um acht schon um sieben davonschleichen und zumachen wollte, klingelte das Telefon. Es war Abby.

»Hast du Lust, was trinken zu gehen?«, fragte sie ohne Umschweife.

»Hat der Papst einen Balkon?«

»Soll ich hochkommen und dir runterhelfen?«

»Keine Sorge, ich rutsche sowieso das Geländer runter«, scherzte Imogen.

Aber zu ihrer großen Überraschung funktionierte der Aufzug.

»Blödes Ding«, murmelte Imogen, als sie einstieg, »die ganze Woche blaumachen, und wenn's ins Wochenende geht, wieder fit sein. Aber am Montag bist du garantiert wieder hinüber.« Wie zum Protest blieb der Aufzug prompt im ersten Stock stehen und weigerte sich weiterzufahren, also humpelte sie die letzten Stufen zu Fuß.

Kit und Abby warteten schon draußen. Kit hatte sich das Haar am Morgen noch kürzer schneiden und noch schwärzer färben lassen; jetzt zierte ein Einzentimeter-Stoppelschnitt mit lilafarbenen Haarspitzen ihren Kopf. Nur jemand, der auf so androgyne Weise gut aussah wie Kit, konnte sich eine so krasse Frisur erlauben.

»Das Taxi wartet schon«, sagten sie wie aus einem Munde, nahmen ihr jede eine Krücke ab und hakten sie unter.

»Aber wir gehen doch nur um die Ecke.«

»Also, ich habe wirklich nicht die Kraft, dich zu tragen, auch wenn Kit es vielleicht schaffen würde, und vor allem keinen Nerv, eine halbe Stunde zu warten, bis du hingehoppelt bist. Ich brauche sofort einen Drink, du hast keine Ahnung, was für eine harte Woche hinter mir liegt!«

Abby sah aber gar nicht so aus, als hätte sie eine harte Woche gehabt. Sie glühte geradezu vor Glück. Nathan wirkte ganz offensichtlich Wunder bei ihr. Imogen sagte ihr das auch.

»Um ehrlich zu sein«, erklärte Abby und lehnte sich vertrauensvoll an Imogen, »Nathan tut mir wirklich gut. Es ist eher Nathans Exfrau, die mir zu schaffen macht. Aber die Sache ist es wert. Tamsin hat mich kürzlich sogar umarmt!«

Tamsin war Nathans Tochter. Sie und ihr Bruder Oliver hatten sich anfangs ablehnend gegenüber Abby verhalten, als sie ihren Vater kennen lernte. Oliver hatte seiner Mutter sogar dabei geholfen, die beiden wieder auseinanderzubringen, aber dann war zum Glück Alex eingeschritten und hatte die Dinge wieder in Ordnung gebracht. Und Abby, die selbst ein Scheidungskind war und deshalb immer den Grundsatz gehabt hatte, sich niemals auf einen in Scheidung lebenden Mann einzulassen, entwickelte jetzt ein immer besseres Verhältnis zu den Kindern, das unabhängig von ihrer Beziehung zu Nathan seine ganz eigenen Qualitäten hatte.

»Das ist ja toll«, freute sich Imogen, denn sie wusste, wie viel das ihrer Freundin bedeutete. »Hast du eigentlich mal wieder was von Alex gehört?«

Abby schüttelte den Kopf. »Nicht wirklich. Ich habe eine Postkarte von ihm bekommen, aber da stand nicht wirklich viel drauf. Nur ›Ich wünschte, du wärst hier…‹ mit einem Fragezeichen, es war also keine ernst gemeinte Aufforderung. Es war ein Foto von einem sonnigen Strand. Wahrscheinlich wollte er mich mit der Sache nur ein bisschen aufziehen.«

»Meinst du, er kommt zurecht?«

Abby musste lachen. »Aber sicher. Wie Alex immer wieder betont, ›verliebt er sich nicht‹.«

Trotz Abbys Worten zweifelte Imogen daran, dass es Alex wirklich gutging. Sie fragte sich, ob die Postkarte nicht ein Hinweis darauf war, dass er tiefer verletzt war, als er zugab. Auch wenn er ein Playboy war, war er doch ein anständiger Mensch, sonst hätte er niemals freiwillig auf Abby verzichtet und erst recht nicht dabei geholfen, dass sie wieder mit Nathan zusammenkam. Denn wenn er wirklich gewollt hätte, wäre es ihm gelungen, Abby für sich zurückzugewinnen, vermutete Imogen. Er hatte etwas Unwiderstehliches an sich, wie Schokolade oder Sahnetörtchen. Man wusste, dass sie nicht gut für einen waren, aber man wollte sie trotzdem.

Sie waren angekommen, kletterten aus dem Taxi und betraten ihre Lieblingsbar, das Marc Anthony's, wo die Kellner so unglaublich gutaussehend waren, dass sie eigentlich nach Mailand auf einen Laufsteg gehörten.

»Da wären wir«, sagte Kit und zeigte auf ihren Stammplatz beim Fenster.

Jemand wartete an ihrem Tisch auf sie. Dieser Jemand wandte ihnen den Rücken zu, aber Imogen kannte die Silhouette viel zu gut, um nicht sofort zu erkennen, wer es war.

»Mum! Was machst du denn hier?«

Ihre Mutter war zu sehr damit beschäftigt, ein betretenes Lächeln zu unterdrücken, um über eine geeignete beschwichtigende Antwort nachzudenken.

»Das habt ihr doch geplant!« Imogen begriff allmählich, dass dies kein Zufall war, aber ihre Wahrnehmung war auch ein wenig getrübt durch die drei Schmerztabletten, die sie vor dem mühsamen Abstieg durch das Treppenhaus eingeworfen hatte.

»Mehr oder weniger.«

»Ihr wollt mich dazu bringen, mir freizunehmen, und habt euch gedacht, das geht leichter, wenn ihr mich alle gleichzeitig bearbeitet!«

»Also, so hart würde ich das jetzt nicht ausdrücken ...«

»Aber es stimmt?«

Sie sahen sich alle verlegen an und nickten dann so zerknirscht, dass Imogen Mühe hatte, länger vorwurfsvoll auszusehen, weil eine Woge der Dankbarkeit durch ihren Körper schoss und ihre Mundwinkel dazu zwang, sich nach oben zu bewegen. Ach, sie alle hatten das Herz am richtigen Fleck. Wenn es nur so einfach wäre, wie sie dachten. Alles stehen- und liegenzulassen und zu verschwinden. Sie würde es ihnen eben noch einmal in Ruhe erklären müssen.

»Okay. Dann schießt mal los«, sagte sie und ließ sich auf einem der Stühle nieder.

»Lasst uns doch erst mal was trinken. Soll ich uns eine Flasche holen?«

»Wodka?«, fragte Kit hoffnungsfroh.

»Ich hatte eher an Pinot Grigio gedacht.«

»Ich nehme besser nur ein Wasser«, sagte Imogen und schüttelte demonstrativ ihr Tablettenröhrchen.

»Ein halbes Glas tut aber doch nicht weh.«

»Sicher weniger als dieses verdammte Ding«, sagte Imogen und deutete auf ihren Gips.

»Darf ich die signieren?«, fragte Kit und schielte auf die rote Rugbysocke.

Livvy wartete, bis Abby mit Wein und Gläsern zurück an

den Tisch kam, Imogen sorgfältig genau ein halbes Glas einschenkte und sich wieder zu ihnen setzte.

»Also los, greift an.« Imogen nahm einen kleinen Schluck kalten Wein und sah ihre seltsam schweigsame Mutter auffordernd an.

»Na, das hat der Bus doch schon erledigt«, stichelte Kit.

»Kit«, ermahnte Abby sie zu schweigen, damit Livvy reden konnte.

»Also, du weißt ja schon, dass wir hier sind, um dich zur Vernunft zu bringen …«

»Das ist gar nicht nötig. Ich bin nämlich völlig eurer Meinung und stimme jedem Argument, das ihr vorbringen wollt, voll und ganz zu. Ein Urlaub wäre wundervoll. Ich bin erschöpft. Ich bin krank. Ich ernähre mich nur noch von Kaffee, Keksen und Schmerzmitteln. Ich würde wahnsinnig gern Hetta und Henry sehen. Ich würde sehr gern ein bisschen in der Sonne liegen, ohne mich um irgendetwas kümmern zu müssen. Aber dem steht die schlichte Tatsache entgegen, dass ich die Galerie nicht verlassen kann. Ich kann derzeit nicht einfach schließen, und ich habe kein Personal, das mich vertreten könnte, also muss ich hierbleiben.«

»Das stimmt zwar, aber dann stimmt es auch wieder nicht.«

»Wie meinst du das?«

»Natürlich kannst du die Galerie nicht zumachen, und du kannst sie nicht unbemannt lassen, aber was wäre, wenn jemand anders die Galerie so lange für dich führen würde?«

Bei der Vorstellung, dass jemand anders als sie die Fielding-Galerie führen sollte, sah sie die anderen so ungläubig an, dass Olivia ihr zur Beruhigung eine Hand auf ihre legte.

»Wir alle wissen, wie wichtig dieses erste Jahr für die Galerie ist und wie schwierig es ist, die Verantwortung dafür jemand anderem anzuvertrauen. Wir haben uns überlegt, dass es eigentlich nur drei Leute gibt, denen du genug vertraust, um dich zu vertreten, und da Abby und Kit keine Zeit haben, es Vollzeit zu machen…«

Da ihre Tochter sie noch immer völlig verwirrt ansah, spuckte sie es endlich aus.

»… mache ich es. Ich vertrete dich.«

»Du!«, rief Imogen so überrascht, dass man es für grob hätte halten können, wenn ihre Mutter nicht genau gewusst hätte, dass das nicht Imogens Art war.

»Guck nicht so erstaunt. Ich kann das. Mit Kits und Abbys kreativer Unterstützung, versteht sich.«

»Wir sind ja nur zwei Stockwerke entfernt, wenn deine Mutter uns braucht«, erklärte Abby. »Und vergiss nicht, auch dich können wir jederzeit anrufen oder dich per E-Mail erreichen, wenn wir deine Hilfe brauchen.«

»Aber…«, stotterte Imogen.

»Kein ›Aber‹«, sagte Livvy bestimmt und duldete keinen Widerspruch. »Du hast selbst gesagt, dass das einzige Argument gegen einen Urlaub die Tatsache ist, dass du die Galerie nicht schließen kannst. Und das brauchst du nicht. Na also.«

Ihrer Mutter, deren Vorstellung von einem schönen Bild ein Aquarell von einer Labrador-Familie war, die Verantwortung für ihre Galerie zu überlassen, war nicht gerade Imogens Idealvorstellung von einer Vertretung, auch wenn sie ihr für ihr Angebot natürlich sehr dankbar war. Aber ihr schwirrte der Kopf von dem halben Glas Wein und den Schmerzmitteln, und sie hatte keine Lust und keine Kraft mehr, sich weiter zu streiten.

»Okay«, hörte sie sich sagen.

»Willst du damit sagen, du akzeptierst, ohne auf die Barrikaden zu gehen?« Livvy blinzelte ungläubig.

»Na ja, das kann ich auch, wenn euch das lieber wäre …«

»Oh nein, das wäre uns auf gar keinen Fall lieber! Erst recht nicht, weil …«, Livvy zog einen Umschlag aus ihrer Handtasche und schob ihn ihrer Tochter über den Tisch zu. »Erst recht nicht, weil …«, begann sie erneut, »… Daddy und ich dir schon einen Flug gebucht haben … für morgen früh.«

Am nächsten Tag lag Imogen also nicht zu Hause auf ihrem Sofa, sondern auf einem Liegestuhl neben Hettas und Henrys blitzsauberem Swimmingpool. Die Sonne schien ihr ins blasse Gesicht, Grashüpfer zirpten im Schatten der umliegenden Wiesen, ein einzelner Frosch, der sich offenbar an seinen alten Wohnort zurückgeschlichen hatte, sonnte sich auf einem Stein in der Nähe und quakte vor sich hin, während der Schmerz in Imogens Fuß den Takt dazu klopfte.

Sie war seit genau vier Stunden hier. Hetta und Henry hatten sie vom Flughafen abgeholt, ihre Sachen für sie ausgepackt, ihr so viel zu essen angeboten, dass es für zwei Wochen gereicht hätte, und sie dann mit Hettas Zeitschriftensammlung und einem Krug eiskaltem Wasser in den Garten verfrachtet, zu dem aus dem offenen Fenster des Wohnzimmers leise klassische Musik herüberklang.

Die von Sonnenmilch und Hitze umhüllte Imogen öffnete die Augen und seufzte. Aber es war kein Seufzer der Zufriedenheit. Ihre Abreise war so überstürzt gewesen, dass sie das Gefühl hatte, alles Mögliche unerledigt zurückgelassen zu haben, und obwohl Imogen wusste, dass ihre Mutter der Sache durchaus gewachsen war, konnte sie sich einer gewissen Beunruhigung nicht erwehren, ob auch wirklich alles gutgehen würde. Sie hatte daher die letzten Stunden damit verbracht, sich immer wieder zu sagen, dass es keinen Grund zur Beunruhigung gäbe.

Zu ihrer Seite lag ein Buch, auf das sie sich nicht konzentrieren konnte, und auf einem Beistelltisch stand ein Glas Mint Julep, den Hetta frisch zubereitet und ihr gebracht hatte. Hetta zog ihre Bahnen durch den Pool und sah in ihrem gestreiften Badeanzug aus wie eine lustige kleine Hummel. Henry pflückte Himbeeren für seine Eiscreme, deren Zubereitung sich allmählich zur Obsession entwickelte. Imogen hatte ihre Hilfe angeboten, aber sie meinten es ernst mit ihrem Auftrag, sie entspannen zu lassen, sodass sie jegliche Unterstützung in Haus und Garten freundlich abgelehnt hatten.

Lesen wollte sie nicht, einen Spaziergang machen konnte sie nicht, dazu tat ihr heute der Fuß zu weh, Schwimmen war wegen des Gipses, den sie so bald wie möglich wieder loszuwerden hoffte, auch keine Option, und zum Fernsehen im Haus war es natürlich ein viel zu schöner Tag. Wenn sie wenigstens das Kochen übernehmen könnte, aber das war ja Henrys Domäne. Der Versuchung, ihre Mutter anzurufen, hatte sie bisher widerstanden, obwohl sie davon überzeugt war, dass die Galerie bereits hatte schließen müssen oder schlimmstenfalls gar abgebrannt war.

War dies das Gefühl, das Mütter hatten, wenn sie ihr Baby zum allerersten Mal allein zu Hause ließen? Sie würde nur ein paar Tage bleiben, und obwohl ihre Mutter zwei Wochen vorgeschlagen hatte, hatte Imogen sie auf fünf Tage heruntergehandelt, und zwar inklusive der Reisetage. Am Donnerstag sollte sie zurückfliegen, war aber jetzt schon so nervös, dass sie bereits auf ihrem Laptop nachgesehen hatte, ob es auch frühere Flüge gab.

Sie hatte einfach zu viel Zeit zum Nachdenken, während sie hier in der Sonne lag. Sie hatte ihrer Mutter eine Liste mit allen zu erledigenden Tätigkeiten geschrieben, während Abby sie nach Stansted gefahren hatte. Als sie sie Livvy überreichte, weiteten sich ihre Augen vor Erstaunen ob ihrer Länge und der Komplexität ihrer Aufgaben.

»Verstehst du jetzt, was ich meine?«, fragte Imogen und musste den starken Drang unterdrücken, Abby zum Umkehren zu bewegen und zurück nach London zu fahren. »Und die Leute denken immer, man würde den ganzen Tag herumsitzen, Kaffee trinken und mit Kunden plaudern.«

Ihre Mutter sagte ihr, es würde alles gutgehen, sie solle sich einfach entspannen und ihren Kurzurlaub genießen, aber nach einem alten bösartigen Prinzip ist das Letzte, was man tun kann, wenn man gesagt bekommt, man solle sich entspannen, sich zu entspannen. Denn absurderweise bringt einen die plötzliche, lang ersehnte Freizeit gerade dann dazu, sich wegen aller möglichen eventuellen Schwierigkeiten verrückt zu machen.

Die einzige Methode, diese manischen Sorgen zu lindern, bestand darin, ihre Mutter anzurufen, und da Sonntag war, war Livvy gerade dabei, ein aufwändiges Familienessen zu kochen. In der Zeit, die es dauerte, ihre Bratkartoffeln bis zum perfekten Röstungsgrad zu braten, gelang es Livvy, Imogen davon zu überzeugen, dass alles gutgehen würde, die Galerie sich nicht in Luft auflösen oder während ihrer fünftägigen Abwesenheit Konkurs anmelden würde. Es gelang ihr tatsächlich, sie zu beruhigen, und nach dem Gespräch wusste Imogen dann erst recht nicht mehr, was sie mit sich anfangen sollte.

Als Hetta sich aus dem Pool hievte und vorschlug, zum Abendessen nach Nizza zu fahren, war Imogen daher schneller geduscht und umgezogen, als man »Marrons glacés« sagen konnte.

Imogen verliebte sich augenblicklich in die Stadt. Natürlich war ihre Aufmerksamkeit erst einmal vollständig von der Rue Droite absorbiert, in der die jungen Künstler ihre Ateliers hatten. Ein Besuch der faszinierenden Kunstmuseen würde noch warten müssen, so viel Zeit hatten sie nicht, aber sie konnte nicht widerstehen, zumindest in einige Galerien hineinzuschnuppern.

Die Galeristinnen hier sahen tadellos aus; statt mit Farbe bekleckerter T-Shirts und zerrissener Jeans trugen sie Blusen von Chloë und perfekt sitzende Joseph-Hosen mit italienischen Lederstiefeln oder Chanel-Kleider mit Christian-Laboutin-Schuhen, sündteuren Understatement-Schmuck, perfektes Make-up und zartes Designerparfüm.

Die letzte Galerie, in die sie ging, ließ sie grün werden vor Neid, aber nicht in erster Linie wegen des Outfits der Inhaberin. Denn sie stellte die Werke zweier Künstler aus, für die auszustellen sie ihre Großmutter verkauft hätte.

Der erste war ein pensionierter spanischer Matador, der sehr schwungvolle, dramatische Bilder malte. Seine kräftigen Pinselstriche und gewaltigen Spritzer aus Rot und Schwarz erschienen dem Betrachter aus der Nähe willkürlich und richtungslos, aus der Distanz gesehen aber verwandelten sie sich in einen tänzelnden, posierenden Stierkämpfer und einen Stier mit geblähten Nüstern. Imogen mochte keine Stierkämpfe, aber sie liebte die Bilder des Ex-Matadors, weil sie so voller Drama und Farbe waren.

Der zweite ausgestellte Maler war ein junger Italiener, dessen üppige toskanische Landschaften sie an Sera erinnerten, einen ihrer Meinung nach bis zu seinem Tod massiv unterschätzten Künstler.

Sie schrieb sich die Namen der beiden auf, stopfte unzählige Prospekte und Flyer in ihre Handtasche und wurde schließlich von Hetta und Henry in ein am Hafen gelegenes Restaurant weitergezerrt, wo sie sich glücklich an einer »table sur la terrasse« niederließen und erst einmal Wasser und eiskalten lokalen Wein bestellten.

Henry sah sich so begierig an der Speisekarte fest, wie Imogen sich an den Bildern festgesehen hatte. Sein Französisch hatte in den letzten Wochen große Fortschritte gemacht, allerdings, wie er selbst zugeben musste, in erster Linie auf kulinarischem Gebiet. Er war nun mit Leichtigkeit in der Lage, egal welches Gericht zu bestellen und genau anzugeben, wie er sein Steak gern gebraten haben wollte. Er fühlte sich wie zu Hause. Denn die Franzosen hatten wie er ein ebenso intensives wie beinahe ehrfürchtiges Verhältnis zum Essen. Es war keine simple Notwendigkeit, es war ein Vergnügen, und alles schien hier besser und aromatischer zu schmecken. Ein Essen konnte hier Stunden dauern und beinhaltete weit mehr als nur Nahrungs- und Flüssigkeitsaufnahme. Für Henry war es das Paradies. Das Leben konnte nicht mehr schöner werden, höchstens vielleicht noch mit ein paar mehr Gästen und einem etwas leichteren Gewissen.

Die Hauptbeschäftigung der Franzosen schien abgesehen vom Essen und Trinken das Beobachten der Leute zu sein.

Die Promenade sah aus wie ein Laufsteg in Paris, überall waren schöne, sonnengebräunte Menschen in schönen Kleidern, und sie hatten alle aufwändig gestylte Haare, auch die Männer. Imogen musste an ihr eigenes Haar denken, das seit Monaten nicht mehr geschnitten worden war, an ihre abgebrochenen Fingernägel, ihre schlecht rasierten, weißen, englischen Beine, ihre billig auf dem Markt in Camden erstandenen Klamotten und ihre ungezupften Augenbrauen. Jetzt wusste sie wenigstens, was sie in den nächsten Tagen hier tun würde: sich die Nägel machen, ihr Haar in Ordnung bringen, sich die Augenbrauen und andere Körperbehaarung zupfen beziehungsweise entfernen und sich eine gesunde Farbe zulegen.

Was die Kleidung anging, konnte sie vielleicht ihre modebewusste Schwester Lucy bitten, ihr per Kurier ein paar von ihren abgelegten Fetzen zu schicken. Lucy war größer und schlanker als Imogen, aber ihr Kleidungsstil war eher elegant und luftig, was auf Imogens kurvigem Körper dann eher teuer und sexy, da eng anliegend aussah.

Imogen sah sich schon in einem von Lucys sagenhaften Kleidern die Uferstraße entlangschweben, schlank und sonnengebräunt, mit perfekt sitzendem Haar, bevor sie etwas unsanft in die Realität zurückgeholt wurde, als einer der hochnäsigen Kellner sie herablassend musterte. Vielleicht waren ein Paar sperriger Krücken, abgeschnittene Jeans und ein farbenbekleckstes T-Shirt nicht unbedingt das richtige Outfit für Nizza. Wahrscheinlich war es besser, für den Rest ihres Aufenthalts mit ihrem drei Jahre alten Bikini und der überfälligen Depilation in der Maison S'endetter zu bleiben.

Sie könnte in einen der lachhaft teuren Designerläden gehen und sich eine neue Socke für ihren Gips kaufen. Eine neue

Socke war so ziemlich alles, was sie sich derzeit leisten konnte. Dies war tatsächlich der perfekte Ort, um sich richtig große Gedanken um sein Aussehen zu machen, und daher kein wirklich idealer Platz, wenn man sich fühlte wie ein wandelndes Katastrophengebiet.

Nachdem sie vorher so wild darauf gewesen war, auszugehen und etwas zu unternehmen, war sie jetzt froh und dankbar, nach dem Essen in die ruhige Anonymität von Henrys und Hettas »neuem Klotz am Bein« zurückzukehren, wie die beiden das Haus immer dann nannten, wenn wieder einmal etwas kaputtgegangen war und repariert werden musste.

Es war eine jener lauen, sinnlichen Sommernächte, in denen es keinen magischeren Ort der Ruhe gab als einen Garten. Daher beschlossen sie den Abend draußen auf der Terrasse, ließen die Geräusche und Gerüche der dunklen, samtigen Nacht auf sich wirken und tranken vollmundigen Rotwein und starken Kaffee mit Henrys selbst gemachten Petits Fours.

Sie konnte nachfühlen, warum Henry sich in den Ort verliebt hatte, er verströmte einen ganz eigentümlichen Zauber. Es stimmte schon, das Haus war trotz Henrys großer Bemühungen noch immer ein wenig windschief und an Stellen kaputt, die wirklich nicht kaputt sein sollten, aber das vermehrte seinen Charme nur. Und jetzt, endlich, während sie mit geliebten Menschen plauderte und über Henrys schelmische Heldentaten aus seiner Studentenzeit lachte, im Hintergrund Mahler lief und ein Chor von Grashüpfern dazu summte, erinnerte sich Imogen nach langer Zeit wieder, was es hieß, sich ganz und gar zu entspannen, und stellte fest, dass ihr dieser Zustand gefiel.

Als Imogen am nächsten Morgen aufwachte, wanderten ihre Gedanken nicht sofort zur Galerie, obwohl heute der erste Arbeitstag ihrer Mutter war. Die Galerie drang ihr erst nach und nach wieder ins Bewusstsein, so wie das Sonnenlicht, das langsam und zart durch die dünnen Vorhänge vor den Fenstertüren ihres Schlafzimmers kroch.

Sie machte einen vergeblichen Versuch, leichtfüßig aus dem Bett zu hüpfen, zog ihren Gips bis zu den Fenstern nach und machte die Vorhänge auf, um die Sonne ganz hereinzulassen. Das Licht, die Wärme und der tolle Ausblick ließen sie lächeln.

Man konnte hier leicht vergessen, wie hoch man sich schon in den Bergen befand, so sanft schlängelte sich die Straße, die zum Haus führte, die Hügel hinauf. Die bergige Landschaft, die sich vor ihr auftat, war von unendlich vielen duftenden Pinien bestanden, aber ein Stück vom Haus entfernt konnte sie auch einen Felsvorsprung sehen, auf dem kaum Vegetation wuchs. Von dort musste man einen herrlichen Ausblick haben.

Imogen duschte, wobei sie immer aufpassen musste, dass ihr Gipsfuß außerhalb der Duschkabine blieb und nicht nass wurde, was nicht ganz einfach war, zog sich an und ging hinaus, um nach ihrem Onkel und ihrer Tante zu sehen.

Hetta saß auf der weinbewachsenen Terrasse und biss gerade in ein pain au chocolat, vor sich eine Schale schwarzen Kaffees.

»Guten Morgen, Liebes! Hast du gut geschlafen? Möchtest du frühstücken?«

»Ich bin noch zu satt von gestern Abend, fürchte ich, aber ich würde gern einen kleinen Spaziergang machen.«

»Das ist eine gute Idee. Wärst du so nett und würdest Arthur mitnehmen? Er könnte ein bisschen Bewegung vertragen, und ich habe Henry versprochen, ihm im Gewächstunnel zu helfen.«

»Klar.« Imogen legte ihre lästigen Krücken beiseite und nahm sich einen krummen hölzernen Wanderstab von der Garderobe im Eingangsbereich. Sie pfiff nach Arthur, ging die Auffahrt hoch, bog links in einen Pfad ein und dann rechts in einen noch schmaleren Weg, der mitten durch duftenden Pinienwald, sonnenverbranntes Gras und zirpende Grillen führte.

Dankbar sog sie die frische Kühle des Waldes ein, schwelgte in den ungewohnten Geräuschen der Vögel und der anderen Tiere, die sie umgaben, und wurde ganz von dieser verzauberten Welt in ihren Bann gezogen. Arthur wuselte um sie herum, die Schnauze dicht an den Boden gedrückt, und nahm Gerüche auf, die für Imogens Riechorgan außer Reichweite lagen.

Sie hatte die rote Rugbysocke ihres Bruders durch eine aus Kaschmir von ihrem Vater ersetzt. Die war zwar ein bisschen dünner und dem hiesigen Klima daher angemessener, wurde dafür aber umso schneller schmutzig. Sie war von ihrem Spaziergang schon ganz staubbedeckt. Sie zog sie aus und betrachtete ihre aus dem Gips ragenden, vernachlässigten Zehen, bewegte sie vorsichtig und jaulte sofort auf vor Schmerz. Ihre Fußnägel waren brüchig und eingerissen, ihre Haut vom Gips aufgescheuert. Sie waren in katastrophalem Zustand. Eigentlich wie sie insgesamt. In katastrophalem Zustand. Ihre Körperpflege war seit der Galerieeröffnung ein wenig in den Hintergrund gedrängt worden. Zu mehr als zu duschen und sich danach mit der Bürste durch die Haare zu fahren, um dann wie von der Tarantel gestochen zu einem weiteren langen Arbeitstag aufzubrechen, hatte sie einfach keine Zeit gehabt. Und es war eine ganze Menge mehr Haar geworden, durch das sie mit der Bürste fahren konnte. Sie war seit der Eröffnung nicht mehr beim Frisör gewesen, und obwohl ihre Freunde sogar der Ansicht waren, dass ihr das längere Haar gut stand, fand sie, dass es sie jünger aussehen ließ, weniger nach Galeristin, mehr nach Assistentin.

Und seit dem Unfall hatte sie noch weniger Zeit, einfach weil sie für alles mindestens doppelt so lange brauchte wie vorher. Der Gips war zwar klein, aber so dick und lästig, dass Imogen das Gefühl hatte, eine Kugelfessel hinter sich herzuziehen. Ihre Oberschenkelmuskeln waren schon so hart davon geworden, das dämliche Ding mitzuschleppen, dass man eine Walnuss darauf hätte knacken können. Dummerweise aber nur die des einen Beines, das andere war immer noch genauso speckig wie vorher. Ihre schlechte Ernährung, die mittlerweile nur noch aus Fastfood, Fertiggerichten und im Laufen zu sich genommenen Snacks bestand, hatte verheerende Auswirkungen auf ihren Körper und den Zustand ihres Teints gehabt.

Und natürlich juckte der Fuß die ganze Zeit, und sie kam nicht dran. Das machte sie auch jetzt gerade wieder wahnsinnig. Sie pflückte einen dicken, trockenen Grashalm aus der Erde und führte ihn zwischen Gips und Haut, um sich die juckende Stelle kratzen zu können. Wenn doch endlich dieser Gips abkäme! Vielleicht konnte sie einen freundlichen lokalen Arzt aufsuchen, der ihn ihr etwas früher abnahm, oder sie fragte Onkel Henry nach einer Säge. Das war eine glänzende Idee, sie würde sich gleich darum kümmern, wenn sie zurück in die Villa käme. Von diesem Gedanken getröstet schloss Imogen die Augen und atmete die pinienduftgeschwängerte Luft langsam ein und wieder aus. Als sie die Augen wieder öffnete, nahm sie ihre Umgebung noch einmal genauer wahr.

Es war so friedlich hier. Im Gegensatz dazu war ihr Leben der vergangenen sechs Monate ein Parforceritt gewesen. War das jetzt etwa das erste Mal seit einem halben Jahr, dass sie ihre Umgebung bewusst wahrnahm? Auf jeden Fall war dies ein guter Ort, um seine Augen wieder zu öffnen. Von hier aus konnte man bis zum Meer blicken. Sie hatte gar nicht gewusst, dass die Küste so nah war, aber vielleicht sah das auch von hier aus nur so aus. Es war atemberaubend. Die ganze Welt schien sich vor ihr auszubreiten. Eine perfekte Miniaturwelt. Im Vergleich dazu kam sie sich klein und unbedeutend vor. Und wie weit entfernt ihr Leben in London auf einmal war. Die Galerie war ihre Welt gewesen, seit sie denken konnte, aber in Wirklichkeit hatte die Welt noch weit mehr zu bieten.

Als es ihr schließlich dämmerte, wunderte sie sich über ihre Begriffsstutzigkeit. Wie seltsam, dass ihr das Einzige, was ihr in den letzten sechs Monaten wirklich gefehlt hatte und wozu sie jetzt endlich die Zeit hatte, nicht eingefallen war!

»Warum nur habe ich nicht früher daran gedacht?«, fragte sie sich laut und ergänzte dann, an Arthur gewandt: »Es ist doch bloß hier den Hügel hinunter.«

Als sie das Haus erreichte, stand Henry wie üblich in der Küche und war dabei, seine selbst gezüchteten Tomaten, Zwiebeln und Chilischoten in »Henrys scharfes Tomatenchutney« zu verwandeln. Auch Hetta hatte das Gemüse kreativ einzusetzen gewusst. Sie hatte eine verunglückte Guacamole als Gesichtsmaske zweckentfremdet und lag mit grüner Avocadopaste im Gesicht und Gurkenscheiben auf den Augen auf ihrem Sonnenstuhl, den sie vorher auf die schattige Terrasse verfrachtet hatte. Ein Krug Pimm's stand neben ihr auf dem Tisch, und im Hintergrund spielte leise ihre Lieblings-Jack-Johnson-CD.

Sie sah so entspannt und glücklich aus, dass Imogen versucht war, es ihr gleichzutun, aber sie hatte eine Mission zu erfüllen. Sie dankte Gott, dass Henrys Auto eine Automatikschaltung hatte und sie nur ein Pedal fürs Gas und eins für die Bremse benutzen musste, fragte freundlich, ob sie es sich ausleihen dürfe, fuhr vorsichtig in den nächstgelegenen Ort und kehrte zwei Stunden später mit einem vollen Kofferraum zurück.

Hetta und Henry saßen jetzt beide auf der Terrasse und genossen noch immer ihr Mischgetränk, nur dass Hetta nun statt eines Badeanzugs einen rotgoldenen Kaftan trug. Henry allerdings zierte noch immer seine chutneybekleckerte Küchenschürze.

Weil ihre Nichte jedes Hilfsangebot freundlich, aber bestimmt zurückwies, sahen sie ihr mit fragenden Gesichtern dabei zu, wie sie glücklich lächelnd etliche Kisten entlud und sie ohne weitere Erklärungen draußen vor ihrem Schlafzimmerfenster aufstapelte.

Alles war klar, als sie zurückkam und entschlossen den letzten Teil ihrer Beute aus dem Kofferraum zog, einen großen Holzrahmen.

»Aha, eine Staffelei«, bemerkte Henry zufrieden, »sie will wieder malen.«

»Na endlich. Mich wundert nur, dass sie nicht schon viel früher damit angefangen hat.«

»Aber heute ist doch erst ihr zweiter Tag hier.«

»Eben!«

Fast ein Jahr hatte Imogen keine Zeit mehr für etwas gehabt, das ihr ganzes Leben lang ihre Hauptbeschäftigung gewesen war. Sie hatte schon als Kind gemalt, mit ihren Fingern und Kartoffeln hatte sie sich auf jedes Stück weißes Papier gestürzt, dessen sie habhaft werden konnte. Sie hatte die Wände ihres Kindergartens verschönert und einmal als Dreijährige sogar die Hunde der Familie bunt angemalt, den männlichen Labrador blau, den weiblichen rosa, und beide darüber hinaus mit gelben Punkten versehen.

Und sie hatte das Glück gehabt, einen hervorragenden Lehrer zu haben, der ihr Talent erkannte und sie in jeder Hinsicht unterstützte. Dieser Weg war ihr immer vorbestimmt gewesen, aber sie hatte nicht geahnt, dass die Galerie ihr diesen Weg jemals versperren könnte. Aber jede Zeit forderte ihre Opfer. Und so war das Malen, das für sie immer so existentiell wie die Luft zum Atmen gewesen war, unmerklich auf die »Freizeitseite« ihres Lebens verschoben worden. Aber das Malen war nie ein Hobby für Imogen gewesen, es war eine Leidenschaft. Vielleicht war es an der Zeit, wieder ein bisschen Leidenschaft in ihr Leben zu bringen. Diese Gegend mit ihrem speziellen Licht und ihren leuchtenden Farben war schon immer Inspirationsquelle für Künstler gewesen: Impressionisten wie Renoir und Monet, Post-Impressionisten wie Signac und Bonnard, die »Fauves« Derain, Braque und Matisse; selbst Picasso hatte hier gelebt. Dies war die perfekte Gelegenheit, ihrer ersten großen Liebe etwas Zeit zu widmen.

Nach dieser anstrengenden Einkaufstour waren ihre Zehennägel allerdings das Einzige, was sie heute noch anmalen würde.

Kapitel 8

Natürlich hatte Alex auf dem Weg zum Flughafen mit dem Ferrari einen Unfall gebaut. Es war kein schlimmer Unfall, nur eine kleine Auseinandersetzung zwischen der Beifahrerseite seines Wagens und einem Baum, der plötzlich und unerwartet versucht hatte, die Straßenseite zu wechseln. Egal, wie nüchtern man sich fühlt, man trinkt nicht zwei volle Tage und Nächte durch und kann dann erwarten, schnell wie der Wind Serpentinen hochzufahren, ohne dass etwas passiert.

Nelson hatte Alex gerettet und war fünfzehn Minuten nach dessen verzweifeltem Telefonanruf an der Unfallstelle gewesen, hatte einen Abschleppwagen gerufen und der Polizei, die schon wenige Minuten nach dem Crash an Ort und Stelle war, glaubhaft erklärt, dass er der Fahrer des Wagens gewesen und der Unfall passiert sei, weil er mit den Eigenheiten des Ferrari nicht vertraut war. Zum Glück hatte ihr gemeinsamer Freund Nico den benommenen Alex schon vorher mit seinem Auto zu dessen Privatdoktor gefahren.

Zwei Stunden später trafen sich alle drei auf Nicos Yacht in St. Tropez. Nachdem sich Nelson vergewissert hatte, dass Alex unverletzt geblieben war, brüllte er ihn zum ersten Mal seit dem langen Bestehen ihrer Freundschaft an.

»Du Vollidiot! Ich habe keine Ahnung, was mit dir los ist, aber du hättest dich umbringen können! Man fährt einfach nicht mehr, wenn man getrunken hat, Alex. Was ist in dich gefahren?

Warum machst du so was? Was hat dich dazu gebracht, dein Leben auf so saublöde Art und Weise aufs Spiel zu setzen? Du bist nicht mehr derselbe, seit du aus London zurück bist. Ich weiß nicht, warum, ich weiß nur, dass es so nicht mehr weitergeht! Du musst dich neu sortieren! Wenn du es nicht tust, endest du wirklich noch tot überm Zaun…« Nelson war zu aufgebracht, um weiterzureden. Er konnte das Grauen, das ihn ergriffen hatte, als er Alex deprimiert neben seinem kaputten Auto am Straßenrand hatte sitzen sehen, nicht in Worte fassen.

Alex, der seinen Freund noch nie so wütend erlebt hatte, erst recht nicht auf ihn selbst, war ehrlich zerknirscht. Nelson hatte recht, er war ein Idiot. Und auch noch wegen einer Frau… Was um alles in der Welt war da in ihn gefahren?

Er entschuldigte sich wortreich bei beiden Freunden, klagte sich selbst mindestens ebenso streng an, wie Nelson es getan hatte, und versuchte sich in den nächsten Tagen normal zu benehmen. »Normal« für Nelson und Alex war, bis zum Mittagessen in Nelsons Wohnung in Monaco zu schlafen, das sie dann in ihrem Lieblingsrestaurant am Meer einnahmen, um anschließend zu schwimmen, mit Nico segeln zu gehen, Tennis zu spielen oder den ganzen Nachmittag in der Sonne abzuhängen, bevor sie am Abend essen gingen und danach in eine Bar oder auch auf irgendeine Party.

Und dann, nach einer Zeit zwar erzwungener, aber doch halbwegs geglückter Normalität, stellte Alex schließlich erleichtert fest, dass er tatsächlich immer weniger an sie dachte. Auch wenn sein Auto großen Schaden erlitten hatte und gerade für viel Geld repariert wurde, fand Alex am Ende, dass der Unfall eine gute Sache gewesen war, weil er ihn hatte aufwachen lassen.

Aber dann hatte er in einer Bar am Strand ein Mädchen gesehen, das Imogen zum Verwechseln ähnlich gesehen hatte. Sie hatte ihr maisblondes Haar, die gleichen himmelblauen Augen und dasselbe Profil, sodass er schon nach ihr rufen wollte, um sich dann aber im letzten Moment abzuwenden und davonzulaufen. Dann war sie aufgestanden, und er hatte erkannt, dass sie größer und schlanker war als die kurvenreiche Imogen. Trotzdem hatte sein Herz wieder wild in der ihm mittlerweile vertrauten Mischung aus Panik und Freude zu schlagen begonnen.

Er war ihr eine Weile gefolgt, um sich dann eilig zu seinem Auto zurückzuziehen, sich verfluchend zurück nach Monaco zu fahren und sich vom Wind die Flausen aus dem Kopf und das dämliche Augenflattern aus dem Gesicht pusten zu lassen. Bis er das Fürstentum erreicht hatte, war er fast wieder normal.

Nelson und er waren in einen ihrer Lieblingsclubs an der Place du Casino in Monte Carlo gegangen, und Alex tanzte die halbe Nacht mit einer heißblütigen Brünetten, deren dunkle, kühle Augen so einladend waren wie das Mittelmeer in einer heißen Sommernacht, und so ließ Alex sich nicht lange bitten und tauchte in sie ein.

Sie hieß Claire, sah aus wie Anna Friel und hatte eine Stimme wie Béatrice Dalle – eine echte Pariser Perle. Nelson war schokobraun-grün vor Neid, als er mit ihr den Club verließ, aber als sie sich in ihrer Wohnung zwischen bunten Kissen auf ihrem riesigen Bett wiederfanden, konnte er an seiner Eroberung keine rechte Freude empfinden, es fühlte sich irgendwie hohl an. Selbst als sie sich vor ihm auszog und ihm einen Körper darbot, dessen Perfektion man sich hätte patentieren lassen können, dachte er daran zu gehen; als sie sich zum heiseren Klang von Serge Gainsbourg nackt im Mondlicht vor ihm wand, versuchte er im Dunkeln auszumachen, wo er seine Schuhe ausgezogen hatte.

Erst als sie mit unbeschreiblicher Geschicklichkeit sein bestes Stück in ihren sinnlichen Mund nahm, lösten sich seine Gedanken auf, und er überließ sich dem egoistischen Genuss puren sexuellen Vergnügens. Er wurde sich erst wieder bewusst, wo und wer er war, als er beim Orgasmus laut Imogens Namen rief.

Zum Glück klang das in Claires hübschen französischen Ohren wie »Oh mein Gott«, und so fiel sie glücklich und zufrieden auf den Rücken und lächelte stolz, weil sie ihren (Blow-) Job offenbar gut gemacht hatte.

Aber anstatt das Kompliment zurückzugeben, wie es erwartet wurde, stand Alex auf, zog sich an und verschwand Entschuldigungen stotternd so schnell wie möglich.

Draußen lehnte er sich gegen eine Wand, ließ den Kopf auf die Brust sinken und atmete tief durch, bis das Schwindelgefühl abnahm und er sich wieder halbwegs normal fühlte.

Was war das für ein scheußliches Gefühl, das er in der Magengegend verspürte? War es Bedauern? War es Ekel? Wurde ihm jetzt schon von sich selber schlecht?

Er lief den ganzen Weg zurück zu Nelsons Wohnung, wo gerade eine schwungvolle Party im Gang war, aber als Nelson Alex' kummervolles Gesicht sah, machte er die Musik aus und bat nach und nach alle Gäste zu gehen, bis sie allein waren. Dann setzte er ihn an seinen Balkontisch, servierte ihm eine Tasse heißen Kaffee und legte ihm beruhigend die Hand auf den Rücken. Und da saßen sie, schweigend, bis er das Gefühl hatte, dass sich Alex' Herzschlag wieder einigermaßen beruhigt hatte.

»Also, Mann, was ist los mit dir?«, fragte er vorsichtig.

»Ich weiß nicht.« Alex zuckte mit den Schultern.

»Komm schon, Kumpel, wie lange kennen wir uns jetzt, mir kannst du es doch sagen …«

Es dauerte geschlagene drei Minuten, bis Alex sagen konnte, was ihn beschäftigte.

»Ich habe ein Mädchen kennen gelernt.«

»Ein Mädchen.«

Nelsons Körper entspannte sich vor Erleichterung, denn er hatte etwas befürchtet, das um Leben oder Tod ging. So wie Alex sich benahm, konnte man meinen, er würde von einem Geist verfolgt. Was konnte nur sein mit »einem Mädchen«, das ihn so verrückt machte?

»Ich muss immer an sie denken.« Er schlug sich mit der flachen Hand gegen die Schläfe, als könnte er sie so aus seinem Kopf vertreiben.

Nelson nickte langsam. Jetzt verstand er. Alex' seltsames Verhalten waren die letzten Zuckungen des Schwarze-Witwe-Männchens, bevor das Weibchen es nach der Paarung auffraß. Normalerweise gelangten Frauen in Alex' Bett, nicht in seinen Kopf, aber jetzt war eine drin und fraß sich so sicher und vernichtend durch ihn hindurch wie ein Wurm durch Holz, und es gab kein Heilmittel dagegen.

Nelson wusste, warum Alex so war, schließlich kannte er seinen Freund seit vielen Jahren. Alex ließ sich gefühlsmäßig nicht auf Frauen ein, weil er zutiefst davon überzeugt war, dass sie ihn am Ende fallenlassen würden. Der klassische Freud. Es hatte mit seiner Mutter zu tun. Die erste Frau, die er je geliebt hatte, hatte ihn verlassen, und daher glaubte Alex, dass alle anderen Frauen es genauso machen würden. Also verließ er sie zuerst. So war es auch mit Abby gewesen, sie waren sich zu nahe gekommen, also sprang er schnell wieder mit Pandora ins Bett. Pandora war Alex' Notausgang aus Beziehungen und aus der Wirklichkeit. Pandora war nicht gut für Alex, aber weil er sein Freund war, hielt er es für seine Pflicht, ihn so leben zu lassen, wie er wollte, solange er damit glücklich war. Nur war er jetzt nicht mehr glücklich, und deshalb war es Zeit einzugreifen.

»Vielleicht täte dir eine richtige Beziehung gut. Hast du darüber mal nachgedacht?«

Alex nickte. »Klar. Aber ich fühle mich nicht wohl, wenn ich mit jemandem zusammen bin. Ich habe schon genug damit zu tun, es mir selber recht zu machen, aber in einer Beziehung muss ich es immer dem anderen recht machen.«

»Du willst also von niemandem eingeengt werden.«

»Ja, das ist es wohl. Ich finde es furchtbar, wie Paare sich gegenseitig unter Druck setzen. Es hat seine Vorzüge, Single zu sein. Es hat sicher auch seine Vorzüge, wie eine Ameise oder eine Biene zu leben. Jeder hat seinen eigenen Platz im Leben, seine eigene Aufgabe, und das sollte man nicht vermischen oder vom anderen erwarten, anders zu sein, als er ist. Überhaupt, Erwartungen! In diesem Wort liegt der ganze Beziehungssprengstoff. Denn wenn du mit jemandem zusammen bist, fängst du automatisch an, etwas von ihm zu erwarten.«

»Warum hast du dann die vergangenen Monate damit verbracht, Abby Lane nachzulaufen?«

»Ich weiß es nicht. Wahrscheinlich, weil sie ein nettes Mädchen ist. Reizend. Ich habe sie mit einem anderen gesehen, und irgendwas in mir hat ›Klick‹ gemacht.«

»Also wolltest du Abby nur deswegen, weil du sie nicht mehr haben konntest?«

»Ja. Nein. Vielleicht. So oberflächlich waren meine Gefühle für Abby nicht.«

»Aber so ganz das Wahre waren sie auch nicht, oder?«

»Ganz offensichtlich nicht …«

Nelsons blaue Augen weiteten sich, als ihm ein Licht aufging. »Also, dann denkst du wohl, dass dieses Mädchen, diese …«

»Imogen.«

»Hübscher Name.«

»Ist er wohl«, stimmte Alex widerwillig zu.

»Also, diese Imogen könnte das Wahre sein?«

Alex antwortete nicht. Er konnte nicht antworten, allein der Gedanke daran war zu viel für ihn.

»Wow. Dann muss es schlimm sein.« Nelson schüttelte ungläubig den Kopf.

»Ich weiß es nicht, Nelson. Woher soll ich das wissen? Ich kenne sie doch gar nicht.«

»Dann solltest du sie vielleicht kennen lernen.«

Alex schüttelte den Kopf.

»Was hindert dich daran?«

Alex zuckte mit den Schultern.

»Also, ich glaube, du verbietest dir etwas, obwohl du es unbedingt willst, weil du Angst vor der Intensität deiner Gefühle hast.«

Alex sah seinen Freund verblüfft an. Er wusste ja, dass sich hinter dem Partylöwen, dem coolen Hund, dem trinkenden, rauchenden, frechen Kerl mit dem »Wer-hat-Angst-vorm-schwarzen-Mann«-Image ein intelligenter, zartfühlender Mann verbarg, aber normalerweise war dieser Mann ziemlich gut versteckt.

»Äh, ja, so wird es wohl sein«, stotterte er, überrascht über Nelsons plötzliche seelische Tiefe.

»Vielleicht würdest du sie nicht mehr so sehr wollen, wenn du sie tatsächlich hättest.«

Ah, das klang schon eher nach Nelson.

»Vielleicht würde ich sie aber auch noch mehr wollen«, bemerkte er mit einem ironischen Grinsen.

»Eins ist jedenfalls sicher, mein Freund, du wirst es nie herausfinden, wenn du nicht zu ihr gehst.«

»Ich fürchte, ich habe schon alle Brücken hinter mir abgebrochen.«

»Seit wann braucht man eine Brücke, um nach London zu kommen? Nimm doch ein Flugzeug, du Trottel.«

Schweigen.

»Traust du dich nicht?«, fuhr Nelson fort, als er keine Antwort erhielt. »Vielleicht bist du doch nicht so scharf auf sie, wie du dir einbildest. Vielleicht solltest du dann nicht in ein Flugzeug springen, sondern morgen mit mir auf Nicos Yacht, um den geplanten Trip nach Cannes zu machen? In Cannes gibt es eine Menge hübscher Mädchen ...«

»Vielleicht sollte ich auch ein einziges Mal nachdenken, bevor ich etwas tue.«

»Vielleicht solltest du einfach mal eine Runde schlafen. Du siehst fertig aus.«

Alex nickte. »Ich denke, du hast recht.«

»Das kommt tatsächlich manchmal vor.«

Nelson sah seinem Freund nach und hätte fast seine Finger gekreuzt, um ihm Glück zu wünschen. Seinen Teil hatte er getan, dachte er. Er hatte ihn sowohl ermuntert als auch den Advocatus diaboli gespielt, und er hoffte, dass das so richtig gewesen war, dass er ihm hatte helfen können. Er spürte, dass Alex an einem wichtigen Wendepunkt in seinem Leben angekommen war, an einem Punkt, an dem er ganz allein entscheiden musste, in welche Richtung er sich wenden sollte. Ein wahrer Freund sollte helfen und Ratschläge geben, so weit das möglich war, aber dem anderen nicht sagen, was er zu tun hatte. Alex musste ein paar Entscheidungen treffen, und das konnte er nur ganz allein.

Alex ging unter die Dusche und spürte, wie das warme Wasser seinen müden Körper hinunterlief. Bei Nelson klang das alles so einfach, aber warum war in seinem Kopf dann ein solches Durcheinander? Wollte er jetzt eine Beziehung mit ihr oder nicht? Nelson hatte recht, wenn er sie wollte, dann sollte er zu ihr gehen und tun, was Männer so taten, wenn sie eine Frau sehr attraktiv fanden, ihr Blumen kaufen, sie zum Essen ausführen, sie umwerben, eine Beziehung herstellen, sie besser kennen lernen, sehen, ob sie ähnlich empfand oder ob vielleicht nur er verrückt nach ihr war. Denn verrückt war er eindeutig. Das war genau der richtige Ausdruck. Aus einem kleinen Maulwurfshügel in seinem Kopf hatte er einen ganzen Vulkan unerforschter und noch nie zum Leben erweckter Gefühle gemacht.

Vielleicht hatte das alles auch gar nichts mit Imogen zu tun, sondern nur mit ihm selbst. Vielleicht war er an einem Punkt angelangt, an dem er erkennen musste, dass sein ganzes Leben bisher ziemlich oberflächlich gewesen und seine Existenz eine gänzlich überflüssige war. Man konnte nicht so lange so egoistisch sein, ohne dass das irgendwann Wirkung zeigte.

Vielleicht sollte seine erste altruistische Tat sein, zuerst an Imogen zu denken und dann an sich. Vielleicht war sie nur der Auslöser, aber keineswegs der tiefere Grund für seine emotionale Krise. Es wäre nicht fair, sie in sein Gefühlschaos zu verstricken.

»Ich habe mich einfach selbst verrückt gemacht, wie ein Hund, der Runde um Runde dreht, um sich in den eigenen Schwanz zu beißen«, sagte er zu seinem Spiegelbild in Nelsons Gästebadezimmer. »Sie hat Eindruck auf mich gemacht, weil sie mich aufgesammelt hat, als es mir schlechtging, weil sie nett zu mir war. Ich bin es nicht gewohnt, dass Frauen einfach nur nett zu mir sind, ich bin es nur gewohnt, dass Frauen mit mir flirten. Ich weiß, das klingt furchtbar eingebildet, aber so ist es eben. Sie war wie ein Schutzengel, der herbeigeschwebt ist und mich mit seiner großen Flasche Wein und seinem großen Herzen gerettet hat. Mit einem solchen Mädchen sollte man versuchen, befreundet zu sein, weil eine Affäre nur alles zerstören würde.«

Das war die Lösung! Er mochte sie wahnsinnig gern, so viel wusste er, und so viel gab er zu, und er wusste auch, dass eine romantische Verstrickung mit ihr ins totale Desaster führen würde, weil alles schiefgehen würde und er dann keine Chance mehr auf eine Freundschaft mit ihr hatte. Er wollte ihr Freund sein. Sie erinnerte ihn auch irgendwie an Abby, an Abbys beste Eigenschaften: ihren selbstironischen Humor, ihre Rücksichtnahme, ihre Loyalität, ihre Integrität. Kurz, an alles, was er verachtenswerterweise selbst nicht hatte. Es war überhaupt kein Wunder, dass er sie mochte. Sie war ein tolles Mädchen mit einer coolen Persönlichkeit, und das war längst nicht alles. Sie war eins von den ganz seltenen Mädchen, die wirklich schön, sich dessen aber nicht bewusst waren. Die Wahrheit war, dass er nicht gut genug für sie war, und das wusste er.

Er hatte es gewusst, als er sie am ersten Morgen, nachdem er sie getroffen hatte, in der Galerie aufgesucht hatte, wo sie diesen lächerlichen Overall und einen Pferdeschwanz trug und gedankenversunken auf ihrem Pinsel herumkaute, während sie hochkonzentriert die Leinwand vor sich betrachtete.

Das Problem war nur, dass sich in genau diesem Moment auch etwas sehr Tiefgreifendes in ihm verändert hatte und sich sein Leben seither im freien Fall befand.

Er war verliebt.

Amor hatte an diesem Abend draußen vor Abbys Wohnung nicht nur einen Pfeil auf ihn abgefeuert, er hatte einen riesigen, brennenden Felsbrocken auf ihn abgeworfen, und der hatte ihn so hart am Hinterkopf getroffen, dass sein Verstand eine Notevakuierung eingeleitet hatte und laut schreiend in die Londoner Nacht davongerannt war, um nie wieder zurückzukehren.

Er lehnte sich so weit vor, dass seine Stirn den Spiegel berührte, und atmete schwer aus, sodass, als er die Augen öffnete, der Beschlag seines Atems sein Spiegelbild hatte verschwinden lassen.

»Ich erkenne mich nicht mehr wieder«, murmelte er.

Kapitel 9

Hetta und Henry waren an diesem Morgen ausgegangen. Imogen hatte ihre Zeit allein zu Hause mit dem Versuch verbracht, nicht ihre Mutter anzurufen. Aber wie eine Schokosüchtige eine riesige Tafel Milka im Kühlschrank auf Dauer nicht ignorieren kann oder jemand, der sich das Rauchen abgewöhnt, eine in der Schublade steckende Notschachtel Zigaretten, hatte sie es schließlich nicht mehr ausgehalten, zum Telefon gegriffen und die Nummer der Galerie eingetippt.

Ihre Mutter nahm nach dem dritten Klingeln ab und meldete sich mit einem entschlossenen, aber freundlichen: »Galerie Fielding, Olivia am Apparat. WaskannichfürSietun?«

»Hi, Mum.«

»Imogen, mein Schatz!« Ihr professioneller Ton wurde sofort weicher. »Wie geht es dir? Wie fühlst du dich?«

»Ich habe ein schlechtes Gewissen, wenn ich daran denke, dass du da festsitzt, während ich hier bin.«

»Das meinte ich zwar nicht, aber wenn du es unbedingt wissen willst, dein schlechtes Gewissen ist vollkommen überflüssig, weil es mir hier wirklich Spaß macht. Und ich bin auch ziemlich zufrieden mit mir, weil ich nämlich ein paar Sachen verkauft habe, weißt du…«

»Wirklich?«, Imogen versuchte vergeblich, die Überraschung in ihrer Stimme zu unterdrücken.

»Aber ja, ich habe zwei von Louise Hartingtons schönen

Aquarellen verkauft und diese seltsame Statue, die aussieht wie ein riesiger Staubsauger.«

»Das ist ein Fischreiher, Mum.«

»Wenn du es sagst, Schatz. Oh, und dann war noch ein sehr netter Mann hier, der all die scheußlichen Ölbilder von Greta Stamp gekauft hat.«

»Wie bitte?«

»Du weißt schon, diese Bilder, die aussehen, als hätte sich jemand auf ihnen übergeben oder seine Wut an ihnen ausgelassen, also weißt du, Imogen, ich mag die nicht.«

»Du hast sie alle verkauft?«, fragte Imogen, fassungslos darüber, mit welcher Selbstverständlichkeit ihre Mutter ihr erklärte, dass sie nicht nur eins, sondern gleich acht der teuersten Ausstellungsstücke der Galerie verkauft hatte.

»Alle acht, ja.«

»Wem?«

»Warte mal, ich sehe mal nach ... eine Sekunde ... eigentlich müsste ich mich erinnern, er war ein so reizender Mann, sehr charmant und ziemlich gutaussehend, finde ich, aber sag Daddy nicht, dass ich das gesagt habe, also wie hieß er doch gleich, ich müsste mich doch erinnern, er hat mir sogar seine Karte gegeben, aber es war so ein ungewöhnlicher Name, deshalb hab ich ihn vergessen ... ah, da haben wir ihn ja ... sein Name war Denzil Maitland-Granger ...«

Imogen fiel die Kinnlade herunter.

»Denzil Maitland-Granger ...«, wiederholte Imogen und ließ sich den Namen eines der einflussreichsten Kunstsammler Londons auf der Zunge zergehen – er schmeckte wie Kaviar. »Aber den habe ich verzweifelt versucht auf meine Kundenliste zu kriegen, seit ich die Galerie eröffnet habe!«

»Na, jetzt ist er jedenfalls drauf. Er kommt nächste Woche wieder, um sich ein paar Anne Tiegles anzusehen.«

»Du kriegst nächste Woche Bilder von Anne Tiegle rein? Aber sie hat mir gesagt, sie hätte frühestens nächsten Monat etwas für mich!«

»Na ja, die Arme hat ihre neuen Bilder schon vor drei Wochen fertig gehabt, aber sie war irgendwie davon überzeugt, dass sie alle nicht gut genug wären, sie brauchte nur ein wenig Ermunterung.«

»Die du ihr offenbar verschafft hast … Mutter, du bist eine geniale Mitarbeiterin!«

»Vielleicht habe ich auf meine alten Tage doch noch meine Berufung gefunden?«, lachte Livvy. »Und wie ist das Leben en français?«

»Heiß und faul«, fasste sie schnell zusammen. Sie wollte über zu Hause reden, nicht über ihre Reise.

»Hört sich gut an.«

Imogen sah sich um, sah die Schatten, die die Sonne durch den wunderschönen bunten Garten zog, ein Wechselspiel aus Hell und Dunkel. Sie hörte die Vögel singen und die Grillen zirpen und roch die köstliche Zwiebelsuppe mit Käsecroutons, die Henry schon ganz früh am Tag für das bald bevorstehende Mittagessen vorbereitet hatte.

»Das ist es auch. Es ist mehr als gut, es ist paradiesisch …«

»Du langweilst dich also nicht zu Tode?«

»Überraschenderweise nicht. Ich dachte erst, das würde ich, aber es ist erstaunlich, wie schnell man sich in eine faule Made im Speck verwandeln kann«, log sie.

»Wie geht es deinem Fuß?«

»Es geht so. Besser, aber er tut manchmal noch weh. Ich

wünschte, ich könnte diesen vermaledeiten Gips loswerden.«

»Vergiss nicht, dass er einen Zweck erfüllt«, warnte ihre Mutter sie.

»Mhmm.« Imogen war nicht überzeugt. Sie kratzte an der Haut oberhalb des Gipses herum. »Der Zweck ist, mich vor all den superschicken Französinnen zur Idiotin zu machen. Ich sehe so beknackt aus!«

»Na ja, das ist vielleicht wirklich nicht gerade Pariser Chic.«

»Ich könnte ja einfach so tun, als wäre es der letzte Schrei?«

»Ja, du solltest einfach ein D&G-Logo draufmalen.«

Dolce e Gabbana – das waren fast dieselben Initialen wie die von Denzil Maitland-Granger. Wie hatte ihre Mutter bloß diesen Coup eingefädelt? Imogen hatte ihn zu jeder ihrer Vernissagen eingeladen, hatte ihm Pressemitteilungen geschickt, ihn mit Prospekten bombardiert, alles ohne Erfolg. Sie musste sie einfach fragen.

»Na ja, mir ist aufgefallen, dass auf all deinen Gästelisten hinter seinem Namen ein ›Keine Reaktion‹ stand. Und irgendwie kam mir sein Name bekannt vor...«

»Das sollte er auch, schließlich ist er sehr bekannt.«

»In der Kunstszene vielleicht, aber nicht in Lower Netherton in Dorset. Egal, jedenfalls grübelte ich darüber nach, wo ich diesen Namen schon mal gehört hatte, und dann fiel mir ein, dass Gilda Harper, die Schriftstellerin, ihm ihren dritten Roman gewidmet hat, und daher kannte ich seinen Namen. Tja, und Gilda Harpers Lektorin ist Mary Connor, die wiederum in meinem Frauenclub ist, also habe ich Mary Connor den Prospekt gegeben, die ihn wiederum Gilda gegeben hat, die ihn wiederum Denzil bei einem Sonntagsbrunch gegeben hat, und dann ist er eben gestern reingeschneit …«

»Mum, du bist ein Genie.«

»Nein, ich bin eine Mutter, ich bin daran gewöhnt zu improvisieren, ist ja auch egal, jedenfalls hat er dann alle Bilder gekauft, wie du ja schon weißt … Das einzige Problem ist, dass er sie sofort mitnehmen will.«

»Sofort? Aber die Werke müssen bis zum Ende der Ausstellung hängenbleiben! Er ist Sammler, er müsste das wissen.«

»Er weiß das natürlich, und er hat sich tausendmal entschuldigt, aber er braucht die Bilder für sein neues Haus auf den Bermudas …«

»Der Glückliche …«

»Ja, nicht? Jedenfalls wird nächste Woche sein ganzes Zeug verschifft, und es würde ihm die Sache enorm erleichtern, wenn er die Bilder gleich mitschicken könnte. Ich dachte, wo er doch so viel Geld ausgegeben hat, sollten wir versuchen, ihm entgegenzukommen, ich habe auch schon mit Greta gesprochen, und sie hat nichts dagegen …«

»Das kann ich mir vorstellen«, murmelte Imogen. Greta war eine der Künstlerinnen, die immer von sich behaupteten, dass es ihnen nur um Pinsel, Farbe und Papier gehe, in Wirklichkeit aber bloß auf ein ganz bestimmtes Papier scharf waren, nämlich das mit Wasserzeichen und Silberstreifen. Greta rieb sich sicher gerade die Hände vor Freude. »Aber wenn die Bilder weg sind, fehlt uns etwas, das wir an die große Wand hängen können. Könntest du Aric Sutherland anrufen und ihn fragen, ob er vielleicht jetzt schon etwas abliefern kann?«

»Schon erledigt.«

»Du hast ihn angerufen?«

»Na ja, ich wusste ja, dass er der nächste Hauptaussteller sein würde, also habe ich ihn gleich, nachdem Denzil die Stamps gekauft hat, angerufen. Ein sehr netter Mann, sehr kooperativ. Morgen früh kommen per Kurier sieben seiner tollen Meerbilder. Daddy kommt morgen Nachmittag, um mir beim Aufhängen zu helfen, und wir leihen uns für eine halbe Stunde deine Fotografen-Freundin Abby aus. Sie soll uns mit ihrem künstlerischen Blick dabei helfen, die Bilder wirklich vorteilhaft zu platzieren. Und Kit kommt auch, um Daddy bei der handwerklichen Seite zu helfen. Es ist jetzt natürlich zu spät, um die Vernissage vorzuziehen, die Einladungen und die Pressemitteilungen sind ja längst draußen, aber ich habe einen kleinen Termin für morgen Abend arrangiert, mit Thomas und Laura Landers und Albert Goldstein, weil sie laut deinen Unterlagen früher schon Bilder von ihm bei dir gekauft haben.«

»Wow, du hast wirklich wahnsinnig viel geschafft.«

»Na ja, ich will dich eben nicht im Stich lassen, mein Schatz.«

»Im Stich lassen? Du stellst mich höchstens in den Schatten. Du bist effizienter als ich.«

»Vielleicht auf der organisatorischen Seite. Aber ich habe ganz bestimmt nicht deinen Kunstverstand, Imogen.«

»Ich bin ja in ein paar Tagen wieder da. Wann, sagtest du, kommt Denzil wieder?«

»Anne bringt ihre Bilder am Freitagmorgen ...«

»Das ist perfekt, Freitag ist mein erster Arbeitstag.«

»... und Denzil will dann am Samstagmorgen kommen und sie sich ansehen, und ich musste ihm und Anne versprechen, am Samstag in der Galerie zu sein ... Wenn du also noch ein bisschen länger in Frankreich bleiben willst, ist das kein Problem, weil ich die ganze nächste Woche sowieso hier sein muss.«

»Ach so«, sagte Imogen matt.

»Nimm das bitte nicht persönlich, Imogen«, beeilte sich ihre Mutter zu sagen, die an der Stimme ihrer Tochter sofort erkannt hatte, was in ihr vorging, »Anne war einfach so verunsichert, sie hat glaube ich eine Mutterfigur in mir gesehen, und ganz unter uns … das hört sich jetzt vielleicht komisch an, aber Denzil hat total mit mir geflirtet … Ich glaube, er ist ein bisschen in mich verknallt, und das schmeichelt mir natürlich, weil seit zweiunddreißig Jahren niemand mehr in mich verknallt war, verstehst du?«

Imogen rang sich ein Lächeln ab. Es wunderte sie nicht, dass der konservative Denzil lieber mit ihrer schönen, bodenständigen Mutter zu tun hatte als mit ihrem hippiehaften, unordentlichen Selbst, aber es war kein schönes Gefühl, sich überflüssig vorzukommen. Je mehr ihre Mutter ihr versicherte, dass sie nicht gebraucht würde, desto schlechter fühlte sie sich.

»Es ist alles unter Kontrolle, mein Schatz«, fuhr Olivia fort, nicht ahnend, dass damit das Selbstvertrauen ihrer Tochter nur noch weiter sank. »Du brauchst dir wirklich keine Sorgen zu machen. Was meinst du, Liebes? Bleib doch noch ein bisschen länger. Ich hänge gerne noch ein paar Tage dran, und Henry und Hetta sind sowieso froh, dich um sich zu haben.«

»Ich muss wirklich wieder arbeiten, Mum.«

»Aber warum denn? Es läuft doch alles so gut hier. Ich habe sogar Daddy dazu gebracht, die Bücher zu führen und deinen Steuerkram zu erledigen, es erwartet dich also kein Riesenberg Papiere, wenn du zurückkommst.«

Es läuft doch alles so gut hier? Das hörte sich langsam wirklich so an, als liefe die Galerie besser ohne sie als mit ihr.

»Du hast so hart gearbeitet, Imogen«, setzte Livvy ihre Überredungssuada fort, »du hast dir eine Pause verdient, und zwar nicht nur eine kleine, um dich halbwegs zu erholen, sondern einen richtigen Urlaub! Du hast doch seit Monaten, eher schon Jahren keine Ferien mehr gehabt. Wie um alle Welt konnte ich nur zwei so arbeitswütige Töchter produzieren? Ich habe auch Lucy schon versucht zu überzeugen, mal eine Pause einzulegen, aber sie hört einfach nicht auf mich.«

»Sag bloß, du hast ihr auch schon angeboten, ihre Firma zu führen, während sie weg ist?«, lachte Imogen. »Platz da, Martha Stewart, jetzt kommt meine Mutter!«

»Also, was ist jetzt?«, drängte Livvy, die aus der scherzhaften Bemerkung ihrer Tochter heraushörte, dass sie kurz davor war, weich zu werden.

Imogen sah durch die Fenstertüren in den Garten hinaus, sah, wie die Sonne auf dem Swimmingpool glitzerte, daneben ihre Staffelei mit einem halb fertigen Bild, das zu malen ihr so viel Freude machte, dass es fast wehtat.

»Ich denke drüber nach«, sagte sie schließlich, und ihre Mutter gab sich damit zufrieden, dass das zumindest kein Nein bedeutete.

Als sie wieder aus dem Haus trat, kamen gerade Hetta und Henry zurück. Henry lud ein paar Kisten aus dem Kofferraum.

»Wir waren in Grasse!«, rief er enthusiastisch. »Sie haben einen wunderbaren Markt dort. Ich fürchte, ich habe es mit dem Gemüse ein bisschen übertrieben, wie du sehen kannst.«

Er zeigte mit der Hand auf die Kisten in seinem Kofferraum. Sie waren voller reifer Tomaten.

»Soll das heißen, du hast selbst nicht schon genug Tomaten gezüchtet?«, staunte Imogen und musste lachen.

»Ich mache Chutney daraus.«

Und dann entdeckte Imogen noch etwas anderes, das neben den Gemüsekisten im Kofferraum lag. Es war ein Bild. Henry bemerkte ihren neugierigen Blick, griff mit einem hintergründigen Lächeln nach der Leinwand und überreichte sie ihr.

Sie war wie gebannt von dem Bild, konnte ihre Augen nicht mehr abwenden.

»Das hast du auf dem Markt gekauft?«, fragte sie, ohne aufzusehen.

»Ja. Was sagt die Expertin? Es ist hübsch, oder? Gefällt es dir? Sag, dass es dir gefällt!«

Wenn sie nicht so absorbiert von der Betrachtung des Gemäldes gewesen wäre, hätte Imogen bemerkt, dass Henry mit dem Entladen des Kofferraums aufgehört hatte und sie intensiv und hoffnungsvoll beobachtete.

»Es gefällt mir sehr«, antwortete sie schließlich, und Henry hätte beinahe gegluckst vor Freude.

»Ein charmanter junger Mann hat sie von seinem Lieferwagen aus verkauft, ob du es glaubst oder nicht. Seine Bilder kosten nur 30 Euro das Stück…«, sagte er so beiläufig wie möglich.

»30 Euro?«, wiederholte Imogen ungläubig.

»Ich weiß, das ist lachhaft wenig, ich kam mir fast vor wie ein Dieb. Wir haben zwei gekauft. Hetta hängt das andere gerade im Schlafzimmer auf. Willst du es dir ansehen?«

Imogen ging durch das kühle Haus zu Henrys und Hettas

Schlafzimmer, wo Hetta, den Hammer in der Hand und Nägel zwischen den Lippen, stirnrunzelnd dastand und überlegte, wo sie das eine der beiden neuen Bilder aufhängen sollte. Sie stellte das Bild auf den Boden und nahm die Nägel aus dem Mund.

»Was meinst du, wo sähe es besser aus? Über dem Bett oder neben den Fenstern?«

»Neben den Fenstern«, antwortete Imogen ohne einen Moment des Zögerns, während sie das zweite Bild betrachtete. Beides waren Gartenmotive, schöne, satt-bunte Bilder voller Blumen und Sonnenlicht. Im Gegensatz zum ersten war auf diesem auch ein hockneyblauer, einladender Teich abgebildet, in dem sich ein wolkenloser Himmel und ein Meer von Azaleen spiegelten. Es war so lebhaft und anziehend, dass Imogen den Duft der Blumen fast riechen konnte.

»Ja, da!«, rief Hetta zufrieden. »Perfekt! Da sieht es wirklich viel besser aus, du hattest recht, wie könnte es auch anders sein. Sollen wir das andere in deinem Zimmer aufhängen? Wärst du damit einverstanden?«

»Oh ja, gerne.«

»Obwohl du es ja nur noch ein oder zwei Tage genießen kannst«, seufzte Hetta schwer, als sie aus dem Raum ging.

»Also, was denkst du?«, fragte Henry, der hereingekommen war, nachdem Hetta den Raum verlassen hatte.

Was sie dachte? Der Impressionismus war immer schon Imogens Lieblingskunstperiode gewesen, aber diese Bilder fügten dem Impressionismus eine neue Dimension hinzu. Sie hatten die weiche, träumerischen Frische eines Fragonard, die intensive Farbigkeit eines Monet und die gekonnte Lichtsetzung eines Tizian. Sie liebte diese Bilder. Liebte sie wirklich.

So hatte sie sich beim Betrachten eines Bildes nicht mehr gefühlt, seit sie vor vielen, vielen Jahren auf einer Klassenfahrt nach Paris eine Renoir-Ausstellung im Louvre gesehen hatte. Damals hatte sie auch vor der Mona Lisa gestanden und sich darüber gewundert, wie klein das berühmte Gemälde in Wirklichkeit war. Imogen bekam rote Wangen vor Aufregung, alle Härchen auf ihrem Körper hatten sich aufgestellt, und sie konnte das Herz in ihrer Brust klopfen hören.

»Unglaublich schön«, sagte sie leise, mehr zu sich selbst als in Henrys Richtung.

»Das fanden wir auch.«

»Und es gibt noch mehr davon?«

»Sehr viel mehr. Wir waren in Versuchung, noch mehr zu kaufen, aber dann konnten wir uns nicht entscheiden. Hetta meinte, wir sollten erst mal diese beiden aufhängen und entscheiden, welches Bild wo am besten aussehen würde, und dann noch mal hinfahren.«

»Hatte der Typ keine Visitenkarte mit Telefonnummer oder eine Atelieradresse oder so was?«

»Wie gesagt, er stand in einem Lieferwagen mit offenen Türen, und da hingen die Bilder dran, und drinnen und um den Wagen herum standen auch noch welche.«

»Du fährst also noch mal zurück, um noch welche zu kaufen?«

»Auf jeden Fall.«

»Kann ich da mitkommen?«

»Natürlich kannst du das ... aber der Markt findet nur dienstags und donnerstags statt ...«, sagte Henry langsam und sah seine Nichte aufmerksam an. »Und dein Flug geht schon Donnerstag früh, oder?«

Imogen kaute auf ihrer Unterlippe und ging dann noch einmal näher an das Bild an der Wand heran.

»Olivier Ducass…«, las sie langsam die kleine Signatur in der rechten Ecke des Bildes. Sie ging einen Schritt zurück und betrachtete das Bild, und ihre ganze Unterlippe verschwand dabei unter ihren Zähnen, als sie es mit den Augen verschlang wie Hetta ein Pain au chocolat.

»Ich habe heute Morgen mit Mum telefoniert«, sagte sie zögernd. »Sie findet, ich sollte noch ein bisschen bleiben.«

»Das finden wir auch.«

»Ihr habt schon mit ihr darüber geredet, oder?«

Henry sah sie schuldbewusst an. »Wir sind mit Livvy einer Meinung. Du brauchst Urlaub«, sagte er gepresst.

»Ich hatte doch gerade einen«, protestierte Imogen, aber ihr fiel auf, dass sie beide gleichzeitig auf ihren Gipsfuß hinuntersahen.

»Du warst drei Tage hier!«, legte Henry Widerspruch ein.

»Ich darf die Galerie nicht aus den Augen verlieren«, erwiderte Imogen leise.

»Deine Mutter kommt wunderbar zurecht.«

»Das ist es ja«, sagte Imogen nur halb im Scherz. »Wenn sie noch länger da bleibt, bin ich bald total überflüssig.«

Aber sie konnte immer noch nicht den Blick von dem Bild abwenden.

»Vielleicht könnte ich ja noch ein oder zwei Tage dranhängen«, murmelte sie.

»Oder noch eine Woche«, ergänzte Henry hoffnungsfroh. »Oder zwei.«

Imogen lächelte.

Und dann versank das Haus in Dunkelheit.

»Henry!«

»Ja, mein Liebling?«, rief er zurück und griff bereits nach den Kerzen im Schrank.

»Ich fürchte, ich habe gerade beim Hämmern irgendeine Leitung getroffen!«

»Ist das nicht romantisch?«

»Ich schätze, so kann man das auch sehen.« Hetta zog spöttisch die Augenbrauen in die Höhe und blickte ihn über ihren Schminkspiegel hinweg an.

»Du siehst reizend aus bei Kerzenlicht.« Henry ließ sich von ihrer Spitze nicht beirren. »Außerdem macht es dein dünnes Nachthemd vollkommen durchsichtig.«

»Alter Schwerenöter!«, kicherte Hetta entzückt, stellte ihr Nachtcremetöpfchen ab und drehte sich zu ihrem Mann um, der sie vom Bett aus betrachtete.

»Komm her, und lass dich von deinem alten Schwerenöter umarmen«, sagte er und streckte dabei die Hände nach ihr aus. Hetta hüpfte wie ein junges Mädchen von ihrem Stuhl und schlüpfte zu ihm unter die Bettdecke, schlang ihre Arme um seine beleibten Hüften und legte den Kopf auf seine Schulter, während auch er liebevoll den Arm um sie legte.

»Was meinst du, wird unser Mädchen ein bisschen länger bleiben?«, flüsterte er und küsste sie auf den Kopf.

»Nach dem Köder, den wir ihr ausgelegt haben...«, erwiderte Hetta mit einem Nicken in Richtung des Bildes an der Wand. »Aber hast du gar kein schlechtes Gewissen?«

»Weswegen denn, meine Taube?«

»Na ja, wir beide wissen ganz genau, dass der Markt in Grasse jeden einzelnen Tag in der Woche stattfindet...«

Kapitel 10

»Olivier Ducass.« Imogen stand vor dem Bild in ihrem Zimmer und ließ sich den Namen mehrmals auf der Zunge zergehen. Er schmeckte nach Aufregung, nach Vorfreude. Er schmeckte nach einem Knüller, nach Berühmtheit, und beides brauchte ihre Galerie, um auf Dauer zu überleben.

Vielleicht sollte sie wirklich noch bleiben. Und wenn Denzil Maitland-Granger tatsächlich so großen Wert auf die Anwesenheit ihrer Mutter legte, gab es eigentlich keinen Grund, sofort zurückzukehren. Und sich an Olivier Ducass' Fersen zu heften war schließlich auch Arbeit. Wäre er in England gewesen, hätte sie keine Sekunde gezögert, die Galerie links liegenzulassen, um ihn aufzusuchen und zu einer Ausstellung bei ihr zu überreden.

Aber sie war schon so lange weg, und es war nicht fair, ihre Mutter so lange allein mit allem zu lassen. Auf der anderen Seite behauptete ihre Mutter, dass ihr die Arbeit großen Spaß machte, und sie hatte in den paar Tagen mehr Bilder verkauft als Imogen in einem ganzen Monat. Und sie war seit Jahren nicht mehr so begeistert von einem Künstler gewesen wie von diesem. Es wäre dumm, dem nicht nachzugehen. Wenn sie es nicht täte, würde sie das sicher ewig bereuen. Das wusste sie. Und sie müsste ja nicht mehr lange bleiben, vielleicht noch einen Tag länger, nur so lange, bis sie diesen Olivier Ducass gefunden hätte, um zu sehen, ob auch seine restlichen Arbeiten so atemberaubend waren wie die beiden, die Hetta und Henry gekauft hatten, und ihn dann zu einer Ausstellung zu überreden. Vielleicht könnte sie sogar am Donnerstagabend noch ein Flugzeug erwischen, wenn alles glattliefe, und am Freitagmorgen schon wieder in der Galerie sein.

Imogen nickte entschlossen. Sie würde bleiben. Gleich am nächsten Morgen würde sie telefonieren und ihren Flug umbuchen.

Sie berichtete ihren Verwandten am nächsten Morgen beim Frühstück auf der Terrasse von der Änderung ihrer Pläne, und die beiden versuchten die Situation sofort zu ihren Gunsten auszunutzen.

»Bist du sicher, dass es sinnvoll ist, deinen Flug nur von Donnerstagmorgen auf Donnerstagabend zu verschieben? Wenn du diesen Ducass aufgetrieben hast, wirst du vielleicht etwas Zeit brauchen, um die Details mit ihm zu besprechen? Wäre das nicht blöd, wenn du mitten während der Verhandlungen überstürzt aufbrechen müsstest, um deinen Flieger zu erreichen?« Diese Argumentation lag Henrys Meinung nach derart deutlich auf der Hand, dass er sie sofort anbrachte.

»Ich denke, da hast du recht«, gab Imogen zögerlich zu.

»Dann buch doch lieber gleich für Freitag statt für Donnerstagabend …«

»Ja, das wäre sicher vernünftig«, mischte sich jetzt auch Hetta ein. »Aber was ist, wenn er nicht jedes Mal auf dem Markt ist? Vielleicht brauchst du auch länger, um ihn zu finden?«

Der einzige Flug, der am Freitag ging, war, wie sich herausstellte, ein Nachtflug. Hetta und Henry legten sich ins Zeug, um Imogen davon zu überzeugen, dass es sinnlos war, am Freitag so spät zu Hause anzukommen, denn dann würde sie am Samstag viel zu erschöpft sein, um arbeiten zu können, und da die Galerie am Sonntag sowieso geschlossen hatte, könnte sie doch gleich einen Flug für Montag buchen. Und da der spätere Flug am Montag auch noch viel billiger war als der am Freitag und Hetta und Henry Imogen außerdem mit einem Glas kühlen Weins versorgt hatten, der seine Wirkung ebenfalls nicht verfehlte, konnte sie schließlich dazu überredet werden, am späten Montagnachmittag zurückzufliegen.

Als Imogen nach dem Telefonat mit ihrer Mutter, in dem sie von ihren neuen Plänen berichtet hatte, wieder aus dem Haus trat, fand sie ihren Onkel und ihre Tante an dem langen Tisch auf der Terrasse sitzend vor. Hetta schnitt Tomaten, und Henry schälte und hackte Zwiebeln, wozu er sich Hettas Schwimmbrille aufgesetzt hatte, um seine Augen vor dem Tränen zu schützen.

Imogen schlug sich die Hand vor den Mund, um nicht laut aufzulachen, und als sie ihr Lächeln mit einem Grinsen erwiderten, war Imogen froh über ihre Entscheidung, und zwar nicht nur wegen Olivier Ducass.

Es verging ein sonniger Tag, der ausschließlich ihrer Erholung gewidmet war, aber sie konnte keine rechte Ruhe finden, und am Abend war sie dann so aufgeregt, dass sie fast platzte vor Neugierde, den unbekannten Künstler aufzusuchen.

Der Tag, der ihr letzter hier hätte sein sollen, an dem sie eigentlich Wärme, Wein und Wohlbefinden in vollen Zügen hätte genießen sollen, wurde ihr von ihren Sorgen fast verdorben. Was, wenn er längst einen Agenten oder Galeristen hatte und gar nicht interessiert daran war, dass sie für ihn tätig wurde? Andererseits, wenn das wirklich so wäre, würde er dann auf einem Provinzmarkt seine Werke aus einem alten Lieferwagen heraus verkaufen?

Und was, wenn Hetta recht hatte und er morgen tatsächlich nicht da wäre? Wie würde sie ihn dann bloß finden können?

Am Donnerstag stand sie um fünf Uhr auf und war zwanzig Minuten später geduscht und angezogen. Sie machte sich Kaffee, und Henry, den sie nicht lange hatte überreden müssen, wegen des Marktes in Grasse früh aufzustehen, kam um sechs zu den Croissants dazu. Ihm lief allein beim Gedanken an das köstliche Gebäck das Wasser im Mund zusammen. Sein Garten lieferte ihm herrliches Obst und Gemüse, aber er war auch sehr angetan von den vielen exquisiten Lebensmitteln, die die Einheimischen überall an kleinen Ständen anboten. Er dachte sogar schon darüber nach, selbst einen Stand für seine Eissorten einzurichten, von denen er mittlerweile ein ansehnliches Repertoire anzubieten hatte: Bombige Blaubeere, Neckische Nektarine, Luxuriöse Limone, Edle Erdbeere, Herrliche Himbeere – und natürlich die Pfiffige Pfefferminze.

Um halb sieben machten sie sich auf den Weg, und während sie die Serpentinen entlangfuhren, machte sich Henry murmelnd Gedanken darüber, wie er sein neues Unternehmen nennen könnte.

»›Fieldings Frostiges‹, ›Fieldings Fabelhaftes‹ … Nein, das hört sich nicht gut an … ›Henrys Heißes Eis‹, ›Hettas Bestes‹, ›Hettas Himmlisches‹ …«

»Wie wäre es denn einfach mit ›Hettas und Henrys‹?«, unterbrach ihn Imogen.

»›Hettas und Henrys‹?«, wiederholte er.

»Das klingt doch toll.«

»›Hettas und Henrys‹«, wiederholte er ein weiteres Mal, und es gefiel ihm. »Das klingt wie ein richtiger Markenname.«

»Ja, aber du wolltest doch hier Urlaub machen, Onkel Henry, und nicht arbeiten.«

»Kochen ist wie Urlaub für mich, Imogen, das weißt du doch. Und außerdem: Du hast gut reden, warum fahren wir noch mal auf diesen Markt?«, zog er sie auf.

»Ja, aber mein Urlaub ist offiziell zu Ende, ich bin nur wegen dieses Künstlers hiergeblieben. Ich arbeite also praktisch schon wieder.«

Auf dem Markt in Grasse gab es alles, von Flohmarktartikeln bis zu echten Antiquitäten, von Obst und Gemüsen bis zu Second-Hand-Klamotten. Unter anderen Umständen hätte Imogen hier Tage verbringen können, aber heute hatte sie nur Augen für Olivier Ducass, und sie entdeckte ihn auch sofort. Der weiße Fiat, von dem Henry gesprochen hatte, stand in einer ruhigeren, versteckten Ecke des Marktes, aber sie lief so zielstrebig darauf zu, als wäre er mit Neonschildern beleuchtet. Für Imogen war es wie die Entdeckung von Aladins magischer Höhle, wie ein Laden voller wunderschöner Kleider, wo man nicht wusste, welches man zuerst anprobieren sollte, oder eine Confiserie, in der jede Kreation köstlicher und verführerischer war als die andere – und keine einzige Kalorie hatte.

Es waren um die dreißig Bilder, die an dem Lieferwagen lehnten, an seinen Seiten hingen und im Innern auf dem Boden standen. Sie waren so gut, dass es ihr fast wehtat, sie zu betrachten, ihr Magen drehte sich vor Vergnügen praktisch um, und sie war plötzlich noch aufgeregter als bei ihrer Galerieeröffnung am vergangenen Valentinstag. Es ergriff sie auch eine Art Panik, ähnlich der, wie sie ein Schatzsucher empfinden musste, wenn er auf eine unschätzbar wertvolle Beute gestoßen war und jetzt das dringende Bedürfnis verspürte, sie so schnell wie möglich vor den Händen der Plünderer in Sicherheit zu bringen. Am liebsten hätte sie sich jedes dieser Bilder geschnappt, sie in den Lieferwagen geladen, an dem sie hingen und gegen den sie gelehnt waren, hätte die Türen geschlossen und wäre einfach damit davongebraust... Und dann wäre sie ohne Unterbrechung gefahren, bis sie spätnachts in der Galerie in London angekommen wäre, wo sie sie schleunigst bis zum Tag der Ausstellungseröffnung versteckt und weggeschlossen hätte.

Den Fiat hatten sie zwar schnell gefunden, nicht aber den Künstler. Sie nahm an, dass die ältere Person, die in einem Liegestuhl saß und offenbar dazu bestimmt war, den Wagen zu bewachen, stattdessen aber gerade ein Nickerchen machte, nicht Olivier Ducass war, denn trotz ihres französisch anmutenden Schnauzers handelte es sich bei ihr eindeutig um eine Frau.

»Siehst du ihn?«, fragte Imogen ängstlich.

Henry blickte sich um, zuckte mit den Achseln und schüttelte dann den Kopf.

»Ich frage mal, ob er da ist.«

Sie wandte sich der alten Dame zu: »Excusez-moi, madame, l'artiste de ces pièces, est-il ici à ce moment, s'il vous plaît? J'aimerais parler avec lui.«

Die kleine Frau öffnete die Augen, strahlte Imogen an und plapperte sofort in einem dialektalen Französisch los, dem Imogen nur zwei Worte entnehmen konnte: »Sohn« und »arbeitet«.

Die Frau erhob sich mühsam von ihrem gestreiften Stuhl und holte ein sehr modern aussehendes Handy aus ihrer sehr antik aussehenden geblümten Tragetasche, tippte mit ihren schrumpligen Fingern eine Nummer ein, sagte etwas in demselben schnellen Französisch wie kurz zuvor und winkte dann Imogen herbei, um ihr das Handy ans Ohr zu drücken: »Parlez avec lui, mademoiselle, parlez, parlez.« Imogen, die inbrünstig hoffte, dass sein Englisch besser wäre als ihr Französisch, nahm es vorsichtig in die Hand.

»Äh … bonjour«, stotterte sie unsicher.

»'allo«, kam es zurück, und zum Glück sprach er perfekt Englisch, wenn auch mit starkem französischen Akzent: »Meine Mutter sagt, sie möschten misch spreschen?«

»Äh, ja, hallo. Ich heiße Imogen Fielding. Sind Sie Olivier Ducass?«

»Der bin isch.«

»Also, wir kennen uns nicht, aber ich habe eine Kunstgalerie in London, und ich würde sehr gerne mit Ihnen über Ihre Bilder reden.«

»Ja?«

»Ich bin sehr beeindruckt von ihnen und wollte Sie fragen, ob Sie vielleicht Lust hätten, in meiner Galerie auszustellen.«

»Isch verstehe.«

»Vielleicht könnten wir uns treffen und darüber reden, wenn Sie Interesse haben?«

Schweigen. Imogen hielt so lange die Luft an, bis Henry ihr Zeichen machte, wieder zu atmen.

»Isch arbeite 'eute.«

»Machen Sie keine Pause?«

»Doch, natürlisch.«

»Na ja, dann könnten wir uns doch vielleicht sehen. Wir könnten zu Ihnen kommen«, schlug sie vor und sah Henry dabei fragend an, der zustimmend nickte.

»Um darüber zu reden, ob Sie meine Bilder kaufen?«

»Um die Möglichkeit zu besprechen, dass ich Ihre Bilder in meiner Galerie ausstelle, wo sie von vielen Leuten gesehen und hoffentlich auch gekauft werden«, erklärte sie vorsichtig.

»Ah, isch verstehe. D'accord. Reden Sie mit Etienne, sie erklärt Ihnen, wie Sie zu mir kommen.«

Anhand von radebrechendem Französisch und einer Menge Zeichensprache konnten sie die alte Dame dazu bringen, ihnen eine Wegbeschreibung aufzuzeichnen, und so fuhren Imogen und Henry wieder los und fühlten sich dabei so aufgeregt und abenteuerlich, als wären sie auf der Suche nach dem heiligen Gral.

Nach einer Fahrt, die ihnen endlos lang vorkam, in Wirklichkeit aber nur eine knappe Stunde dauerte, bogen sie nach der Überquerung zweier großer Schranken nach rechts ab, so wie die alte Frau es ihnen beschrieben hatte, und passierten ein kleines Häuschen und ein kleines Waldstück, bis sie an einem »geheimen Garten« ankamen, wie Imogen ihn im Stillen nannte.

In ihrer romantischen Vorstellung war Olivier Ducass ein armer, von Entbehrungen geprüfter Mann, der in einer Mansarde von Brot und Wasser lebte, aber die Realität sah anders aus: Olivier Ducass war ein wohlgenährter junger Mann, der für den häufig abwesenden Eigentümer ein riesiges Schloss in der Nähe von St. Tropez hütete.

Später würde Imogen den Augenblick, in dem sie ihn zum ersten Mal sah, als ihren »Mellors-Moment« bezeichnen. Der

Mann, den sie für Olivier hielt, war von der Hüfte aufwärts nackt und gerade dabei, ein Loch für eine Umzäunung auszuheben. Seine mit frischem Schweiß bedeckten braungebrannten Muskeln glänzten in der Sonne, die auf seine langen, goldenen, präraffaelitischen Locken niederschien. Er sah fast aus wie eine römische Statue, die einen edlen Garten zierte. Er war der Wildhüter, und bitte, bitte, bitte, durfte sie Lady Chatterley sein?

»Wow!«, ächzte Imogen leise, und auch Henry machte »Wow«, meinte damit aber die herrliche Gartenanlage.

Sie parkten im Schatten einer großen Zypresse und stiegen aus. Der Mann hatte seine Arbeit unterbrochen, stützte sich nun auf seine Forke und bedeckte mit einer Hand die Augen, um sie in der gleißenden Sonne besser sehen zu können.

»Olivier?«, rief sie und betete, dass die Antwort »Oui« lauten möge.

»Oui«, antwortete er, und Imogen schickte ein stilles Dankesgebet gen Himmel, nicht nur in ihrem eigenen Namen, sondern auch in dem der Kunst. Es war eine Sache, so schöne Bilder zu finden, aber wenn der Maler selbst der Schönheit seiner Bilder gleichkam, was für ein Wunder! Oh, wie wunderbar wäre es, ihn zu vertreten, oh, wie wäre die Presse entzückt von ihm, oh, wie Mäzene und Kunden nach ihm lechzen würden! Oh! Oh! Oh!

Er stellte seine Forke ab und kam ihr entgegen. Sein strenges, abwartendes Stirnrunzeln verwandelte sich in ein Lächeln, als er vor ihr stand, und Imogen fühlte sich reich beschenkt. Wenn das hier ein Comic wäre, dachte sie und musste innerlich kichern, würden in ihren Augen jetzt fette Pfundnoten erscheinen.

»Sie sind Imogen?«, fragte er und hielt ihr zur Begrüßung die Hand hin. Niemals zuvor hatte ihr Name so verführerisch geklungen.

»Ja«, antwortete sie, und für jemanden, der sich etwas darauf einbildete, niemals wie ein Teenager zu erröten, bekam sie eine ziemlich gesunde Gesichtsfarbe. Und dann fiel sein Blick auf Henry, der sich vor lauter Diskretion fast hinter seinem Auto versteckte.

»Ah, Monsieur Fielding, Sie sind auch da? Bonjour. Wie geht es Ihnen? Es ist schön, Sie wiederzusehen.« Dann legte er ihm die Hände auf die Schultern und gab ihm ein Küsschen auf jede Wange. Und so war Imogen nicht mehr die Einzige, die rot wurde. Aber Henry wurde nicht so sehr von der französischen Art der Begrüßung in Verlegenheit gebracht – an die hatte er sich schon gewöhnt –, sondern weil durch deren Herzlichkeit offensichtlich wurde, dass er Olivier bereits weit besser kannte, als er seiner Nichte gegenüber bisher zugegeben hatte.

Henry sah verstohlen in Imogens Richtung, in der Hoffnung, dass sie das Augenscheinliche nicht bemerkt hätte. Doch natürlich hatte sie. Ihre geschürzten Lippen und das Roger-Moore-bzw.-James-Bond-artige Heben einer Augenbraue waren der Beweis. Und selbst wenn noch ein Rest an Zweifel blieb, so wurde der spätestens dann weggewischt, als Imogen in Oliviers Atelier auf einer Staffelei ein halbfertiges Bild ausmachte, das unbestreitbar Hetta darstellte.

Böse überrascht, blieb ihr der Mund offen stehen, aber Henry hatte das Glück, dass ihre Aufmerksamkeit sofort von anderen Bildern absorbiert wurde. Und was für Bildern. Die auf dem Markt waren phantastisch gewesen, so sehr, dass Imogen der Versuchung hatte widerstehen müssen, den gesamten Inhalt ihres Portemonnaies hinzuhalten und sie alle zu kaufen, aber dieses alte Gebäude aus Stein war eine absolute Schatztruhe. Es war halb Scheune, halb Atelier, dessen eine Hälfte einer Sammlung gepflegter Gartengeräte vorbehalten war, die andere bemalten und noch weißen Leinwänden. In der Mitte des Raumes, über der ein riesiges Oberlicht thronte, standen vier Staffeleien mit Bildern in unterschiedlichen Entstehungsstufen. Das Bild von Hetta war am weitesten fortgeschritten. Der ganze Raum und alles, was sich in ihm befand, war von einer Mischung aus Dieselgeruch und dem von ihr so geliebten Duft nach Ölfarben erfüllt. Der Geruch war so stark, dass Imogen schon vorschlagen wollte, ein Schild mit der Aufschrift »Vorsicht, leicht entflammbar!« vor die Tür zu hängen, besonders weil Olivier Ducass in der Tür stand und eine Gauloise rauchte.

»Sind Ihre Bilder schon einmal ausgestellt worden?«, fragte sie, während sie intensiv ein Bild betrachtete, dessen Hintergrund ein Vorhang aus dunklen Blättern war, während vorne die Statue einer griechischen Göttin im Streulicht stand.

Er zuckte die Achseln. »Wer sollte das tun wollen?«

»Ich.«

»Meinen Sie das ernst?«

»Absolut, ja.«

Sie machte langsam die Runde durch den sparsam beleuchteten Raum und tat so, als bemerke sie Henrys heimliche Versuche nicht, sich das Bild von Hetta anzusehen, ohne dass Imogen etwas davon mitbekam oder am Ende sogar begann, unangenehme Fragen zu stellen. Er versuchte sie daran zu hindern, indem er mit Olivier redete.

»Malen Sie schon lange?«

»Schon seit isch ein Kind war. Es ist… Wie sagt ihr noch gleisch in England? Etwas, womit isch gerne meine Zeit verbringe.«

»Ein Hobby.«

»C'est ça le mot«, nickte er. »Entschuldigen Sie mein Englisch.«

»Ihr Englisch ist sehr gut.«

»Isch gebe mir Mühe. Aber manschmal vergesse isch ein Wort. Isch finde, wenn man etwas tut, dann sollte man versuchen, es so gut zu tun, wie man kann.«

»Wie man an diesem wunderbaren Garten sehen kann«, sagte Henry begeistert, während er mit der Hand nach draußen wies, wo sich einem ein unglaublicher Ausblick bot.

»Isch tue mein Bestes für die Leute, die misch anstellen.«

»Sind die Leute nett, für die Sie arbeiten?«, fragte Imogen eher aus Gründen der Konversation als aus echtem Interesse. Sie fürchtete, dass er ihr langes Schweigen, das durch ihre eindringliche Betrachtung der Bilder entstanden war, unhöflich finden könnte.

»Es sind anständige Leute. Isch würde sie niemals enttäuschen. Sie sind gut zu meiner Familie, und meine Familie bedeutet mir sehr viel.«

»Und Sie sind gerne Gärtner?«, fragte Henry interessiert, schließlich war das Gärtnern ja auch sein eigenes Hobby.

Er nickte entschieden. »Manschmal erschaffe isch sehr viel Schöneres in diesem Garten als auf meinen Bildern.« Er ließ einen Finger über ein Seerosenteichbild gleiten, das Imogen schon insgeheim als einem Monet ebenbürtig klassifiziert hatte.

»Dieses Bild 'ier zum Beispiel ist nur ein schwacher Abklatsch der Schönheit, die Gott uns mit seiner Schöpfung geschenkt 'at.«

»Aber es ist ein verdammt guter Abklatsch«, warf Imogen entschieden ein.

Er wandte sich ihr mit einem neugierigen Lächeln zu. »Sie mögen meine Arbeiten?«

»Das kann man wohl sagen«, gestand sie. »Und ich würde sie sehr gerne in meiner Galerie in London ausstellen.«

»Sie sind sehr jung, um schon eine eigene Galerie zu 'aben. Es ist sischer ein Familienbetrieb?«

»Nein. Es ist meine eigene Galerie. Ich habe hart dafür gearbeitet, über zehn Jahre lang.«

»Dann tun Sie das, was Sie tun, mit 'ingabe.«

»Es ist mein Lebensinhalt.«

»Das ist gut. Aber wenn Sie so 'ingebungsvoll sind, warum sind Sie dann 'ier in Frankreisch, wenn isch fragen darf?«, forderte er sie heraus.

Imogen zeigte reumütig auf ihren bandagierten Fuß. »Sie haben mich überredet, mich hier von einem kleinen Unfall zu erholen, den ich in London hatte.«

»Isch verstehe. Tut es sehr weh?«

»Nur wenn ich daran denke.«

»Dann müssen wir dafür sorgen, dass Sie nischt oft daran denken müssen.« Er lächelte sie freundlich an, und Imogen stellte freudig fest, dass er ein bisschen mit ihr flirtete. »Wer kümmert sisch denn um Ihre Galerie, während Sie in Frankreisch sind?«

»Meine Mutter kümmert sich gerade um alles.«

»Also doch ein Familienunternehmen.« Er grinste breit und

zeigte seine gesunden weißen Zähne. »Familie ist sehr wischtisch. Glauben Sie, dass isch viel Geld damit verdienen könnte, wenn isch Ihnen meine Bilder zum Verkauf überließe?«

»Na ja, garantieren kann ich Ihnen das natürlich nicht …«

Er runzelte die Stirn.

»Aber ich denke schon, ja«, beeilte sie sich hinzuzufügen. »Ich könnte sie auf jeden Fall für sehr viel mehr Geld verkaufen, als Sie das gerade tun.«

Er nickte langsam und zog eine weitere Zigarette aus seiner Schachtel. In dem Dämmerlicht des Raumes konnte Imogen nicht ausmachen, ob seine Finger mit Erde oder Farbe verschmiert waren.

»Isch mag Geld nischt, aber isch brauche es. Ich möschte misch um meine Eltern kümmern, und isch würde gern eine Familie gründen, dafür braucht man leider Geld.«

Imogen nickte. »Wohl wahr.«

»Und Sie glauben wirklisch, dass isch mit diesen Bildern viel Geld verdienen könnte?«

»Vielleicht schon«, sagte sie vorsichtig, denn sie hatte gelernt, dass es manchmal klüger war, seine Begeisterung für einen Künstler nicht zu früh zu zeigen. »Warum essen wir heute Abend nicht einfach zusammen und reden über alles?«, schlug sie vor.

»Isch weiß nischt, ob isch meine Arbeiten ausstellen möschte …«

Imogen sah ihn tief enttäuscht an.

»… aber isch möschte mit Ihnen zu Abend essen.«

Er neckte sie. War es so offensichtlich, wie scharf sie auf seine Bilder war? Einen Moment lang war sie verärgert. Sein Selbstvertrauen grenzte an Arroganz. Sie mochte es, wenn

Leute selbstbewusst waren, aber Arroganz verabscheute sie. Dann jedoch lächelte er sie wieder an, und langsam dämmerte ihr, dass er vielleicht gar nicht eingebildet war, sondern wirklich mit ihr flirtete! Nein … Er sah viel zu gut aus, um ernsthaft mit ihr zu flirten. Wahrscheinlich war er sogar der attraktivste Mann, den sie je gesehen hatte … zumindest einer der attraktivsten … Sie schüttelte den Kopf, um ihre Gedanken zu vertreiben. Hier geht's ums Geschäft, Mädchen. Der Mann mochte gut aussehen, aber sie war wegen der Bilder hier, und sie waren so gut, dass sie hätte heulen können. Keiner ihrer erfolgreichen Londoner Konkurrenten hätte an ihrer Stelle auch nur eine Sekunde gezögert.

»Dann gehen wir also essen«, sagte sie und streckte ihm die Hand hin. »Wohin möchten Sie gehen? Sie sind natürlich eingeladen.«

Er sah auf ihre Krücken. »Sie wohnen bei 'enry in der Nähe von Seillans, oder?«

»Nein … Ich meine, ja«, stotterte sie.

»Dann treffen wir uns dort.«

»Aber das ist ziemlich weit von hier.«

»Aber es ist doch einfacher für misch, zu Ihnen zu kommen, als für Sie, zu mir zu kommen, finden Sie nischt?«

»Da haben Sie sicher recht.« Sie musste lächeln und wurde schon wieder rot. »Wenn Ihnen das nichts ausmacht.«

»Es ist mir ein Vergnügen.« Er nahm ihre Hand, aber statt sie zu schütteln, strich er nur sehr zart mit dem Daumen über ihren Handrücken, und sie fragte sich, ob das etwas zu bedeuten hatte oder Zufall war.

Ganz ruhig, ermahnte sie sich innerlich, aber es war sinnlos, die starke Anziehung, die sie empfand, zu ignorieren.

»Isch 'ole Sie um sieben ab. Es gibt ein Restaurant in Seillans, in das wir gehen können. Es ist sehr gut, isch denke, Sie werden es mögen. À plus tard.«

»Bis später«, echote sie und zwang sich dazu, nicht zu erschauern, als er ihre Hand den Bruchteil einer Sekunde zu lang in der seinen hielt, bevor er sie losließ.

Sie hatte nicht einmal bemerkt, dass Henry während ihres Gesprächs hinausgegangen war. Er stand an seinen schmutzigen weißen Mercedes Kombi gelehnt und schaute betreten drein.

»Wie ist es gelaufen?«, fragte er und unterdrückte ein verlegenes Hüsteln.

»Gut, hoffe ich. Wir gehen heute Abend essen, um alles Weitere zu besprechen.«

»Oh, das ist toll!«, sagte er, rieb sich die Hände und ging auf die Wagentür zu, ohne sie dabei anzusehen.

»Ja, das ist es. Ich werde ihm ein Angebot machen, das er nicht ablehnen kann. Und wenn wir Glück haben, hat er bis heute Abend sogar Hettas Porträt fertig und bringt es gleich mit ...«

Henry blieb vor der Autotür stehen und biss zerknirscht auf seiner Unterlippe herum. »Das Bild von Hetta soll eine Überraschung sein. Ich habe ihm ein Foto von ihr gegeben, als wir kürzlich bei ihm waren und sie sich gerade an einem anderen Stand nach Vorhangstoffen umgesehen hat. Ich konnte dir schlecht sagen, dass ich wusste, wo Olivier wohnt, sonst hätte Hetta doch gemerkt, was los ist, und die Überraschung wäre ruiniert gewesen.«

»Klar, und du hättest es mir auch unter keinen Umständen ins Ohr flüstern können, wenn sie einmal gerade nicht hingehört hätte? Und das war natürlich auch kein abgekartetes Spiel, um mich ein bisschen länger in Frankreich zu behalten?«

Natürlich konnte Henry darauf nicht antworten, ohne sich noch weiter in Schwierigkeiten zu bringen, und so schwieg er und versuchte dabei, so gewinnend wie möglich auszusehen.

Imogen sah ihren schuldbewussten Onkel an und schüttelte den Kopf. »Du bist ein Verräter, Onkel Henry.«

Jetzt war er völlig am Ende.

»Ein reizender, liebevoller, freundlicher und fürsorglicher Verräter, und ich liebe dich dafür!«

»Du meinst, ich habe keine Strafe dafür verdient, dass ich dich angeflunkert habe?«

»Das Einzige, was du verdient hast, ist ein dickes fettes Dankeschön, weil du mich dazu gebracht hast hierzubleiben.«

»Oh.« Henrys Anspannung löste sich, und er lächelte erleichtert. »Ich bin so froh, dass du so denkst. Ich weiß schon, das war ein bisschen hinterhältig von mir, aber wir wollten doch nur, dass du dich bald besser fühlst.«

»Ich fühle mich auch schon viel, viel besser«, versicherte sie ihm, und sie beide wussten, dass sie damit nicht unbedingt ihren Fuß meinte.

Kapitel 11

Henry war spürbar enttäuscht, dass sie nicht »chez Fielding« essen würden. Er wollte ein neues Rezept für moules marinières ausprobieren, die mit Estragon und Anisette, der lokalen Variante von Pernod, zubereitet wurden, aber Hetta mochte weder Muscheln noch Pernod, und daher hatte er auf neues Publikum gehofft. Er brauchte einen *Franzosen*, der seine Kreationen wirklich beurteilen könnte, und so sah er aus wie ein begossener Pudel, als Imogen ihm sagte, dass sie in einem Restaurant in Seillans essen würden. Aber er war kein Spielverderber, und deshalb variierte er in Gedanken sein abendliches Menü so, dass auch Hetta es mögen würde, und fuhr Imogen ohne Umschweife zu einem örtlichen Arzt, den sie dazu überreden konnte, ihr den Gips zu entfernen, indem sie ihm weismachte, dass sie ihn schon zwei Wochen getragen hätte anstelle der knappen einen.

»Oh, das fühlt sich schon viiieeeel besser an«, juchzte Imogen, hüpfte übermütig zurück auf den Beifahrersitz und strahlte erst ihren Onkel an und dann ihren Fuß, der jetzt vom Gips befreit und stattdessen mit einem nicht gerade eleganten, dafür aber elastischen und angenehm zu tragenden Verband versehen war.

»Deine Tante wird sehr böse auf dich sein«, sagte er. »Vor allem wird sie auch sehr böse auf mich sein, weil ich dich gelassen habe.«

»Keine Sorge, ich sage ihr nicht, dass du mein Komplize warst«, zwinkerte sie ihm zu. »Ich werde ihr sagen, dass ich dich reingelegt und dir erzählt habe, dass ich nur nach meinem Gips sehen lassen wollte.«

Henry schüttelte den Kopf. »Das ist nett von dir, aber ich denke, ich habe mein Lügenpotenzial meiner Frau gegenüber für dieses Jahr schon ausgeschöpft, meinst du nicht? Aber was soll's, sie bleibt ja nie lange sauer.«

»Höchstens zwanzig Sekunden«, stimmte Imogen zu.

»Und wenn wir ihr auf dem Rückweg noch eine Schachtel Pralinen kaufen, sind es wahrscheinlich nur zehn Sekunden.«

»Bestechung ist eine gute Idee. Vielleicht sollte ich dann auch gleich eine Schachtel für Olivier Ducass kaufen.«

»Den brauchst du nicht zu bestechen, damit er bei dir ausstellt.«

»Meinst du nicht?«

»Nein, es sei denn, er hat in seinem Kopf Schokotrüffel anstelle eines Gehirns.«

Olivier holte sie in einem alten MG ab, der ihrem, den sie ein paar Monate zuvor hatte verkaufen müssen, um das Geld in die Galerie zu stecken, sehr ähnlich war. Aber statt sich darüber zu freuen, das kleine Auto wiederzusehen, war sie fast enttäuscht, dass er nicht in seinem Lieferwagen gekommen war. Sie hätte sogar auf das Abendessen verzichtet, nur um noch einmal einen Blick auf die vielen Bilder darin werfen zu können.

Sicher fuhr er die schmale, gewundene Straße entlang. Eine Hand hatte er am Steuer, mit der anderen hielt er eine glimmende Zigarette, die er ab und zu zum Mund führte, um einen Zug zu nehmen. Im Radio lief irgendwelche unbekümmerte französische Musik, die manchmal von einem Knistern unterbrochen wurde, wenn sie auf der gebirgigen Straße nach Seillans aus dem Sendebereich gerieten. Er war den ganzen Weg über verstörend schweigsam und antwortete nur sparsam auf ihre Konversationsversuche, sodass Imogen schon Angst bekam, dass er seinen Entschluss zu kommen vielleicht bereits bereute.

Zum Glück war das Restaurant nur eine Viertelstunde entfernt, und als sie aus dem Auto stiegen, aufs Kopfsteinpflaster traten und warme, nach Bougainvillea und geröstetem Knoblauch duftende Luft sie umfing, wandte er sich ihr zu und lächelte.

»Isch nehme an, Sie werden es 'ier mögen. Das Restaurant hat sehr viel … ambiance, isch weiß nischt, wie sie auf Englisch sagen?«

»Wir sagen dasselbe.«

»Ah, Sie wollen also nischt nur unsere Bilder, Sie stehlen auch noch unsere Wörter! Kommen Sie …« Er nahm ganz selbstverständlich ihre Hand. »Es wird Ihnen gefallen. Der Küschenchef ist übrigens auch Künstler …«

Das Restaurant sah aus wie eine Höhle, seine felsigen Böden und steinernen Wandbögen erinnerten irgendwie an eine Gruft. Olivier bemerkte ihre verwunderten Blicke und erklärte ihr, dass sie sich im alten Weinkeller des Gebäudes befanden, in dem die Restaurantbesitzer wohnten. Er war offensichtlich schon oft hier gewesen und wurde wie ein alter Freund von der Wirtin begrüßt, einer eleganten älteren Dame, deren schönes, ebenmäßiges Gesicht ein wenig an Catherine Deneuve erinnerte. Sie stellte sich Imogen auf Englisch als Geneviève vor, führte sie zu einem abgeschiedenen Tisch in einer Ecke des

Raumes und plauderte noch ein wenig mit ihnen, fragte nach seiner Familie und ob Imogen ihr Aufenthalt gefalle.

Das Restaurant war bei den Einheimischen offenbar sehr beliebt, denn sie und eine große englische Familie, die zu zehnt an einem Tisch nahe der Tür saßen und den Raum mit ihrem Gelächter und Geplapper erfüllten, waren die einzigen ausländischen Gäste. Die einzigen Lichtquellen des Raums waren ein paar Lampen in den Ecken und brennende rote Kerzen, die auf leeren Weinflaschen steckten und die Tische verzierten. Eigentlich hatte der Raum so viel Atmosphäre, dass er keiner weiteren Dekoration bedurft hätte, aber es hingen ein paar Bilder an der einzigen geraden Wand im hinteren Teil des Restaurants. Imogen waren sie natürlich sofort aufgefallen, besonders eins davon, ein eindrucksvolles, sinnliches Ölporträt der Besitzerin.

»Das ist von Ihnen.« Es war keine Frage, sondern eine Feststellung, und Olivier schien beeindruckt zu sein, dass sie sein Werk augenscheinlich schon so gut kannte, dass sie es unter anderen zu erkennen wusste.

Er nickte. »Das war meine erste Auftraggeberin«, sagte er und lächelte dabei so süß in Richtung der schönen Geneviève, dass Imogen sich fragte, ob sie vielleicht noch in anderer Hinsicht die Erste gewesen war.

Er schien sich ein bisschen zu entspannen, half ihr sehr liebenswürdig bei der Wahl der Speisen, empfahl regionale Spezialitäten und beriet sie vor allem auch in der Auswahl des Weines.

»Der vin du pays ebenso wie der vin de région sind ausgezeischnet ’ier.«

»Ich bin mit allem zufrieden, was Sie bestellen.«

»Isch trinke nischt, weil isch fahren muss, also sollten sie den Wein aussuchen.«

»Dann nehmen wir den roten Hauswein. Aber ein Glas müssen Sie auch trinken – ich kann doch nicht eine ganze Flasche allein trinken«, log sie. Es war nämlich durchaus schon vorgekommen, dass sie über einem langen Abendessen mit Freunden bestimmt eine Flasche getrunken hatte. Aber heute wollte sie einen klaren Kopf behalten, hier ging es schließlich ums Geschäft, ein sehr angenehmes zwar, aber dennoch ums Geschäft.

Er trank tatsächlich ein Glas mit, und obwohl der Wein ihre Zunge ein bisschen löste, schien er auf ihn nicht dieselbe Wirkung zu haben. Sie war ja noch nicht lange im Geschäft, aber mit überehrgeizigen Künstlern, die so wild auf die Ausstellung ihrer Arbeit waren, dass sie sich ihr geradezu an den Hals warfen, hatte sie schon Bekanntschaft gemacht.

Olivier war anders. Er schien sich mit dem Essen zu begnügen, arbeitete sich konzentriert durch seine Seeigel in Knoblauchsauce, die er als Vorspeise bestellt hatte, und tunkte dann dicke Scheiben frischen Brotes in das Aioli, das noch übrig war, nachdem er alle Seeigel verspeist hatte. Imogen stocherte mit der Gabel in ihrem Essen herum, gegrillten Sardinen mit Zitrone. Es war köstlich, aber die Unterhaltung, die sie nicht führten, war ihr wichtiger, sodass sie die ganze Zeit verzweifelt überlegte, wie sie eine in Gang bringen könnte. Die Komplimente zu seiner Arbeit, die sie ihm schon gemacht hatte, hatte er mit einem »merci bien«, einem Nicken oder einem simplen Achselzucken abgetan.

Er war nicht unhöflich, er sprach schon mit ihr, aber er hielt sich ganz und gar in der augenblicklichen Situation auf, fragte sie, ob sie ihr Essen mochte, ob ihr der Wein schmeckte, den er bestellt hatte, und erzählte ihr von den so genannten »Fischessern«, den lokalen Fischern, die jeden Morgen vom alten Hafen in Cannes aufs Mittelmeer hinausfuhren und später ihren Fang auf dem Marché Forville verkauften.

Das war alles sehr interessant, aber für diese Art Gespräch hätte er besser mit Henry essen gehen sollen. Imogen wollte über Kunst sprechen, insbesondere über seine, aber stattdessen musste sie sich dabei zuhören, wie sie in dem verzweifelten Versuch, das Gespräch lebendig zu halten, von Henry erzählte, und wie sehr er sich über ein solches Essen und die Hintergrundgeschichten dazu freuen würde.

»'enry ist Ihr Onkel, oder?«

»Der Bruder meiner Mutter, ja.«

»Und 'aben Sie auch Geschwister?«

Imogen nickte und bestrich ein Stück Brot großzügig mit der harten, fast weißen Butter der Gegend, die so köstlich war, dass sie sie löffelweise hätte essen können.

»Wir sind zu viert, ich bin die Zweitälteste. Ich habe eine ältere Schwester, Lucy, und dann gibt es noch die Zwillinge Flora und Justin, sie sind zehn Jahre jünger. Und Sie?«

»Isch bin auch einer von vieren, der Jüngste.«

»Wirklich? Brüder und Schwestern?«

»Drei Schwestern.«

»Sind die auch künstlerisch veranlagt?«

Er schüttelte den Kopf. »Sie interessieren sisch nischt für Kunst. Aber isch male schon, seit isch klein war. Mein Vater sagt immer, es steckt 'ier drin.« Er hielt sich eine Hand aufs Herz. »Es wurde mit mir geboren. Das mag sisch blöd an'ören, aber ...«

»Nein, ganz und gar nicht«, versicherte sie ihm schnell. »Bei mir war es genauso.«

»Dann ist es auch in Ihrem 'erzen.« Er legte ihr sanft die Hand über die Brust.

Imogen musste fast nach Luft schnappen, so unerwartet war die plötzliche Berührung für sie. Dafür, dass er die ganze Zeit so zurückhaltend gewesen war, kam diese intime Geste sehr überraschend. Und dann nahm er seine Hand zurück und saß wieder so da wie vorher, als wäre nichts geschehen.

»Wenn es für Sie eine 'erzensangelegenheit ist zu malen, warum führen Sie dann eine Galerie?«

»Ich habe selbst immer so sehr dafür kämpfen müssen, in London ausgestellt zu werden, dass ich einen Ort schaffen wollte, der Leuten, die ihre Arbeiten zeigen wollten, aber unter normalen Umständen keine Galerie finden, eine Plattform bietet.«

»Das ist sehr großzügisch von Ihnen. Und Ihre eigene Arbeit?«

»Habe ich in letzter Zeit leider sehr vernachlässigt. Aber hier bei Hetta und Henry habe ich ein bisschen gemalt. Apropos, wie kommen Sie mit dem Porträt von Hetta voran?«

»Gut, danke. Sie ist leischt zu malen, sie 'at so ein schönes offenes Gesicht.«

»Das gut zu ihrem schönen offenen Wesen passt.«

»Wie bitte?«

»Ich wollte nur sagen, dass es auch leicht ist, mit ihr umzugehen.«

»Vielleischt sollte isch sie besuchen, um auch ihr Wesen einzufangen. Isch arbeite ja nur mit einem Foto.«

»Sie würde Ihnen sicher sehr gern Modell sitzen, aber dazu

müsste Onkel Henry ihr erst einmal sagen, dass Sie gerade ein Porträt von ihr malen.«

»Stimmt, es soll ja eine Überraschung werden.«

»Ja, er hat einige Überraschungen für sie parat«, murmelte Imogen leise und musste lächeln, als sie an Henrys anderes wohl gehütetes Geheimnis dachte. »Aber ich habe so ein Gefühl, dass er es ihr bald sagen wird. Er ist nämlich nicht besonders gut darin, ihr Dinge zu verheimlichen.«

»Für misch wäre es jedenfalls besser, wenn er es ihr verraten würde. Isch würde lieber mit der eschten Hetta arbeiten, dann würde das Bild auch besser.«

»Ich werde ihm sagen, dass Sie das denken. Vielleicht ändert er ja dann seine Meinung und weiht sie ein. Er wird unbedingt wollen, dass das Bild so gut wie möglich wird. Er liebt sie nämlich sehr, wissen Sie.«

»Dann wird er es ihr sagen«, erwiderte Olivier entschlossen. »Man kann nämlisch vor den Menschen, die man liebt, keine Ge'eimnisse 'aben.«

»Vielleicht. Alle Bilder, die ich bis jetzt von Ihnen gesehen habe«, sagte sie und machte eine Kopfbewegung in Richtung des Geneviève-Porträts, »waren Landschaften. Machen Sie normalerweise keine Porträts?«

»Doch, manschmal schon, aber isch muss inspiriert von den Menschen sein, die isch male, sonst funktioniert es nischt.«

»Inspiriert? Von ihrer Persönlichkeit oder ihren Gesichtern?«

»Entweder das eine oder das andere. Oder beides.« Er zuckte mit den Schultern. »Sie 'aben ein gutes Profil.«

»Danke«, stotterte Imogen, ein bisschen überrascht von dem ungewöhnlichen Kompliment.

»Vielleicht kann isch Sie irgendwann einmal malen, wenn Sie es erlauben.«

»Warum nicht? Wenn Sie in meiner Galerie ausstellen, würde sich sicher die Gelegenheit ergeben … Ich würde wirklich sehr gerne Ihre Arbeiten zeigen.«

Er nickte.

»Meine Kundenliste wächst kontinuierlich, es sind auch schon ein paar sehr einflussreiche Leute dabei.« Sie zählte die Künstler auf, die sie bereits ausgestellt hatte, aber sie konnte sehen, dass ihm die Namen nichts sagten, also sprach sie lieber über die Maler, die sie in ihrer eigenen Arbeit am meisten inspiriert hatten, und da hörte er aufmerksam zu und nickte bei manchen Namen zustimmend mit dem Kopf, wie zum Beispiel bei Tintoretto, Michelangelo, Rodin, Chagall und Fragonard. Es fiel ihr zwar auf, dass er immer noch nicht viel sagte, aber er achtete genau auf jedes ihrer Worte und nickte die ganze Zeit, als wolle er damit ihrer Begeisterung recht geben.

Als sie schließlich ihre Ausführungen beendet hatte und verlegen schwieg, begann zum Glück auch er endlich von sich zu reden. Er sprach von dem, was ihn in seiner Arbeit inspirierte, und nannte als seine Vorbilder die Impressionisten und Postimpressionisten, die auch an der Côte d'Azur gemalt hatten, Monet, Renoir, Bonnard. Sie hörte ihm zu, wie er über die fast cartoonhafte, aber nur scheinbar simple Kunst eines Dufy ins Schwärmen geriet, und sagte sich, dass er jemand war, dessen Leidenschaft für die Kunst ebenso groß war wie sein Talent. Es wäre eine Schande, wenn er nicht mehr daraus machte, und sie wollte unbedingt diejenige sein, die ihm dabei half. Am Ende des Essens zeigte er sich zwar sehr beeindruckt von ihrer Kompetenz und ihrem großen Einsatz, aber sie wusste immer noch nicht, ob er nun von ihr ausgestellt werden wollte oder nicht.

Sie bestellte nur aus dem Grund noch einen Kaffee, weil sie noch etwas Zeit schinden wollte, um ihn breitzuschlagen, aber als der starke, schwarze Kaffee kam, setzten sich Geneviève und ihr kleiner, glatzköpfiger Mann namens Anton mit einer Flasche Cognac zu ihnen, und ab da drehte sich die ganze Unterhaltung nur noch um Kulinarisches. Bis die Flasche zur Hälfte geleert war, waren sie höflich genug, Englisch zu sprechen, aber dann ließ sie der Alkohol alle Umgangsformen vergessen, und sie plapperten auf Französisch weiter, obwohl Olivier ihnen die ganze Zeit mit Rücksicht auf ihren Gast auf Englisch antwortete.

Imogen war in der Schule gut in Französisch und mit der Familie öfter in Frankreich im Urlaub gewesen, und weil sie sich immer für die Sprache interessiert hatte, konnte sie sie ganz passabel verstehen und auch sprechen. Trotzdem waren ihre Französischkenntnisse alles andere als perfekt, und obwohl sie das eine oder andere der Unterhaltung aufschnappte, war sie mehr oder weniger von dem Gespräch ausgeschlossen.

Von ihren Fielding-Familienessen zu Hause war sie es gewohnt, wenn Gesprächsfetzen wild um sie herumwirbelten, daher machte es ihr nichts aus, nicht an der Unterhaltung teilnehmen zu können, im Gegenteil: Die Künstlerin in ihr ergriff die Chance, still dazusitzen und zu beobachten.

Wenn sie es richtig verstand, stritten sich Geneviève und Anton gerade darüber, wie man die beste Bouillabaisse zubereitete. Sie beobachtete ihren Schlagabtausch, der hin und her über den Tisch ging, und stellte fest, dass sie ihr Wortgefecht offensichtlich genossen. Anton sah zwar nicht gut aus, hatte aber eine sehr einnehmende Art und lustige blaue Augen, die vor Schalk und Intellekt nur so sprühten, und Geneviève war nicht nur schön, sondern hatte auch Ausstrahlung. Sie hatte kluge und wache, mandelförmige braune Augen, einen großen, ausdrucksstarken Mund, und wenn sie sprach, bewegte sie ihre schlanken Hände und die langen Finger mit den kurz geschnittenen Nägeln fast ebenso schnell wie ihre Lippen, um ihre Worte zu unterstreichen. Imogen konnte nur zu gut verstehen, warum Olivier sie hatte malen wollen.

Dann merkte sie, dass auch Olivier nichts sagte, sondern sie mit einem seltsamen Lächeln im Gesicht über den Tisch hinweg ansah. Sie lächelte verlegen und unsicher zurück. So sah sie also den anderen zu, oder besser, starrte sie an, als wolle sie sie mit Blicken sezieren. Wie peinlich! Sie musste sofort damit aufhören.

»Sie 'aben den Künstlerblick«, sagte er leise auf Englisch zu ihr, während neben ihnen die Unterhaltung lustig weiterging. »Vielleischt sollten Sie sisch nischt so viele Sorgen darüber machen, wie Sie meine Bilder verkaufen können, sondern lieber selber welsche malen. Sie sind gut, oder?«

»Nicht so gut wie Sie«, antwortete sie. »Und der Gedanke, Ihre Bilder verkaufen zu können, macht mich glücklich, nicht sorgenvoll.«

Er schob seine Hand über den Tisch und berührte damit sanft die ihre. »Manschmal macht uns nischt das glücklisch, wovon wir denken, dass es uns glücklisch macht.«

»Wie meinen Sie das?« Sie runzelte die Stirn und zog, ohne es zu merken, ihre Hand unter seiner weg.

Aber er antwortete nicht, sondern lehnte sich nur in seinem Stuhl zurück und starrte sie weiter an, bis sie es nicht mehr aushielt, wegsah und sich zwang, sich auf die langsam entgleisende Bouillabaisse-Diskussion zu konzentrieren.

Als sie zahlen wollte, stellte sie fest, dass er ihr damit zuvorgekommen war.

»Sie hätten mich wirklich zahlen lassen müssen«, tadelte sie ihn sanft, als sie den Weg zu seinem Auto zurückgingen.

»Aber isch bin doch noch gar nischt Ihr Klient.«

»Sie haben sich also noch nicht entschieden?«, fragte sie enttäuscht.

»Isch möschte noch darüber nachdenken. Wir reden doch bald wieder, oder?«

»Am Montag fliege ich zurück nach England.«

»Isch muss mit meiner Familie darüber reden. Es würde Auswirkungen auf die Zusammenarbeit mit meinem Vater 'aben.«

»Das verstehe ich.«

»Isch rufe Sie nach dem Wochenende an und sage Ihnen dann, wie isch misch entschieden 'abe.«

»Okay. Klar. Danke.« Sie versuchte verzweifelt, sich ihre Enttäuschung nicht anmerken zu lassen, weder im Gesicht noch in ihrer Stimme.

»Isch rufe an, bevor Sie fahren … das verspresche ich«, fügte er hinzu, als spürte er, dass sie etwas Ermunterung brauchte.

Auf dem Rückweg war er ebenso schweigsam wie auf dem Hinweg. Mit jedem gefahrenen Kilometer sank ihr das Herz weiter in die Hose, und bald war sie ziemlich sicher, dass er längst entschieden hatte, nicht mir ihr zusammenarbeiten zu wollen, aber noch nicht den Mut hatte, es ihr ins Gesicht zu sagen.

Aber als sie vor dem Haus von Onkel und Tante hielten, lief er schnell ums Auto herum, öffnete die Tür, half ihr aus dem Wagen, nahm ihre Hand und küsste sie. »Ich denke, wir werden gut zusammenarbeiten.«

Und dann ging er. Als er wegfuhr und zum Abschied aus dem Fenster winkte, erlaubte sich Imogen zu strahlen. Das war doch so gut wie ein Ja, oder? Oder war es sogar ein Ja? Während ihre Mundwinkel wieder nach oben wanderten, erwachten gleichzeitig ihre Lebensgeister. Sie war so glücklich, dass sie einen kleinen Freudentanz aufführte, was natürlich angesichts der Tatsache, dass sie gerade erst und viel zu früh ihren Gips abbekommen hatte, keine gute Idee war, und so durfte sie sich nicht wundern, dass sie prompt das Gleichgewicht verlor und in einem Fliederbusch landete.

Henry, der alles vom Küchenfenster aus beobachtet hatte, unterdrückte ein Lachen und rannte aus dem Haus, um ihr aufzuhelfen.

»Ich bin vielleicht bescheuert«, lachte Imogen verlegen, als er sie zurück auf ihren heilen Fuß gestellt hatte.

»Aber du riechst toll«, versuchte Henry sie zu trösten und zog ihr Lavendel aus den Haaren.

»Oh, super«, sagte Imogen und roch an ihren Ärmeln, »jetzt musst du mich nur noch in ein Leinenbeutelchen stecken und in den Kleiderschrank zwischen eure Sachen hängen.«

»Also, wie war der Abend mit Michelangelo in spe?«

»Ich denke, es ist ganz gut gelaufen«, erwiderte Imogen vorsichtig, weil sie nach dem neuesten Schub Optimismus das Schicksal nicht herausfordern wollte. »Er braucht noch das Wochenende, um sich zu entscheiden.«

»Er muss erst noch darüber nachdenken?«, wunderte sich

Henry. »Ich hätte nicht gedacht, dass er sich lange bitten lassen würde.«

»Es wäre eine ziemliche Veränderung für ihn«, versuchte Imogen sich und ihn zu beruhigen, weil sie nicht wieder anfangen wollte, sich Sorgen zu machen. »Er arbeitet gemeinsam mit seinem Vater und malt nur in seiner Freizeit. So wie ich es verstanden habe, will er sicherstellen, dass die Arbeit mit seinem Vater nicht unter den Veränderungen leidet. Er scheint ein sehr verantwortungsvoller Mensch zu sein.«

»Dagegen ist absolut nichts einzuwenden«, stimmte Henry zu, »erst recht nicht, wenn er seine Verantwortung dir gegenüber dann genauso ernst nimmt wie die gegenüber seinem Vater. Hat er dir eine endgültige Entscheidung versprochen?«

»Montag.«

»Okay. Er wird sicher Ja sagen.«

»Meinst du?«

»Absolut«, erwiderte er und half ihr in die Küche. »Er wird der Versuchung, mit dir zu arbeiten, nicht widerstehen können.«

»Wieso das denn?«

»Ich glaube, er mag dich.«

»Und wie hast du das herausgefunden?«, fragte sie grinsend.

»Ich habe gesehen, wie er deine Hand geküsst hat.«

»Das macht man so in Frankreich. Er ist eben galant.«

Henry schüttelte den Kopf. »Ich weiß ja, wie du isst. Du pflückst alles mit den Fingern auseinander, und er muss ziemlich scharf drauf gewesen sein, seine Lippen in die Nähe deiner Flossen zu bekommen.«

»Mhm.« Sie lächelte verschmitzt. »Umso mehr, als ich heute eine ganze Menge Fisch gegessen habe.«

»Fisch?«

»Frische Sardinen, und dann ganz köstlichen Wolfsbarsch.«

»Mhm«, machte Henry anerkennend. »War es ein gutes Restaurant?«

»Ja, du solltest mal hingehen. Hetta würde es auch gefallen.«

»Und wie war das Essen?«

»Ausgezeichnet, aber trotzdem lange nicht so gut wie deins.«

Henry lächelte dankbar. »Hast du viel gegessen?«

»Nein«, antwortete Imogen wahrheitsgemäß.

Henrys Augen hellten sich vor Freude auf. »Dann hast du vielleicht noch etwas Platz für mein frisches Erdbeersorbet?«

»Klar«, freute sich Imogen über seine Begeisterung. »Ich habe sogar noch eine ganze Menge Platz für dein frisches Erdbeersorbet.«

Kapitel 12

In dieser Nacht hatte sie einen verstörenden Traum, in dem Olivier sie malte, aber nicht wie herkömmlich auf Leinwand, sondern sie selbst war die Leinwand. Sie lag nackt und glänzend auf einer Sonnenliege neben dem Pool, und er tunkte seine weichen Echthaarpinsel in Erdbeersorbet und fuhr damit über ihre Haut, zog langsame Kreise damit, strich über ihre gänsehautüberzogene Haut, ihr Gesicht, ihren Hals, ihre Brust, über ihren Bauch und tiefer, immer tiefer, bis …

»Frühstück!«, schallte Henrys Stimme durch das Haus, sodass sie sofort hellwach war. Sie fiel in höchster Alarmbereitschaft aus dem Bett, wie sie einen befällt, wenn man plötzlich aus tiefem Schlaf geweckt wird, stolperte ins Bad und war ausnahmsweise einmal dankbar, dass die Wasserheizung mal wieder nicht funktionierte und sie kalt duschen musste.

Immer noch aufgewühlt und gefangen von ihrem seltsamen Traum, zog sie ihre zerschlissenen abgeschnittenen Jeans und ein mit Farbe bekleckstes T-Shirt an und gesellte sich zu ihrer Tante und ihrem Onkel auf die Terrasse, wo der lange Tisch so voll war mit Croissants, selbst gemachten Marmeladen, frischen Fruchtsäften, French Toast und einer großen Kanne Tee, dass er selbst der Schlafmaus auf der unendlichen Teeparty aus *Alice im Wunderland* genügt hätte.

Als Hetta ihr Orangensaft einschenkte, fiel ihr Imogens abgerissene Kleidung auf.

»Du hast doch nicht vergessen, dass wir heute ausgehen?«

Imogen hatte es in der Tat vergessen und war eigentlich darauf eingestellt, den Tag dazu zu nutzen, um ein Bild fertig zu malen, langsam mit dem Packen anzufangen und, was am wichtigsten war, sich schon einmal Gedanken darüber zu machen, wie sie Olvier Ducass optimal in die Londoner Kunstwelt lancieren könnte, vorausgesetzt, Olivier Ducass würde sich von ihr lancieren lassen. Sie war nicht richtig in der Stimmung, neue Leute kennen zu lernen, sondern würde viel lieber Oliviers erste Ausstellung vorantreiben, für die sie schon so viele Ideen hatte. Wenn er sie nur am Montag anriefe und ihr sagte, dass er bei ihr ausstellen wollte.

»Wir sind bei Freunden von Rollo und Virginia eingeladen. Sie machen eine Grillparty«, erinnerte Hetta sie.

»Wenn ihr nichts dagegen habt, würde ich gerne hierbleiben …«, setzte Imogen an, aber die beiden sahen so geknickt aus, dass sie sofort wusste, dass sie sie nicht hängenlassen konnte.

»Du musst unbedingt mitkommen, sie brennen darauf, dich kennen zu lernen. Henry und ich haben ihnen schon so viel von dir und deiner Arbeit erzählt. Und sie haben selber einige sehr schöne Bilder, ein paar Picassos und ich glaube auch einen weniger bedeutenden Fragonard.«

»Einen Fragonard?«, fragte Imogen interessiert nach, weil ihr die Ohren von dem Namen klingelten. Sie sträubte sich innerlich dagegen, wie man einen Fragonard überhaupt als »weniger bedeutend« bezeichnen konnte. »Vielleicht sollte ich doch mitkommen. Ich bin allerdings nicht gerade vorzeigbar … wie ihr sehen könnt.« Sie wackelte mit einer zerfransten Espadrille herum, die an ihrem gesunden Fuß hing.

»Du hast ja noch den ganzen Morgen Zeit, um dich zu hegen und zu pflegen und aufzubrezeln«, beruhigte Hetta sie. »Wir fahren erst heute Mittag los.«

»Was zieht man denn da an?«

»Irgendwas Lockeres, Bequemes«, antwortete Henry lächelnd.

»Das ein bisschen nach Gartenparty aussieht«, ergänzte Hetta.

»Muss ich einen Hut tragen?«, witzelte Imogen.

»Und deinen teuersten Schmuck.«

»Und hohe Absätze, die im Rasen stecken bleiben?«

Imogen wusste sich nicht anders zu helfen, als über das Kleiderproblem Witze zu machen, schließlich war ihr geschwollener, bandagierter Knöchel nicht gerade das glamouröseste aller Accessoires. Außerdem bildeten ihr weißer Fuß und Knöchel einen seltsamen Kontrast zu ihren sonst braunen Beinen, und obwohl der elastische Verband schon viel schöner anzusehen und deutlich bequemer war als der Gips, wirkte er in Verbindung mit einem Kleid und hohen Absätzen wohl alles andere als elegant. Also entschied sich Imogen stattdessen für eine weich fallende mintgrüne Leinenhose und ein sehr hübsches, feminines, ärmelloses Top mit Blumenmuster, das sie von Lucy geerbt hatte und das man mit sehr vorteilhaftem Ergebnis unter der Brust band.

Dummerweise waren die einzigen Schuhe, die sie ohne Schmerzen tragen konnte, ihre guten alten Flipflops, aber die Hose war zum Glück so lang, dass sie ohnehin das meiste von ihnen bedeckte. Sie hätte beinahe denken können, dass sie gar nicht schlecht aussah, jedenfalls so lange, bis sie zu ihrem Wanderstab griff, den sie in den letzten Tagen anstelle ihrer umständlichen Krücken benutzt hatte.

Mit dem Gehstock sah sie sich in dem langen Spiegel in ihrem Zimmer an und musste an Zipperlein und die Beschwerlichkeiten des Alters denken, also nahm sie doch lieber wieder ihre Krücken. Bei Krücken dachte man wenigstens an einen Unfall und nicht an Senilität. Sie konnte immer noch so tun, als sei ihr etwas wahnsinnig Exklusives passiert, wie zum Beispiel von einem Pferd abgeworfen zu werden oder vom Snowboard zu fallen oder einem Sportwagen in die Quere zu kommen. Alles war besser, als von einem Bus überfahren zu werden.

Hetta und Henry warteten bereits draußen beim Auto, während Arthur traurig neben ihnen stand, denn er war nicht eingeladen. Er würde den Nachmittag in Gesellschaft eines Kauknochens und eines *SusiundStrolch*-Videos verbringen müssen.

»Sehe ich halbwegs präsentabel aus?«, fragte Imogen.

»Du siehst sehr hübsch aus, mein Schatz«, rief Hetta erfreut. Sie selbst war in ein voluminöses florales Kleid gehüllt, das Henrys Blumenrabatten alle Ehre machte. Insgeheim atmete Hetta auf. Sie hatte Imogen seit Tagen nur in Shorts oder Jeans gesehen, und selbst am vorigen Abend war sie mit dem sinnlichen Olivier nur in Jeansrock ausgegangen. Sie hatte damit gerechnet, dass sie auch jetzt in Jeans aufkreuzen würde, was ihr selbst auch gar nichts ausgemacht hätte, aber sie war früher schon einmal auf einer ähnlichen Party gewesen und wusste, wie streng und hochnäsig manche Leute mit Kleiderordnungen waren. Wenn Imogen nicht schick genug gewesen wäre, hätte das die Party ruiniert, aber nur, weil Hetta jeden, der es gewagt hätte, etwas Abfälliges über Imogen zu sagen, mit ihrer Salatgabel erstochen hätte. Himmel, wenn sie jetzt schon auf diese Weise ihre Nichten und Neffen verteidigte, stellte man sich besser nicht vor, wie sie geworden wäre, wenn sie eigene Kinder hätte haben können. Sie wäre sicher eine schreckliche Mutter geworden, total überfürsorglich, und sie hätte jeden Lehrer getötet, der ihnen nicht mindestens eine Eins plus gegeben hätte. Vielleicht war es Glück im Unglück gewesen, dass sie nie Kinder bekommen hatten.

Hetta seufzte schwer, als der Mercedes die Einfahrt hinausfuhr. Der arme Arthur fühlte sich immer schrecklich einsam, wenn sie ihn alleinließen. Vielleicht wurde es Zeit, dass sie ihm einen Gefährten an die Seite stellten.

Alex wachte auf und hatte eine Art Katergefühl, aber dafür hatte er nicht genug getrunken. Er holte sich ein Glas Wasser aus dem Gäste-Badezimmer, schluckte zwei Paracetamol, setzte sich auf die Bettkante und sah aus dem Schlafzimmerfenster.

Es war ein schöner Tag, aber waren das nicht alle Tage seines selbstsüchtigen kleinen Lebens? Ein schöner Tag stellte den nächsten in den Schatten. Wie konnte man das Gute noch zu schätzen wissen, wenn man das Schlechte gar nicht kannte? Jeder seiner Tage war schön und sonnig und genusssüchtig. War er ein schlechter Mensch, weil er weiterging, wenn dunkle Regenwolken am Horizont aufzogen? Konnte man nur ein ganzer, echter Mensch sein, wenn man ab und zu in einen Regenguss geriet?

Sollte er zum Flughafen oder besser aufs Meer hinaus fahren?

Sollte er Imogen finden oder besser sich selbst?

So sehr er sich Ersteres wünschte, so genau wusste er, dass Letzteres nötiger war.

Wenn es nur eine kleine Verliebtheit war, würde sie vorbeigehen.

Wenn es mehr war als das, war er nicht in der Verfassung, bei ihr vorstellig zu werden und um ihre Hand anzuhalten.

Die Sache war klar. Er würde nicht nach London fahren. Er war ein Wrack. Ein Wrack, das mit seinen Freunden segeln gehen würde, in der Hoffnung, dass die frische Meeresbrise ihm die Spinnweben auf seinen Gefühlen, seine Unsicherheiten und seine Charakterfehler hinwegwehen würde.

Er zog die Sachen vom Vortag an, schrieb Nelson eine Nachricht, in der er sich mit ihm und Nico um neun an dessen Liegeplatz im Hafen von St. Tropez verabredete, und fuhr zurück zur Villa Marchmont, um seiner Großmutter zu beweisen, dass er noch im Lande war, und um sich etwas anzuziehen, das zum Segeln geeignet war.

Um halb neun hatte er geduscht und sich umgezogen und seiner Großmutter eine liebevolle Nachricht geschrieben, die er gemeinsam mit einer im Garten gepflückten Rose auf ihren Frühstücksplatz gelegt hatte. Jetzt war er unterwegs zu seinem Auto.

Alex sah Lily erst, als sie seinen Namen rief.

»Guten Morgen, Alexander.«

Das formale Alexander anstelle des üblichen Alex ließ einen kleinen Vorwurf vermuten. Er blickte sich um und entdeckte sie in einer dunklen Ecke der marmornen Eingangshalle in einem Queen-Anne-Stuhl, wie sie durch eine Zeitschrift blätterte. Sie war wie für eine Party angezogen und wirkte, als wäre sie im Begriff auszugehen.

Sie trug ein sehr hübsches Kleid, das an ein transparentes

hellgelbes Spinnennetz erinnerte, und ihr Haar lag in Locken sehr eng am Kopf an, so wie man es in den Zwanzigerjahren getragen hatte. Sie sah kokett aus und sehr schön – und sehr, sehr sauer.

»Was treibst du dich hier im Dunkeln herum?«, fragte er sie freundlich.

»Was schnüffelst du hier herum?«, erwiderte sie, ohne ihm auf seine Frage zu antworten.

»Ich schnüffle nicht, ich bin auf dem Weg nach draußen.«

»Dafür scheinst du aber nicht richtig angezogen zu sein«, sagte sie und beäugte seine langen Shorts, sein T-Shirt, seinen Liam-Gallagher-Hut und seine Segelschuhe.

»Zum Segeln mit Nelson bin ich genau richtig angezogen, denke ich.«

»Und ich denke, du bist mit uns auf einer Party eingeladen«, korrigierte sie ihn gereizt.

Ah, daher wehte der Wind.

»Bin ich das?«, fragte er, die Unschuld in Person.

»Gran und Gramps haben es dir schon vor Tagen gesagt. Großtante Breas Geburtstagsparty.«

»Oh, ja, stimmt, die Party für die Oldies. Tja, ich fürchte, das habe ich vergessen und habe jetzt schon etwas anderes vor.«

»Aber du hast versprochen, dass du mitkommen würdest!«, rief sie und sprang von ihrem Stuhl auf.

»Sie werden es mir nachsehen.«

»Aber du hast es ihnen *versprochen*«, insistierte Lily, die sich eigentlich mehr um ihrer selbst willen aufregte als stellvertretend für ihre Großeltern, aber das konnte sie natürlich nicht zugeben. »Du hast so gut wie gar keine Zeit mit uns verbracht, seit du wieder zurück bist, du hast die ganze Zeit nur Party gemacht.«

»Ich habe Nelson eben lange nicht gesehen, wir hatten was nachzuholen.«

»Ich weiß, dass du mit Nelson was nachzuholen hast. Aber was ist mit uns? Hast du keine Lust mehr, mit uns zusammen zu sein?«

Ihre Unterlippe zitterte, als sie sprach. Plötzlich waren ihre Gereiztheit und ihr Schmollmund verschwunden, und jetzt sah sie so sehr aus wie ein kleines, trauriges Mädchen, dass Alex sich prompt schuldig fühlte. Lily war seine Ersatzschwester. Sie war immer für ihn da, wenn er sie brauchte. Sie waren beide Einzelkinder, und sie hatte es noch schlechter erwischt, was ihre Eltern anging. Seine wundervollen Großeltern hatten es geschafft, die beiden selbstsüchtigsten Kinder des Universums in die Welt zu setzen. Alex' Vater segelte die meiste Zeit des Jahres mit seiner zwanzig Meter langen Flybridge da herum, wo es ihm gerade gefiel. Seine Mutter hasste Segeln und hatte es sich angewöhnt, zwischen den großen Shopping-Hauptstädten der Welt hin und her zu fliegen: New York, London, Mailand, Paris – wahrscheinlich, dachte Alex manchmal, um sich damit an seinem Vater zu rächen. Immerhin hielten sie beide noch Kontakt zu ihrem Sohn, wenn auch nur sporadisch, aber Lilys Mutter hatte es fertiggebracht, den Geburtstag ihrer Tochter zu vergessen, und ihren Vater hatte sie seit fast einem Jahr nicht mehr gesehen. Alex und Lily verbrachten normalerweise immer viel Zeit miteinander, wenn sie sich am selben Ort aufhielten.

»Arme Ulli«, nannte er sie sanft bei ihrem Kinderspitznamen. »Ich habe dich ganz schön vernachlässigt, was?«

»Das ist noch sehr freundlich ausgedrückt«, grummelte sie.

»Willst du schon wieder Arschloch zu mir sagen?«, fragte er, und ein Lächeln umspielte seine Lippen.

»Du bist gerade wieder ein dicker fetter Drecksack, ja.«

»Das hast du aber schön gesagt.«

»Da du mir ja nicht mehr zuhörst, muss ich mich eben deutlicher ausdrücken, um deine Aufmerksamkeit zu erregen.«

»Es tut mir leid, ich war ein bisschen mit mir selbst beschäftigt in letzter Zeit.«

»Ein bisschen?«

»Okay, ein bisschen viel. Es tut mir wirklich leid.«

»Also kommst du mit?«

Alex seufzte, und Lily sah noch enttäuschter aus.

»Bitte …«

»Okay. Ich komme mit.«

Sofort strahlte sie übers ganze Gesicht. »Wirklich?«

»Ja. Aber erwarte nicht von mir, dass ich mich amüsiere, okay?«, zog er sie auf. »Und du musst mir versprechen, dass du mir sofort, wenn wir da sind, eine große Flasche mit etwas ekelerregend Alkoholischem besorgst und mich in eine Ecke weit weg von den Oldies bringst. Und wenn es so schlimm wird, wie ich befürchte, erwarte nicht, dass ich lange bleibe.«

»Solange du mich mitnimmst, wenn du abhaust, soll mir das recht sein.«

Er nahm sie in den Arm, und ihm fiel auf, dass sie sich noch enger an ihn schmiegte als gewöhnlich.

Der intime Moment ermutigte sie zu einem Geständnis: »Ich habe mir Sorgen um dich gemacht«, murmelte sie in seine Schulter.

»Warum denn, um Himmels willen?«

»Du bist irgendwie nicht mehr derselbe … Es sind keine Drogen im Spiel, hoffe ich?«

»Nein, keine Drogen.« Bei dem Gedanken musste er beinahe lachen. Erstaunlicherweise hatte er die trotz seines exklusiven Lifestyles immer gemieden. Der Gedanke, von etwas abhängig zu sein, ohne etwas nicht mehr leben zu können, vor allen Dingen ohne etwas so Gefährliches, machte ihm Angst. »Ich fürchte nur, es ist ebenso suchtgefährdend«, sagte er leise.

»Was soll das?«, blinzelte sie ihn verwirrt an.

»Nichts, Ulli, gar nichts.«

»Trinkst du zu viel, Alex?«

»Normalerweise schon.«

»Das ist nicht lustig!«, rief sie und machte sich von ihm los. »Ich mache mir wirklich Sorgen!«

»Das musst du nicht. Es geht mir gut.«

»Aber du hast dich so verändert.« Sie sah ihm direkt in die Augen, in der Hoffnung, ihm auf diese Weise eine ehrliche Antwort abzuringen.

»Vielleicht habe ich eine Midlife-Crisis«, floh er in eine scherzhafte Bemerkung.

»Aber du bist erst dreißig.«

»Bei meinem Lebensstil ist das wahrscheinlich trotzdem schon die Hälfte des Lebens.«

Lily trat einen Schritt zurück und haute ihm ziemlich kräftig gegen den Arm. »So etwas darfst du nicht sagen, nicht einmal im Spaß.«

»Weil es vielleicht die Wahrheit ist?«, fragte er zögernd.

Sie biss sich auf die Unterlippe und nickte. »Ich befürchte es, ja. Du übertreibst es derzeit so sehr, das kann nicht gesund sein.«

Alex rieb sich die Stelle, wo Lily ihn geschlagen hatte, und schüttelte den Kopf. »Ich habe mich in letzter Zeit schon wieder ziemlich zusammengerissen.«

»Wenn du dich zusammenreißt, ist das immer noch so wie für andere, die Sau rauszulassen.«

»Meinst du wirklich?«

Sie nickte.

»Du denkst, ich feiere zu viel, oder?«

»Verglichen mit dir bin ich Mutter Teresa.«

Alex sank auf den Stuhl nieder, den Lily freigemacht hatte, und seufzte.

»Du hast recht. Nelson hat recht. Nico hat recht. Alle haben recht. Ich bin dabei, mein Leben wegzuschmeißen.«

»Das habe ich nicht gesagt«, versuchte Lily ihn zu beruhigen. »Ich möchte nur, dass du besser auf dich Acht gibst. Ein bisschen Tempo rausnimmst. Vielleicht auch ab und zu mal einen Abend zu Hause verbringst.«

»Ich bin ein selbstsüchtiges Arschloch, ich weiß«, sagte er nüchtern.

»Du ziehst eben dein Ding durch«, beschwichtigte sie ihn, weil sie sein trauriges Gesicht bemerkte.

»Nein, nein, Cousinchen, jetzt mach keinen Rückzieher. Du hast eben genau das Gleiche gesagt.«

»Aber doch nur, weil ich mir Sorgen um dich mache. Wenn man jemanden zur Vernunft bringen will, muss man eben kritisch sein. Du magst ein selbstsüchtiges Arschloch sein, aber du bist immer noch einer von den besten Menschen, die ich kenne.«

Sie quetschte sich zu ihm auf den Stuhl und lehnte ihren hübschen Kopf an seine Schulter.

»Du bist immer für mich da, wenn ich dich brauche.«

»Wir wissen beide, dass das nicht ganz stimmt.«

»Okay, also: Wenn du nicht zu beschäftigt damit bist, ›Socialising‹ zu betreiben« – sie machte mit den Händen Anführungszeichen um das Wort –, »bist du da, wenn ich dich brauche.«

»Genau, ich denke immer zuerst an mich.«

»Ist es das, was dir Sorgen macht, Alex? Hast du eine Art Gewissenskrise?«

»Vielleicht, keine Ahnung. Bist du dir eigentlich im Klaren darüber, wie gut wir es haben, Lily? Wir müssen uns nie um irgendetwas oder irgendjemanden sorgen.«

»Und bist du dir eigentlich im Klaren darüber, wie traurig es ist, wenn man niemandem wichtig genug ist, dass er will, dass man sich um ihn sorgt?«, erwiderte Lily leise.

Sie sahen sich lange an.

»Vielleicht weiß ich nicht mehr, ob ich diese Art Leben weiterführen will«, sagte er schließlich, und Lily erkannte, dass sie nichts mehr aus ihm herausbekommen würde, was näher an einem echten Bekenntnis wäre. »Vielleicht wird es Zeit«, fügte er hinzu, »dass ich mir klar darüber werde, was ich mit meinem Leben anfangen will.«

»Oh, das würde ich dir nicht empfehlen«, entgegnete sie und hatte ein schlechtes Gewissen wegen ihrer Standpauke. Sie wollte sein ernstes Gesicht wieder zum Lächeln bringen.

»Und warum nicht, um Himmels willen?«

»Wir kennen dich doch«, wies sie ihn liebevoll zurecht, »du willst etwas nur dann, wenn du es nicht haben kannst… Wenn du dich also entscheidest, etwas zu wollen, und du es auch haben kannst, wirst du es nicht mehr wollen, und dann wirst du wieder nicht wissen, was du willst, und dann bist du noch mehr durcheinander als ohnehin schon …«

Alex lachte. »Bin ich wirklich so schlimm?«

»Schlimmer«, antwortete sie, nahm ihn an den Händen und zog ihn vom Stuhl hoch, während die Stimmen ihrer näher kommenden Großeltern von der Treppe zu hören waren. »Aber ich liebe dich trotzdem.«

»Verdammt gute Leistung.«

»Ja, nicht wahr? Es ist wirklich ein Wunder …«

Kapitel 13

Alex' Großeltern waren so ehrlich erfreut darüber, dass er mitkommen wollte, dass er sich noch schlechter fühlte als während Lilys Standpauke. Dabei hatten sie sich in keiner Weise anmerken lassen, dass sie sich vernachlässigt fühlten, aber er konnte es an ihrer überwältigenden Freude über sein Mitkommen ablesen.

Das machte ihm sofort ein schlechtes Gewissen. Wie hatte er sie nur so lange vernachlässigen können? Er hatte zwar immer schon sein eigenes Ding gemacht, aber jedes Mal, wenn er bei seinen Großeltern war, verbrachte er normalerweise auch Zeit mit ihnen. Unglücklicherweise war heute nicht die beste Gelegenheit, um Besserung zu geloben. Er hätte lieber auf andere Weise Zeit mit seinen Großeltern verbracht, als auf Großtante Breas Party zu gehen. Warum sie den Status einer Tante hatte, wusste er nicht, er war sich nicht einmal sicher, ob er überhaupt mit ihr verwandt war, aber alle hatten sie schon immer so genannt. Vielleicht war sie eine Cousine zweiten Grades seines Großvaters oder so etwas Ähnliches, aber egal, welcher Art diese Verbindung war, sie bestand schon seit Ewigkeiten, und ihre Partys, von denen er im Laufe seines Lebens bereits einige besucht hatte, brachten ihn stets fast um vor Langeweile. Es gab viel zu essen und viel zu trinken, dezente Musik und immer die gleichen Unterhaltungen, und vor allem gab es dort außer seiner Cousine keine hübschen Mädchen, mit denen er sich hätte amüsieren können.

Lily war mit Abstand die jüngste und hübscheste Frau auf dem Fest und genoss ihre Sonderstellung sichtlich. Praktisch jeder Mann mit einer funktionierenden Libido stürzte sich auf sie. Als er von den »Oldies« gesprochen hatte, hatte er nicht übertrieben. Es war wie auf einem Altersheimausflug. Als die Großeltern angekündigt hatten, dass auf der Party ihre ältesten und liebsten Freunde sein würden, hatte er nicht geahnt, wie sehr die Betonung auf Ersterem liegen würde.

Trotzdem hatte er sich nicht wie angedroht in eine Ecke zurückgezogen, dafür stand er noch zu sehr unter dem Eindruck seiner kürzlich erfolgten Selbstdiagnose, sondern sich wie ein vorbildlicher Enkel verhalten. Er brachte eine Tour de Force aus Vorstellungen, Begrüßungen und freundlicher Konversation hinter sich, die sich gewaschen hatte, und ließ dabei derart seinen Charme spielen, dass nicht nur seine Großeltern vor Stolz und Vergnügen strahlten, sondern auch jeder übrige Gast des Festes, war er nun acht oder achtzig, hetero-, bi- oder homosexuell, am Ende in Liebe zu ihm entbrannt war. Dann erst holte er sich eine Flasche Champagner und zog sich in eine ruhigere Ecke der Terrasse zurück, aber nicht, um sich zu verstecken oder zu betrinken, sondern weil er von seinen sozialen und emotionalen Anstrengungen erschöpft war und sich etwas ausruhen wollte.

Nachdem er zehn Minuten lang an seinem Champagner genippt hatte, begann er sich zu fragen, ob er nun seine Pflicht getan habe und sich so langsam ohne allzu schlechtes Gewissen wegschleichen könne, um Nelson und Nico in Cannes zu treffen. Im Nachhinein würde er diesen Augenblick als einen lebensentscheidenden »Was wäre wenn«-Moment bezeichnen, denn wenn er nach dem Leeren seines Glases wie geplant gegangen wäre, wäre das Folgende nicht passiert, aber so beschloss er, noch ein bisschen länger zu bleiben, und goss sich ein zweites Glas ein. Als er es sich zum Mund führte, waren all seine Pläne abzuhauen mit einem Mal wie weggewischt, denn sein Blick fiel auf eine blonde Haarmähne, die maisgelb war wie der Sonnenschein, und dieser Anblick rief lange vergessene, aber süße Erinnerungen in ihm hervor.

Er verrenkte sich den Hals, um die Lichtgestalt wiederzuentdecken, während sie das Menschengewimmel durchquerte. Manchmal konnte er sie sehen, dann wieder nicht ... konnte sie sehen, dann wieder nicht ... erst hell ... dann dunkel ... erst hell ... dann dunkel ... wie die Sonne, die immer wieder kurz hinter einem dunklen Wald aufblitzte, und dann wurde das Bild klarer, er konnte nicht mehr nur ihr Haar sehen, sondern auch eine kleine gerade Nase, und dann einen vollen Mund, der von Zeit zu Zeit in Gelächter ausbrach oder auch nur lächelte oder sich beim Reden bewegte.

Und jetzt waren es nicht mehr nur ihr Haar, ihre Nase und ihr Mund, die sein Herz höher schlagen ließen, sondern auch die Tatsache, dass er sie nun schon überall zu sehen glaubte, sein Geist spielte ihm Streiche.

Noch ein blondes, blauäugiges Mädchen hatte ein paar Sekunden lang einen Narren aus ihm gemacht.

Aber anstatt nach und nach zu beobachten, wie sich die anfängliche Ähnlichkeit in die Gesichtszüge einer Fremden verwandelte, dämmerte ihm langsam, dass sie ihr nicht nur ähnlich sah ...

Sie war es selbst!

Es waren ihr Mund, ihre vollen Lippen, ihre Nase, ihr dickes goldenes Haar, das, wie er sich erinnerte, nach Passionsfrucht und Honig duftete. Er musste nicht einmal mehr ihre blauen Augen mit den dichten Wimpern sehen, um zu wissen, dass es Imogen war, die sich ihm durch die Menge näherte.

»Oh nein!«, ächzte er so laut, dass die Leute um ihn herum ihn verwirrt ansahen.

Der Feigling in ihm wollte weglaufen, aber er konnte nicht, er blieb wie angewurzelt stehen. Er konnte nicht einmal sein Glas zum Mund führen, obwohl er in diesem Moment nach dem Geschmack von Alkohol auf der Zunge dürstete.

Der furchtlose Jäger in ihm, der selbstsichere Playboy wollte einfach auf sie zugehen, sie in den Arm nehmen und so lange küssen, bis sie vor Sauerstoffmangel ohnmächtig würde.

Aber das konnte er auch nicht.

Dann drehte sie sich um und sah ihn, runzelte ungläubig die Stirn und lächelte ein Lächeln des Wiedererkennens und der Freude, und so, wie die glühende Sonne das Eis in den Weinkühlern schmelzen ließ, so schmolz der letzte Rest gesunden Menschenverstands langsam aus seinem Körper und sickerte durch die Ritzen des Pflasters zu seinen Füßen in den Boden.

Er war plötzlich wieder vier Jahre alt, war ein Neuankömmling auf einem Spielplatz voller Rowdys, er war ängstlich und allein und suchte nach einem Platz auf der Erde, wo er sicher war und sich verstecken konnte.

»Hi«, sagte sie, wie er von ihren Lippen ablesen konnte.

Er öffnete den Mund und war froh, dass sie mit Gesten kommunizieren konnten, weil kein Laut herauskam, um sie zurückzugrüßen. Es war eher ein Schnappen nach Luft wie von einem

Fisch als sonst etwas, aber es hatte zur Folge, dass sie sich auf ihn zubewegte.

»Alex? Bist du das wirklich? Was machst du denn hier? Was für ein unglaublicher Zufall ...« Sie lehnte ihre Krücken an eine Wand und umarmte ihn so spontan und selbstverständlich, als wären sie gute alte Freunde und hätten sich nicht nur dies eine Mal getroffen, diese lange und, wie Alex fand, wunderbare Nacht, als sie ihm Wein und Trost gespendet hatte.

»Imogen.« Er sprach ihren Namen zum ersten Mal laut aus, seit er an jenem seltsamen Morgen Abby angerufen hatte, und ließ ihn sich auf der Zunge zergehen. Er schmeckte wie süßer, süßer Honig.

»Alex«, sagte sie noch einmal und lächelte sein verzaubertes Gesicht neugierig an, und wie sie laut seinen Namen sagte, ließ ihn beinahe erzittern.

Reiß dich zusammen, du Volltrottel!, ermahnte er sich im Stillen. Reiß dich zusammen. Sag etwas. SAG ETWAS! Sprich. Egal was, aber sag etwas. Wie geht es dir und was machst du hier schienen ihm passende Fragen zu sein, aber alles, was er aus seinem Mund, der trocken war wie die Wüste, herausbrachte, war Letzteres.

»Was machst du hier?«

»Wir sind hier eingeladen«, sagte sie lächelnd, »von Freunden von Freunden meiner Tante und meines Onkels. Und du?«

»Freunde meiner Großeltern«, erwiderte er, froh, seine Sprache wiedergefunden zu haben. »Aber was ich fragen wollte, war, was du hier in Frankreich machst?«

Sie lächelte noch immer, ein champagnerseliges Lächeln.

»Mein Onkel hat hier in der Nähe ein Haus gekauft, aber sag um Himmels willen meiner Tante nichts davon. Sie denkt immer noch, sie hätten das Haus nur für den Sommer gemietet.«

Er schüttelte voller Verwirrung und Überraschung den Kopf. Er glaubte nicht an Schicksal, nur an Zufälle, aber es konnte nicht nur der Zufall sein, der sie hierhergeführt hatte.

»Ich kann nicht glauben, dass du hier bist.«

»Ich ehrlich gesagt auch nicht«, gestand sie offenherzig, »und ohne den da« – sie zeigte auf ihren bandagierten Fuß – »wäre ich wahrscheinlich auch nicht hier.«

»Ich wollte gerade fragen, wie es dir geht, aber das erübrigt sich dann ja wohl.«

»Abgesehen davon geht es mir aber sehr gut, danke.«

Sie erzählte ihm von ihrem Zusammenstoß mit dem Bus der Linie 47, merkte aber schnell, dass, obwohl sie die Geschichte lachend erzählte, sein Gesicht total ernst blieb.

»Du hättest schwer verletzt sein können«, sagte er, als sie mit ihren Ausführungen fertig war.

»Es war aber nur schwer peinlich«, versicherte sie ihm. »Und was ist mit dir? Wie geht es dir?«

»Du meinst apropos peinlich? Wie geht es Abby?«

»Sie ist verliebt und glücklich«, sagte sie in einem entschuldigenden Ton.

»Das freut mich.«

»Wirklich?«

Er antwortete nicht, also wiederholte sie ihre Frage.

»Wie geht es dir?«

»Sehr gut«, log er automatisch, um sogleich festzustellen, dass er sogar die Wahrheit gesagt hatte.

»Es war sehr nett, dich wiederzusehen«, sagte sie wie als Anspielung darauf, warum es ihm plötzlich so gutging.

Er sah sie enttäuscht an. »Du willst schon gehen?«

»Wir sind schon so lange hier. Meine Tante und mein Onkel möchten gerne gehen, wir waren schon dabei, uns von allen zu verabschieden.«

»Ich bin auch schon seit Stunden hier, jedenfalls fühlt es sich an wie seit Stunden …«

»Es sind sehr viele Leute hier. Wir haben Glück, dass wir uns überhaupt über den Weg gelaufen sind.«

»Das stimmt. Aber es ist nicht fair, dass wir nur fünf Minuten haben. Also, wo wohnst du? Bei deinen Verwandten, nehme ich an?«

»Onkel Henry und Tante Hettas Haus liegt zwischen Seillans und Fayence«, antwortete sie lächelnd.

»Und wie lange bleibst du noch?«

»Bis Montag.«

»Kommenden Montag?«

Sie nickte.

Ihn ergriff eine seltsame Mischung aus schmerzhafter Enttäuschung und unglaublicher Erleichterung. In wenigen Tagen wäre sie wieder weg. Und er hatte nicht einmal gewusst, dass sie überhaupt hier war. Was wohl gut so war. Seine Gefühle für sie verwirrten ihn so sehr, dass er sonst wahrscheinlich in ein Flugzeug nach Marokko oder sonst wohin gestiegen wäre. So, wie es aussah, konnte er sich eigentlich nur noch von ihr verabschieden. War jetzt ein guter Zeitpunkt dafür? Und wollte er das wirklich? Er dachte an Nelsons kluge Worte und daran, dass Lily fast das Gleiche zu ihm gesagt hatte. *Du willst etwas nur dann, wenn du es nicht haben kannst.*

Vielleicht hatten sie beide recht, vielleicht konnte seine galoppierende Phantasie nur durch die Realität zum Stehen gebracht werden.

»Wenn das so ist, sollten wir lieber so schnell wie möglich zusammen essen gehen«, hörte er sich sagen. »Wie wäre es mit morgen Abend?«

Sie sah ihn einen Moment lang an, so still und ruhig, dass er nicht die geringste Ahnung hatte, was sie dachte. Dann lächelte sie und sagte: »Okay.«

Kapitel 14

War es nicht seltsam, dass man sich gerade dann, wenn man gar nicht damit rechnete, am Ende doch amüsierte?

Die Party, zu der Hetta und Henry sie mitgenommen hatten, gefiel ihr viel besser, als sie erwartet hatte. Der Champagner, der in Strömen floss, passte gut zu ihrer vorfreudigen Stimmung, und ihre Laune wurde zusätzlich dadurch verbessert, dass viele Gäste dort sehr nett waren. Außerdem hatten die Gastgeber eine phantastische Kunstsammlung, mit der allein sie sich stundenlang hätte beschäftigen können. Und dann hatte sie auch noch Alex getroffen. Sie war überrascht gewesen, wie sehr sie sich gefreut hatte, ihn wiederzusehen. Sie hatte seit jener Nacht ab und zu an ihn gedacht und sich gefragt, wie es ihm wohl gehen mochte, ob er immer noch Liebeskummer wegen Abby hatte oder ob er die Wahrheit sagte, wenn er behauptete, dass es nur eine Verliebtheit gewesen sei und er sich ehrlich darüber freue, dass sie nun jemanden gefunden hatte, von dem sie dachte, er sei »der Richtige«.

Sie war seinetwegen etwas in Sorge gewesen. Er war so verletzlich gewesen, und Verletzlichkeit bei jemandem wie ihm berührte sie besonders. Denn laut Abby war er sonst offenbar mit jener großen Leichtigkeit und Gelassenheit der Menschen gesegnet, deren gutes Aussehen, Intelligenz, Geld und gute Beziehungen sie ohne große Anstrengungen durchs Leben gehen ließen. Und er besaß die Gabe, sich eher um sich selbst als um andere zu kümmern, ohne dass sein schlechtes Gewissen ihm dabei in die Quere käme.

Sie hatte beinahe nicht damit gerechnet, dass er sich wirklich wieder melden würde. Schließlich hatte er ebenso überrascht ausgesehen wie sie, als er seine Einladung zum Abendessen ausgesprochen hatte. Aber dann wurde sie doch am nächsten Morgen um acht vom Klingelton ihres Handys, der polyphonen Version eines U2-Songs, geweckt.

»Hi.« Seine Stimme klang zögerlich. »Erinnerst du dich noch an mich?«

»Ich weiß nicht mehr ... Der Champagner hat meine Erinnerung ein wenig beeinträchtigt.«

»Ich bin der Typ, der dich gestern gefragt hat, ob du heute Abend mit ihm essen gehst. Er will nur sichergehen, dass du dich noch daran erinnerst, Ja gesagt zu haben.«

»Ich erinnere mich.«

»Okay, dann hole ich dich so um elf ab.«

»Ist elf nicht ein bisschen spät zum Abendessen?«

»Ich meine elf Uhr morgens.«

»In diesem Fall: Ist das nicht etwas früh zum Abendessen?«

»Ich dachte, ich könnte dich auch zum Mittagessen einladen.«

»Oh«, sagte sie überrascht, und dann musste sie lächeln. »Okay.«

Er war noch nie so nervös gewesen. Das Wort »nervös« hatte vorher nicht einmal zu seinem Wortschatz gehört, aber genau wie die Schmetterlinge im Bauch, die ihm ebenfalls gänzlich neu waren, war es eines der angenehmsten Gefühle, die er bisher in seinem Leben gehabt hatte. Es war ein natürliches High, er schwebte auf der Welle seiner Endorphine wie beim Wellenreiten, oder wie wenn er beim Snowboarden einen Berghang hinunterraste. Aber heute musste er keinen Extremsport machen, um sich so zu fühlen. Er war high, während er nur unter der Dusche stand, er war high, während er seine Garderobe durchging, und er war high, während er sich beim Rasieren im Spiegel betrachtete – und das war alles andere, als der Gefahr ins Gesicht zu sehen, es sei denn, man stufte es als gefährlich ein, dass seine Hände beim Rasieren so zitterten, dass er sich, wenn er dazu eine altmodische Klinge und keinen elektrischen Rasierapparat benutzt hätte, vermutlich die Kehle durchgeschnitten hätte.

Wie hoch war die Wahrscheinlichkeit gewesen, sie auf diesem Fest zu treffen? Alex glaubte doch an Schicksal, es war sozusagen eine Schicksalswelle, auf der er sich gerade dahintreiben ließ. Gab ihm das Schicksal Rückenwind?

Er zog sich sorgfältig an. Perfekt geschnittene Jeans mit seinen Lieblingsschuhen und einem teuren Hemd, das er ganz lässig mit offenem Kragen und umgeschlagenen Ärmeln trug, sodass man seine Tag Heuer mit dem blauen Zifferblatt sehen konnte. Ein köstliches, nach Citrus duftendes Aftershave, eine frische Rasur und ein neuer Haarschnitt vervollständigten sein Outfit.

Als er in seinem Ankleidezimmer für einen letzten prüfenden Blick vor dem mannshohen Spiegel stand, bemerkte er, dass Lily ihn von der Tür aus beobachtete.

»Du siehst super aus«, versicherte sie ihm. »Ein Date?«

»Nein«, log er.

»Aber du gehst aus.«

»Ich fürchte, ja.«

»Mit Nelson?«

»Nein.«

»Mit wem dann?«

»Niemand, den du kennst.«

Sie runzelte die Stirn. Er kannte Lily zu lange, um nicht zu wissen, dass sie sich mit Halbwahrheiten nicht abspeisen ließ, sondern dann erst recht anfing, zu bohren und ihm jedes Geheimnis zu entlocken, aber aus irgendeinem Grund war es ihm jetzt unmöglich, mit ihr über Imogen zu reden. Aber weil er sie glücklich sehen wollte, hielt er ihr eine Karotte hin.

»Wollen wir nächsten Samstagabend zusammen essen gehen?«

»Willst du damit etwa andeuten, du hast ein Zeitfenster in deinem Kalender für mich gefunden?«, fragte sie mit einem Gesicht wie ein Unschuldsengel.

»Natürlich«, überhörte er ihren offenkundigen Sarkasmus. »Wir gehen ins Delphines«, fügte er hinzu, weil er wusste, dass es eins ihrer Lieblingslokale war.

Sie lächelte ihn verschmitzt an. »Mal sehen.«

»Ich lade dich auf Hummer und Champagner ein«, versuchte er sie weiter zu bestechen.

Ihr Lächeln wurde breiter. »Ich denke drüber nach.«

»Und danach nehme ich dich auf eine Party auf Nico Constantines Yacht mit…«

Dies war das Ass, das er im Ärmel zurückbehalten hatte. Lily war total in Nico verknallt. Sie dachte, niemand wüsste davon, und sie ließ sich auch wirklich fast nichts anmerken. Dennoch war es Alex' Aufmerksamkeit nicht entgangen, was seine Cousine für den gutaussehenden Italo-Engländer empfand.

»Abgemacht, wir haben ein Date«, strahlte Lily. »So wie du gleich, nicht wahr?«, flötete sie, winkte ihm neckisch zu und schlüpfte aus der Tür davon.

»Es ist kein Date!«, bellte er ihr in gespieltem Zorn hinterher.

Ihr elfenhaftes Gesicht erschien wieder in der Tür. »Natürlich nicht. Und ich gehe jetzt *nicht* sofort los, um ein neues Kleid für Samstag zu kaufen.«

Einige Kilometer entfernt, in einem sehr viel kleineren und weniger luxuriösen Badezimmer, starrte auch Imogen in einen Spiegel. Im Gegensatz zu Alex war sie ganz und gar nicht zufrieden damit, wie sie aussah. Sie musste unbedingt zum Frisör, ihr Teint war uneben, die Sommersprossen auf ihrer Nase ziemlich dominant und ärgerlich. Ihre ganze mickrige Garderobe war auf ihrem Bett, und Arthur lag auf ihren Sachen ausgebreitet, aber das machte ihr nichts aus, weil sowieso nichts davon etwas taugte. Sie wusste nur, dass sie ausgehen würden, aber wohin? Wie sollte man sich zum Mittagessen und zum Abendessen gleichzeitig anziehen, wenn man keine Ahnung hatte, wo man hinging? Ihre schönste Hose hatte sie schon gestern auf der Party angehabt, und egal was sie anzog, es musste zu ihren Flipflops passen.

Er würde sie so nehmen müssen, wie sie, Imogen Fielding, eben war: ein etwas heruntergekommen aussehendes Mädchen, das kein Geld hatte, um sich etwas Ordentliches zum Anziehen zu kaufen. Schließlich rettete sie einmal mehr ein abgelegtes Kleidungsstück von Lucy, von dem sie vergessen hatte, dass sie es eingepackt hatte. Es war ein schlichtes schwarzes Seidenkleid, das man alleine ebenso tragen konnte wie über einer Hose. Lucy hatte es zu einer Zeit gekauft, als sie sich »fett« fühlte, und daher passte es glücklicher- oder unglücklicherweise, je nachdem wie man es sehen wollte, jetzt ihr.

Sie zog das Kleid über ihrer Lieblingsjeans an und betrachtete sich im Spiegel. Das war nicht gerade St.-Tropez-Chic, aber schlecht sah sie auch nicht aus. Etwas Besseres hatte sie eben nicht, und außerdem war es ja schließlich kein Date.

Welch seltsamer Zufall, Alex auf dieser Party zu treffen. Obwohl, so seltsam war es nun auch wieder nicht, schließlich schienen die Engländer hier in Südfrankreich alle aneinanderzukleben, und seine Großeltern hatten ein Haus in der Gegend. Aber was ihn selbst anging, so hätte er überall auf der Welt sein können, und sie hatte nicht die leiseste Ahnung gehabt, dass er sich zur selben Zeit wie sie in Frankreich aufhielt.

Sie überlegte, ob sie Abby anrufen sollte, um ihr zu erzählen, dass sie ihn getroffen hatte. Sie wusste, dass Abby sich Sorgen um ihn machte. Trotz – oder wegen – ihrer gemeinsamen Vergangenheit waren sie Freunde geblieben, und die Vorstellung, dass es ihm ihretwegen schlechtgehen könnte, quälte sie sehr.

Imogen hatte nicht feststellen können, wie es ihm gestern gegangen war. Aber er schien irgendwie nicht mehr derselbe zu sein. Er war nicht so überschwänglich gewesen und schien weniger selbstbewusst, auch hatte er ein bisschen abgenommen. Vielleicht war es wirklich der Liebeskummer wegen Abby. Auf jeden Fall hatte er wie jemand gewirkt, der sich nach einem anderen verzehrte. Er schien auch aufgeregt gewesen zu sein, sie zu sehen. Natürlich war er auch einfach überrascht. Wahrscheinlich war das Letzte, womit er dort gerechnet hatte, eine Freundin Abbys zu treffen. Vielleicht hatte sie alles wieder in ihm aufgewühlt? Schließlich hatten sie sich in einer Situation kennen gelernt, die für ihn nicht gerade angenehm gewesen war. Und sie hatte ihn getröstet. Deshalb war sie sich ziemlich sicher, dass er sie eingeladen hatte, weil noch immer Tröstungsbedarf bestand.

Er holte sie mit einem monstermäßig auffallenden Auto ab, aber Imogen war nicht beeindruckt. Er hätte sie von ihr aus auch in einem alten Bus abholen können, solange er sie damit nur nicht überfuhr. Für sie bestand die Hauptaufgabe eines Autos darin, zu fahren, nicht Eindruck zu schinden, und sie fand den silber-blauen Traumschlitten nicht besonders praktisch. Es passten ja nicht einmal ihre Krücken hinein.

»In dieses Auto kommt man ja schon mit zwei gesunden Beinen kaum rein, wie dann erst als Einbeinige«, kommentierte sie grinsend, während sie versuchte, sich ohne zu fallen auf dem niedrigen Beifahrersitz niederzulassen.

»Mach dir keine Sorgen wegen der Krücken; ich trag dich überhall hin«, gab er ebenso grinsend zurück.

»Ich hab mich die ganze Woche von meinem Onkel Henry mästen lassen, er ist der beste Koch, den du dir vorstellen kannst. Wenn du mich also den ganzen Tag herumtragen willst, wirst am Ende du die Krücken brauchen, nicht ich.«

Er sah ihr zu, wie sie sich vorsichtig auf ihrem Sitz einrichtete, und wenn er besser gewusst hätte, was das war, hätte er die Gefühle, die das in ihm auslöste, »fürsorglich« genannt. So aber unterdrückte er seinen Wunsch, ihr zu helfen, und begnügte sich damit, ihre Krücken zu nehmen und hinten im Auto zu verstauen.

Er führte sie zum Mittagessen in ein Lokal aus, das am äußersten Ende einer scharfen Straßenkurve lag. Wenn man mit dem Auto darauf zufuhr, musste man fast befürchten, an ihrem Ende einfach von den Klippen ins Mittelmeer hinunterzufallen, so abenteuerlich war es gelegen.

Ihr Tisch befand sich auf der Rückseite des Hauses auf einer hölzernen Terrasse, die über die Klippen hinausstand, sodass man durch die Zwischenräume der knarrenden Bodendielen direkt hinunter aufs Meer sehen konnte, dessen Wellen gegen die Felsen krachten.

Der Ausblick war atemberaubend. Man konnte bis nach St. Tropez und sogar noch zum Meer dahinter sehen. Sie war überwältigt, genau wie er es vorausgesehen hatte. Imogen lehnte sich waghalsig über das Geländer der Terrasse und legte ihre Handflächen flach gegen das Holz, während sie sich praktisch in die Aussicht fallen ließ.

»Oh, wow!«, hauchte sie und wünschte sich ihre Staffelei herbei.

»Das hast du schön gesagt.« Er leistete ihr am Geländer Gesellschaft.

»Das ist unglaublich!«

»Nicht wahr. Dies ist einer meiner Lieblingsplätze, wenn ich hier bin.«

»Das überrascht mich nicht. Onkel Henry würde es hier auch sehr gefallen.«

»Dann müssen wir unbedingt einmal mit ihm herkommen«, sagte er und ignorierte dabei völlig, dass sie ja am Montag schon wieder zurückfahren würde.

»Mhmm«, machte sie und versank im Anblick der Landschaft, ohne selbst daran zu denken, dass sie am Montag abreisen würde, und ohne dass ihr sein bedeutungsschwangeres »Wir« aufgefallen wäre.

Das Essen war ebenso frisch und fabelhaft wie der Ausblick. Köstlicher kalter Weißwein begleitete erst Artischocken und dann Langusten mit Knoblauch. Imogen schwelgte im zarten Duft der Krustentiere und dankte Gott, dass dies kein Rendezvous und damit nicht automatisch knoblauchfreie Zone war.

»Wir werden stinken!«, informierte sie Alex fröhlich, knackte eine Languste und hatte nicht die blasseste Ahnung, dass der junge Mann ihr gegenüber sich verzweifelt danach verzehrte, sie zu küssen. »Dafür sind wir aber jetzt monatelang sicher vor Erkältungen. Ich wusste es nicht, aber Onkel Henry hat mir erklärt, dass, wenn man den kleinen grünen Strunk aus der Knoblauchzehe nimmt, man zwar das ganze Aroma des Knoblauchs behält, nicht aber den Gestank.«

»Hat er dir das Kochen beigebracht?«

»Nicht wirklich. Er kocht selbst viel zu gern, um irgendjemand anderen in seine Küche zu lassen, es sei denn, es wäre zum Essen.«

»Tatsächlich?«

»Nein«, schmunzelte Imogen, »er hat schon oft versucht, mir etwas beizubringen, und es macht mir auch Spaß, aber ich habe zu Hause nie Zeit, nachzukochen, was er mir gezeigt hat, und so …«

»Arbeitest du so viel?«, fragte er, griff nach ihrem Teller, klaute ihr eine Languste, die sie gerade geschält hatte, und steckte sie sich in den Mund.

Er hatte erwartet, dass sie sich darüber beschweren würde, aber stattdessen stellte er überrascht fest, dass sie ihn nur nachsichtig anlächelte und sofort begann, eine andere zu öffnen.

»Ich fürchte schon. Und du?«

»Meinst du, ob ich gerne koche oder ob ich arbeite?«

»Ich meinte, ob du gerne kochst, aber mich würde beides interessieren.«

»Warum sollte ich kochen lernen, wenn es so viele wunderbare Restaurants gibt?«

»Das stimmt. Aber man kann nicht nur in Restaurants essen gehen. Es sei denn, natürlich, man ist reich wie Krösus … was du wahrscheinlich bist, was wiederum die zweite Frage beantwortet, denn wenn du nicht arbeiten musst, um Geld zu verdienen, warum solltest du dann?« Sie lachte leise, als sie das sagte, und er fragte sich, ob sie ihn vielleicht auslachte. Aber sie schien nicht jemand zu sein, der ihn danach beurteilte, wie er lebte. Andererseits sagte die Erfahrung, dass Menschen andere Menschen immer beurteilten.

»Findest du, dass man für seinen Lebensunterhalt arbeiten sollte?«

»Ich finde, dass den meisten Menschen nichts anderes übrigbleibt.«

»Und wenn man es nicht muss?«

Sie zuckte mit den Schultern. »Dann würde ich sie nicht dafür verurteilen. Aber ich würde denken, dass sie etwas verpassen.«

»Etwas verpassen?«

»Ja. Denn wenn man für etwas kämpfen muss, weiß man es wahrscheinlich eher zu schätzen.«

»Wenn das so ist, dann kämpfe ich jetzt mit dir um die letzte Languste«, witzelte er.

»Das musst du nicht, du kannst sie haben.« Sie lehnte sich auf ihrem Stuhl zurück, hielt mit einer Hand ihr Weinglas und sich die andere vor die Augen, obwohl ihre Sonnenbrille neben ihrem Teller auf dem Tisch lag.

»Bist du sicher?«

»Man kann auch zu viel von etwas Gutem haben. Wenn ich diese Languste jetzt auch noch esse, kann ich wahrscheinlich nichts mehr von dem essen, was gleich noch kommt, und nach den ersten beiden Gängen zu urteilen, wird das ganz köstlich sein. Und mein Onkel Henry hat mich gelehrt, dass die besten Essen aus vielen verschiedenen Dingen bestehen. Das Leben scheint genauso zu funktionieren. Deshalb denke ich auch, dass man etwas verpasst, wenn man nie arbeitet, weil man dann ein bestimmtes Lebensgefühl nie kennen lernt.«

»In der Abwechslung liegt also die Würze des Lebens?«

»Es mag klingen wie ein Klischee, aber: ja. Dabei habe ich gut reden, ich habe ja in letzter Zeit auch wenig Abwechslung gehabt, sondern nur gearbeitet. Außer jetzt gerade, natürlich …«

»Gefällt dir die Arbeit in der Galerie?«

»Ich liebe sie sogar. Ich lebe von ihr. Und wovon lebst du, Alex?«

»Luft und Alkohol«, witzelte er. »Also vermisst du jetzt deine Arbeit?«

»Ja«, antwortete sie sofort, um dann die Stirn zu runzeln. »Aber nicht so sehr, wie ich es vermutet hätte. Es ist so wunderschön hier. So inspirierend. Kein Wunder, dass so viele große Künstler sich von dieser Gegend angezogen gefühlt haben.«

»Ist das so?«

»Oh ja, Maler, Schriftsteller, Schauspieler …«

»Erzähl mir davon.«

Obwohl er selbst normalerweise nicht auf den Mund gefallen war, hörte er ihr jetzt sehr gerne zu. Er betrachtete ihren Mund, während sie sprach, fasziniert von der Bewegung ihrer weichen Lippen, die sich immer wieder zu einem freundlichen Lächeln formten. Sie war unterhaltsam, offenherzig und ehrlich, und vor allem war sie eine der wenigen Frauen, die tatsächlich aßen, wenn man sie in ein Restaurant ausführte. Nach einer Weile begann sie sich allerdings zu wundern und unwohl zu fühlen, weil er so schweigsam war.

Als ein Mitglied der Fielding-Familie war sie Stille nicht gewohnt, es sei denn, sie war allein. Sie hatte auch Alex vorher nicht als schweigsam erlebt. Irgendetwas stimmte doch nicht mit ihm. Sie erinnerte sich noch an ihre erste Begegnung. Sie hatten die ganze Nacht durchgeredet, bis ihnen am Ende ihre Kiefer schmerzten und sie hundemüde waren. Sie hatte es sich nicht eingestehen wollen, aber sie hatte sich gewundert, danach nichts mehr von ihm zu hören. Denn für ihr Gefühl war in dieser Nacht eine Verbundenheit zwischen ihnen entstanden. Es war der Beginn einer Freundschaft gewesen. Er hatte ihre Telefonnummer gespeichert, und sie hatte ihm gesagt, dass er immer anrufen könne, wenn ihm danach war. Das war jetzt fast zwei Monate her.

Vielleicht hatte er Abstand zu Abby gewinnen wollen und zu allem, was ihn an sie erinnerte. Er hatte zwar gesagt, dass er sich für sie freute, aber vielleicht war das nur ein Lippenbekenntnis? War er hier, weil er wusste, dass sie Abbys Freundin war, und weil er jetzt damit abschließen wollte? Er hatte sie hergebracht, um noch einmal über Abby mit ihr zu reden. Ja, das war es wahrscheinlich, er vermisste Abby und wollte mit jemandem zusammen sein, der sie auch kannte und liebte.

Sie packte den Stier bei den Hörnern und brachte das Thema auf Abby und Nathan, dankte ihm ein weiteres Mal für sein altruistisches Verhalten und erzählte ihm, wie glücklich Abby jetzt war, wobei sie genau auf die Wirkung ihrer Worte achtete und auf jedes Zeichen in seinem Gesicht, dass Abbys Glück mit einem anderen Mann ihm Kummer verursachte.

»Ich bin froh, dass es ihr gutgeht«, war alles, was er dazu sagte, und es sah wirklich aus, als meinte er das so. »Wie läuft es denn in deiner Galerie?«

Sie sah ihn an und beschloss, sich nicht so leicht von etwas ablenken zu lassen, das ihrer Überzeugung nach der eigentliche Grund für ihr Treffen war.

»Möchtest du nicht über Abby reden?«, fragte sie vorsichtig.

»Ich muss nicht über Abby reden.«

Anders als Lily nickte sie zum Glück und wechselte wieder das Thema.

Es war eine echte Verbindung zwischen ihnen entstanden in dieser ersten Nacht, eine Verbundenheit, die auf mehr beruhte als der gemeinsamen Bekanntschaft mit Abby und dem Ablauf der Ereignisse an jenem Abend. Mit anderen Worten: Es hatte geklickt zwischen ihnen. Sie waren so selbstverständlich miteinander umgegangen wie Abby und Imogen, als sie sich kennen gelernt hatten. Und er freute sich sehr, wie leicht sie in diesen natürlichen, freundschaftlichen Umgang zurückgefunden hatten.

Wenn irgendjemand Alex später gefragt hätte, worüber sie während dieses Mittagessens miteinander gesprochen hatten, er hätte es nicht mehr sagen können. Nicht, weil er nicht zugehört hätte, denn das hatte er sehr wohl, sondern weil er noch mehr Aufmerksamkeit darauf verwandt hatte, sie zu betrachten. Zu betrachten, wie sich ihr Mund bewegte, ihre vollen, ausdrucksstarken Lippen, wenn sie sprach, oder die Art, wie sie sich auf die Unterlippe biss, wenn sie nervös war oder angestrengt nachdachte.

Er glich die Erinnerung, die er von ihr hatte, mit der Realität ab und fügte ihr neue Details hinzu, wie zum Beispiel ihre geschwungenen Augenbrauen, die Sommersprossen auf dem Rücken ihrer Nase und die Farbe ihrer aquamarinblauen Augen, die sich im Unterschied zu den meisten anderen Leuten nicht veränderte, je nachdem wie das Licht auf sie fiel, sondern immer dieselbe verschwommene Bläue beibehielt.

So blieben sie mit runden Bäuchen sitzen bis zum späten Nachmittag und plauderten über alles und nichts, bis er sich zwang, die Rechnung zu verlangen, und sagte, dass es nun Zeit sei zu gehen.

»Wo gehen wir denn hin?«, fragte sie, als sie wieder im Auto saßen und in Richtung St. Tropez fuhren.

»Wir nehmen noch einen oder zwei Drinks, bevor wir zu Abend essen.«

»Oh, bitte, lass uns nicht mehr übers Essen reden. Ich habe diese Woche so viel gegessen, dass ich damit bis zum Ende des Jahres auskommen müsste!«

»Keine Sorge, bis zum Abendessen ist es noch lang.«

Das Ziel ihrer Fahrt war der alte Hafen. Le vieux port. Sie hatte erwartet, dass sie in eines der vielen am Hafen aufgereihten Restaurants oder Cafés einkehren würden, und war deshalb umso überraschter, als er an Bord einer hinreißend schönen Yacht sprang und ihr die Hand reichte.

»Ist das deine?«

Er schüttelte den Kopf. »Sie gehört einem guten Freund von mir.«

»Und was macht dein Freund beruflich?«

Anders als Nelson und Alex arbeitete Nico tatsächlich, wenn man es denn als Arbeiten bezeichnen wollte. Ihm gehörte eine ganze Kette von Nachtclubs, denen er den Namen »Muse« gegeben hatte. Für Nico bedeuteten die Clubs eher Unterhaltung als reinen Broterwerb, besonders, weil er kürzlich einen in St. Tropez eröffnet hatte. Sein Ziel war es, in jeder größeren Stadt eine »Muse« aufzumachen, und er war auf dem besten Wege dahin. Es gab schon Clubs in New York, London, Paris, Prag, Barcelona und München, und weit fortgeschrittene Pläne für Moskau.

Alex beneidete ihn nicht um die viele Arbeit, aber manchmal beneidete er ihn um seinen Ehrgeiz und seine Visionen. Er war so leidenschaftlich, was seine Arbeit anging. Alex fragte sich, ob er jemals so leidenschaftlich in Bezug auf irgendetwas sein würde. Er warf einen Blick auf Imogen. War sie eben noch sichtlich von der Schönheit der Yacht beeindruckt gewesen, so war sie es jetzt von der Aussicht, die man von ihr genoss: das Meer, der geschäftige Hafen, die Menschen.

»Er arbeitet hart«, sagte Alex und lächelte.

»Das muss er auch, wenn das alles ihm gehört... Was machen wir hier?«

»Ich dachte, du würdest dich vielleicht vor dem Essen noch etwas frisch machen wollen.«

»Du meinst, auf diesem Ding hier befinden sich auch Badezimmer? Aber natürlich befinden sich hier Badezimmer... Wahrscheinlich gibt es auch irgendwo einen Swimmingpool.«

Imogen traute ihren Augen kaum, wie luxuriös das Boot war. Nach der defekten Dusche in der Maison S'endetter, die abwechselnd eiskaltes und kochend heißes Wasser ausgestoßen hatte, genoss sie die erstklassige, kraftvolle Dusche in dem großen Badezimmer der Bootssuite in vollen Zügen. Beinahe hätte sie vor Vergnügen laut gesungen, als die vielen verschiedenen Düsen ihren staubigen Körper von allen Seiten mit Wasser umschlossen.

Sie duschte nicht lange, obwohl sie das gern getan hätte, trocknete ihr dickes Haar in der Hoffnung, dass es nach dieser zweiten Wäsche an nur einem Tag sich nicht aufplustern würde wie Zuckerwatte, tuschte sich noch einmal die Wimpern, legte Lippenstift auf, was sowieso das einzige Make-up war, das sie gewöhnlich trug, bis auf ein bisschen Rouge, das sie aber nur dann benutzte, wenn sie sich blass und abgekämpft fühlte, und faltete am Schluss ihre Jeans in ihrer Tasche zusammen, sodass sie nur noch das Kleid anhatte.

»Nicht schlecht«, sagte sie zu ihrem Spiegelbild, »dummerweise aber auch nicht wirklich gut.«

Es war mal wieder ihr Fuß, der alles verdarb. Die weiße Stelle, die der Gips zurückgelassen hatte, hatte sie mit ein bisschen Selbstbräuner wieder einigermaßen hingekriegt, aber die Abdrücke ihres elastischen Verbands waren immer noch sehr deutlich sichtbar. In dem Luxusbadezimmer standen zahlreiche Cremes und Wässerchen, und Alex hatte ihr gesagt, sie könne alles benutzen, was sie wollte, also griff sie nach dem erstbesten Topf und rieb sich damit Fuß und Knöchel ein … bis sie zu ihrem Schrecken merkte, dass das, was sie für eine simple Feuchtigkeitscreme gehalten hatte und gerade großflächig auf ihrer Haut verteilte, in Wirklichkeit crème de mer war und mehrere hundert Euro gekostet hatte. Sie stieß einen reuigen, verlegenen Lacher aus und stellte den halbleeren Topf schnell wieder auf das Regal zurück, von dem sie ihn genommen hatte.

Oh Schreck, jetzt hatte sie ein Bein, das wie das einer Zweiundzwanzigjährigen aussah, und eins, das ihrem wirklichen Alter entsprach.

Sie kicherte noch immer in sich hinein, als sie zurück an Deck ging. Alex saß im hinteren Deck, als sie in den Sonnenschein trat, und lächelte strahlend. Mit einem trockenen Schlucken wurde Alex klar, dass er fast gehofft hatte, sie würde all den verwirrenden und betörenden Vorstellungen von ihr, die sich ihm in ihrer Abwesenheit aufgedrängt hatten, nicht entsprechen können, aber als sie zögernd auf ihn zukam, entwich ihm ein unfreiwilliger Stoßseufzer der Begeisterung. Ganz im Gegensatz zu ihren Selbstzweifeln fand er sie einfach atemberaubend schön.

»Geht das so?«, fragte sie, nicht Beifall heischend, sondern wirklich in Sorge, dass er sich vielleicht für sie würde schämen müssen, denn sie wusste ja nicht, wohin sie gehen würden.

»Das geht so«, bestätigte Alex.

»Wo gehen wir denn hin zum Essen?«, fragte sie und sah hinter ihm auf die Uferpromenade, wo sich ein Restaurant ans andere reihte.

»Nach Italien«, antwortete er leise.

Kapitel 15

Gerade als die Sonne aufgehen wollte, dockten sie wieder im Hafen von St. Tropez an. Obwohl Imogen nicht geschlafen hatte, fühlte sie sich, als würde sie aus einem Traum erwachen.

Als das Boot Fahrt aufnahm und immer schneller durch das Wasser pflügte, hatte Imogen zunächst nicht gewusst, ob sie entsetzt oder begeistert sein sollte, sich aber dann dem irrsinnigen Vergnügen hingegeben, das es ihr bereitete.

Andere Mädchen, denen er seine Art zu leben gezeigt hatte, hatten sich immer sehr bemüht, nicht beeindruckt zu erscheinen, weil sie befürchteten, linkisch oder fehl am Platz zu wirken, sie aber schwelgte einfach in dem neuen Gefühl. Mit ihrer Freude ging sie ebenso spontan und natürlich um wie mit dem Essen. Sie stieß sogar ein paar kleinere Schreie aus, wenn das Boot größere Wellen durchbrach und durch sie hindurchschoss wie ein Delphin.

Für Alex, den solche Dinge schon fast langweilten, war ihr Verhalten erfrischend anders. Es war ein bisschen so, als würde man die Freuden der Welt an der Seite eines Kindes noch einmal neu entdecken, das alles zum ersten Mal erlebte.

»Lachst du mich aus?«, fragte sie, als sie das wohlwollende Lächeln auf seinem Gesicht entdeckte.

»Nein, ich lache mit dir.«

Italien. Es hatte so weit weg geklungen, dabei war es in

Wirklichkeit nur eine kleine, reizvolle Reise die Küste entlang. Sie hatte nicht einmal bemerkt, wann sie die Grenze passierten, aber was hatte sie erwartet? Eine durchs Meer gezogene Linie wie auf einer Landkarte?

Ihr Ziel war ein kleiner Fischerhafen kurz hinter der Grenze, wo in einem Restaurant mit Blick aufs Meer schon ein Tisch für sie reserviert war. Zum Abendessen gab es diesmal nur frischen Fisch, gefolgt von einem Tanzversuch zur Musik von drei Gitarristen, die den ganzen Abend mit ruhigen, harmonischen Melodien das Stimmengewirr der Gäste begleitet hatten, dann aber plötzlich in einen wilden, an Flamenco erinnernden Rhythmus gewechselt waren.

Imogens kranker Fuß machte ihren Bemühungen, sich den übrigen tanzwütigen Gästen anzuschließen, schon bald ein Ende, also ließen sie sich wieder auf ihre Stühle fallen und schafften tatsächlich noch ein köstliches Tiramisu, weil Imogen behauptete, dass das Tanzen das schon verzehrte Essen bereits tiefer in ihre Mägen verbannt und somit wieder Platz für Neues geschaffen habe.

Nach dem Dessert kam der Kaffee, und nach dem Kaffee verschiedene Digestifs. Die Zeit verging wie im Flug. Um drei Uhr morgens waren sie zurück zum Boot gegangen, und begleitet von einem silbernen Mond, der das dunkle Wasser beschien, hatten sie sich auf dem Vorderdeck auf Liegen ausgestreckt und noch ein bisschen geplaudert oder einfach den Geräuschen des Bootes gelauscht, das übers Wasser rauschte.

Sie hatte darauf bestanden, der Bootscrew Tiramisu mitzubringen, und die hatte sich bei der Ankunft in St. Tropez dadurch erkenntlich gezeigt, dass sie tatsächlich Schlange gestanden hatten, um sie zum Abschied zu küssen. Eine Zeremonie, die Alex mit einer Mischung aus Eifersucht und Vergnügen beobachtete.

»Na dann«, sagte sie, als sie zurück an Land waren, und machte Anstalten, sich zu verabschieden. »Vielen Dank, es war …« Sie wollte »wunderbar« sagen, aber dann kam ihr stattdessen das Wort »eigenartig« in den Sinn, aber er unterbrach sie sowieso.

»Bleib noch zum Frühstück.«

»Ist das deine Art, mich zu fragen, ob ich die Nacht mit dir verbringen möchte?«, scherzte sie und zog keck eine Augenbraue hoch.

Er lachte. »Nein. Meine Art, dich zu fragen, ob du die Nacht mit mir verbringen möchtest, ist, dich zu fragen, ob du die Nacht mit mir verbringen möchtest. Dies ist meine Art, dich zu fragen, ob du mit mir frühstücken möchtest. Was sagst du? Bleibst du noch? Es gibt einen tollen Platz am Strand, wo wir den Sonnenaufgang beobachten können … Bitte«, drängte er sie, als er sie zögern sah, »die Nacht ist doch schon so gut wie vorbei …«

»Das stimmt allerdings.«

»Und sie machen dort die besten Eggs Benedict, die du je gegessen hast.«

»Wie kann ich da Nein sagen, wenn du mir noch mehr zu essen versprichst?«, erwiderte sie augenrollend.

»Gar nicht«, stimmte er ihr zu und lächelte wieder.

»Es sei denn, du sagst mir jetzt, dass dieses Restaurant mit den besten Eggs Benedict in Marokko oder so ist …«

»Es ist in St. Tropez, keine Sorge. Aber wenn du lieber in Marokko frühstücken möchtest, brauche ich nur schnell mit dem Captain zu sprechen …«

Er fuhr sie an die Plage des Canoubiers, die sozusagen in der Krümmung von St. Tropez' Ellbogen lag, den die Stadt ins Meer hielt, um seine Temperatur zu messen.

»An diesen Strand fahren die Einheimischen, um die Touristenhorden zu umgehen. Obwohl es auch hier um die Mittagszeit ziemlich voll werden kann.«

Im Moment war der Strand jedenfalls völlig verlassen, selbst das Café, in dem sie frühstücken wollten, hatte noch nicht geöffnet, und so saßen sie am Rand des Wassers und sahen zu, wie der noch durchsichtige Himmel langsam so blau wurde wie das Meer, oder war es eher umgekehrt, fragte sich Imogen, wurde der Himmel blau und spiegelte sich in den Wellen?

Als das Café öffnete, setzten sie sich an einen Tisch am Strand und tranken Kaffee, um wach zu bleiben, und dann frisch gepressten Orangensaft, um ihre verbrühten Zungen zu kühlen. Die Eier waren wirklich so köstlich wie angekündigt, obwohl sie beide wider Erwarten gar keinen Hunger hatten.

Und als sie mit dem Frühstück fertig waren, fiel ihm kein Vorwand mehr ein, um ihre gemeinsame Zeit zu verlängern, obwohl er nichts lieber getan hätte als das.

»Ich schätze, ich sollte dich jetzt nach Hause bringen.«

»Wenn du keine Lust hast zu fahren, nehme ich einfach ein Taxi«, erwiderte sie, weil sie seinen Unwillen falsch interpretierte.

»Es geht nicht darum, dass ich dich nicht fahren will, sondern dass ich unseren Tagesausflug nicht so früh beenden will.«

»Unseren Tagesausflug nicht so früh beenden?« Imogen zog amüsiert eine Augenbraue hoch. »Unser Tagesausflug dauert nun schon einen Tag und eine Nacht«, erinnerte sie ihn, »und hat sogar in zwei verschiedenen Ländern stattgefunden.«

»Sollen wir drei daraus machen? Nico hat auch einen Privatjet.«

»Schläfst du nie?«, fragte sie und legte sich beim Gähnen halbherzig die Hand auf den Mund.

»Ist das deine Art, mich zu fragen, ob ich die Nacht mit dir verbringe?«, neckte er sie mit einem Blick auf ihre kleine rosa Zunge und unterdrückte den nicht sehr plötzlichen Drang, sie zu küssen.

»Die Nacht ist doch schon vorbei.«

»Ach ja … Aber das ist wie mit den roten Bussen: Es kommen immer wieder neue …«

Mit offenem Verdeck und lauter Musik fuhren sie in dem PS-starken Wagen über die sich windenden Straßen zurück zur Maison S'endetter. Als sie bei dem Haus ankamen, war es fast neun, und obwohl Alex steif und fest behauptete, es gehe ihm gut, hatte er dunkle Ringe unter den blutunterlaufenen Augen.

»Kommst du noch auf eine Tasse Kaffee rein?«

Er nickte dankbar. »Ja, gern. Aber dürfte ich bitte einen Eimer haben statt einer Tasse?«

»Klar, aber vielleicht solltest du noch ein bisschen bleiben und ein paar Stunden schlafen, bevor du zurückfährst …« Sie ließ ihn nicht zu Wort kommen, als sie sah, dass er den Mund öffnete, um etwas zu erwidern. »Und nein, das ist nicht meine Art, dich zu fragen, ob du die Nacht mit mir verbringen willst.«

Eine Nachricht auf dem Küchentisch unterrichtete sie darüber, dass Hetta und Henry zu einem Brunch bei Rollo und Virginia gefahren waren und erst am Nachmittag zurück wären. Alex las die Nachricht über ihre Schulter mit und sah enttäuscht aus.

»Ich hätte sie gerne kennen gelernt«, gestand er ihr. »Du hast sie so wundervoll beschrieben.«

»Sie sind ja auch wundervoll.«

»Abby hat mir auch nur Gutes von ihnen erzählt.«

»Oh ja, sie sind ganz vernarrt in sie. Wenn sie könnten, würden sie sie adoptieren, schätze ich ... Allerdings«, fügte sie gemeinerweise hinzu, »haben sie sich auch ziemlich ins Zeug gelegt, sie und Nathan wieder zusammenzubringen, also müsstest du sie eigentlich hassen.«

»Ich bin nicht in Abby verliebt, Imogen.«

Seine plötzliche Offenheit überraschte sie beide, und so antwortete Imogen ebenso direkt: »Warum bist du dann hier, Alex?«

Aber so schnell die Offenherzigkeit aufgekommen war, so schnell war sie wieder verschwunden: »Weil du mir Kaffee angeboten hast«, sagte er und gähnte dabei so demonstrativ, als wolle er damit die Wahrheit seiner Aussage unter Beweis stellen.

Sie schüttelte den Kopf, fragte aber nicht weiter nach, sondern machte ihnen einfach einen starken Kaffee, den sie mit nach draußen zu den Liegen neben dem Pool nahmen, um ihn in der Sonne zu trinken.

Imogen erwachte orientierungslos, und als sich ihre Augen an das Licht gewöhnt hatten, sah sie benommen auf ihre Armbanduhr. Es war schon nach drei Uhr nachmittags, und sie lagen noch immer auf den Sonnenliegen. Die Kaffeetassen standen unberührt und kalt auf dem Tischchen neben ihr.

Nach ihrer Rückkehr hatte Henry fürsorglich einen Sonnenschirm zu ihnen gerollt, um sie vor der sengenden Hitze des Tages zu schützen, und dann hatten er und Hetta sich diskret auf die andere Seite des Hauses in den Garten zurückgezogen. Imogen hörte sie gutgelaunt darüber diskutieren, ob sie die Zucchini schon jetzt ernten sollten oder ob es besser sei zu warten, bis sie zu fetten Kürbissen geworden waren.

Einen Moment lang fragte sie sich, ob er noch da sein würde, aber klar, mit seinen langen geschlossenen Wimpern und hohen Wangenknochen lag Alex noch immer auf seiner Liege neben ihr und atmete tief und regelmäßig. Er sah fast aus wie ein schlafender Engel – meine Güte, sah dieser Mann gut aus, es war beinahe surreal. Er war eine wandelnde Werbung für ideale Körpermaße.

Sie kam sich ein bisschen vor wie eine Voyeurin, ihn in diesem verletzlichen Zustand zu betrachten, also stand sie leise auf und ließ ihn schlafen, während sie sich schnell duschte und umzog. Dann brachte sie den kalt gewordenen Kaffee in die Küche und kam mit einem Tablett mit frisch gepresstem Orangensaft, Henrys selbst gemachten Croissants und Blaubeermarmelade und frischem Obst aus dem Garten zurück, darunter reife Pfirsiche, deren Haut so weich wie Daunen war, dicke süße Trauben und Nektarinen, die vor lauter Saftigkeit fast platzten.

Mit Absicht stellte sie das Tablett laut auf dem Tisch ab, damit er wach würde. Aus irgendeinem Grund war ihr nicht danach, ihn anzusprechen oder wachzurütteln. Es war schließlich das Geräusch von Saft, der in eisgefüllte Gläser geschüttet wird, das ihn weckte. Er öffnete ein Auge und lächelte sie verlegen an.

»Muss ich jetzt ›Guten Morgen‹, ›Guten Tag‹ oder ›Guten Abend‹ sagen?«, murmelte er verschlafen.

»Es ist Nachmittag«, antwortete sie. »Gleich halb vier.«

»Oh.« Er streckte und gähnte so unverblümt, dass seine strahlend weißen Zähne und eine rote Zunge zum Vorschein kamen. »Das heißt, wir haben geschlagene sechs Stunden hier draußen geschlafen! Normalerweise schlafe ich nicht einmal in meinem eigenen Bett so tief.«

»Und ich schlafe nicht einmal in meinem eigenen Bett so lange, ob tief oder nicht. Und was man so hört, schläfst du normalerweise ja auch nicht in deinem eigenen Bett.«

Er nahm das Glas, das sie ihm reichte, und leerte es in einem Zug. Dann sah er sie durch seine vollen langen Wimpern an.

»Ach ja? Und wusstest du auch, dass du im Schlaf sprichst?«

Vor Verlegenheit blieb ihr der Mund in einem offenen Lächeln stehen, sodass sie sich die Hand davorhalten musste.

»Wirklich?«

Er nickte und biss in eine Frucht.

»Hast du mir beim Schlafen zugesehen?«

»Ein bisschen.«

»Wie peinlich. Schnarche ich etwa auch noch?«, witzelte sie.

»Wie ein Warzenschwein mit Mandelentzündung«, bestätigte er ihr mit ausdrucksloser Miene.

»Von wegen Dornröschen, was?«, lachte sie laut.

Alex sah sie erstaunt an, nein, es war viel eher bewundernd. Jedes andere Mädchen, das er kannte, hätte sich in dieser Situation total gedemütigt gefühlt und ihn so lange mit Nachfragen gelöchert, bis er hätte zugeben müssen, dass er nur Witze gemacht hatte. Ihm fiel auch auf, dass sie geduscht hatte und sich statt des schmeichelnden Kleides lediglich nur dunkelblaue Shorts und ein gelbes T-Shirt angezogen und sich nicht geschminkt, sondern nur ihr dickes Haar in einem lockeren Pferdeschwanz gebunden hatte. Selbst die unglaublich schöne Pandora, die nun wirklich keiner Verschönerung mehr bedurfte, stand extra immer ein paar Minuten vor ihm auf, um sich wenigstens die Wimpern zu tuschen.

Jetzt saß sie mit gekreuzten Beinen vor ihm auf ihrem Liegestuhl, zog mit den Fingern ein Croissant auseinander, steckte sich die abgerissenen Stückchen in den Mund und leckte sich Marmelade von den Fingern.

»Du bist einfach, wer du bist«, murmelte er verwundert.

»Wie bitte?« Imogen blinzelte ihn fragend an.

Zwei runde Gesichter spähten um die Ecke des Hauses.

»Guten Morgen«, rief Henry freundlich.

»Du meinst wohl ›Guten Tag‹«, korrigierte ihn Hetta.

»Vielleicht habt ihr Lust, uns bei einem sehr späten Mittagessen Gesellschaft zu leisten?«

»Oder einem sehr frühen Abendessen?«, ergänzte Hetta lachend.

Imogen sah Alex an und bemühte sich, ihm mit ihrem Gesicht zu bedeuten, dass er herzlich willkommen sei, aber auch ohne Probleme gehen könne, wenn ihm danach war. Schließlich hatte er schon die letzten neunundzwanzig Stunden mit ihr verbracht. Aber er lächelte ehrlich erfreut.

»Das würde ich sehr gern, aber nur, wenn ich Ihnen wirklich nicht zur Last falle.«

Nach neunundzwanzig Stunden wollte er immer noch bleiben! Imogen konnte es nicht fassen. Ihre gemeinsame Zeit dauerte nun schon länger an als manche ihrer vergangenen Beziehungen.

»Sie fallen uns in gar keiner Weise zur Last«, erwiderte Henry strahlend und sichtlich erfreut, ein neues Versuchskaninchen für seine Küchenexperimente gefunden zu haben. »Im Gegenteil, es wäre uns ein echtes Vergnügen. Wir fahren nur schnell runter ins Dorf, um ein paar Kleinigkeiten zu besorgen. Sagen wir also«, er warf einen Blick auf seine Uhr, »so gegen fünf. Es ist natürlich weder ein richtiges Mittag- noch Abendessen, aber ich nehme an, ihr seid sowieso schon ein bisschen aus dem Takt geraten, richtig?«

»Das kann man wohl sagen«, antworteten beide wie aus einem Munde, meinten aber jeweils etwas völlig anderes damit.

»Ich hätte dich richtig vorstellen sollen«, entschuldigte sich Imogen, nachdem Henry und Hetta weggefahren waren. »Bist du sicher, dass du bleiben willst? Ich möchte nicht, dass du dich gezwungen fühlst.«

»Ich bleibe gern. Ich fühle mich nur ein bisschen schmuddelig. Ich trage diese Klamotten jetzt seit …«

»Neunundzwanzig Stunden«, ergänzte Imogen, als sie sein Zögern bemerkte.

»Neunundzwanzig Stunden«, wiederholte er mit der gleichen Verwunderung, die auch Imogen ein paar Minuten früher darüber empfunden hatte.

»Bist du sicher, dass du zum Essen bleiben willst?«

»Bist du sicher, dass ich soll?«

»Was immer dich glücklich macht.«

Alex stellte besorgt fest, dass sie es war, die ihn glücklich machte.

»Du machst mich glücklich«, sagte er und merkte erst danach, dass er die Worte laut ausgesprochen hatte. »Habe ich das wirklich gerade gesagt?«, fragte er ebenfalls laut, und sie nickte langsam, erwiderte aber nichts. Als er es wieder wagte, sie anzusehen, erkannte er, dass die Wahrheit nun heraus war, sie aber Schwierigkeiten hatte, sie zu glauben. In ihren erstaunten Augen standen so viele Fragen, wie sie auch durch seinen aufgewühlten Kopf geisterten. Schweigen breitete sich zwischen ihnen aus, während sie da in der Hitze standen, und wurde nur vom Quaken eines Frosches unterbrochen, das im Takt seines Herzschlags ertönte.

»Seit wann …«, wollte sie schließlich wissen. Ihre Stimme klang sanft und ein wenig unsicher.

»Das ist nicht so leicht zu beantworten. Du hast mich das ganze Wochenende glücklich gemacht, aber ehrlich gesagt hast du auch dafür gesorgt, dass es mir vorher hundsmiserabel ging.«

»Das verstehe ich nicht.«

»Willkommen in meiner Welt«, erwiderte er fast bitter, aber dann erhellte wieder ein sanftes Lächeln sein Gesicht, während er eine hilflose Geste mit den Händen machte. »Ich verstehe es ja selbst nicht. Eine Nacht mit Imogen Fielding, und sieh dir an, was aus mir geworden ist.«

Er hätte auch die vergangene Nacht meinen können, aber sie wussten beide, dass er von ihrer gemeinsamen Nacht in der Galerie redete. Er hatte allerdings schon ein paar Wochen Zeit gehabt, sich an den Gedanken zu gewöhnen, sie hingegen erst ein paar Sekunden.

»Ich könnte dir einen Bademantel leihen und sie in die Waschmaschine schmeißen, wenn du willst«, sagte sie schließlich, ihn absichtlich missverstehend.

»Wie bitte?« Er blinzelte, unfähig, sich dem hypnotischen Blick ihrer blauen Augen zu entziehen.

»Deine Sachen. Ich könnte sie schnell waschen. Bei der Hitze trocknen sie in null Komma nichts.«

Zwei Herzschläge Stille.

»Klar. Wenn es dir nichts ausmacht.«

»Es macht mir nichts aus.«

»Okay.«

»Mein Schlafzimmer ist da drüben.« Sie zeigte auf die Fenstertüren, hinter denen der altmodische Vorhang hing.

»Gut zu wissen.« Er lächelte sie hoffnungsfroh an. Es war ein neckendes, freches Lächeln, und sie konnte nicht anders, als es zu erwidern.

»Ich meinte, dass du dich da umziehen kannst. Mein Bademantel hängt auf der Innenseite der Badezimmertür.«

»Ich würde lieber aus anderen Gründen in dein Schlafzimmer eingeladen werden«, wagte er sich weiter vor, ermutigt von ihren lachenden Augen, legte den Kopf schief und sah sie von der Seite an.

»Wenn das so ist, wo willst du dich dann umziehen?«, gab sie mit hochgezogenen Augenbrauen und in warnendem Ton zurück.

»Oh, das kann ich überall tun«, antwortete er kess.

»Ach ja?«

»Ja, ich kann nicht nur meine Kleider wechseln, ich kann auch mich selbst ändern.«

»Das glaube ich dir nicht«, sagte sie leise.

»Dann sieh genau her.«

Imogen blieb der Mund offen stehen, als er sich flink und ohne zu zögern seiner Kleider entledigte, sie zu einem Haufen zusammenknüllte und ihr hinhielt. Als sie mit tauben Fingern die Hand ausstreckte, um die Kleider in Empfang zu nehmen, drehte er sich um und sprang splitterfasernackt ins blaue Wasser.

Ihr fiel alles aus der Hand, als sie dabei zusah, wie sein gebräunter Körper mit ein paar kräftigen Schwimmzügen durch das Wasser schnitt. Er war topfit. Er brauchte nur Sekunden bis ans andere Ende des Pools und wieder zurück, wo er an ihren Füßen wieder auftauchte.

»Kommst du auch rein?«, forderte er sie grinsend auf, aber sie bückte sich nur schnell, sammelte seine Sachen auf und eilte damit hoppelnd und errötend in die Küche.

Im Hauswirtschaftsraum warf sie sich auf die Knie, stopfte seine Sachen in die Waschmaschine und steckte sich dann mit rotem Kopf die Hand in den Mund, um das unbeherrschte Lachen zu ersticken, das plötzlich aus ihr herausbrach.

Und dann hörte sie auf zu lachen, weil ihr das alles auf einmal gar nicht mehr lustig vorkam. Dieses Wochenende hatte nicht wegen Abby stattgefunden, sondern ihretwegen. Seinet- und ihretwegen. Er war hier, weil er sie sehen wollte. Und sie hatte mehr von ihm gesehen, als sie vorgehabt hatte. Jetzt musste sie wieder lachen. Das sieht dir gar nicht ähnlich, so verschämt zu sein, Imogen Fielding, schalt sie sich selbst. Sie schüttelte den Kopf und lachte immer noch, fasste sich wieder und verließ die kühle Sicherheit der Küche, um entschlossen zurück zum Pool zu gehen.

Fast hätte sie es sich noch anders überlegt, als er sie vom

Wasser aus herausfordernd ansah, aber dann kam sie seiner Aufforderung nach, entledigte sich mit zwei geschickten Handgriffen ihrer Kleidung und sprang ins Wasser.

Als Hetta und Henry vom Dorf zurückkamen, beladen mit Papiertüten voller fabelhafter französischer Lebensmittel und strahlend wie Kinder an Weihnachten, sahen sie einen weißen Hintern aufblitzen und im Swimmingpool verschwinden, woraufhin sie in der Auffahrt wendeten und in die entgegengesetzte Richtung zurückfuhren.

»Ich glaube, Imogens neuer Freund schwimmt gerade eine Runde«, sagte Henry mit einem Augenzwinkern zu seiner Frau. »Vielleicht sollten wir noch einen Aperitif in der Dorfbar nehmen.«

»Das ist eine ausgezeichnete Idee, Henry«, erwiderte Hetta und unterdrückte ein Kichern. »Eine ganz ausgezeichnete Idee.«

Es war völlig surreal.

Während Alex weiter athletisch an ihr vorbeikraulte, holte Imogen tief Luft und ließ sich auf den Grund des Pools sinken, wo sie ein paar Sekunden sitzen blieb und ihren neuen Freund von unten seine Runden drehen sah – völlig nackt und davon völlig unbeeindruckt.

Zum Glück war das Wasser in der Zwischenzeit wieder etwas »trouble« geworden, sodass sich ihre Verlegenheit in Grenzen hielt. Wäre es noch so klar gewesen wie an dem Tag, an dem Henry stolz die letzten Reparaturarbeiten am Haus erledigt hatte, hätte sie jedes Mal, wenn er an ihr vorbeischoss, die Augen schließen müssen.

Mensch, war er fit. Und zwar in jeder Hinsicht. Und wenn sie sich nicht sehr irrte, hatte er ihr soeben gestanden, dass er ihr gegenüber nicht nur freundschaftliche Gefühle empfand. Und was empfand sie? Alex war unzuverlässig, wankelmütig, verwöhnt und laut Abby sogar manipulativ, aber sie musste sich eingestehen, dass sie ihn attraktiv fand und jede Minute ihres Zusammenseins genossen hatte – besonders die letzten paar.

Und mit einem Schlag wurde ihr klar, dass nicht nur der Mangel an Sauerstoff, sondern auch der Gedanke an ihn gerade ein Dröhnen in ihrem Kopf und ihrem Körper verursachte. Sie stieß sich mit den Füßen vom Poolboden ab, schoss durch die Wasseroberfläche hoch in den Sonnenschein, schnappte nach Luft und begann wie eine Irre zu lachen.

Sein Hemd und seine Unterwäsche waren schon trocken, aber seine Jeans noch feucht, und Alex bestand darauf, sich ein Paar von ihren auszuleihen. Er wühlte so lange in ihren Sachen, bis er sich für ihre abgeschnittenen Shorts entschied und zu großem Gelächter beiderseits seine muskulösen Beine in sie hineinzwängte.

Dann bemerkte er ihre an die Wand gestapelten Bilder und wollte auch die durchsehen.

»Sie sind sehr schön. Du bist wirklich talentiert. Alles, was ich malen kann, ist den Teufel an die Wand.«

»Gefallen sie dir?«

»Sehr sogar. Verkaufst du mir eins?«

»Nein. Aber ich schenke dir eins.«

»Wirklich?«, sagte er, nahm sie am Arm und zog sie sanft zu sich heran.

»Was geht hier vor, Alex?«

Einen Moment lang dachte sie, dass er sie küssen würde, und er dachte das tatsächlich auch, aber dann wurde aus dem Kuss doch eine Umarmung, eine harmlose, liebevolle, freundschaftliche Umarmung, und dann mussten sie wieder lachen, und es ist ziemlich schwierig, jemanden zu küssen, wenn man lacht, ohne plötzlich wieder ganz ernst zu werden, und außerdem wäre das seltsam gewesen, erst recht, weil Arthur sich zu ihnen gesellt hatte und aus der Umarmung eine Ménage-à-trois machen wollte. Er drängte ihnen seinen dicken, wedelnden Körper auf und bellte so laut, dass sie ihn schließlich hochnahmen und auch ihm etwas Zuneigung zuteilwerden ließen.

»Dieser Hund wiegt eine Tonne.«

»Er kann nichts dafür, dass er so dick ist, oder, Arthur?«, sagte sie liebevoll. »Das kommt davon, dass er bei Hetta und Henry lebt. Ich war nur ein paar Tage hier und passe schon nicht mehr in meine Jeans.«

»Ich glaube, ich passe auch nicht mehr in deine Jeans«, lachte Alex und zog an seinem Hosenbund.

»Stimmt«, bestätigte Imogen, »das sieht tatsächlich nicht sehr bequem aus. Wie wäre es mit einem Sarong?«

Alex lachte, aber dann wurde sein Gesicht ganz plötzlich wieder ernst. »Ich wünschte, ich hätte früher davon erfahren, dass du hier bist.«

»Warum?«

»Es war schön, Zeit mit dir zu verbringen.« Er sagte das fast fragend, sodass Imogen zur Bestätigung nickte.

»Warum bist du hier, Alex?«, fragte sie ihn erneut.

»Um mich lächerlich zu machen, wahrscheinlich …«, antwortete er und biss sich auf die Unterlippe. »Wollen wir ein

Spiel spielen?«, fragte er dann – er war ganz schnell wieder heiter geworden –, und sie nickte noch einmal.

Eine Stunde nach ihrer ersten, unbemerkten Rückkehr fuhren Hetta und Henry vorsichtig ein zweites Mal die Auffahrt zu ihrem Haus hoch. Hetta hielt sich halb die Augen zu, aus Angst, noch einmal nackte Hinterteile zu Gesicht zu bekommen, und war dann sehr erleichtert, als sie ihre geliebte Nichte und ihren gutaussehenden Freund Eistee trinkend und Cribbage spielend am Tisch auf der weinumrankten Terrasse vorfanden.

Wenig später spielten sie zu viert, und der Tee wurde gegen Hettas Lieblings-Sangria ausgetauscht, eine von ihr kreierte Mischung aus lokalem Rotwein, Orangensaft, Limonade, frischen Orangenscheiben und einer Menge Kirschen.

Hetta und Henry spielten das Spiel schon seit vielen Jahren und tricksten die anderen beiden mit einer ganzen Reihe geheimer Zeichen und Gesten aus, wie Nasekratzen, Ohrenziehen, Füßetreten und Fingerklopfen, die Alex nicht entgingen und über die er sich im Stillen königlich amüsierte. Er fand sie reizend und schätzte, dass sie sich glänzend mit seinen Großeltern verstehen würden, die selber ausgefuchste Cribbage-Mogler waren. Er musste sie unbedingt miteinander bekanntmachen. Er hatte das Kartenspiel schon hunderte Male mit seinen Großeltern und Lily gespielt, und wie so vieles andere, das er machte, machte er es gut. Er mochte das Cribbage nicht nur wegen seiner strategischen Möglichkeiten, sondern auch, weil man es in Paaren spielte. Nur wenn er mit seinen Großeltern und Lily irgendwo in der Welt um einen Küchentisch herumsaß, hatte er sich als Teil einer richtigen Familie gefühlt.

Wegen des Kartenspiels wurde aus dem späten Mittagessen

dann doch ein richtiges Abendessen, und nicht einmal ein frühes, aber Alex freute sich noch immer, eingeladen zu sein, und blieb gerne.

Henry übertraf sich wieder einmal selbst und servierte als Hauptgang einen mit Armagnacpflaumen gefüllten Gänsebraten, knusprige Bratkartoffeln und frisches Gemüse aus dem Garten und zum Dessert ein köstliches Zitronen-Sabayon.

Alex tat bei jedem Bissen seine Begeisterung über Henrys kulinarisches Können kund, worüber der sich natürlich sichtlich freute und nur darüber enttäuscht war, dass Alex seinen ausgezeichneten Bordeaux nicht kosten konnte, weil er für die Heimfahrt fahrtüchtig bleiben musste. Aber auch da wurde Abhilfe geschaffen, denn Alex wurde ein weiteres Mal zum Bleiben überredet, und Imogen dachte, dass nun der Zeitpunkt gekommen wäre, wo er sich entschuldigen und gehen würde, aber nichts dergleichen, Alex nahm Henrys Einladung, bei ihnen zu übernachten, freudig und gutgelaunt an, und die beiden lächelten einander ebenso erfreut wie verwirrt über diese neuerliche Verlängerung ihres Zusammenseins zu.

Nach dem Essen saßen sie noch eine Zeitlang in der nach Pinien duftenden Abenddämmerung bei Weinbrand, Kaffee und vom Hausherrn natürlich selbst zubereiteten frischen Schokoladentrüffeln beisammen, und Henry hörte seiner Nichte und deren neuem Freund beim Plaudern zu und dachte bei sich, wie sehr er und seine Frau die Gesellschaft der beiden an diesem Abend genossen hatten.

Alex hatte es ihnen sowieso schon angetan, aber als Imogen ihnen in der Küche, während sie gemeinsam die Spülmaschine einräumten, davon erzählte, dass er der selbstlose junge Mann war, der ihrer geliebten Abby zu ihrer Versöhnung mit Nathan verholfen hatte, wurden sie von einer noch größeren Welle der Zuneigung zu ihm überschwemmt.

Hetta schreckte nicht davor zurück, ihn zu umarmen, und Henry bestand darauf, noch eine Flasche Champagner zu öffnen.

»Und, bist du immer noch froh, hiergeblieben zu sein?«, fragte sie ihn, als sie neue Gläser aus der Küche holten.

»Bist du immer noch froh, mich hier zu haben?«

Die Frage klang bedeutungsschwer.

»Ja.«

»Na, dann ist es ja gut. Ich schätze, ich könnte mit meinem Atem ein Feuer anzünden.«

Um elf zogen sich ihre Tante und ihr Onkel ins Schlafzimmer zurück und überließen es Alex und ihr, die Flasche Champagner zu leeren. Sie setzten sich dafür auf die Sonnenliegen neben dem Schwimmbecken, hörten dem Quaken der Frösche und der Santana-Musik zu, die aus der Stereoanlage leise zu ihnen herausklang.

»Jetzt verbringen wir schon die zweite Nacht miteinander«, sagte er und drehte sich auf die Seite, um sie besser sehen zu können.

»Aber eins sage ich dir: Ich werde sie nicht wieder auf dieser Liege verbringen. Ich habe garantiert noch die Abdrücke der Plastiklehne im Rücken.«

»Zeig mal her«, rief er vergnügt und griff zu ihr hinüber, als wolle er sie auf den Rücken drehen. »Stimmt, ich könnte auf deinem Rücken Schiffe-Versenken spielen.«

Sie entzog sich ihm und wurde plötzlich ernst.

»Warum bist du hier, Alex?«, fragte sie ihn noch einmal.

Zu beider Überraschung gab er ihr eine ehrliche Antwort.

»Ich wollte einfach bei dir sein.«

»Und mit Abby hat das nichts zu tun?«

»Nur insoweit, als wir uns über sie kennen gelernt haben.«

»Oh.«

Sie schwieg.

»Möchtest du, dass ich gehe?«

»Nein. Möchtest du gehen?«

»Ja«, sagte er traurig und nahm ihre Hand. »Aber ich kann nicht.«

»Dann ist es jetzt wohl Zeit, schlafen zu gehen«, erwiderte sie leise, stand auf und ging auf die Fenstertüren ihres Zimmers zu.

Und ohne ein weiteres Wort ging er in schweigendem Einverständnis mit ihr.

Sie schliefen beide in ihrem Zimmer, in ihrem Bett, oder besser gesagt auf ihrem Bett, weil sie in ihren Kleidern einschliefen, nachdem sie noch eine Zeitlang geredet und gelacht hatten, was sie so leise wie möglich taten, um Hetta und Henry nicht zu wecken.

Keiner von beiden erwähnte sein früheres Geständnis, obwohl sie beide häufig daran dachten, während sie so nahe beieinanderlagen und sich immer dann verstohlene Blicke zuwarfen, wenn sie dachten, der andere würde es gerade nicht bemerken.

Es war kurz vor zehn, als er am nächsten Morgen erwachte. Sie hatten sich in der Nacht bewegt, sodass ihr Kopf jetzt auf seinem ausgestreckten Arm ruhte und sein anderer Arm um ihre Taille gelegt war. Sie lagen dicht beieinander und hatten die Beine ineinander verschlungen. Es war bequem und gemütlich, aber doch eine viel zu intime Stellung in Anbetracht des frühen Morgens.

»Cool bleiben, Mann«, sagte er zu sich selbst und zog sich etwas von ihr zurück.

»Wie bitte?« Sie war wach geworden und hatte ein Auge geöffnet, das ihn amüsiert betrachtete.

»Ich habe mit Arthur geredet«, log er.

»Ich glaube nicht, dass er dich in Hettas und Henrys Zimmer hören kann.«

»Okay, das war gelogen«, gab er zu. Aber ich habe wirklich mit einem dummen Hund geredet, fügte er in Gedanken hinzu.

»Ehrlich währt am längsten.«

»Immer?«, fragte er.

»Immer«, antwortete sie mit Nachdruck.

»Wenn das so ist, dann möchte ich dich jetzt küssen.«

»Ehrlich?«

»Nein, ehrlich gesagt möchte ich dich nicht nur küssen …« Mehr musste er nicht sagen, denn sein Blick und sein verführerisches Lächeln erklärten den Rest.

Imogen biss sich auf die Unterlippe, bis sie weiß wurde. Wenn sie die Wahrheit sagen sollte, wollte sie ihn auch küssen, mehr als das. Warum zögerte sie dann noch?

Sie streckte einen Arm aus und berührte sanft sein Gesicht. Aber dann begann das Bett, zu wackeln und zu hüpfen, weil ein hechelnder Arthur ins Zimmer gerast war und sich zwischen sie beide geworfen hatte.

So war das eben mit den Lügen, dachte Alex, als Arthur erst Imogens und dann sein Gesicht ableckte. Sie hatten die Angewohnheit, zu einem zurückzukehren und einem ins Gesicht zu springen oder, wie in diesem Fall, es über und über mit Speichel zu bedecken.

»Was ist das eigentlich für eine Rasse?«, fragte Alex Imogen.

»Was?«, ächzte Imogen, die alle Hände voll zu tun hatte, sich vor einer neuerlichen Schleckattacke zu schützen.

»Bis eben hätte ich noch geschworen, dass es sich bei ihm um einen Cockerspaniel handelt, aber wenn ich ihn mir jetzt so ansehe, denke ich eher, er ist ein Anstandswauwau.«

»Ich würde das eher ein rechtzeitiges Eingreifen nennen.« Sie rückte ein Stück von ihm ab und streichelte den seidigweichen Kopf des Tieres.

»Vielleicht hast du recht«, sagte er und legte seine Hand auf ihre.

Sie entzog ihm ihre Hand und sah ihn plötzlich misstrauisch an. »Wie konnte das passieren?«

Nach Wochen betörten Verliebtseins hätte er ihr gern sein Herz ausgeschüttet, konnte es aber nicht.

»Hey, ich bin Alex Avery«, sagte er stattdessen und zuckte mit den Schultern. Eine verunglückte Geste, mit der er Unbekümmertheit vortäuschen wollte. »Abby muss dir doch erzählt haben, dass ich es bei jeder schönen Frau versuche. Dagegen bin ich völlig machtlos.«

»Findest du mich denn schön?«, fragte sie leise.

»Ja, ich finde dich schön«, antwortete er.

Sie setzte sich auf, um mehr Distanz zwischen sie zu bringen. »Denkst du jemals an die Zukunft?«

»Klar tue ich das.« Er bemerkte den Wechsel des Themas, kommentierte ihn aber nicht.

»Ich meine, abgesehen davon, was du heute Abend vorhast.«

»Warum sollte ich mir wegen morgen den Kopf zerbrechen? Lebe den Tag, das ist mein Motto.«

Sie zeigte ihr fehlendes Einverständnis, indem ihre Augen schmaler wurden.

»Was ist schlecht daran?«, fragte er trotzig und legte sich, die Hände hinter dem Nacken verschränkt, zurück in die Kissen.

»Na ja, das ist nicht gerade eine besonders verantwortungsvolle Einstellung, findest du nicht?«, sagte sie zögernd und sah, wie sich seine von der Sonne beschienenen Augen vom Blauen ins Grüne verwandelten, wie die kaleidoskopartig verschwimmenden Farben des Swimmingpools. Sie legte sich neben ihm zurück, weil sie so vermeiden konnte, sie weiter anzusehen. Sie zogen sie zu sehr an, und sie war wegen des plötzlichen Stimmungswechsel zu sehr auf der Hut, um sich weiter auf sie einzulassen.

»Aber warum denn? Vergangenheit und Zukunft existieren doch gar nicht wirklich, außer in unseren Gedanken, die eine in Form von Erinnerung, die andere in Form von Möglichkeiten. Das Einzige, was wirklich existiert, ist die Gegenwart.«

»Ich wusste nicht, dass du so pragmatisch bist.«

»Das wusste ich auch nicht«, sagte er und grinste unbeholfen, weil er nicht zugeben wollte, dass er nicht einmal genau wusste, was sie mit pragmatisch eigentlich meinte.

»Es ist aber doch relativ wahrscheinlich, dass du noch ein paar Jährchen leben wirst. Meinst du nicht, dass du dir in irgendeiner Weise eine Basis für die Zukunft schaffen solltest?«

»Wer sagt, dass ich eine habe?«

»Also, ich würde schon wetten, dass ich die nächste Woche noch erlebe.«

»Es sei denn, du wirst noch einmal von einem Bus überfahren«, scherzte er.

»Für wie wahrscheinlich hältst du es, dass einem so etwas zwei Mal im Leben passiert?«

»Das hängt davon ab, ob du zurück nach London gehst oder nicht.«

»Und warum sollte ich nicht zurückgehen?«

»Weil es da einfach viel zu viele Busse gibt«, witzelte er weiter, machte aber dann plötzlich ein ernstes Gesicht. »Vielleicht will ich nicht, dass du zurückgehst.«

»Warum nicht?«

»Weil ich gerne mit dir zusammen bin.«

»Ich bin mir sicher, dass du eine ganze Menge anderer Spielkameradinnen hast.«

»Willst du damit sagen, dass du mich kindisch findest?«

»Ich will damit sagen, dass du weniger Verpflichtungen hast als die meisten anderen Leute.«

»Und ist das etwas Gutes oder etwas Schlechtes?«

»Na ja, es ist nicht besonders charakterbildend, fürchte ich.«

»Und was stimmt nicht mit meinem Charakter?« Bei der Frage zogen sich seine Mundwinkel amüsiert nach oben.

»Du bist unreif.«

»Ich bin im Herzen jung geblieben.«

»Du bist verantwortungslos.«

»Ich bin verantwortungslos.«

»Du hast auf alles eine Antwort, was?«

»Das«, sagte er und sah sie beinahe traurig an, »ist ganz sicher nicht wahr. Jedenfalls nicht mehr.«

Henry stand wie jeden Sonntagmorgen in der Küche. Ein Sieb mit frisch geernteten Kartoffeln und ein anderes mit gepulten Erbsen zeigten an, wie weit seine morgendliche Arbeit schon gediehen war. Er strich gerade groben Senf und Honig auf ein großes Stück Lammfleisch, und ein Zweig Rosmarin wartete darauf, zerpflückt und auf dem Braten verteilt zu werden, bevor alles zusammen in den großen Ofen geschoben wurde.

»Frühstück findet ihr auf der Terrasse, ebenso wie mein angetrautes Eheweib, und Mittagessen gibt es ungefähr um zwei«, verkündete er und ging offenbar schon davon aus, dass Imogens charmanter neuer Freund bis zum Mittagessen bleiben würde.

»Können wir dir irgendwie helfen?«

»Ja. Verschwindet augenblicklich aus der Küche«, frotzelte Henry, »damit ich in Ruhe ein grauenerregend kalorienhaltiges Dessert vorbereiten kann.«

Draußen saß Hetta im Streulicht der mit wildem Wein überwucherten Terrasse, trank Tee und las die Sonntagszeitung. Sie stand breit lächelnd auf, um ihn zu begrüßen, und Imogen sah erstaunt zu, wie Alex, ganz und gar nicht überrascht davon, ihre Umarmung erwiderte, ja, es sah fast so aus, als sei er es gewesen, der zuerst Anstalten gemacht hatte, denn er trat ihr schon mit weit ausgestreckten Armen entgegen, um sie zu umarmen.

Sie setzten sich zu Hetta, tranken Kaffee, aßen aber keine Croissants, und redeten und lachten so entspannt, als frühstückten sie jeden Tag zusammen.

Danach wollten Hetta und Henry einen Spaziergang durch

die Umgebung machen, angeblich, um Arthur auszuführen, und Alex dankte ihnen überschwänglich für ihre Gastfreundschaft, um sich dann zögernd Imogen zuzuwenden und sich von ihr zu verabschieden.

»Du bleibst nicht zum Essen?«

Er schüttelte den Kopf. »Ich sollte wirklich langsam mal zu Hause vorbeischauen. Meine Großeltern fangen an, sich Sorgen zu machen, wenn ich nicht wenigstens alle drei Tage einmal auftauche.« Er versuchte zu lachen, aber es blieb ihm im Halse stecken.

»Dann sehen wir uns also nicht mehr?«, fragte sie ihn durch die offene Fensterscheibe seines Wagens.

Er sah sie durchdringend an. »Ich hoffe doch.«

»Ich fliege morgen nach London zurück.«

»Zurück zur Galerie?«

»Was sonst?«

»Um dir Bilder anzusehen? Warum bleibst du nicht hier und siehst dir die Motive in der Wirklichkeit an?«

»Es kann eben nicht jeder immer nur tun, was er will. Bis bald, Alex…« Sie beugte sich hinunter und gab ihm einen Kuss auf die Wange. »Ich gebe Abby einen Kuss von dir.«

Wieder voller Selbstvertrauen, weil er endlich sicher in seinem Auto saß und bereit zum Absprung war, flüsterte er ihr ins Ohr: »Oh, dabei würde ich viel lieber dich küssen.«

Kapitel 16

Imogen musste mit jemandem reden. Sie hatte den ganzen Tag in ihrem eigenen Saft geschmort und verspürte nun das dringende Bedürfnis, mit jemandem zu sprechen, der sie kannte und der sie verstehen würde, und da gab es eigentlich nur eine Kanditatin.

Abby.

Hier war Mitternacht, was bedeutete, dass es in London elf Uhr war. War das schon zu spät, um noch anzurufen?

»Abby?«

Abby war gerade von einem Ausflug ans Meer mit Nathan und seinen Kindern zurückgekommen und war noch ganz aufgekratzt.

»Hey, wie geht's dir da unten? Wie ist der Urlaub? Du kannst es hoffentlich genießen, oder hältst du es nicht aus ohne deine Arbeit? Was hast du gemacht?«

»Ich habe wieder angefangen zu malen.«

»Wie schön! Ich kauf dir eins von den günstigeren ab.«

»Du bekommst eins zur Hochzeit von mir.«

»Haha.«

»Mal im Ernst. Wie läuft es mit Nathan und den Kids?«

»Bestens.«

»Und mit der lieben Exfrau?«

»Nicht so toll«, antwortete sie, obwohl ihr noch sehr viel deutlichere Worte dazu einfielen.

»Sie macht dir also immer noch das Leben schwer.«

»Ich fürchte, sie ist immer noch stinksauer auf mich. Sie tut so, als hätte ich ihr den Mann gestohlen und wäre nicht erst nach seiner Scheidung mit ihm zusammengekommen.«

»Das habe ich noch nie verstanden«, sagte Imogen kopfschüttelnd und kaute auf einem Stück losem Fingernagel herum. »Wie um Himmels willen ›stiehlt‹ man einen Menschen?«

»Du schleichst dich von hinten an ihn heran, schlägst ihm einen harten Gegenstand auf den Kopf und steckst ihn dann in den Kofferraum deines Wagens«, schlug Abby vor.

»Ich schätze, das nennt man dann eher Kidnapping als Diebstahl.« Imogen musste lachen. »Und außerdem wäre das strafbar. Ich meine, Liebe kann man niemandem abringen, man kann sie nur geschenkt bekommen.«

»Das ist aber ein ziemlich romantischer Satz für deine Verhältnisse.«

»Ja, nicht wahr? Wenn man bedenkt, dass ich normalerweise kein nennenswertes Liebesleben habe.«

»Sag bloß, du hast einen hübschen Franzosen kennen gelernt, der dir angeboten hat, dir den Rücken mit Sonnenöl einzuschmieren?«

»Ich habe tatsächlich einen sehr gutaussehenden Franzosen kennen gelernt, der sich gut mit Öl auskennt«, erzählte Imogen und wunderte sich, dass dies das erste Mal seit Freitagmorgen war, dass sie überhaupt an Olivier Ducass gedacht hatte. »Allerdings eher mit Ölfarben, nicht mit Sonnenmilch.«

»Du hast einen neuen Künstler aufgetrieben? Wie toll!«

»Das ist mehr als toll. Er ist einfach phantastisch, Abby. Ich war selten so begeistert von jemandes Arbeit.« Imogen gab ihr eine kurze Zusammenfassung darüber, wie sie Olivier kennen gelernt hatte, und über seine Bilder, aber die Tatsache, dass sie so wortkarg über etwas berichtete, das so wichtig und aufregend für sie war, ließ Abby aufhorchen. Das war eine große Neuigkeit, sicher, aber sie kannte ihre Freundin gut genug, um zu wissen, dass dies nicht der Grund ihres Anrufs war. Imogen redete normalerweise nicht lange um den heißen Brei herum, und Abby war sonst nicht gerade der direkte Typ, aber die jetzige Situation schrie nach einem Rollentausch.

»Also, raus damit. Was ist der eigentliche Grund deines Anrufs, abgesehen davon, Hallo zu sagen?«

Imogen antwortete nicht sofort, was Abby in ihrer Annahme bestätigte, dass irgendetwas im Busch war.

»Hast du jemanden kennen gelernt, Imogen?«

Diesmal war das Schweigen kürzer.

»Sagen wir so, ich habe mit jemandem das Wochenende verbracht …«

»Wirklich? Ich will alles wissen.« Imogen konnte hören, wie Abby sich in ihr Bett kuschelte und es sich bequem machte.

»Ich weiß nicht, wie ich anfangen soll.«

»Du könntest mit seinem Namen anfangen.«

»Es ist Alex.«

»Alex?«

»Dein Alex.«

»Mein Alex? *Mein* Alex!« Ihre Stimme war plötzlich eine Oktave höher, als Abby klar wurde, von wem die Rede war.

»Er ist gerade hier in der Nähe, bei seinen Großeltern.«

»Ach so, verstehe«, sagte sie mehr zu sich selbst. Dahin war er also abgehauen.

»Und seine Großeltern sind Freunde von Freunden von

Freunden oder so etwas Ähnliches von Henry und Hetta, und deshalb sind wir letzten Freitag zufällig auf derselben Party gelandet. Er hat mich gefragt, ob ich am Samstagabend mit ihm essen gehen würde, und ich habe natürlich gedacht, dass er über dich reden wollte, also habe ich Ja gesagt. Ich habe eigentlich damit gerechnet, dass er es wieder vergessen würde, aber dann hat er schon um acht am nächsten Morgen angerufen und mich zum Mittagessen abgeholt, und dann ist er mit mir zum Abendessen nach Italien gefahren ...«

»Italien?«

»Ja, das erkläre ich dir ein andermal ... Jedenfalls war es schon so spät, als wir zurückkamen, dass wir dann eben auch noch zusammen gefrühstückt haben, und dann hat er mich nach Hause gebracht, und dann sind wir im Garten eingeschlafen ... Langer Rede kurzer Sinn, er ist erst heute Mittag wieder gefahren ...«

»Dann hast du das ganze Wochenende mit ihm verbracht?«

»Ja, fast jedenfalls.«

»Und ihr habt geredet ...«

»Ja, aber nicht über dich, womit ich eigentlich gerechnet hatte. Wir haben sehr viel gelacht und sogar getanzt ... na ja, wir haben es jedenfalls versucht ...«

»Habt ihr euch geküsst?«, wollte Abby wissen.

»Nein.«

»Du hast nicht mit ihm geschlafen?«

»Nein, hab ich nicht. Oder, eigentlich doch, aber nur im wörtlichen Sinne, aber ich glaube, ich hätte ganz gern ...«

»Du glaubst?«

»Es war seltsam, Abby. Schön, aber seltsam. Ich meine, ich habe damit gerechnet, dass er sich bei mir ausweinen würde, und das wäre auch völlig okay gewesen, aber man kann es mit dem Trösten auch übertreiben, verstehst du …«

Abby lachte. »Sicher hätte ihm ein bisschen leidenschaftlicher Sex gutgetan, aber ich glaube, ich war wirklich nicht der Grund dafür, dass er dich sehen wollte.«

»Das hat er auch gesagt, aber ich wusste nicht, ob ich ihm das glauben sollte.«

War es jetzt an der Zeit, Imogen von dem merkwürdigen Telefongespräch zu erzählen?, fragte sich Abby. Sie hatte es bisher noch nicht erwähnt, weil sie es selbst nicht recht verstanden hatte, aber das Telefonat, das sie jetzt gerade führte, sprach Bände.

»Er hat ein gutes Herz, Imogen, aber er ist netter zu seinen Freunden als zu seinen Freundinnen«, sagte sie vorsichtig.

»Na, dann ist es ja gut, dass ich nicht seine Freundin bin.«

»Es könnte aber sein, dass er dich gern dazu machen würde. Ich glaube, ich sollte dir dazu etwas sagen. Alex hat mich nämlich vor ein paar Wochen angerufen, so gegen vier Uhr nachts.«

»Und? Was hat er gesagt?«

»Bemerkenswert war eher das, was er nicht gesagt hat.«

»Wie meinst du das?«

»Na ja, ich hatte das deutliche Gefühl, dass er mit mir über dich reden wollte.«

»Tatsächlich?«

»Tatsächlich.«

»Jetzt verstehe ich, warum du nicht besonders überrascht geklungen hast, als ich dir erzählt habe, dass wir das Wochenende zusammen verbracht haben. Also, was hat er denn nun gesagt?«

»Es war eher das, was er nicht gesagt hat… Aber wie geht es dir?«

»Ich bin ziemlich durcheinander. Ich meine, ich habe mit so etwas einfach nicht gerechnet. Klar ist er attraktiv, man müsste blind sein, das nicht zu bemerken, aber ich habe an Alex immer nur in Bezug auf dich gedacht.« Sie seufzte bekümmert. »Dieses Wochenende war so surreal, dass ich nicht mehr weiß, ob ich mich noch auf der Erde befinde.«

»Ja, das geht einem so, wenn man mit Alex zusammen ist. Er lebt in seiner eigenen Welt, und diese Welt ist sehr verlockend, aber sie ist nicht gerade das, was die meisten Leute sich unter Realität vorstellen.«

»Allerdings. Und ich fliege morgen zurück…«

»Vielleicht solltest du noch etwas bleiben. Lass deine Mutter machen, und nimm dir eine Auszeit wie Hetta. Du könntest eine neue Serie eigener Bilder malen, und du hättest Zeit, Alex besser kennen zu lernen.«

»Oh, Abby, das kann ich doch nicht machen… oder?«

»Deine Mutter liebt die Arbeit in der Galerie, und du bist doch normalerweise für alles zu haben.«

»Das dachte ich eigentlich auch. Aber ich weiß nicht, ob es eine gute Idee wäre, mich mit deinem unzuverlässigen Exfreund einzulassen. Ich bin ja gern ein abenteuerlustiges Mädchen, aber ich möchte kein dummes sein.«

»Meinst du, dass eine Beziehung mit Alex eine Dummheit wäre?«

»Ich meine, dass es sicher nicht das Klügste wäre, was ich tun könnte, nach dem, was du mir über ihn erzählt hast.«

»Mhmm, es stimmt, dass er nicht besonders zuverlässig ist.«

»Aber er ist sehr unterhaltsam.«

»Aber nicht gerade der Treueste.«

»Er sieht wahnsinnig gut aus.«

»Viel zu gut, als gut für ihn ist.«

»Er ist intelligent und schlagfertig.«

»Dafür aber verantwortungs- und richtungslos.«

»Er ist reich wie Krösus.«

»Und deswegen auch total verwöhnt.«

»Stimmt, er ist verwöhnt«, gab Imogen zu.

»Ja, aber er ist auch sehr liebenswert«, erwiderte Abby.

»Und unberechenbar.«

»Ja, aber er kann auch sehr mitfühlend sein. Denk nur an das, was er für mich getan hat …«

»Das war sehr selbstlos von ihm, aber eine gute Tat …«

»… ist noch lange kein Beweis dafür, dass er sich geändert hat«, beendete Abby den Satz für sie. »Er wäre tatsächlich der ideale Mann, wenn er nicht so ein Arschloch wäre.«

»Na, dann ist es ja gut, dass ich keinen Freund will«, sagte Imogen entschlossen, aber in Abbys Ohren klang es nicht besonders überzeugend.

Imogen hatte keinen »festen Freund« mehr gehabt, seit sie siebzehn war.

Nicht, dass sie keine Verehrer gehabt oder sich ihr keine Gelegenheiten geboten hätten, aber sie hatte nie das Bedürfnis verspürt, einen Mann als fixe Größe in ihrem Leben zu haben.

Als waschechte Single-Frau war sie sehr selbständig und unabhängig. Sie konnte alleine Reifen und Glühbirnen wechseln, und als sie noch den Garten in Brighton gehabt hatte, hatte sie auch selbst den Rasen gemäht. Sie hatte die Zündkerzen ihres Autos alleine ausgetauscht, bevor sie es wegen der Galerie hatte verkaufen müssen, konnte tapezieren, obwohl das nicht ihre Lieblingsbeschäftigung war, und ging geschickt mit Bohrmaschinen und DVD-Playern um.

Es war keine bewusste Entscheidung gewesen, so lange alleine zu bleiben, es war einfach passiert, und wenn sie ehrlich war, gefiel es ihr so, wie es war. Wollte sie überhaupt immer jemanden um sich herum haben? Abgesehen von dieser Frage hatte sie schlicht keine Zeit für einen Freund, denn die Galerie verschlang jede Minute ihrer kostbaren Zeit. Oder hatte sie schlicht und einfach mindestens genauso viel Angst vor einer festen Bindung, wie Abby es von Alex behauptete?

Imogen träumte, dass sie auf dem Deck eines Schiffes ein Porträt von Alex malte. Er fläzte sich faul und splitternackt auf einem Haufen Kissen herum und trank Champagner, wobei er mit den Fingern ungeduldig gegen sein Glas trommelte, weil er wollte, dass sie schnell fertig wurde, um ihm anschließend Gesellschaft zu leisten. Tapp tapp tapp, machten seine Finger. Tapp tapp tapp.

Imogen erwachte ganz plötzlich, machte die Augen auf und sah auf das Display ihres Weckers. Es war halb sieben.

Tapp tapp tapp. Tapp tapp tapp. Sie brauchte einen Moment, um zu begreifen, dass das Geräusch, das ihren Traum begleitet und sie schließlich geweckt hatte, ein leises Klopfen an die Fenstertüren ihres Schlafzimmers war. Sie setzte sich auf und bekam einen Schreck, als sie im frühen Morgenlicht eine

Gestalt erkannte, beruhigte sich aber gleich wieder, als sie sah, wessen Umrisse es waren. Sie stieg aus dem Bett, zog sich einen Bademantel über, schob den leichten Vorhangstoff zur Seite und blinzelte ins Sonnenlicht.

»Guten Morgen.« Das Geräusch seiner Stimme wurde von der Glasscheibe gedämpft.

Sie hörte, wie Hetta sich im Zimmer nebenan rührte und leise murmelte, also legte sie sich einen Finger auf den Mund, trat nach draußen und zog die Tür hinter sich zu.

»Was machst du denn hier?«

»Komm, geh mit mir spazieren.«

»Spinnst du?«

»Höchstwahrscheinlich. Mach einen Spaziergang mit mir.« Er streckte die Hände nach ihr aus.

»Ich bin nicht einmal angezogen.«

»Ich finde, du siehst toll aus.«

Im Sonnenlicht war ihr weißer Morgenmantel mit den hellgelben Blumen darauf fast durchsichtig. Sie schlang sich verlegen die Arme um die Schultern.

»Darf ich mich wenigstens umziehen?«

»Darf ich dir dabei zusehen?«

Er war erleichtert, dass sie lächelte.

»Warte auf der Terrasse auf mich«, sagte sie leise und schlüpfte wieder in ihr Zimmer.

Sie lächelte im Stillen, während sie sich schnell mit der Bürste durchs Haar fuhr, sich die Zähne putzte und ein Paar Shorts und ein T-Shirt anzog, überlegte es sich dann aber anders und zog alles wieder aus, um in die Dusche zu springen.

Als sie auf die Terrasse trat, war er nicht mehr da, und sie dachte einen Moment lang, dass er vielleicht gegangen war, weil sie länger gebraucht hatte als gedacht. Aber dann sah sie ihn mit bis zu den Knien hochgekrempelter Jeans am Pool sitzen und mit den Füßen im Wasser plantschen. Er hatte den Cowboyhut aus Stroh auf dem Kopf, den sie normalerweise benutzte, um sich vor der Sonne zu schützen, und aß ein paar von Henrys Weintrauben. Als er sie sah, stand er auf, schlüpfte wieder in seine Schuhe und grinste sie an.

»Was machst du hier?«, wiederholte sie ihre Frage, weil sie hoffte, dass er ihr diesmal eine ehrliche Antwort geben würde.

»Ich mache einen Spaziergang mit dir.«

»Du bist ziemlich gut darin, eine echte Unterhaltung zu umgehen, stimmt's?«

»Also gut. Ich bin nach Hause gefahren und habe mir überlegt, dass ich eigentlich doch gerne geblieben wäre.«

»Der unberechenbare Alex«, sagte sie leise.

»Wie bitte?«

Das wird mir wahrscheinlich noch leidtun, dachte sie bei sich und hielt ihm die Hand hin. »Komm mit, ich zeige dir meinen Lieblingsplatz.«

Natürlich führte sie ihn zu der Lichtung ein bisschen weiter den Berg hoch. Dieser Platz verströmte für sie eine ganz eigene Magie, nicht zuletzt deshalb, weil man von dort aus bis hinunter zum Meer blicken konnte. Sie sah, wie auch er über die unglaubliche Aussicht staunte, die sie so inspiriert hatte, und lächelte.

»Ich liebe diese Stelle hier, sie ist mein absoluter Lieblingsort in Henrys und Hettas Garten.«

»Das hier gehört noch zu ihrem Garten?«

»Ja, ich glaube schon. Die Grenze verläuft an der Baumreihe dort drüben, sagt Onkel Henry.«

»Es ist wirklich toll hier…«, seufzte er und legte sich wegen der Sonne die Hand über die Augen, um etwas weiter sehen zu können. »Hat dein Onkel deiner Tante mittlerweile gesagt, dass er das Haus gekauft hat?«

Imogen lachte und schüttelte den Kopf. »Er sagt, er wartet auf den richtigen Moment. Ich nehme an, er wird warten, bis sie wieder nach Hause fahren, und wenn sie dann anfängt zu jammern, weil sie Abschied nehmen müssen, wird er ihr die Schlüssel aushändigen und ihr sagen, dass das Haus ihr gehört und sie wiederkommen kann, wann immer sie will.«

»Das ist ja total süß von ihm.«

»Ja, er ist ein Romantiker, aber das hat auch mit seinem schlechten Gewissen zu tun. Größere Entscheidungen treffen die beiden nämlich gewöhnlich zusammen. Ich kann mir vorstellen, dass es ihm verdammt schwerfällt, nicht sofort damit herauszuplatzen. Er hasst es nämlich, Geheimnisse vor ihr zu haben.«

»Wie lange sind sie schon zusammen?«

»So um die dreißig Jahre.«

»Ernsthaft?«

Sie nickte. »Und sie sind immer noch hoffnungslos verliebt.«

»Willst du damit sagen, dass die Liebe hoffnungslos ist?«

»Ganz im Gegenteil«, widersprach sie. »Möchtest du mir jetzt sagen, warum du hergekommen bist?«

»Weil ich etwas vergessen habe.«

»Tatsächlich?«

»Ja«, sagte er, ging auf sie zu und nahm ihr Gesicht sehr vorsichtig in die Hände. »Ich habe vergessen, dich zum Abschied zu küssen.«

Sie war zuerst zögerlich, ihre weichen Lippen tasteten seinen Mund vorsichtig ab wie Schmetterlinge eine Blüte, aber dann küsste sie ihn genauso stürmisch zurück, wie er sie küsste.

»Was willst du von mir, Alex?«, murmelte sie, als er kurz von ihr abließ, um nach Luft zu schnappen. Und dann, als er sie erneut küsste, kannte er die Antwort.

Alles. Er wollte alles von ihr. Aber Alex tat nicht alles. Alles machte ihm Angst.

Warum fürchtete er sich so sehr davor? Warum machte ihm der Gedanke, mit einem Menschen den Rest seines Lebens zu verbringen, so viel Angst, dass er am liebsten loslaufen und rennen, rennen, rennen würde? Klar, die Ehe seiner Eltern war nicht gerade ein leuchtendes Beispiel für das Glück zu zweit, aber er wusste doch, dass es auch Langzeitbeziehungen gab, die wunderbar funktionierten. Seine Großeltern waren zusammen, seit Pamela achtzehn und Tom zwanzig war. Sie waren die besten, nein, die einzigen wirklichen Vorbilder, die er hatte. Sie waren glücklich, mehr als glücklich. Vielleicht könnte er es schaffen. Vielleicht kam es nur darauf an, die richtige Person zu finden …

Könnte Imogen diese Person sein? Seine »Richtige«? Seine Seelenverwandte, die ultimative Erfüllung seiner Wünsche, nach der alle zu suchen schienen? Glaubte er wirklich an das alles? Oder war es nicht eher eine Wahnvorstellung zu glauben, dass es nur einen Menschen im Leben gab, der einen wahrhaft glücklich machen konnte?

Er wusste nur eines ganz genau: dass er in seinem ganzen

Leben noch nie so empfunden hatte … und dass ihn das erschreckte. Zu Tode erschreckte. Und plötzlich wollte er nur noch die Beine in die Hand nehmen und weglaufen, und zwar so schnell, wie sie ihn trugen.

Es war schwer zu beschreiben, aber er hatte auf einmal das Gefühl, ersticken zu müssen, als ob der Kuss ihm allen Sauerstoff entzöge und ihn am Atmen hindere.

Er machte jäh einen Schritt zurück, sodass sie erschrocken nach Luft schnappte.

»Was ist los?«

»Ich kann das nicht …«

»Was?«

Er stolperte von ihr weg, als hätte sie nach ihm geschlagen.

»Es tut mir leid … Ich kann …«

»Alex, was ist los mit dir?«

»Ich … Es ist … Ich weiß nicht, ich weiß es wirklich nicht … Ich muss gehen. Ich hätte nicht herkommen sollen, ich muss gehen … Es ist besser, wenn ich jetzt gehe …«

Imogen starrte ihn ungläubig an, ihre Gefühle kamen ins Schlingern wie seine Beine. Er hatte alles getan, um sie rumzukriegen, und jetzt wollte er einfach weggehen?

Sie sah in seine verschlossenen, schönen Augen, die eben noch vor Freude gefunkelt hatten, und fühlte einen stechenden Schmerz in der Brust …

Aber plötzlich war jedes Selbstmitleid wie weggewischt, und sie war wieder völlig klar.

Warum wunderte sie sich? Der unberechenbare Alex. Er lief nur wieder einmal zur Hochform auf, wobei »laufen« genau der richtige Ausdruck war. Sie sollte zur Hölle fahren, wenn er damit bei ihr durchkommen würde.

»Das war's dann also?«, fragte sie schneidend. »Du gehst einfach so weg?«

»Es ist besser so ... Ich bin nicht ... ich bin nicht gut genug für dich.«

»Da könntest du verdammt noch mal recht haben«, schoss sie zurück.

Alex blickte überrascht auf. Er stellte bekümmert fest, dass er diesen Spruch schon viel zu oft benutzt hatte. Er war es gewohnt, dass Frauen ihm danach versicherten, dass das nicht stimmte, dass er natürlich gut genug für sie wäre, dass er das Einzige wäre, was sie wollten auf der Welt, und dass sie ohne ihn nicht leben könnten.

»Ohne mich bist du besser dran«, sagte er zögernd.

»Das kannst du laut sagen.« Imogen nickte und kräuselte verächtlich die Lippen.

»Ich sollte jetzt gehen«, sagte er, bewegte sich aber keinen Zentimeter.

Sie nahm die Hände von den Hüften und verschränkte die Arme vor der Brust.

»Kommst du klar?«

»Aber sicher.«

Sie trat einen Schritt zurück, nur einen kleinen, aber ihm war, als täte sich zwischen ihnen eine gähnende Schlucht auf, und ihm wurde auf einmal schwindlig, als wanke er am Rande des Abgrunds entlang und könne jeden Moment abstürzen.

»Na dann«, forderte sie ihn heraus, »verschwinde.«

Er sah sie verstört an. Normalerweise waren sie jetzt so weit, dass sie an seinem Arm hingen und ihn anbettelten, nicht zu gehen, dass sie heulten und hysterisch wurden, ihm ihre unsterbliche Liebe erklärten und damit drohten, ohne ihn nicht leben zu können. Sie aber stand nur mit verschränkten Armen da und sah ihn feindselig an.

»Verpiss dich!«, schrie sie ihn an, als er immer noch keine Anstalten machte, sich zu bewegen, und war selber überrascht, wie unglaublich sauer sie war. Sie fühlte sich im Stich gelassen. Wie konnte er nur etwas so Vielversprechendes, Hoffnungsfrohes in den Dreck werfen und in Scherben schmeißen, und vor allem, warum? Sie verstand nicht, was in seinem Kopf vor sich ging, sie wusste nur eins: Sie würde da nicht mitmachen.

Alex sah sie ehrfürchtig an. Himmel, sie war so schön, selbst jetzt noch, während sie ihn so finster und giftig anstarrte. Wieder fühlte er das alte Begehren in sich aufsteigen, die Bewunderung, und sofort verwandelte sie sich wiederum in Angst, in dieses Gefühl des freien Falls, und deshalb stolperte er blindlings rückwärts, bis er die Bäume am Rand der Lichtung erreicht hatte.

»Es tut mir so leid ...«, stotterte er, bevor er sich umdrehte und davonrannte.

»Das sollte es auch!«, schrie sie ihm nach, und dann wurde ihr Gesicht für einen Moment wieder weich. »Das sollte es verdammt noch mal auch«, flüsterte sie, während sie ihm nachsah.

Kapitel 17

»Oh Gott, oh Gott, oh Gott!!!«

Noch nie hatte Imogen so intensiv das höchste Wesen angerufen und dabei nicht die Spur eines schlechten Gewissens deswegen gehabt. Sie hatte auch noch nie Sex mit jemandem gehabt, den sie vorher nur zwei Mal getroffen hatte, auch wenn sie in diesen Dingen eher locker eingestellt war und schon eine ganze Reihe Liebhaber gehabt hatte. Und doch war es genau das, was sie gerade tat, sie hatte Sex, heftigen, leidenschaftlichen, rohen, köstlichen Sex. Und das zweimal in Folge.

Als sie endlich schwitzend und keuchend voneinander abließen, legte sie sich mit dem Rücken auf die auf dem Boden ausgebreitete Decke in seinem provisorischen Atelier, sah zur Decke und atmete laut aus. Warum hatte sie das getan?

Na gut, sie wusste, warum sie es getan hatte, aber *WARUM*?

Es war der befriedigendste unbefriedigende Sex gewesen, den sie je gehabt hatte.

Was für ein seltsamer Höhepunkt – war das nicht schön ausgedrückt? – eines außergewöhnlichen, wundervollen und verletzenden Wochenendes. Es hatte ein Versprechen in der Luft gelegen, das sich in ebendiese aufgelöst hatte, und sie hatte sich auf merkwürdige Weise so verraten gefühlt, so völlig leer, dass etwas hatte passieren müssen, und das war es ja auch, aber nicht an dem Platz und nicht mit dem Menschen, von dem sie es erwartet hatte.

Olivier lächelte sie zufrieden an und ging dann durch den Raum zu dem kleinen Kühlschrank. Er zog die Kühlschranktür auf, holte zwei Dosen Cola heraus, öffnete sie und schlenderte zu ihr zurück, um ihr eine davon anzubieten. Sie hatte noch nie jemanden gesehen, der sich so selbstverständlich nackt bewegte, aber er hatte ja auch einen perfekten Körper. Breite Schultern, Waschbrettbauch, feste Hüften, Muskeln, eine Haut so braun wie Karamellbonbons und mindestens ebenso sehr zum Abbeißen.

Was die ästhetische Seite der Sache anging, war das wahrscheinlich der beste Sex ihres Lebens gewesen. Sie hätte sich eine verspiegelte Decke gewünscht oder wenigstens einen Spiegel an der Wand, irgendetwas Spiegelähnliches, dann hätte sie dabei zusehen können, wie dieser unglaublich schöne, wilde Mann Liebe mit ihr machte. Aber verspiegelte Oberflächen fanden sich nun einmal selten in einem Verschlag wie diesem, in dem er sich sein Atelier eingerichtet hatte.

Was die emotionale Seite der Sache anging: Dazu gab es wenig zu sagen. Sie wusste nur zu gut, dass das eben nur passiert war, weil sie mit Alexander zusammen gewesen war, und mit Olivier nicht viel zu tun hatte, und der Gedanke daran ließ sie sich elend fühlen – dabei hatte sie eigentlich langsam genug davon, sich elend zu fühlen.

Sie war nicht hergekommen, um Olivier Ducass zu verführen … oder doch? Nein, sie war sich ziemlich sicher, dass das nicht ihre Absicht gewesen war. Aber es war trotzdem passiert. Er hatte nicht lange, nachdem Alex gegangen war, angerufen und gefragt, ob sie sich treffen könnten. Sie hatten zwei Stunden lang verhandelt, er hatte schließlich zugestimmt, von ihr vertreten zu werden, und sie hatte eine kleine Flasche Champagner hervorgeholt, um auf den Deal anzustoßen, und als der

Champagner geleert war, hatte er eine Flasche Cognac hervorgeholt, und kurz nachdem ihre Lippen die warme Flüssigkeit berührt hatten, berührten sie schon seine.

Er hatte sie geküsst, sie ausgezogen, und dann... Eigentlich hatte also er sie verführt. Und sie hatte es zugelassen, weil es guttat, so begehrt zu werden, kurz nachdem man derart schnöde zurückgewiesen worden war. Und rein körperlich fühlte sie sich auch gut, satt, befriedigt, auch wenn sie mit ihren Gefühlen im Moment eher auf wackligem Boden stand.

»Jetzt sind wir Partner«, sagte Olivier und stieß mit seiner Coladose gegen ihre, als würde das, was eben passiert war, ihr Abkommen endgültig besiegeln. Fehlte nur noch, dass er ihr die Hand schüttelte. Aber das tat er natürlich nicht, sondern stellte sein Getränk ab, beugte sich zu ihr und küsste sie mit offenen und durchdringenden Augen sanft auf den Mund. Dann lächelte er sie unglaublich selbstsicher und heißblütig an, und als seine Hände ihren Bauch berührten, fühlte Imogen, wie sie ein weiteres Mal mit ihm verschmelzen wollte...

Zwei Stunden später stieg sie vor der Maison S'endetter aus einem Taxi, ging in die Küche und goss sich ein Glas Wasser ein.

»Wie ist es gelaufen?«, fragte Henry. Er stand mit einer neuen, gestreiften Schürze, die Hetta ihm geschenkt hatte, und mit einer lustigen, properen weißen Kochmütze auf dem Kopf in der Küche. Obwohl es draußen heiß war, war die Hitze dort kein Vergleich zu der in der Küche. Hier war es wie in einer Sauna.

»Was backst du denn da?«, fragte Imogen, weil sie sich noch nicht in der Lage fühlte, Henrys Frage ehrlich zu beantworten, und anlügen wollte sie ihn auch nicht. Ihn nach seinen Kochkünsten zu befragen war immer noch der beste Trick, ihren Onkel abzulenken, und natürlich funktionierte es. Er hatte ein altes französisches Kochbuch auf dem Dachboden gefunden und arbeitete sich nun begeistert durch das Kapitel mit dem Gebäck. Im Moment war er dabei, die Zutaten für Madeleines zu vermischen, und bat Imogen zu prüfen, ob er die Zutatenliste aus dem Kochbuch richtig übersetzt hatte, und dann eine Madeleine vom ersten Blech zu kosten, das gerade frisch aus dem Ofen gekommen war.

»Absolut köstlich«, verkündete Imogen ihr Urteil und steckte sich sofort ein zweites Küchlein in den Mund, verwundert darüber, wie hungrig sie war, aber dann fiel ihr ein, dass sie seit dem Frühstück nichts mehr gegessen hatte.

Henry sah seiner Nichte beim Essen zu, und als er sie lächeln sah, lächelte auch er, so froh war er. Sie war so aufgebracht gewesen, als sie am Morgen das Haus verließ, dass er sich die ganze Zeit Sorgen um sie gemacht hatte.

»Also, wie ist es denn nun gelaufen mit Olivier?«, machte er einen zweiten Anlauf.

Imogen überlegte kurz. Ja, wie war es gelaufen mit Olivier? Wie sollte sie am besten darauf antworten, ohne dass es allzu peinlich wurde? Nicht so, wie sie erwartet hatte, wäre wahrscheinlich die ehrlichste Antwort gewesen.

»Super«, sagte sie, und das stimmte schließlich auch.

Henry sah sie immer noch an und wartete, dass sie weiterredete.

»Ich denke, wir werden gut zusammenarbeiten«, fügte sie hinzu und merkte, wie sie rot wurde.

»Er ist also einverstanden, dass du seine Bilder ausstellst?«

Sie nickte, den Mund noch immer voll mit Madeleines.

»Oh, das ist ja großartig! Das muss gefeiert werden. Wie wäre es mit einem späten Mittagessen und einer Flasche Chateau Hetta draußen im Garten?«

»Ich kann mir nichts Schöneres vorstellen«, sagte Imogen lächelnd. »Ich gehe nur schnell duschen, wenn du nichts dagegen hast, es war so heiß draußen, und ich fühle mich ein bisschen schmuddelig.«

»Kein Problem, sagen wir in zehn Minuten auf der Terrasse. Könntest du schnell auch Hetta Bescheid sagen?«

»Klar, wo ist sie denn?«

»Ich schätze, sie ist in deinem Zimmer und versteckt gerade deinen Koffer«, erwiderte er grinsend.

Hetta war tatsächlich in Imogens Zimmer und gerade dabei, ihren Koffer für sie zu packen, nachdem sie vorher alle ihre Sachen gewaschen und gebügelt hatte.

»Was machst du denn da?«, tadelte Imogen ihre Tante, weil sie ein schlechtes Gewissen hatte, dass sie sich ihretwegen so viel Arbeit gemacht hatte. Wäre sie sich selbst überlassen gewesen, hätte sie ihre Klamotten zu einem schmutzigen Berg zusammengeknüllt und in den Koffer geschmissen, anstatt sie zu waschen und sorgfältig zusammenzufalten.

»Ich möchte nicht, dass du gehst«, sagte Hetta entschieden, »aber ich möchte auch nicht, dass du mit dreckigen Sachen nach Hause fahren musst. Und da ich nichts dagegen tun kann, dass du fährst, es sei denn vielleicht, indem ich dir mit einem von Henrys Monsterkürbissen auf den Fuß haue, dachte ich mir, dass ich mich dann wenigstens auf andere Weise nützlich machen kann.«

Imogen umarmte sie, und Hetta gab sich Mühe, nicht in Tränen auszubrechen.

»Onkel Henry bereitet gerade das Mittagessen vor.«

»Und nach dem Essen müssen wir zum Flughafen fahren.« Hettas Unterlippe zitterte. »Fährst du wenigstens siegreich nach Hause?«

»Du meinst wegen Olivier? Ja, wir haben uns geeinigt.«

»Oh, mein Schatz, das ist phantastisch!«

»Ja, nicht wahr.«

»Und hast du dich von Alexander verabschiedet?«

»Er hat sich eher von mir verabschiedet.«

Hetta stutzte wegen ihres seltsamen Kommentars und der schmerzerfüllten Stimme, mit der sie ihn vorgebracht hatte, und blickte zu ihr hoch.

»Was ist los, Imogen?«

Imogen sann über die Frage nach. Es war eine gute Frage. Was war eigentlich los? Er hatte ein paar Anspielungen gemacht, aber nichts versprochen, und sie hatten zwei Tage miteinander verbracht. Das war alles. Und doch war sie unendlich enttäuscht über die seltsame, abrupte Art seines Aufbruchs.

»Habt ihr euch gestritten? Es sah doch so aus, als hättet ihr euch blendend verstanden.«

»Haben wir auch.«

»Möchtest du darüber reden?«

Sie schüttelte den Kopf. »Es gibt eigentlich nichts, worüber man groß reden könnte.«

»Außer der Tatsache, dass du dich wahnsinnig über ihn aufgeregt hast. Es hat keinen Zweck zu leugnen, ich kenne dich zu gut.«

»Oh, Hetta, ich weiß es doch auch nicht, wir haben uns so

super verstanden, und dann ist er ganz komisch geworden und ist einfach gegangen.«

»Vielleicht ist es schwieriger für ihn, über Abby hinwegzukommen, als er zugeben will.«

»Vielleicht ist es das.«

Vielleicht hatte Hetta recht. Vielleicht hatte er sich nur mit ihr trösten wollen und hatte sich im letzten Moment anders entschieden. Dann hätte er ihr sogar einen Gefallen getan. Also, warum fühlte sie sich dann so schlecht? Egal, aus welcher Perspektive man es betrachtete, eines war unbestreitbar wahr: Er hatte mit ihren Gefühlen gespielt. Und als sie das dachte, wurde ihr klar, warum die ganze Sache ihr so naheging. Wenn er mit ihren Gefühlen spielen konnte, dann nur, weil sie etwas für ihn empfand.

»Ich empfinde etwas für ihn.«

Ohne es zu merken, hatte sie es laut ausgesprochen, und Hetta unterbrach ihre Faltarbeit und sah sie an. Dann nickte sie, als sei sie nicht im mindesten überrascht über diese Neuigkeit. Nur Imogen war es.

»Er ist ein sehr charmanter und attraktiver junger Mann«, sagte Hetta, »und ihr beide habt euch glänzend verstanden. Es ist also kein Wunder, dass er dir gefällt.«

Er gefiel ihr sogar viel zu gut. Obwohl sie wusste, wer er war, wie er war, hatte sie zugelassen, dass er ihr unter die Haut gegangen war.

»Aber das ergibt alles keinen Sinn, Tante Hetta.«

»Warum? Weil er Abbys Exfreund ist? Wenn du ihn wirklich magst, solltest du darauf keine Rücksicht nehmen. Ich weiß, dass es Abby nichts ausmachen würde, sie ist jetzt so glücklich mit Nathan, und außerdem mag sie Alex immer noch viel zu sehr, um nicht zu wollen, dass auch er mit jemandem glücklich wird.«

»Das stimmt sicher, aber das ist nicht das Problem. Er ist nicht der richtige Mann für mich.«

»Aber hast du nicht gesagt, dass du ihn magst?«

»Das tue ich ja auch. Das tat ich jedenfalls … Aber mir war gar nicht klar, dass ich es tat, nicht bis zu diesem Wochenende, und jetzt … Hilfe, es ist so kompliziert!«

»Er hat dir mit irgendetwas wehgetan, oder? Soll ich Onkel Henry sagen, dass er ihn überfahren soll?«

Imogen lachte. »Zwei gebrochene Beine würden ihn wenigstens davon abhalten, vor mir wegzulaufen.«

»Ist es das, was passiert ist? Er ist vor dir davongelaufen?«

»Ja. Ich dachte, er wollte mit mir über Abby reden, aber dann gestand er mir, dass er meinetwegen gekommen war, und dann ist er davongerannt, als hätte ich ihn gebissen.«

»Vielleicht hast du das in gewisser Weise. Manche Männer sind nicht besonders gut darin, mit ihren Gefühlen umzugehen«, sagte Hetta weise.

»Deshalb ist er nicht der richtige Mann für mich. Ich habe keine Zeit für Dramen.«

»Du hast keine Zeit für gar nichts, außer für deine Arbeit, meine Liebe.«

»Das stimmt. Noch ein Grund mehr, warum er nicht der richtige Mann für mich ist.«

»Das war ein Tadel, Imogen, keine Einverständniserklärung.«

»Als du damals Henry kennen gelernt hast, wusstest du da sofort, dass er der Richtige für dich ist?«

Hetta faltete gerade einen Kaschmirpulli zusammen, den

Imogen nicht mitgebracht hatte. Es hing auch noch das Etikett dran.

»Das ist ein Geschenk«, sagte Hetta und legte es entschlossen in den Koffer, bevor Imogen Einspruch erheben konnte. »Es ist sehr viel kälter in London, und um deine Frage zu beantworten, ja, obwohl alle mich vom Gegenteil überzeugen wollten, wusste ich, dass Henry der Richtige für mich war. Zum Glück hat mir die Zeit recht gegeben.«

»Warum wollten eure Familien nicht, dass ihr zusammen wart?«

»Meine und seine Eltern fanden, dass wir zu unterschiedlich wären. Sie waren sehr enttäuscht, als wir geheiratet haben. Sie sind nicht zur Hochzeit gekommen. Die Einzigen, die gekommen sind, waren deine Mutter und dein Vater …«

»Das muss schrecklich gewesen sein.«

»Es kam uns damals so vor, aber in Wirklichkeit habe ich eine Menge daraus gelernt. Unsere Unterschiedlichkeit war das Problem der anderen, nicht unseres. Wenn jemand sagt, dass er enttäuscht von dir ist, dann heißt das nichts anderes, als dass du seinen Erwartungen nicht entsprochen hast. Man sollte sich immer im Klaren darüber sein, dass es die Erwartungen eines anderen sind, und sich nicht davon aus dem Gleichgewicht bringen lassen. Schlimm ist es nur, wenn du von dir selbst enttäuscht bist. Ich habe meine Entscheidung nie bereut, nicht auf meine Familie gehört, sondern deinen Onkel Henry geheiratet zu haben.«

»Woher wusstest du, dass du das Richtige tatest?«

»Die Wahrheit ist, ich wusste es nicht. Als ich Henry heiratete, habe ich nicht gewusst, ob die Ehe sechzig Jahre oder sechzig Minuten halten würde. Das Einzige, dessen ich absolut sicher war, war, dass ich etwas für ihn empfunden habe, was ich vorher noch nie für einen anderen empfunden hatte. Ich musste meinem Gefühl trauen. Dem Anschein nach waren wir sicher nicht das ideale Paar. Es ist ja gut und schön, wenn man mit Verstand und Logik an Dinge herangeht, aber an die Liebe? Wie um alles in der Welt soll ich mit Logik an die Liebe herangehen? Gefühle passieren einfach, Imogen, du kannst sie nicht immer erklären und einordnen.«

»Da bin ich ganz deiner Meinung. Ich wusste ja nicht einmal, dass ich etwas für Alex fühlte. Er war nicht Teil meines Lebens, sondern Abbys, unsere Begegnung hat sich sozusagen aus der Schnittmenge ergeben.«

»So ist das Leben, mein Liebes. Wir haben immer irgendwelche Schnittmengen mit den anderen. Denk mal an das berühmte Kleine-Welt-Phänomen, nach dem jeder Mensch mit jedem anderen über eine erstaunlich kurze Kette von Beziehungen in Verbindung steht. So ...« Sie klappte den Koffer zu. »Fertig.«

»Danke. Für alles.«

Sie umarmten sich noch einmal, und Hetta wollte sie gar nicht wieder loslassen. Sie suchte immer noch nach einer Idee, wie sie Imogen zum Bleiben bewegen könnte, wenigstens so lange, bis ihr Fuß wieder ganz verheilt war und die dunklen Ringe unter ihren Augen vollständig verschwunden waren.

»Du musst mir versprechen, dass du noch in diesem Sommer wiederkommst.«

»Ich verspreche, dass ich mein Möglichstes tun werde, aber wenn ich nicht komme, dann weißt du, dass es nicht deshalb ist, weil ich nicht kommen will, oder?«

»Damit werde ich mich wohl zufriedengeben müssen. Ich

weiß ja, dass du schrecklich viel zu tun hast, aber du kannst immer kommen, auch für ein paar Tage oder nur übers Wochenende. Deine Schwester und Marcus werden uns bald besuchen, vielleicht wäre das eine gute Gelegenheit?«

»Ja, das wäre sicher nett. Ich versuche es, aber ich kann es nicht versprechen, auch wenn ich es gerne würde.«

Und damit ließ Hetta es gut sein.

Alex saß allein auf der Terrasse einer Bar an der Place des Lices in St. Tropez und sah den alten Männern unter den Platanen beim Boule-Spielen zu, deren knorrige Gesichter sich vor Konzentration anspannten und dann wieder in einem Lächeln glätteten. Oder sie stießen enttäuschte Seufzer aus, je nachdem, wie ihr Wurf gelaufen war. Er bestellte einen Pastis und zündete sich eine Zigarette an, die er gleichgültig rauchte, bis sein Getränk kam. Er drückte seine Marlboro im Aschenbecher aus, goss Wasser in die blasse, nach Anis riechende Spirituose und sah dabei zu, wie sich die beiden Flüssigkeiten vermischten und ihre Farbe wechselten.

Er blickte auf seine Uhr. Sechs Uhr dreißig. Er stellte sein Glas ab und goss sich erneut aus einer vor ihm stehenden Karaffe ein. Als er das zweite Glas zum Mund führte, sah er, wie ein Flugzeug einen weidenkätzchenweißen Schweif durch den blauen Himmel zog, und versuchte nicht daran zu denken, dass sie vielleicht auch gerade irgendwo da oben war.

Kapitel 18

Obwohl es schon fast zehn war, fuhr Imogen nicht gleich nach Hause, sondern machte noch einen Abstecher in die Galerie. Es beruhigte und erdete sie immer, dort zu sein, und im Moment fühlte sie sich nicht ganz auf der Höhe und irgendwie seltsam. Außerdem wollte sie auch nachsehen, ob es noch ihr Ort war oder ob ihre Mutter ihn schon zu ihrem gemacht hatte.

Sie trat ein und suchte sofort mit den Augen nach Zeichen von Veränderung. Natürlich hingen zum Teil andere Bilder an den Wänden, und auf ihrem Schreibtisch stand ein neues Ordnungssystem für ihre Unterlagen, ein schickes und modernes Teil aus Holz, das sehr viel beeindruckender und effizienter aussah als Imogens altes, das eigentlich nur aus ein paar übereinandergestapelten Kästen bestanden hatte.

Die auffälligste Veränderung allerdings war ihre Mutter. Sie saß am Empfangstisch, eine Brille auf der Nasenspitze, und kritzelte hektisch auf einem Blatt Papier herum. Beim Geräusch der sich öffnenden Tür sah sie hoch, und als sie ihre Tochter entdeckte, sprang sie auf und strahlte.

»Imogen, mein Schatz, du bist wieder zu Hause!«

»Und du arbeitest immer noch!«

»Papierkram«, sagte Livvy. »Ich hätte nie gedacht, dass das so ein Aufwand ist. Daddy ist in seinem Club, um dort mit einem alten Arbeitskollegen zu Abend zu essen, und ich habe die Zeit genutzt, um kurz hier vorbeizuschauen. Ich stoße gleich noch auf einen Drink zu ihnen«, sie sah auf ihre Uhr, »in einer guten Stunde. Komm her, und gib deiner Mutter einen Kuss …«

Nach der Umarmung folgte die mütterliche Inspektion.

»Ich muss sagen, du siehst schon viel besser aus, nicht mehr so angeschlagen, aber das könnte auch nur daran liegen, dass du Farbe gekriegt hast.« Livvy musterte ihre Tochter noch einmal, irgendetwas stimmte nicht ganz mit ihr, gleich würde sie draufkommen … aha, das musste es sein …

»Wo ist dein Gips?«

Imogen sah ertappt aus und biss sich auf die Unterlippe, stotterte irgendetwas von Hitze, Unbequemlichkeit und französischen Ärzten, was ihre Mutter erst recht kritisch die Brauen runzeln ließ. Imogen wechselte schnell das Thema, um ihre Mutter daran zu hindern, noch mehr unangenehme Fragen zu stellen.

»Hetta und Henry lassen dich herzlich grüßen. Sie wollten, dass ich dir Obst und Gemüse mitbringe, aber dann habe ich sie über die Einfuhrbedingungen aufgeklärt.«

»Gefällt es ihnen da draußen? Am Telefon hört es sich immer so an, aber sie sind so weit weg vom Rest der Familie, und du weißt ja, ich halte nicht viel von der Kommunikation am Telefon, man erfährt nie, was wirklich los ist, wenn man den Menschen nicht direkt gegenübersteht …« Sie sah ihrer Tochter missbilligend auf den ungeschützten Fuß.

»Ich habe einen hervorragenden neuen Künstler gefunden«, beeilte sich Imogen erneut, das Thema zu wechseln.

»Der, dessentwegen du länger geblieben bist?«

»Genau der. Er hat unterschrieben, bei uns auszustellen.«

»Das sind ja phantastische Neuigkeiten. Ist er wirklich so gut?«

»Besser als gut, Mum. Er ist einfach unglaublich. Das ist auch ein Grund, warum ich gleich vom Flughafen hergekommen bin. Ich möchte sofort anfangen, seine erste Ausstellung vorzubereiten.«

»Wunderbar! Wann soll es denn losgehen? Der Herbst ist schon so voll, vielleicht wäre Winter besser, so kurz vor Weihnachten?«

Imogen schob ihren Bürokalender vor und zeigte auf ein Datum.

»Aber bis dahin sind es nur noch dreieinhalb Wochen!«, rief Livvy ungläubig. »Du machst Witze, oder?« Sie sah in das entschlossene, hoffnungsfrohe Gesicht ihrer Tochter. »Du machst keine Witze ...«

Imogen schüttelte den Kopf.

»Aber es ist so schrecklich viel Arbeit, eine Ausstellung vorzubereiten!«

»Ich weiß.«

»Und meinst du wirklich, du kannst so kurzfristig genug Leute herlocken?«

»Wenn sie die Bilder erst einmal gesehen haben, werden sie sich um die Einladungen reißen.«

»Ist er so gut?«

Sie nickte feierlich.

»Wann sollen seine Bilder denn ankommen?«

»Sobald ich die Verschiffung organisiert habe.«

»Ich dachte, die Künstler müssen sich selber darum kümmern?«

»Diesmal nicht.«

»Aber mein Schatz, kannst du dir das leisten?«

»Ich kann es mir nicht leisten, es nicht zu tun.«

Ihre Mutter nickte einsichtig. »Okay. Und meinst du, wir kriegen das alles hin in so kurzer Zeit?«

»Ich weiß nicht«, sagte sie ehrlich. »Aber ich werde mir Mühe geben.«

Livvy betrachtete ihre Tochter für einen Augenblick und nickte. »Ich nehme an, in diesem Fall wirst du Hilfe brauchen.«

»Oh, ich hatte gehofft, dass du das sagen würdest.«

»Und ich hatte gehofft, dass du mich noch brauchen kannst. Ich muss zugeben, dass ich keine allzu große Lust habe, zu meinem alten Leben zurückzukehren, das aus Gartenarbeit und meinem Frauenclub besteht.«

»Dein Leben besteht aus sehr viel mehr als nur daraus, das weißt du genau.«

»Ich weiß, aber es war so … Ich weiß nicht, wie ich es ausdrücken soll, aber … Ich schätze, es fühlt sich für mich an wie ein neuer Lebensabschnitt. Es ist sehr angenehm und nett, draußen auf der Weide zu stehen, aber ab und zu muss man auch mal wieder ins Hamsterrad zurück. Sogar Daddy hat von der Sache profitiert. Er ist jetzt viel öfter in seinem Club in London, und von mir kommt keine einzige Klage deswegen. Also, was meinst du? Würdest du deiner alten Mutter einen Job geben?«

»Willst du wirklich meine Assistentin sein?«

»Ich habe eine Menge Berufserfahrung, schließlich war ich jahrelang deine Assistentin, als du noch klein warst. Ich stand Tag und Nacht zu deiner Verfügung. Ich hoffe nur, dass zur Arbeitsbeschreibung heute nicht mehr gehört, dir den Popo zu wischen, die Nase zu putzen oder Gutenachtgeschichten zu erzählen.«

»Mum!« Imogen schauderte. »Okay, du bist engagiert, unter der Bedingung, dass zu deiner Arbeitsbeschreibung nicht gehört, mich zu blamieren, erst recht nicht vor Kunden.«

»Das ist ein Deal«, sagte Livvy augenzwinkernd. »Du meinst wirklich, dass wir es schaffen können?«

»Absolut«, antwortete sie mit mehr Überzeugung in der Stimme, als sie tatsächlich fühlte.

Und so stürzte sie sich in die Arbeit.

Wenn sie ganz ehrlich war, wusste sie, dass die Verve, mit der sie neuerdings wieder an die Galerie heranging, nicht nur mit ihrem neu entdeckten Künstler zusammenhing. Sie war mit etwas konfrontiert worden, das sie zunächst sehr überrascht, sich dann aber einen Weg in ihr Inneres gegraben hatte, ohne dass sie es bemerkt hätte.

Noch vor ein paar Tagen, vor dem ominösen Wochenende, hatte sie an Alex nur in Bezug darauf gedacht, was er für Abby empfand, und jetzt musste sie die ganze Zeit an ihn denken und fragte sich ständig – und das ärgerte sie am meisten –, was er für sie empfand. Es machte sie wahnsinnig. Warum nur hatte er so viel Wind gemacht, um dann so plötzlich von der Bildfläche zu verschwinden?

Vielleicht war es so am besten. Sie wollte im Moment ohnehin keine Beziehung. Sie hatte keine Zeit oder Energie übrig, die sie in das Funktionieren einer solchen investieren könnte. Und wenn man mal den Verstand einsetzte, musste man zugeben, dass sie und Alex einfach nicht kompatibel waren. Sie war arbeitssüchtig, er amüsiersüchtig. Sie öffnete die Galerie jeden Morgen um neun und machte sie abends um sechs wieder zu, aber das hieß noch lange nicht, dass sie dann mit der Arbeit fertig war. Sie musste oft länger bleiben, um sich um Liegengebliebenes zu kümmern, manchmal auch, um die Klos zu putzen. Und selbst wenn sie mal ihr schlechtes Gewissen wegen der vielen unerledigten Aufgaben ignorierte, arbeitete sie am liebsten an einem eigenen neuen Bild.

Abby hatte ihr schon gestanden, wie schädlich Alex für die Anfangsphase ihres Fotostudios gewesen war, weil er sie immer wieder in Versuchung führte, ihre Arbeit liegenzulassen, um irgendetwas mit ihm zu unternehmen. Er versuchte sie mit Überraschungswochenendausflügen zu ködern, obwohl sie völlig mit Aufträgen ausgebucht war. Hing ewig mit ihr auf Partys rum, wo der Champagner in Strömen floss, sodass ihr Arbeitstag danach für sie eine einzige Katerhölle war. Klar, sie war ein erwachsener Mensch, der seine Entscheidungen selbständig treffen konnte, aber er war einfach so unwiderstehlich, seine Angebote so verführerisch. Wie Abby es ausgedrückt hatte: »Wer würde nicht gern mit einem Privatjet an einen exotischen Ort geflogen, um dort mit Essen, Wein und Romantik überschüttet zu werden, bis die hellen Sterne an einem schwarzen Himmel sich langsam in einen goldenen Sonnenaufgang verwandeln? Ganz einfach: jemand, der am nächsten Morgen um fünf aufstehen muss, um Hundefutter zu fotografieren.«

Imogen musste zwar kein Hundefutter fotografieren, aber ihr Tagesablauf ließ definitiv keinen Raum für jemanden, der unter harter Arbeit das Knacken einer Languste verstand. Erst recht nicht, wenn dieser Jemand ganz offensichtlich schon seine Meinung geändert hatte und sowieso nichts mehr von ihr wollte.

Und so warf sie sich mit Elan in ihre Arbeit. Versuchte, sich wieder zu konzentrieren und ihren früheren Tatendrang zurückzugewinnen, der ihr durch den Zauber der südfranzösischen Landschaft ein wenig abhandengekommen war.

Obwohl sie sich fest vornahm, positiv zu denken, kam ihr London grauer vor als zuvor, noch grauer sogar als zu der Zeit, als sie vom schönen, am stürmischen Meer gelegenen Brighton hierhergezogen war. Die Atmosphäre der Côte d'Azur erschien ihr wie ein wunderschönes Glänzen und Glitzern, während das sonst so strahlende London in ihren Augen plötzlich grau und trübe war. Es war, als vergliche man einen Tintoretto mit einem Lowry. Aber der Gedanke an Alexander Avery war nicht das Einzige, was Imogen um den Verstand brachte. Es juckte ihr auch in den Fingern zu malen, aber sie hatte keine Zeit, sich zu kratzen. Und dieser Juckreiz war schlimmer als der, den ihr der Gips beschert hatte, den sie immerhin hatte mildern können, indem sie lange Grashalme hineingesteckt hatte.

Aber es gab auch etwas, worauf sie sich freute, und das waren Olivier Ducass' Bilder, auf die sie nur noch eine Woche lang warten musste. Sie hatte im wahrsten Sinne des Wortes reinen Tisch gemacht und sich von allen anderen Verpflichtungen befreit beziehungsweise sie nach hinten verschoben, um eine Ausstellung der Größe vorzubereiten, wie sie die Fielding-Galerie noch nicht gesehen hatte. Mit anderen Worten: Sie reservierte jeden einzelnen Zentimeter ihrer Galerieräume für diesen einen Künstler. Innerhalb von drei Wochen. Was an und für sich schon ein Wunder war, weil sie eigentlich bereits für den Rest des Jahres und darüber hinaus verplant war.

Im Gegensatz zu Alex war Olivier Ducass eine Erinnerung

an ihr letztes Wochenende in Frankreich, die sie lächeln ließ, anstatt die Stirn zu runzeln, auch wenn dieses Lächeln mit einem Gefühl der Verlegenheit einherging. Dabei war Imogen kein Kind von Traurigkeit. Sie erinnerte sich noch gut an das Gesicht, das Abby gemacht hatte, als sie ihr gestanden hatte, dass sie so viele Liebhaber wie Geburtstage auf dem Buckel hatte. Wenn sie jemanden genug mochte, um mit ihm zu schlafen, dann tat sie es eben. Ohne Bedauern, ohne Drama. Und sie praktizierte ausnahmslos »Safer Sex«, was nicht nur bedeutete, dass sie die Tür hinter sich abschloss, um nicht dabei überrascht zu werden. Nein, ihre Verlegenheit hatte damit zu tun, dass er nun ein von ihr vertretener Künstler war. Auch wenn ihre Arbeit ihr normalerweise Vergnügen bereitete, zog sie es doch vor, Arbeit und Vergnügen nicht miteinander zu vermischen, jedenfalls nicht auf diese Weise.

Sie war überrascht über sich selbst. Als sie mit ihm ins Bett, oder besser, auf den Fußboden gefallen war, kam sie vom Regen in die Traufe beziehungsweise von einem glühend heißen Feuer in eine kochend heiße Pfanne. Und heiß war er gewesen. Sie fand es nicht verwunderlich, dass jemand, der mit so viel Kreativität und Leidenschaft malte, sich in derselben Weise als Liebhaber bewährte. Aber die Anziehung zwischen ihnen – zumindest aus ihrer Sicht – war rein körperlich. Er war nicht bis zu dem Platz vorgedrungen, der für sie alles entscheidend war: in ihren Kopf. Sie empfand schon etwas für ihn, aber diese Gefühle konnte man eher als Zuneigung bezeichnen.

Sie war noch *nie* richtig verliebt gewesen. Sie hatte es nicht vermieden, es war nur einfach nie passiert. Vielleicht war sie zu pragmatisch, zu verkopft dafür, und ihr Kopf sagte ihr noch immer, dass sie nicht verliebt war.

»Jedenfalls nicht in Olivier«, sagte sie laut.

Was um Himmels willen hatte das zu bedeuten? Dass sie in Alex verliebt war? Sicher nicht. Aber mit ihm hatte sie etwas erlebt, das sie noch nie zuvor erlebt hatte, etwas, von dem sie nicht einmal gewusst hatte, dass es überhaupt in ihr angelegt war. Die Gefühle für Alex waren ihr geradezu ins Gesicht gesprungen; in einer Minute war er noch Abbys Ex gewesen, und in der nächsten … sie wusste nicht genau, was er jetzt war, denn Sekunden, nachdem er sie geküsst hatte, als drohe er zu ersticken und als sei sie der Sauerstoff, war er schneller den Berg hinuntergerannt, als die Schwerkraft es eigentlich zuließ. Sie hatte seither nichts mehr von ihm gehört. Er war so schnell den Berg hinabgerast, dass er sich am Ende vielleicht in einen Schneeball verwandelt hatte und jetzt irgendwo in einer Schlucht lag. Ein Teil von ihr wünschte sich das, denn das wäre die einzige Entschuldigung dafür, dass er sich nicht mehr gemeldet hatte, um sie um Verzeihung zu bitten.

Sie wünschte nur, dass er sie nicht geküsst hätte. Wenn das nicht passiert wäre, hätte sie sich leicht einreden können, dass sie nur ein lustiges Wochenende miteinander verbracht hatten, und Schluss. Aber er hatte sie geküsst. Und sein Kuss hatte mehr verbrannt als nur ihre Lippen. Wenn sie ganz ehrlich mit sich war, musste sie zugeben, dass sie von ihm hatte geküsst werden wollen, und nicht nur das. Sie verstand jetzt, was die Schriftsteller meinten, wenn sie von »brennender« Sehnsucht schrieben. Jeder Zentimeter von ihr sehnte sich nach seiner Berührung, so sehr, dass es körperlich spürbar war. Und sie wusste, dass es diese Sehnsucht gewesen war, die sie in Oliviers Arme getrieben hatte.

Sie hatte sich auf Olivier eingelassen, weil sie zurückgewiesen worden und deprimiert war und weil sie sich begehrt fühlen wollte. Aber das war der einzige Grund gewesen. Sie war selbstkritisch genug, um zu erkennen, dass ihr Begehren nichts mit ihm zu tun gehabt hatte, sondern dem Wunsch entsprungen war, getröstet, bestätigt und selbst begehrt zu werden.

Sie begehrte Alex. So viel hatte sie verstanden. Und zwar sowohl körperlich als auch geistig. Aber im Moment mochte sie ihn nicht besonders.

Und so stürzte sie sich in die Arbeit.

Eine lange, schlaflose, strapaziöse Woche nach ihrer Rückkehr aus Frankreich, die mit Telefongesprächen, Ermahnungen, Entschuldigungen und Anpreisungen angefüllt war, erhielt Imogen ein vorzeitiges Weihnachtsgeschenk in Form einiger großer Holzkisten. Imogen rief sofort Abby an und bat sie hoch in die Galerie, damit sie ihr beim Öffnen half. Nachdem sie schon so viel von Oliviers Bildern gehört hatte, war Abby fast so aufgeregt wie Imogen. Aber die Paletten hielten noch eine andere Überraschung bereit.

Von den vier französischen Kurieren, die die Kisten aus dem Lieferwagen hievten und in die Galerie hochtrugen, kam ihr einer irgendwie bekannt vor, obwohl sie nur seine Beine und seine starken Hände sehen konnte, die die schweren Kisten hielten.

Und dann wurde der letzte Holzkarton auf den Boden gestellt, um ein braungebranntes, gutaussehendes Gesicht mit etwas zu langem blonden Haar und frechen, aber ernsten sepiafarbenen Augen zu enthüllen.

»Olivier?«, krächzte Imogen überrascht.

»Isch wollte doch mal sehen, wo meine Bilder 'inkommen«, sagte er mit seinem sexy französischen Akzent, »und isch wollte disch sehen.«

Und dann zog er sie entschlossen zu sich heran und küsste sie. Als er sie wieder losließ und sie wie ein Fisch an Land nach Luft schnappte, hörte Imogen, wie hinter ihr auch Abby nach Luft schnappte und eine der Kisten krachend zu Boden fallen ließ.

Die nächste Stunde verbrachte er damit, sich in der Galerie umzuschauen. Er befühlte Skulpturen und sah sich jedes der ausgestellten Objekte mit seinen braunen Augen ganz genau an.

Imogen packte die Kisten aus, und mit jedem Bild, das sie aus seiner Verpackung zog, verschnellerte sich ihr Herzschlag. Sie freute sich, als sie Abby immer wieder »Wow, wow, wow!« sagen hörte, während sie die Kiste neben ihr auspackte.

»Gefallen sie dir?«, fragte sie überflüssigerweise.

»Ich finde sie absolut phantastisch.« Abby sah von ihrer Arbeit hoch und grinste ihre Freundin vielsagend an. »Den Mann und die Bilder. Ihr beide scheint euch schon sehr viel besser zu kennen, als du uns glauben gemacht hast.«

»Wir haben uns sofort verstanden.« Imogen gab sich ganz unverbindlich.

»So wie du und Alex?«, fragte Abby.

Die beiden sahen sich an.

Imogen hatte seit ihrem Telefongespräch an jenem Wochenende nicht mehr mit Abby über Alex gesprochen, und sie wusste, dass Abby nichts aus ihr herausquetschen würde, was sie nicht freiwillig erzählen wollte. Imogens Bedürfnis, über

Alex zu reden, war nicht so stark wie ihr Wunsch, so zu tun, als sei nichts zwischen ihnen vorgefallen. Außerdem hatte sie sowieso keine Zeit, über irgendetwas anderes nachzudenken als ihre Arbeit. Also zog sie ein weiteres Bild heraus und zeigte es ihrer Freundin.

»Was denkst du?«

»Ich bin beeindruckt.«

»Ich meine das Bild!« Imogen lachte, als sie sah, wie Abby intensiv Oliviers Rückseite studierte, der selbst mit der Betrachtung eines bereits verkauften Bildes von Anne Tiegle beschäftigt war, das zur Abholung an ihrem Schreibtisch lehnte.

»Ich auch«, log Abby. »Im Ernst, Imogen, sie sind wirklich toll, ich verstehe, warum du so begeistert von ihnen bist …« Abby sah wieder zu Olivier hinüber. »Ich muss zurück zu meiner Arbeit. Wenn ich Kit zu lange alleinlasse, lädt sie ihre Freunde ein und macht eine Party.«

»Willst du dir die anderen Bilder nicht auch ansehen?«

»Doch, natürlich, aber das kann ich ja auch ein anderes Mal noch machen. Das sollte ich auf jeden Fall ein anderes Mal machen«, wiederholte sie, als Olivier auf sie beide zukam.

Abby suchte ihren Kram zusammen und hielt ihm die Hand hin. »Es war sehr schön, dich kennen zu lernen, Olivier.«

»Danke. Das fand isch auch.«

»Also dann, bis demnächst.« Sie zwinkerte Imogen zu und hastete zurück nach unten.

Imogen wandte sich Olivier zu. »Und, wie findest du die Galerie?«

»Isch bin sehr beeindruckt. Aber es sind nischt sehr viele Bilder 'ier, oder?«

»Das liegt daran, dass ich Platz für deine Bilder geschaffen habe …«

»Darüber freue isch misch sehr. Isch ’elfe dir, sie aufzu’ängen, wo isch schon einmal ’ier bin.«

»Okay, danke. Aber wo willst du wohnen?«

»Bei dir«, sagte er knapp und ohne das geringste Anzeichen von Zweifel oder Unsicherheit.

Sie schaffte es sehr gut, ihre Überraschung zu verbergen, und dachte sich – erst recht, als er die Gelegenheit nutzte und sie wieder küsste, diesmal länger und nachdrücklicher –, warum eigentlich nicht?

Er war Single, sexy, schön, schlau und schaffensfreudig, und mit ihrer Hilfe wäre er in Kürze so reich und erfolgreich wie die Leute, bei denen er derzeit angestellt war. Wenn sie eine Liste aufstellen müsste mit alldem, was sie an einem Mann schätzte, dann würde sie bei Olivier hinter jeder dieser Eigenschaften ein Kreuzchen machen. Und sie wusste bereits, dass sie im Bett mehr als harmonierten. Warum sollte sie jemanden so unsteten und unzuverlässigen wie Alexander Avery wollen, wenn sie Olivier haben konnte? Je länger sie darüber nachdachte, desto logischer erschien es ihr.

»Okay«, antwortete sie, als er sie schließlich wieder losließ. »Okay.«

Zum ersten Mal schloss sie die Galerie vorzeitig.

»Zu Ehren deiner Ankunft«, sagte sie zu Olivier. »Denk nicht, dass ich so etwas häufiger mache, ich bin normalerweise sehr gewissenhaft.«

Sie wusste nicht so recht, was sie mit ihm anstellen sollte, also ging sie zum Essen mit ihm ins Marc Anthony’s und zog alles so sehr in die Länge wie möglich, weil sie sich genierte, ihn mit zu sich nach Hause zu nehmen. Die kleinen Zimmer mit ihren schäbigen Möbeln, die sie an guten Tagen als »Shabby Chic« bezeichnete und an schlechten als Flohmarktschrott, waren ihr peinlich. Und außerdem wusste sie nicht genau, was passieren würde, wenn sie nach Hause kamen, oder besser, was sie wollte, dass passieren würde.

Wenn sie ihn gefragt hätte, hätte er ihr gesagt, dass er die hellen Farben in ihrer Wohnung mochte, die orangefarbene Küche, das purpurrote Wohnzimmer, das königslila Schlafzimmer, und nicht zuletzt ihre selbstgemalten Bilder und ihre Lieblingsbilder von anderen, die nahezu jede freie Fläche ihrer Wände bedeckten.

Nachdem er alles inspiziert hatte, wanderten seine Augen hinaus in den schönen, dicht bewachsenen Garten, ihr privates Naturschutzgebiet, das eigentlich das Einzige gewesen war, was sie für die Wohnung eingenommen hatte, und dann hinüber ins Schlafzimmer. Er lächelte sie mit dem verführerischen Lächeln an, das sie schon von ihm kannte, stellte seine Taschen ab, nahm stattdessen sie hoch in seine Arme, trug sie hinüber ins Schlafzimmer und kickte, als sie beide drin waren, mit einem Fuß die Tür hinter sich zu.

Und so ließ sich Imogen fallen, nicht nur ins Bett, sondern auch, wenn man so wollte, in eine Beziehung. Sie hatte sich nicht bewusst dafür entschieden, aber sie hatte auch nicht verhindert, dass es passierte, also war es in gewisser Weise ihre Entscheidung, dass es passierte.

Sie fragte ihn nicht, wie lange er bleiben wollte, und er sagte auch von sich aus nichts zu diesem Thema. Seine Ausstellung war in zwei Wochen, und sie konnte sich nicht vorstellen, dass er keine Verpflichtungen hatte, die ihn davon abhielten, so lange zu bleiben. Andererseits hatte er versprochen, bei der Vernissage anwesend zu sein, und bisher keine Anstalten gemacht, seine Abreise anzukündigen, also wollte er vielleicht tatsächlich so lange bleiben.

Vielleicht hätte sie ihn fragen sollen, aber abgesehen von der Tatsache, dass ihre Wohnung für zwei wirklich zu klein war, fand sie es aufregend, dass er da war. Sie hatte seine unerwartete Anwesenheit auch schon genutzt, um noch mehr Werbung für seine Ausstellung zu machen. Sie hatte Abby gebeten, ein paar Fotos von ihm zu machen, auf denen er widerspenstig und schlecht gelaunt aussah, weil er es, wie er sagte, »'asste«, fotografiert zu werden. Aber er sah trotzdem phantastisch aus, und mit seinem Foto ließ sie Erinnerungskarten drucken, die sie den Leuten schickte, die zwar schon eine Einladung erhalten, aber noch nicht ihr Kommen zugesagt hatten. Zwei Tage, nachdem sie sie losgeschickt hatte, war ihre Gästeliste voll, und ihr Telefon klingelte ununterbrochen, weil auch Leute, die nicht gefragt worden waren, gerne eine Einladung wollten.

Sie wollte den Tag nicht vor dem Abend loben, aber es sah tatsächlich so aus, als könnte Olivier Ducass der Coup sein, auf den sie gewartet hatte. Blieb nur zu hoffen, dass die Leute ebenso begeistert von seinen Bildern wären wie von ihm selbst, aber wie könnten sie nicht? Jeder, der sie bisher gesehen hatte, war ins Schwärmen geraten. Die Einzige, die nicht aus dem Häuschen gewesen war, war Kit, aber ihr gefielen, wie sie selber sagte, eher »dunkle und symbolische« Dinge, und diese Bilder waren für ihren Geschmack »viel zu hübsch«. Imogen hätte die Bilder nicht als hübsch bezeichnet, das wertete sie ihrer Meinung nach ab. Sie waren schön, und der Unterschied zwischen hübsch und schön war wie der zwischen der Lieblingsbrosche ihrer Mutter und Michelangelos David.

Olivier Ducass hatte seit ihrer Rückkehr aus Frankreich jeden ihrer wachen Momente besetzt (wenn sie schlief, träumte sie verstörenderweise immer von Alex und Hetta und Henry und ihrem vor Früchten berstenden Garten), und zwar sowohl beruflich als auch privat. Aber jetzt stand eine Abwechslung an, denn am kommenden Wochenende sollte Kates und Gordons Hochzeit gefeiert werden.

Kate war seit Jahren eine von Abbys besten Freundinnen und über die Zeit auch eine Freundin Imogens geworden. Abgesehen von der Tatsache, dass sie sich für die Hochzeit einen Samstag freinehmen musste, zu einer Zeit, in der Imogen die Galerie am liebsten gar nicht aus den Augen gelassen hätte, freute sie sich sehr auf das Ereignis.

Das Wetter am Samstag war leider alles andere als hochzeitswürdig. Schwarze Wolken und strömender Regen hüllten alles ein, aber die Stimmung war trotzdem gut. Eine Vielzahl von Regenschirmen in allen Farben machte aus dem Kirchhof einen bunten Regenbogen, und alle waren bester Laune.

Kates Heimatort in der Grafschaft Kent wurde durch die Feierlichkeiten so gut wie lahmgelegt, so groß war die Hochzeitsgesellschaft. Ein ganzer Fuhrpark von Limousinen transportierte die weit verzweigte Familie der Braut. Während die Männer aus Kates Familie schicke Anzüge und Smokings trugen, kam der gesamte männliche Clan des Bräutigams Gordon Perry in Schottenröcken, die lustig im Wind flatterten wie das

Zeltdach im Garten von Kates Eltern, das spektakulärer davonzufliegen drohte als eine Rakete in Cape Canaveral.

Den beiden Familien folgte ein ganzer Tross aus Freunden und Kollegen, die von dem zur Begrüßung unter dem flatternden Zeltdach ausgeschenkten Sekt schon ein bisschen angeheitert waren. Zum ersten Mal seit Jahrhunderten hatte der alte Friedhof mehr lebendige Gäste als tote.

Abby war Trauzeugin und sollte eigentlich nur Gast auf dem Fest sein, rannte aber überall mit ihrer Kamera herum und ging dem offiziell engagierten Fotografen gehörig auf die Nerven, indem sie sich überall einmischte, die Leute für Gruppenbilder umpositionierte und alle fünf Minuten die Beleuchtung kontrollierte.

Nathans Sohn Oliver wich ihr nicht von der Seite und machte ihr mit seiner kleinen Kamera, die Abby ihm zum Geburtstag geschenkt hatte, wie ihr kleiner Schatten alles nach.

Ihr kleiner Hund George war total aufgeregt, weil er heute nicht an der Leine gehalten wurde, und saß schwanzwedelnd auf dem Schoß eines schönen blonden Teenagers, der ein schmollendes Gesicht machte. Nach den schwierigen Startbedingungen mit Nathans Tochter Tamsin war Imogen erleichtert zu sehen, wie sich ihre Züge aufhellten, als Abby ihr zuwinkte.

Die gutherzige Abby hatte seit kurzem auch einen Neuzugang in ihrer Hundefamilie zu verzeichnen. Die kleine, lockige, champagnerfarbene Mischlings-Hundedame, die ein paar Wochen zuvor abgemagert und dreckig zwischen den Mülltonnen im Hinterhof ihres Studios gefunden worden war, hatte nun glänzendes Fell, war gesund und glücklich wiederhergestellt und stolze Trägerin eines nagelneuen, knallroten Lederhalsbands, auf dessen Silberetikett der Name »Phoebe Lane« sowie Abbys Telefonnummer eingraviert waren.

Die kleine Hündin versteckte sich gerade zwischen Nathans Anzugbeinen und blinzelte mit ihren bernsteinfarbenen Augen erstaunt in die große Menge Leute, die in ihren feinsten und nassesten Outfits um sie herumwimmelten, und ab und zu kam George vorbei und leckte ihr zur Beruhigung die dicke braune Schnauze, als ob er ihr damit versichern wollte, dass alles in Ordnung war.

Imogen, die sich alleine zur Hochzeit angemeldet hatte, hatte nun doch eine Begleitung im Schlepptau, ihren »Gast aus Frankreich«. Er war jetzt schon eine ganze Woche bei ihr und zeigte noch keinerlei Anzeichen, wieder nach Hause zu wollen. Sie hatten sogar schon so etwas wie eine Routine entwickelt. Nach dem Frühstück, das er machte, während Imogen unter der Dusche war, verbrachte er den Vormittag mit dem Besichtigen der Stadt, während sie arbeitete. Nachmittags kam er dann zu ihr in die Galerie, um in dem von Imogen vernachlässigten kleinen Atelier das zu malen, was er am Morgen gesehen hatte, und dabei gelang es ihm, seine besondere Lichttechnik auch auf Londoner Motive anzuwenden. Imogen staunte über das Tempo, in dem er arbeitete, und kicherte heimlich bei der Vorstellung, dass er, wenn er tatsächlich drei Wochen blieb, am Ende gleich genug Material für eine zweite Ausstellung zur Verfügung haben würde.

Olivier war vorher noch nie in England gewesen und war deshalb hocherfreut, an diesem Tag die englische Landschaft erleben zu können. Hätte es nicht geregnet, schätzte Imogen, hätte er sicher die ganze Fahrt über wie ein Hund den Kopf aus dem Zugfenster gestreckt.

Jetzt studierte er gerade mit großem Interesse die alte Kirche mit ihren gotischen Wasserspeiern und Greifen und übersetzte Stück für Stück die Inschriften auf den Grabsteinen, indem er sich die englischen Worte vorlas, um sie dann für sich selbst ins Französische zu übertragen.

Er war so sehr bei der Sache, dass ihm die kleine Gruppe Frauen entging, die ebenso aufmerksam ihn studierten.

»Was für ein wahnsinnig gutaussehender Mann«, sagte Kit, die ihn durch das Teleobjektiv von Abbys Kamera beobachtete. »Er sieht aus wie ein in Gold getauchter Joaquin Phoenix.«

Abbys älteste Freundin Jamie war heute ohne ihren Partner Andrew da, der mit einer Grippe im Bett lag, und ihre beiden Stiefsöhne hatte sie zu ihrer Mutter geschickt. Sie war deshalb völlig unbewacht und so aufgeregt wie Abbys kleine Hundelady. Sie hatte schon drei Gläser Sekt intus und war mit der halbleeren Flasche in der Hand bei der Kirche aufgetaucht, und Abby hatte den Sekt kurzerhand konfisziert. Jamie brauchte jedenfalls nicht lange, bis sie Olivier entdeckte.

»Wer ist dieser Mann, den ihr alle anstarrt?«, ächzte sie verzückt.

»Nur einer meiner Künstler«, erklärte Imogen zurückhaltend.

»Nur einer deiner Künstler?« Abby zog die Augenbrauen hoch und sah ihre Freundin an. »Ich würde sagen, er ist schon noch ein bisschen mehr als das, oder?«

»Ich weiß nicht.«

»Er lebt seit einer Woche mit dir!«

»Er lebt mit Imogen?«, rief Jamie aufgeregt.

»Er wohnt bei mir, nicht mit mir, das ist ein großer Unterschied.«

»Er schläft in deinem Bett.«

»Ich hab nur das eine«, erwiderte Imogen lächelnd.

»Ich hoffe, es ist schmal«, sagte Kit und schürzte die Lippen.

»Ich hoffe, es ist breit«, witzelte Jamie, »dann kann ich mich auch noch dazulegen.«

Abby schüttelte tadelnd den Kopf, als sie sah, wie Jamie ihre unkontrollierten Arme um Kit legte und in schallendes Gelächter ausbrach. Abby flüsterte Imogen zu: »Würdest du bitte ein Auge auf sie haben? Ich habe die Befürchtung, dass ihre heutige Mission darin besteht, sich ordentlich zu betrinken, jetzt, wo Andrew nicht da ist, um auf sie aufzupassen.«

»Kein Problem«, erwiderte Imogen, »ich setze sie einfach neben Olivier, das sollte sie beschäftigen.«

»Das ist eine gute Idee. Sie wird ihn die ganze Zeit belagern und gar keine Zeit haben, sich mit Sekt zuzuschütten.«

Ein bisschen zu spät, also so, wie es sich gehörte, kam jetzt auch Kate. Sie war die Eleganz in Person – Imogen hatte nichts anderes erwartet –, trug ein schönes, schlichtes, seidenes Etuikleid, hatte ihr dunkles Haar Audrey-Hepburn-artig hochgesteckt und trug Diamanten an Hals und Ohren. Sie wurde in einem alten Rolls-Royce gefahren und von ihrem Vater begleitet, der vor Stolz schier zu platzen schien. Kate war überwältigt gewesen von der Summe, die ihre Eltern ihr für die Hochzeit zur Verfügung gestellt hatten, aber weil sie bescheiden, ehrlich und achtsam war, hatte sie für ihren großen Tag entgegen allem Anschein gar nicht so viel Geld ausgegeben, wie man hätte meinen sollen. Das Kleid und der Rolls-Royce waren geliehen, die Hochzeitstorte hatte eine Verwandte gebacken, und die Brautmädchenkleider, elegante, schmale goldene Roben, in denen sich die Brautmädchen wie Oscar-Figuren vorkamen, waren selbst genäht. Kate und ihre Mutter hatten die prächtigen Bouquets mit Blumen aus dem Garten selbst zusammengestellt, und eine am Morgen zum Glück noch nüchterne Jamie hatte alle geschminkt und als stellvertretende Geschäftsführerin eines Restaurants auch für ein günstiges Catering gesorgt. Die Ringe waren Erbstücke, und Kates übrigen Schmuck hatte schon ihre Großmutter zu ihrer Hochzeit angehabt. Das einzig Neue, das Kate an ihrem Körper trug, war das blaue Strumpfband, das Abby ihr geschenkt hatte – ihr Beitrag zur alten Hochzeitstradition »Something old, something new, something borrowed, something blue«.

»Wir sind die Ersten«, seufzte Jamie, als der Brautmarsch fast melodisch von der Orgel erklang. Kate schwebte den Gang hinauf und sah einfach nur ätherisch aus. »Ist sie nicht hinreißend? Ich wünschte, Andrew könnte das sehen.«

»Er hätte nicht viel davon gehabt, mit seiner Grippe.«

»Oh, ich glaube nicht, dass er Grippe hat. Ich denke eher, es ist eine Allergie.«

»Tatsächlich?«

»Ja«, knurrte sie unfein, »ihm wird schon bei der bloßen Erwähnung des Wortes ›Hochzeit‹ schlecht.«

Kapitel 19

Abby wartete schon seit fünf Gängen auf eine Gelegenheit, um mit Imogen über Alex zu sprechen. Nein, eigentlich wartete sie schon seit ihrer Rückkehr nach England auf diese Gelegenheit.

Erst das wirklich seltsame frühmorgendliche Telefongespräch mit Alex und dann dieser ähnliche Anruf von Imogen. Was um alles in der Welt war da los?

Keiner von beiden hatte die Angelegenheit seit Imogens Anruf an dem Wochenende mehr zur Sprache gebracht, obwohl Imogen so geklungen hatte, als gäbe es noch eine ganze Menge zu berichten. Aber da es nicht Abbys Art war, aufdringlich zu sein, hatte sie sich bisher damit begnügt, ein paar kleine Anspielungen zu machen, auf die Imogen allerdings nicht eingegangen war.

»So reizend Olivier auch ist, er ist nicht unbedingt das Souvenir von der Côte d'Azur, das ich von dir erwartet hatte«, versuchte sie es gleich am Tag nach dessen überraschender Ankunft, als sie sich zu einem morgendlichen Kaffee und Schokoplätzchen getroffen hatten.

Aber alles, was Imogen geantwortet hatte, war gewesen: »Ich auch nicht. Normalerweise bringe ich Sachen wie Schmuck, Süßigkeiten oder billige Töpferwaren mit.«

Egal, wie viele Anspielungen Abby gemacht hatte, Imogen hatte sich nie auf eine davon eingelassen, und da Abby nicht weiter in sie dringen wollte, hatte sie mehrmals versucht, Alex anzurufen, aber immer nur seine Mailbox erwischt, und natürlich hatte er auf keine einzige ihrer Nachrichten geantwortet, der unmögliche Mensch.

Und dann war plötzlich Olivier aufgetaucht.

Aber ihr war heute immer deutlicher aufgefallen, dass Imogen nicht annähernd so glücklich und stolz aussah, wie eine Frau, die sich Olivier Ducass geangelt hatte, eigentlich hätte aussehen müssen, und das machte Abby Sorgen.

Irgendetwas Seltsames ging hier vor. Daher packte sie, als nach dem Essen alle zu tanzen begannen und sie beide erstmalig alleine am Tisch saßen, den Stier bei den Hörnern und fragte sie einfach.

»Also, was ist passiert zwischen dir und Alex?«

Sie waren beide von ihrer Direktheit überrascht. Imogen sah sie an, seufzte, kratzte sich am Kopf, fuhr mit der Gabel über die Reste ihres Schokoladenkuchens, nahm einen beherzten Schluck von ihrem Glas, zögerte noch einen Moment, und dann begann sie mit vom Alkohol gelöster Zunge alles zu erzählen.

»... Wir haben uns einfach auf Anhieb so gut verstanden, es war, als wären wir alte Freunde, obwohl wir uns doch gerade erst kennen gelernt hatten. Wir hatten so viel Spaß zusammen, aber dann, im Laufe des Wochenendes, wurde uns beiden klar, dass noch viel mehr daraus werden könnte, und um ehrlich zu sein, Abs, es hat sich für mich so angefühlt, als könnte etwas ganz Wundervolles daraus werden. Hetta und Henry mochten ihn auch.«

»Hetta und Henry sind so offenherzig und liebevoll, die mögen jeden.«

»Ich weiß. Nicht gerade die besten Barometer.«

»Er ist sehr verführerisch. Er hat so eine Art, dich glauben zu machen, du seist die schönste, interessanteste, reizvollste Frau auf der ganzen Welt.«

»Ich weiß, das ist ja das Furchtbare an der Sache, dass ich das alles schon von dir wusste und trotzdem darauf reingefallen bin.«

»Warum hast du nicht gleich nach deiner Rückkehr mit mir darüber geredet?«

»Um die Wahrheit zu sagen, habe ich versucht, das Ganze zu verdrängen. Ich habe es eben einfach falsch verstanden. Es war ein tolles Wochenende mit einem außergewöhnlichen, wenn auch unzuverlässigen Freund, mehr nicht. Und jetzt ist Olivier da, wir scheinen ja gerade in so etwas wie eine Beziehung hineinzuschlittern ...«

»Von der du offensichtlich hin und weg bist ...«

»Ich weiß.« Imogen verdrehte die Augen. »Es ist furchtbar. Theoretisch hat Olivier alles, was ich an einem Mann toll finde. Wenn ich eine Liste machen müsste, würde er alle Anforderungen erfüllen ...«

»Aber es fühlt sich trotzdem nicht richtig an?«

»Ja, so etwas in der Art. Ich glaube, ich fühle mich alleine wohler.«

»Und Alex?«

»Oh, er fühlt sich alleine auch wohler, das hat unsere letzte Begegnung ja mehr als deutlich gemacht. Und ...« Sie sah sich um, weil sie sichergehen wollte, dass Nathan nicht in der Nähe war, und flüsterte in Abbys Ohr. »Also, ich meine, vielleicht hat er sich nur deshalb so benommen, weil ich deine Freundin bin und weil ich ihn an dich erinnere und weil er sich so über die Enttäuschung mit dir hinwegtrösten konnte ...«

»So ein Unsinn«, entgegnete Abby sofort. »Du kannst dich nur über jemanden hinwegtrösten, in den du mal verliebt warst, aber Alex war nie verliebt in mich, er hat es sich nur eingebildet. Es ist ihm erst dann eingefallen, mir nachzulaufen, als er mich mit Nathan gesehen hat. Er wollte mich erst wieder zurück, als er wusste, dass er mich nicht mehr haben kann.«

»Und als er wusste, dass er mich haben kann, wollte er mich auch nicht mehr.« Imogen versuchte, einen Seufzer zu unterdrücken, aber es gelang ihr nicht.

»Er ist ein riesengroßer Feigling, was Beziehungen angeht. Dass ihr euch so blendend verstanden habt, hat ihm wahrscheinlich eine Höllenangst eingejagt.«

»Dann meinst du also, er könnte deswegen weggerannt sein, weil er mich mochte, und nicht, weil er mich plötzlich doch nicht haben wollte?«

»Ich weiß, das klingt seltsam, aber für Alex wäre so ein Verhalten total typisch. Die wichtigste Frage ist und bleibt aber, ob du ihn überhaupt willst. Jetzt, wo du weißt, wie er ist.«

»Oh, nein, Abby, ich will nicht einmal daran denken! Ich würde mein ganzes Leben damit verbringen, ihn wie ein Kätzchen mit dem Faden eines Wollknäuels bei Laune zu halten. Ich glaube nicht, dass mir das liegt oder dass ich Lust dazu habe, und so etwas ist auch nicht meine Art. Entweder, eine Beziehung funktioniert auf ehrliche und einfache Weise, oder eben nicht. Wenn er mich nicht so will, wie ich bin, dann Pech für ihn. Ich will ihn nicht.«

»Ich wünschte, ich könnte dir das glauben.«

Imogen zog eine Grimasse und lachte. »Das wünschte ich auch.«

»Also willst du ihn immer noch.«

»Vielleicht ist er ein Juckreiz, den ich wegkratzen muss.«

Abby lachte. »Oh, das sage ich ihm, den Spruch wird er mögen.«

»Er ist mir irgendwie unter die Haut gegangen, aber das darfst du ihm auf keinen Fall sagen.«

»Aber wenn du ihn willst, was machst du dann mit Olivier?«

»Man kann nicht immer haben, was man will, und abgesehen davon ist das, was man will, nicht unbedingt auch das, was gut für einen ist.«

»Wem sagst du das. Alles, was ich wollte, war ein unkomplizierter Single-Mann, und sieh dir an, was ich gekriegt habe: einen geschiedenen Kerl mit mehr Gepäck als im Stauraum einer Boeing 747.« Der liebevolle Blick, den Abby Nathan zuwarf, strafte ihre spitze Bemerkung Lügen.

»Das ist genau das, was ich meine. Man will nicht immer das, was gut für einen ist. Manchmal hast du zum Beispiel wahnsinnige Lust auf Schokoladenkuchen, aber du weißt genau, du solltest lieber eine Banane essen.«

Abby nickte.

»Olivier ist meine Banane. Sehr viel gesünder und genauso lecker.«

»Und du kannst nette Sachen anstellen mit einer Banane …« Abby zwinkerte ihr zu. »Aber trotzdem ist sie keine Schokotorte. Tröstest du dich mit Olivier?«

»Du meinst, um über Alex hinwegzukommen?«

»Genau das.«

»Oh Abby, sei nicht blöd, ich bin doch nicht in Alex verliebt!«

»Was du nicht sagst.«

»Ich könnte dir eine ganze Liste mit Gründen nennen, und ganz oben auf der Liste steht, dass ich viel zu vernünftig bin, um etwas so Bescheuertes zu tun!«

Es war Imogen nicht entgangen, wie viele neidische Blicke von anderen Frauen sie an diesem Tag erntete.

Olivier hatte wirklich ein wunderschönes Gesicht und einen unglaublichen Körper, und wenn er den Mund aufmachte, purzelte ein französischer Akzent aus ihm heraus, der so seidig war wie flüssiger Honig. Ganz zu schweigen von der Tatsache, dass er Maler war, und zwar einer, der laut Abby und Imogen eine glänzende Karriere vor sich hatte.

Er hätte jede Frau auf dem Fest haben können, außer vielleicht der Braut und den völlig Desillusionierten. Jamie hatte tatsächlich die ganze Zeit neben ihm gesessen und ihn verzaubert angestarrt, als würde sie auf einem riesigen Plasmabildschirm den spannendsten, interessantesten, faszinierendsten Film aller Zeiten verfolgen.

Die Enttäuschung über ihr eigenes Leben ließ Jamie immer nach etwas anderem Ausschau halten. Sie lebte ihr Leben mit der Grundeinstellung, dass das Gras auf der anderen Seite immer grüner war, und so saß sie da, mit einem Fernglas vorm Gesicht, um ja nichts da drüben zu verpassen.

Natürlich verknallte sie sich von Zeit zu Zeit, aber ihr Auge schien niemals auf irgendjemanden zu fallen, der auch zu haben gewesen wäre, weshalb ihre Freunde davon überzeugt waren, dass es ihr in erster Linie um die Phantasien in ihrem Kopf ging und nicht um das Ausleben derselben. Andrew war ihre Realität. Auch wenn sie sich andauernd über ihn beschwerte, wussten alle, dass, wenn er um ihre Hand anhielte, sie ihn schneller in die Kirche geschleppt hätte, als ein TGV Paris erreichte.

Was war es, das einen zu dem Entschluss führte, den Rest seines Lebens mit jemandem verbringen zu wollen? Die naheliegendste Antwort war: Liebe. Aber was war die Liebe dann? Ein anderes Wort für Optimismus? Oder Dummheit?

Tatsächlich fand gerade eine Debatte zum Thema Heiraten an ihrem Tisch statt, ein Thema, das sich anlässlich des Tages aufdrängte. Selbst Jamie unterbrach ihre stille Bewunderung und brachte sich als Verteidigerin in die Diskussion ein:

»Die Ehe ist doch eine der Säulen unserer Gesellschaft. Und trotzdem heiraten immer weniger Leute, und die, die heiraten, nehmen sie nicht mehr richtig ernst, sonst würden sie sich nicht sofort wieder aus dem Staub machen, wenn die ersten Schwierigkeiten auftauchen.«

»Das stimmt schon, es ist so viel einfacher geworden, sich scheiden zu lassen. Früher war das eine richtige Schande, und heute ist es gang und gäbe.«

»Man muss schon einen guten Grund haben zu heiraten. Ich glaube, eine Menge Leute, besonders wir Mädels, heiraten nur deshalb, weil wir das Heiraten selbst toll finden. Ihr wisst schon, das Kleid, der Kuchen, die Fotografen, das Tanzen, die Frisur, das Make-up, die Fingernägel, und dann bist du der Mittelpunkt zwischen all den Menschen, die du kennst und liebst, wie genial ist das denn bitte?«

»Also, ich finde überhaupt nicht, dass eine große Hochzeit ein Vergnügen ist. Es ist wahnsinnig hart, das durchzustehen, und indem du es durchhältst, zeigst du, dass du wirklich zu deinem Partner stehst.«

»Aber um diese eine große Party geht es doch gar nicht.

Zum Heiraten brauchst du höchstens einen Tag. Manche tun es innerhalb von ein paar Minuten. Es ist nicht die Hochzeit, die wichtig ist, sondern das, was danach kommt: die Ehe. Und da zeigt sich erst, ob du *wirklich* zu deinem Partner stehst. Und dafür muss man nicht einmal verheiratet sein, es reicht, wenn du mit jemandem zusammenlebst.«

»Also spielt es deiner Meinung nach gar keine Rolle, ob man heiratet oder nicht?«

»Nein, das denke ich nicht. Ich meine, Heiraten ist der pure Wahnsinn.«

»Der pure Wahnsinn?«

»Würdest du freiwillig so viel Geld für eine einzige Party ausgeben?«

»Man kann sich jemandem auch verbunden fühlen, wenn man nicht verheiratet ist.«

»Aber es ist ein Zeichen dafür, dass du jemanden wirklich liebst, wenn du ihm einen Heiratsantrag machst.« Darauf bestand Jamie, schließlich wartete sie noch immer darauf, dass Andrew sie endlich fragen würde. »Wenn du für immer mit jemandem zusammen sein willst, warum solltest du ihm dann keinen Antrag machen? Und ist die Tatsache, dass ein Mann dir keinen Antrag macht, nicht der Beweis dafür, dass er vielleicht immer noch nach etwas Besserem Ausschau hält? Dass die Beziehung, in der er sich gerade befindet, momentan ganz okay für ihn ist, er sich aber nicht gesetzlich an dich binden möchte, weil er im Falle des Falles schnell aus der Sache rauskommen will? Ihr müsst schon zugeben, dass Schlussmachen einfacher ist, als sich scheiden zu lassen.«

»Meint ihr wirklich, wir sollten auf einer Hochzeit über Scheidungen reden?«

»Wahrscheinlich nicht. Vielleicht sollten wir über etwas weniger Verfängliches reden.«

»Klar, wie wäre es mit Politik und der Ausbeutung der Dritten Welt?«

Alle prusteten los vor Lachen. Alle bis auf Jamie.

»Ich glaube nicht, dass Heiraten allen Menschen gleich wichtig ist. Und Heiraten ist nicht die einzige Möglichkeit zu zeigen, dass man seinen Partner wirklich liebt«, sagte Imogen, um Jamie zu trösten. Die Unterhaltung war mittlerweile zu dem weitaus banaleren Thema Lieblingsfilme übergegangen.

»Dann glaubst du also auch nicht an die Ehe?«

»Das habe ich nicht gesagt. Ich glaube nur nicht, dass du denken solltest, dass Andrew dir nicht ganz und gar ergeben ist, nur weil er dir keinen Heiratsantrag macht.«

»Also glaubst du an die Ehe?«

Glaubte sie an die Ehe?

»Ich denke, sie hat ihre Berechtigung, aber ich glaube nicht, dass sie das einzig Glücklichmachende ist«, formulierte sie vorsichtig, um nicht eine neue Debatte auszulösen.

»Es wundert mich, dass du das sagst, wo doch deine Eltern so glücklich verheiratet sind, und denk mal an Henry und Hetta, und dann deine Schwester, die gerade im siebten Himmel schwebt… obwohl die beiden ja noch nicht richtig zählen, die haben ja gerade erst geheiratet… Nee, hör auf! Sean Penn ist doch der TOLLSTE! …«

Zu Imogens Erleichterung wechselte Jamie mir nichts, dir nichts zum Thema Filme.

Jamie hatte recht, es war seltsam, dass sie nicht voll und ganz vom Konzept der Ehe überzeugt war. Denn sie hatte wirklich ein paar Vorbilder in der Hinsicht. Also warum zweifelte sie dann daran, dass die Ehe heutzutage noch das richtige Rezept für die Liebe war? Vielleicht war sie eine Zynikerin. Obwohl sie das Wort »Realistin« vorgezogen hätte. Sie rechnete es den Leuten trotzdem hoch an, die sich im wahrsten Sinne des Wortes »trauten«, und wenn sie sich ansah, wie glücklich Kate und Gordon waren, war sie davon überzeugt, dass sie alles tun würden, damit die Sache funktionierte.

»Wenn du mich fragst, dann müssen wir nur den Richtigen für dich finden«, sagte Abby.

»Bist du sicher, dass du nicht doch lieber über Sean Penn reden willst?«, ärgerte Imogen sie.

»Andererseits sagt sich das so leicht, denn wie um Himmels willen findet man heraus, wer der Richtige ist?«, setzte Abby einfach nach.

»Da sagst du etwas Wahres. Ich glaube, es ist leichter herauszufinden, wer nicht der Richtige ist.«

»Alex ist wirklich nicht der Schlechteste, weißt du.«

»Wie kommst du denn jetzt schon wieder auf Alex?«

»Willst du etwa behaupten, du hättest nicht gerade an ihn gedacht?«

Imogens Schweigen war Antwort genug.

»Alex hat auch ein paar sehr liebenswerte Eigenschaften.«

»Zum Beispiel?«

»Na ja, unter seiner goldenen Oberfläche verbirgt sich tatsächlich auch ein Herz aus Gold. Ziemlich tief unter der Oberfläche zwar, aber ich glaube, er ist von Natur aus ein guter Mensch. Er braucht zwar eine Weile, aber meistens tut er am Ende doch das Richtige, egal wie viel Scheiß er vorher gebaut hat.«

»Wie zum Beispiel, dich und Nathan wieder zusammenzubringen.«

»Genau«, sagte Abby und lächelte.

»Wie fühlt sich das an?«, fragte Imogen, während sie ihre Freundin mit einem Gefühl ansah, das an Neid grenzte.

»Wie fühlt sich was an?«, fragte Abby zurück.

»Mit jemandem zusammen zu sein, der dich so lächeln lässt, dass es von deinem Mund bis runter zu deinen Füßen reicht«, sagte Imogen grinsend und besah sich Abbys Zehen, die vor lauter Freude wild zappelten.

»Oh, das ist mir gar nicht aufgefallen.«

»Hast du dich mit Alex auch so gefühlt?«

»Mit Alex habe ich mich gut gefühlt, ja, und er hat mich immer wahnsinnig zum Lachen gebracht. Und abgesehen von ein paar wirklich grauenhaften Katern habe ich mich mit ihm eigentlich nur einmal wirklich schlecht gefühlt, nämlich als er mir gesagt hat, dass er mich mit Pandora betrogen hatte.«

»Das muss furchtbar gewesen sein.«

Zu ihrer großen Überraschung zuckte Abby nur mit den Schultern. »Um ehrlich zu sein, habe ich mit irgendetwas in der Art gerechnet. Irgendwo tief in mir drin habe ich gewusst, dass wir beide nicht wirklich zueinandergepasst haben. Wir leben in völlig verschiedenen Welten. Ich hatte gerade erst mein Studio eröffnet und hatte so viele Verpflichtungen, dass wir so gut wie keine Zeit miteinander verbringen konnten. Wir waren nicht die Richtigen füreinander. Was nicht heißen soll, dass er nicht jemand anderen unglaublich glücklich machen kann.«

»Aber wir sind doch beide gleich. Wir sind beide Workaholics, Abby.«

»Schon klar, aber trotzdem. Es tut mir leid, dass ich ein Klischee bemühen muss, aber vielleicht hat er einfach noch nicht die richtige Frau gefunden …«

»Stimmt.«

»Dann glaubst du auch, dass er sich ändern könnte?«

»Nein, das ist ein Klischee.«

»Aber ich glaube, dass du etwas Besonderes für ihn bist.«

»Wieso?«

»Weißt du, ich glaube, er war nie in mich verliebt. Er mag mich, wir sind gute Freunde, wir haben uns gut verstanden, und er war, glaube ich, auch ein bisschen einsam. Wir haben eine Menge Spaß miteinander gehabt, und er konnte sich wahrscheinlich deshalb vorstellen, wieder mit mir zusammen zu sein, weil es unkompliziert gewesen wäre. Einfach. Er weiß, dass ich weiß, wie er ist.«

»Und das wäre?«

»Unzuverlässig, über die Stränge schlagend, ein Spinner.«

»Du machst mir Mut.«

»Ich versuche tatsächlich gerade, dir Mut zu machen!«

»Wirklich? Komisch, dass ich gar nichts davon merke.«

»Je länger ich darüber nachdenke, desto mehr finde ich, dass ihr ein gutes Paar abgeben würdet.«

»Das sagst du schon die ganze Zeit, aber nenn mir doch mal einen Grund, warum?«

»Okay.« Abby nickte. »Ich war ein Feigling bei Alex. Ich habe ihm einfach viel zu viel durchgehen lassen. Er braucht jemanden, der ihm zeigt, wo es langgeht.«

»Ich habe keine Lust, seine Mum zu spielen.«

»Aber ich glaube, das wäre genau das, was er bräuchte. Keine ›Mum‹«, fügte sie schnell hinzu, als sie Imogens vor Schreck geweitete Augen sah, »sondern jemanden, der ihm beibringt, was seine Mutter ihn hätte lehren sollen, aber nie getan hat.«

»Wie zum Beispiel, ihm die Schuhe zuzubinden und den Hintern abzuwischen?«, schnaubte Imogen.

»Das war nicht ganz das, was ich meinte.«

»Ich kann mich noch gut erinnern, wie du behauptet hast, Alex bräuchte jemanden, der ihn auf ein Podest stellt und jeden seiner Atemzüge verehrt.«

»Tja, da habe ich mich geirrt. Ich glaube, er braucht ein gleichberechtigtes Gegenüber, jemanden, der mit beiden Beinen auf dem Boden steht und ihm die Stabilität geben kann, die er alleine nicht hat. Er braucht jemanden, der ihm zeigt, dass ihm nicht jeder, den er liebt, abhandenkommt. Ich könnte das nicht. Ich habe meine eigene verkorkste Kindheit, mit der ich klarkommen muss. Wohingegen du eine behütete Kindheit hattest und niemand anderen brauchst, um dich ganz zu fühlen. Oh, schlag mich, ich klinge wie ein Psychologe.«

»Er hat vielleicht nicht viel Unterstützung von seinen Eltern, aber hat doch sehr nette Großeltern.«

»Ja, das stimmt, aber seine Familie ist einfach nicht wie andere Familien. Es mag so aussehen, als hätte er alles, was man sich nur wünschen kann, aber eben nur all das, was man mit Geld kaufen kann, und wie wir alle wissen, sind die besten Dinge im Leben …«

»… kostenlos?«, schloss Imogen für sie.

»Familie, Freunde, Lachen und Liebe.«

»Er verliebt sich nicht.«

»Das hat er mir auch gesagt, aber das habe ich ihm nie geglaubt. Er hat nur die wahre Liebe noch nicht gefunden.«

»Nicht einmal bei dir?«

»Ganz sicher nicht bei mir. Jetzt leuchtet es mir völlig ein, dass wir nicht mehr zusammen sind. Aber damals wollte ich es nicht glauben, ich wollte natürlich glauben, dass er mich liebt. Aber jetzt weiß ich, dass es nicht so war, und, hey, es macht mir nicht einmal mehr etwas aus.«

»Tja, im Nachhinein ist alles einfacher.«

»Das kann man wohl sagen. Die Liebe ist schon eine seltsame Angelegenheit. Und was ist sie eigentlich genau? Vielleicht eine Mischung aus Leidenschaft, Vertrauen, Verständnis, Gebrauchtwerden und noch irgendetwas Undefinierbarem.«

»Woher soll ich das wissen, ich war noch nie verliebt.«

»Noch nie?«

»Niemals nie nicht.«

»Na, dann habt ihr doch schon mal etwas gemeinsam.«

»Ich weiß nicht, ob das eine so tolle Gemeinsamkeit ist.« Imogen lachte nervös.

»Dann bist du nicht in Olivier verliebt?«

Sie schüttelte den Kopf. »Es ist einfach so passiert. Ich glaube, das ist nur eine Affäre.«

»Aber er sieht so unglaublich gut aus!«

»Aussehen ist nicht alles.«

»Also fehlt dir etwas an ihm?«

»Tja, das sollte man nicht glauben, wenn man ihm so ins Gesicht sieht.«

»Oder auf den Arsch.« Abby schüttelte ungläubig den Kopf, als sie Olivier auf der Tanzfläche betrachtete. Ein weiblicher Gast von ihrem Tisch, der Olivier ebenso wie Jamie die ganze Zeit über angeschmachtet hatte, hatte ihn auf die Tanzfläche gezerrt. »Wow, Imogen, tanzen kann er also auch. Sieh dir an, wie er sich bewegt. Alle starren ihn an.«

»Wahrscheinlich, weil er der einzige Mann hier ist, der keinen Anzug trägt.«

»Weißt du, die Leute starren ihn nicht an, weil er enge Jeans auf einer eleganten Hochzeit anhat, sie starren ihn an, weil er enge Jeans anhat.«

»Das kommt vom Gärtnern«, sagte Imogen. »Das hält ihn fit.«

»Woher es kommt, ist den Frauen glaube ich egal.«

»Ich glaube wirklich, dass mir irgendetwas an ihm fehlt. Er ist so ernst und seriös, so geradeheraus, er lässt einem nicht viel Raum für Interpretationen. Wenn er etwas sagt, dann meint er es auch so, was in Anbetracht der Tatsache, dass wir verschiedene Sprachen sprechen, wirklich von Vorteil ist. Er ist einfach so geradlinig.«

»Zu geradlinig.«

»Für mich schon, glaube ich.«

»Und Alex ist das absolute Gegenteil. Er ist alles andere als geradlinig. Eher komplex und schwierig zu durchschauen.«

»Na toll.«

»Obwohl er auch durch und durch ehrlich ist. Er hat es mir sofort gesagt, als er mit Pandora geschlafen hat.«

»Pandora?«

»Ich hab dir schon von ihr erzählt. Seine Ex. Schön und sinnlich, einfach wahnsinnig attraktiv.«

»Danke, das reicht, ich hasse sie schon. Dann hat er dich also mit seiner Ex betrogen, und du rätst mir immer noch zu?«

Abby nickte fröhlich.

»Und was, wenn ich deinen Rat befolge, und er betrügt mich mit seiner Ex?«

»In diesem Fall hättest du Glück, denn seine jüngste Ex bin ich, und ich würde dir das niemals antun.«

»Danke, Abs«, lachte Imogen, »aber ich lasse doch lieber die Finger davon. Es gibt ein bisschen zu viele ›Aber‹, ›Wenn‹ und ›Vielleicht‹, wie meine Mutter sagen würde.«

»So ist das eben mit Beziehungen. Du brauchst immer einen Vertrauensvorschuss. Und sicher ist nur eins: Wenn du den Sprung ins kalte Wasser nicht wagst, wirst du nie herausfinden, ob es funktioniert hätte.«

»Da hast du recht.«

»Also? Was willst du tun?«

»Keine Ahnung.«

»Ist Olivier der Richtige für dich?«

»Ich weiß nicht, ob ich überhaupt einen ›Richtigen‹ will. Übt das nicht viel zu viel Druck auf eine Beziehung aus? Niemand ist vollkommen, und irgendwann wird der- oder diejenige, mit dem du zusammen bist, sowieso etwas tun oder sagen, das dir ganz und gar nicht gefällt.«

»Weißt du was? Ich glaube, Liebe ist, wenn dir die Unvollkommenheiten nichts ausmachen.«

»Und wie du schon sagtest, Alex hat eine Menge davon.«

»Du hast mich ja noch nicht gefragt, wie er im Bett ist«, provozierte Abby ihre Freundin.

»Abby?«

»Ja?«

»Wie ist Alex im Bett?«

»Das kann ich dir natürlich nicht sagen. Was für die eine schrecklich ist, ist für die andere der siebte Himmel.«

»Also ist er schrecklich?«

»Nein. Aber das musst du selbst herausfinden.«

»Vielleicht will ich aber nicht.«

»Vielleicht glaube ich dir das nicht.«

»Vielleicht weiß ich nicht, was ich will.«

»Kann sein, aber weißt du, was du nicht willst?«

»Du bist sehr tiefsinnig heute, Abby Lane.«

»Ich weiß, aber das darf ich auch. Eine meiner ältesten Freundinnen hat heute geheiratet. Das macht einen eben sentimental.«

»Ganz zu schweigen von der Tatsache, dass du schon bei der zweiten Flasche Sekt angelangt bist.«

»Das könnte auch eine Rolle spielen. Aber es ist tatsächlich eine ganz gute Methode, wenn du durcheinander bist. Wenn du nicht weißt, was du willst, dich zu fragen, was du nicht willst.«

»Ich will nicht mehr daraus machen, als es war«, sagte Imogen bestimmt. »So, und das hier ist eine Party. Hören wir auf zu quatschen, und fangen wir an zu feiern. Möchtest du noch was trinken oder lieber tanzen?«

»Ich glaube, ich trinke lieber noch was. Die Schlange auf der Tanzfläche ist ein bisschen lang geworden, seit dein Franzose Salsa tanzt.«

Um vier Uhr morgens waren sie zurück in London. Die meisten Gäste waren über Nacht geblieben, aber da Imogen sich schon den Samstag freigenommen hatte, wollte sie unbedingt am Sonntag arbeiten, und sie wusste, dass es sehr schwer geworden wäre, einem gemütlichen Frühstück mit den anderen und einem gemeinsamen Ausflug ans Meer zu widerstehen, wenn sie auch dort übernachtet hätten.

Olivier ging in die Küche, um kräftigen schwarzen Kaffee zu

machen. Imogen mochte löslichen Kaffee lieber, aber sie trank gerne einen mit, weil ihr der Kopf von dem vielen Sekt noch schwirrte.

In wortlosem Einverständnis gingen sie hinaus auf den ziselierten Eisenbalkon und genossen die Geräusche und Gerüche des langsam erwachenden Morgens.

»Das war ein schöner Tag«, sagte Olivier, als sich die Stille zwischen ihnen doch ein bisschen sehr in die Länge zog.

»Es freut mich, dass es dir gefallen hat.«

»'ochzeiten sind ja auch etwas Tolles.«

»Du magst Hochzeiten?«

»Na klar. Isch möschte selbst gerne 'eiraten und Kinder 'aben.«

»Wirklich?«, fragte Imogen mit geweiteten Augen, weil sie nicht ganz sicher war, ob er gleich und mit ihr meinte. Sein Gesicht war so ernst.

»So soll es doch sein im Leben.«

Alles war entweder Schwarz oder Weiß für ihn, nur seine Bilder waren bunt. Wie konnte jemand, der ganz offensichtlich ein komplexer Charakter war, eine so klare Lebenseinstellung haben? Er schien nie wegen irgendetwas unsicher zu sein. Es war geradezu beunruhigend.

Er gähnte breit. »Schlafenszeit.«

»Oh, ich bin noch gar nicht müde. Ich denke, ich gehe ins Atelier und arbeite noch ein bisschen.«

»Aber es ist doch schon fast Morgen.«

»Eben, in zwei Stunden müsste ich sowieso aufstehen.«

»Du arbeitest zu viel. Komm mit ins Bett. Es macht nischts, wenn du nischt schlafen willst. Isch bleibe auch wach und leiste dir Gesellschaft.«

Seine Stimme klang verführerisch, sie war ein einziges Versprechen, aber sie schüttelte entschuldigend den Kopf. »Ich habe so viel zu tun… Es tut mir leid.«

Er sah sie lange an und nickte dann. »Bon alors, pas de problème. À demain.«

Sie ging schnell unter die Dusche, zog ihre üblichen Jeans und ein T-Shirt an und rief ein Taxi. Aber kaum war sie in der Galerie angekommen, legte sie sich sofort auf die alte Samtcouch, zog sich die Decke über den Kopf und schloss die Augen.

Als sie fünf Stunden später erwachte, saß er am Ende des Sofas und trank Kaffee. Aber es war der Geruch des Kaffees, der sie aufgeweckt hatte, nicht er. Er saß ganz ruhig und still da und betrachtete sie, aber nicht eindringlich, sondern eher fürsorglich, teilnahmsvoll.

Sie streckte sich ein bisschen und setzte sich auf. »Was machst du hier?«

»Das könnte isch disch auch fragen.«

Sie suchte nach Entschuldigungen oder irgendetwas, das sie sagen könnte, aber er kam ihr zuvor.

»Isch würde disch gerne etwas fragen.«

Sie wartete.

»Du denkst an jemand anderen?«

»Wie bitte?«

»Du schenkst mir deine Zeit, deine Gesellschaft, dein Lachen, deine Gedanken, deinen Körper, aber dein ’erz schenkst du mir nischt. Und isch denke mir: Olivier, dafür gibt es nur eine Erklärung. Du musst es schon jemand anderem geschenkt ’aben. Ist es so?«

Sie schüttelte den Kopf.

»Lügst du misch an oder disch selbst?«

Sehr gute Frage.

»Ich treffe mich mit niemand anderem …« So wie sie das sagte, wusste sie selbst, dass es nicht die ganze Wahrheit war, und überlegte, wie sie ihm etwas erklären könnte, das sie sich nicht einmal selbst erklären konnte. »Aber es gibt jemanden, für den … für den … für den ich etwas empfinde …«, brachte sie schließlich heraus.

Er nickte langsam und zuckte dann auf eine Weise mit den Schultern, die fast unbeteiligt war. »Isch wusste es.«

»Du wusstest es?«, wiederholte sie und wunderte sich, weil sie es sich doch gerade erst selbst eingestanden hatte.

Er nickte.

»Dann hast du mir etwas voraus, denn ich wusste es nicht.«

Er neigte den Kopf zur Seite, wie er es immer tat, wenn er nicht ganz sicher war, wie er etwas übersetzen sollte.

»Isch verstehe«, sagte er nach einem kurzen Moment, und dann begann er zu ihrer Verwunderung zu lachen.

»Du bist nicht sauer auf mich?«

»Isch bin vielleischt enttäuscht, aber wie könnte isch sauer auf disch sein, Imogen Fielding? Du 'ast nur Gutes in mein Leben gebracht.«

»Danke.« Sie berührte sanft sein Gesicht, ganz gerührt von seinen Worten. »Und was nun?«

»Wir bleiben Freunde.«

»Und in Bezug auf die Arbeit?«

»Sieh disch um!«, rief er und breitete mit einer großen Geste die Arme in Richtung seiner Bilder aus, die sie schon angefangen hatte aufzuhängen. »Isch 'ätte nie gedacht, dass einmal der Tag kommen würde, an dem meine Bilder in London ausgestellt werden würden. Du versuchst, misch berühmter zu machen als Dalí, was?«

»Heißt das, du willst immer noch mit mir arbeiten?«

»Warum sollte isch nischt? Du bist nischt in misch verliebt. Dafür kann keiner was.«

»Es ist sicher sehr unpassend, das zu sagen, aber ich wünschte, ich wäre verliebt in dich.«

»Warum? Du denkst, isch bin ein guter Typ und dass es einfach wäre, in misch verliebt zu sein? Nein, nein, du bist gerade noch einmal davongekommen!«

»Ach so?«

»Klar. Du verliebst disch in misch, isch be'andle disch wie eine Prinzessin, wir 'eiraten. Dann werde isch ein berühmter Künstler mit dicker Geldbörse und schrecklisch eingebildet, und dann betrüge isch disch mit einem französischen Filmstar und lasse disch mit acht Kindern sitzen. Also 'ast du großes Glück, dass du nischt in misch verliebt bist.«

Imogen lachte.

»So ist es schon viel besser. Isch möschte nischt, dass du traurisch bist.« Er fuhr mit seinem Finger über die dunklen Ringe unter ihren Augen und deckte sie wieder zu. »Du solltest jetzt schlafen.«

»Und du?«

»Du 'ast mir versprochen, dass isch disch eines Tages malen darf. Dieser Tag ist 'eute. Isch male disch, während du schläfst. Willst du Dornröschen für misch sein?«

»Ich weiß nicht …«

»Das ist das Wenischste, das du für misch tun kannst, schließlich 'ast du mir das 'erz gebrochen …«

»Wenn ich dir das Herz gebrochen habe, was ich nicht glaube, dann wird es sicher gleich wieder heilen, wenn du mich ein paar Stunden lang dabei beobachtest, wie ich schnarche, sabbere und mich kratze…«

»Nischts, was isch nischt jede Nacht der letzten Woche schon gesehen 'ätte«, witzelte er und machte dann ein trauriges Gesicht. »Und mit wem soll isch jetzt das Bett teilen?«

»Du kannst jede Frau kriegen, die du willst, das weißt du ganz genau.«

»Außer dir.«

»Du hast mich schon gekriegt.«

»Ja, aber isch kann disch nischt be'alten.«

»Zu kriegen und zu behalten«, murmelte Imogen schläfrig. »Vielleicht geht es darum beim Heiraten.«

»Wie bitte?«

»Ach«, gähnte sie, »es ist ziemlich leicht, jemanden zu kriegen, aber nicht, jemanden zu halten…«

Hetta war früh auf. Sie saß im Garten und lauschte den Vögeln, nippte an ihrem Kaffee und war in ein Seidentuch gehüllt, das ihr Mann ihr erst am Tag zuvor geschenkt hatte.

Henry war noch nicht aufgestanden, was ungewöhnlich für ihn war. Sie hörte, wie er im Hintergrund leise schnarchte, was neben dem Quaken der Frösche im Teich, dem Vogelzwitschern und einem vereinzelten Rauschen der Pinien im Wind das einzige Geräusch weit und breit war.

Es war so friedlich und still hier. Still vor allem, seit Imogen nicht mehr da war. Alle hatten versprochen, sie zu besuchen, aber dann waren sie doch alle zu beschäftigt. Selbst Rollo und Virginia waren für ein paar Wochen nach England gefahren, um ihre Tochter, ihren Schwiegersohn und zwei entzückende Enkelkinder zu besuchen.

Dieser Garten sollte von Stimmen und Gelächter erfüllt sein. Was hätte sie für eigene Enkelkinder gegeben!

Aber wenigstens hatte sie ihren Henry. Wo wäre sie ohne ihn? Allein, das wäre sie ohne ihn, ganz allein auf der Welt.

Jahrelang hatten sie versucht, Kinder zu bekommen, mit allen zur Verfügung stehenden Methoden, und als sie sich endlich damit abfanden, keine eigenen Kinder bekommen zu können, waren sie umso verzweifelter festzustellen, dass sie nun auch zu alt waren, um welche zu adoptieren.

So hatten sie sich damit begnügt, Livvys Kinder und deren Freunde zu bemuttern. Sie liehen sich Kinder aus, liehen sich die Kinder anderer Leute aus, um sie zu lieben.

Trotz der Wärme lief Hetta ein Schauer über den Rücken. Sie stellte ihre leere Tasse ab, ging zurück ins Schlafzimmer zu ihrem Mann und presste sich so dicht an ihn wie möglich. Arthur war davon geweckt worden, hievte sich aus seinem Körbchen hinauf aufs Bett und legte seinen Kopf auf ihre Füße.

»Meine Jungs«, flüsterte sie leise und wurde von ihren eigenen Tränen überrascht. »Du dummes altes Huhn«, schalt sie sich selbst und stieg, sehr zu Arthurs Bedauern, wieder aus dem Bett, ging ins Bad, wischte sich die Augen, schnäuzte sich, warf das Papiertaschentuch in die Toilette, betätigte die Spülung… und musste zu ihrem Entsetzen dabei zusehen, wie das Wasser statt zu sinken immer höher und höher stieg, bis es sich in Wellen über den Badezimmerboden ergoss.

Kapitel 20

Alex versuchte sich einzureden, dass er Imogen nicht vermisste. Und die Vogel-Strauß-Methode hätte auch wunderbar funktioniert, wenn nur die große Erleichterung, die er empfunden hatte, als er von ihr weggegangen war, sich nicht ebenso schnell verflüchtigt hätte wie der Morgennebel. Wenn er darüber nachdachte – was er sich große Mühe gab zu vermeiden –, wünschte er, er hätte seine Panikattacke ignoriert und wäre geblieben, aber er verdrängte diesen Gedanken hartnäckig, und obwohl er Nelson und Nico versprochen hatte, nicht mehr Auto zu fahren, wenn er getrunken hatte, trieb er es jetzt noch weiter auf seinen Partys, gab das Geld aus, als wachse es auf den Bäumen in den Gärten der Villa Marchmont, raste über die Straßen der Côte d'Azur, als sei er der einzige Mensch, und ignorierte konsequent jedes Tempolimit.

Seine Großeltern verstanden die Welt nicht mehr und fragten sich, wie weit es ihr wilder Enkelsohn noch treiben wollte. Selbst Pam machte sich Sorgen und bat ihren sonst so nachsichtigen Mann Tom einzugreifen, aber dessen Versuch, ein Gespräch »von Mann zu Mann« zu führen, hatte nicht mehr zum Ergebnis gehabt als ein betreten nach unten schauendes Gesicht, das trotz der Bräune blass war, und eine Entschuldigung. Aber an seinem Verhalten hatte er nichts geändert.

Auch Lily war sehr beunruhigt, und als sie ihm eines späten

Abends begegnete – sie kam selbst gerade von einer Party zurück, und er war im Begriff, auf eine zu gehen, um auf Teufel komm raus zu feiern –, schleppte sie ihn regelrecht vom Taxi weg in die Küche, wo sie ihn mit einer Tasse Kaffee an einen Tisch und sich selbst ihm gegenüber setzte und ihm direkt in sein abgehärmtes Gesicht blickte.

»Okay, Vetter. Raus mit der Sprache.«

Er sah sie an, als habe er nicht die blasseste Ahnung, wovon sie redete, aber sie wussten beide, dass das Theater war.

»Wer ist sie, und warum benimmst du dich ihretwegen wie ein Vollidiot?«

»Wie kommst du auf die Idee, dass irgendetwas nicht in Ordnung wäre?«

Sie brauchte ihn nur anzusehen, um eine Antwort überflüssig zu machen.

»Okay, ich benehme mich wie ein Vollidiot, aber wie kommst du auf die Idee, das könnte mit einer Frau zu tun haben?«

»Weil du dich sonst nur so benimmst, wenn deine Mutter wieder einmal vergessen hat, dass du existierst, und da das im Moment nicht der Fall ist, muss es zwangsläufig eine Vertreterin des schönen Geschlechts sein. Dabei fällt mir ein, wenn wir das schönere Geschlecht sind, bedeutet das dann, dass ihr das hässlichere seid?«

Alex lachte, und das hatte Lily beabsichtigt.

Sie lehnte sich zurück und taxierte ihn für einen Moment. Dann nickte sie, als sei sie in ihren jungen Jahren schon im Besitz der Weltweisheit.

»Ich weiß, was mit dir los ist.«

»Ach ja?«

»Es ist wegen Abby, stimmt's? Du hast gelogen, als du gesagt hast, du wärest über sie hinweg, und du kannst dich nicht damit abfinden, dass du zu spät eingegriffen hast und sie jetzt mit jemand anderem zusammen ist und es auch noch so aussieht, als würde es halten.«

Alex zögerte einen Augenblick und sah seiner Cousine dann ins Gesicht. Ihre sonst so glatte Stirn war vor Sorge ganz gerunzelt.

»Ja, stimmt«, log er.

»Dachte ich's mir doch! Es mag sich vielleicht gerade schrecklich anfühlen, aber so reizend sie ist, du hast letztes Jahr beschlossen, dass sie nicht die Richtige für dich war. Ich meine, wenn ihr beide zusammengepasst hättet, hättest du sie nicht mit Pandora betrogen. Du weißt, wie du bist, Alex, du willst etwas nur dann, wenn du es nicht haben kannst.«

»Ja, so bin ich wohl.«

»Dann geht es dir bald wieder besser.« Es war eine Feststellung, keine Frage.

»Hey, sie ist glücklich mit ihrem Neuen. Ich komme schon drüber weg.« Er zuckte in männlicher Gelassenheit mit den Schultern und wunderte sich über seine schauspielerischen Fähigkeiten.

»Dann hörst du jetzt also auf mit dem selbstzerstörerischen Verhalten?«

Alex nickte.

»Und bleibst vielleicht auch mal einen Abend zu Hause? Dann kann ich nämlich ausnahmsweise nachts auch mal schlafen und muss nicht wachliegen, weil ich mir Sorgen um dich mache. Das tut mir nämlich nicht gut, weißt du.«

»Mmm, einverstanden. Du solltest wirklich langsam aufhören, die Stirn zu runzeln, sonst brauchst du nämlich bald Botox.«

»Botox? Oh, Gott, habe ich Falten?«

Er wollte sie necken, aber es lag auch ein kleiner Vorwurf darin. Lily hatte ein gutes Herz, aber sie war auch sehr selbstbezogen. Er brauchte nur die Sprache auf sie zu bringen, und schon war sie so lange abgelenkt, wie er brauchte, um unbehelligt zu entkommen. Und wie geplant rauschte sie nach einer flüchtigen Umarmung und ein paar schnellen Küssen davon, um ihre Stirn im Spiegel zu begutachten, während Alex wieder nach draußen ging.

Er hatte ein schlechtes Gewissen, weil er sie angelogen hatte, aber er tröstete sich damit, dass Lily sich jetzt besser fühlte, und ganz ehrlich: Wie hätte er ihr erklären sollen, was in seinem Kopf los war, wenn er es selbst nicht richtig verstand?

In der Bar Bleu, einem angesagten Schuppen im alten Hafen, wummerte Musik. Bunte Lichter drehten sich und schwenkten über die Tanzfläche und veranstalteten ihren ganz eigenen Tanz, während sich menschliche Körper zum Rhythmus der Musik bewegten und schon so alkoholisiert waren, dass ihre Hemmungen sich in süßem Schweiß und dem Dunst tausender französischer Zigaretten aufgelöst hatten.

Nelson stand inmitten der Menge und tanzte mit einem schwarzen Mädchen, das, wenn Alex sich richtig erinnerte, Céline hieß. Sie sah aus wie Naomi Campbell und umtanzte ihn hypnotisiert wie eine beschworene Schlange. Nelson gehörte zu der seltenen Sorte Männer, die tanzen konnten, was er erfolgreich für sich einzusetzen wusste. Gerade schmiegte

Céline sich mit dem Rücken an ihn und glitt schulterkreisend und hüftschwingend an ihm hoch und herunter, wobei ihrer beider Becken wie aneinander festgeklebt schienen. Ihre Augen hatte sie genussvoll geschlossen, wohl wissend, dass viele neidische Blicke auf ihr ruhten.

Alex hob die Hand, um seinen Freund zu begrüßen, und bahnte sich einen Weg zur Theke. Eine riesige Traube Menschen stand um sie herum und wartete darauf, bedient zu werden, aber der Besitzer des Clubs war ein alter Freund von Alex und ignorierte all die frustrierten Leute, die wie verrückt mit Euroscheinen winkten, um ihn zu begrüßen.

»Bonsoir, mon ami, comment ça va? Wir haben uns ja ewig nicht mehr gesehen. Wie geht's dir, alter Freund?«

»Pas mal, Franc, nicht schlecht.« Die beiden Männer schüttelten sich die Hand. »Et toi?«

»Je vais très bien, merci. Du willst sicher etwas trinken?«

»Einen Jack Daniel's, bitte.« Alex konnte einen Seufzer nicht unterdrücken. »Einen doppelten, wenn's geht.«

Franc hatte verstanden, goss Alex einen Dreifachen ein und stellte die Flasche vor ihm ab.

»Ist es so offensichtlich?«, fragte Alex, während er lächelnd die noch dreiviertel volle Flasche betrachtete.

»Wie sagt ihr noch auf Englisch? Es steht dir ins Gesicht geschrieben? Eine Frau, oder? Vielleicht eine Frau, die dich abgewiesen hat? Aber welche Frau hätte jemals Alexander Avery abgewiesen?«

Alex lachte und nahm einen ersten großen Schluck von dem Jack Daniel's, der kalt und heiß seine Kehle hinabrann.

»Leistest du mir Gesellschaft?« Er winkte mit der Flasche in Francs Richtung.

Franc machte eine Geste des Bedauerns und zeigte statt einer Erklärung auf die wartenden Clubgäste.

»Du bleibst hier, und wenn ich fertig bin, betrinken wir uns wie in alten Zeiten. Du, ich und Nelson. Und dann beantwortest du meine Frage.«

»Ich fürchte, Nelson ist heute Abend anderweitig beschäftigt.«

Franc folgte Alex' Blick auf die Tanzfläche und lachte laut.

»So ist es immer mit ihm. Dann sind es eben nur wir beide. Wir haben ein Tête-à-tête, d'accord? Wir machen eine Flasche guten Wein auf, und du erzählst mir deine Geschichte.«

»Das klingt gut, Franc. Danke.«

»Es sei denn natürlich, du machst es wie Nelson?«

»Heute nicht, Franc.«

»Dann à plus tard, mon ami. Ich muss hier weitermachen.«

Alexander nahm die Flasche Jack Daniel's und sein Glas und setzte sich an einen Tisch in einer Ecke des Clubs. Da er hier einige Leute kannte, musste er immer wieder freundlich den Kopf schütteln, wenn sich ihm jemand näherte. Er wollte eine Zeitlang allein sein.

Nelson entschuldigte sich gegen halb eins, um mit einer ihn anhimmelnden Céline am Arm das Lokal zu verlassen. Um zwei Uhr schloss die Bar, aber bis die letzten Nachzügler gegangen, das Nötigste aufgeräumt, die Baraushilfen bezahlt und die Türen verschlossen waren, war es fast drei.

Schließlich gesellte sich Franc mit einer Flasche Rotwein und zwei Gläsern zu Alex an den Tisch und schenkte ihnen beiden ein.

»So, mein Freund. Stell dir vor, ich bin irgendein Fremder

an der Bar. Es ist immer viel einfacher, mit Fremden zu reden. Schütte mir dein Herz aus.«

»Na ja, du hattest recht mit deiner Annahme. Es geht um ein Mädchen. Um ganz ehrlich zu sein, Franc … Es liegt nicht an ihr, sie ist toll. Es ist meine Schuld.«

»Lass mich raten. Du magst sie zu sehr, und das macht dir Angst, weil du befürchtest, ihretwegen all deine Freiheiten aufgeben zu müssen und du dann nicht mehr der egoistische Drecksack sein kannst, der du bisher warst, und dich am Ende noch um jemand anderen mehr sorgst als um dich selbst.«

Alex lachte schallend. Franc war so unverblümt, das mochte er an ihm, und das war auch der Grund, warum er nicht lange um den heißen Brei herumredete, sondern gleich ganz offen über seine Gefühle sprach. Franc nahm einen genießerischen Schluck von seinem Wein und sah seinen Freund wissend an.

»Verstehe. Ich war wie du, als ich jünger war. Jeden Tag der Woche eine andere Frau. Aber seit sechs Jahren bin ich verheiratet, ich habe zwei supersüße Kinder, und ich kann wirklich ganz ehrlich sagen, dass ich noch nie so glücklich war wie heute.«

»Wird sich deine wundervolle Frau nicht fragen, wo du bleibst?«

Franc zuckte mit den Schultern. »Sie vertraut mir.«

»Wie hast du das hingekriegt?«

»Sie weiß einfach, dass sie mir vertrauen kann. Vertrauen ist etwas, das sich langsam aufbaut, Alex, wie ein Haus, Stein für Stein. Das geht nicht so schnell. Und wenn du es nicht richtig aufbaust, fällt irgendwann alles in sich zusammen, und du musst wieder von vorne anfangen.«

»Klingt plausibel«, erwiderte Alex nachdenklich. »Aber wie

ist das passiert? Was hat dich dazu gebracht, dein wildes Leben hinter dir zu lassen und zur Ruhe zu kommen?«

»Ganz einfach. Ich habe mich verändert. Wir verändern uns alle. So ist das Leben.«

»Ein Freund von mir hat einmal gesagt, er wisse nicht, ob man heiratet, weil man die richtige Frau gefunden hat, oder ob man die Frau heiratet, die gerade mit einem zusammen ist, wenn man beschließt, dass es Zeit ist zu heiraten.«

»Dein Freund ist un imbécile … ein Idiot«, schnaubte Franc verächtlich.

»Vielleicht«, stimmte Alex lächelnd zu, dabei hatte er sich das auch schon oft gefragt. Kam irgendwann ein Zeitpunkt im Leben, wo man das alles wollte? Heiraten, Kinder, eine Beziehung fürs Leben? Konnte er sich das tatsächlich vorstellen, den Rest seines Lebens mit einer Frau zu verbringen, und zwar nur mit dieser einen Frau? An Kinder hatte er überhaupt noch nie gedacht. Wie konnte er Vater sein, wenn er sich nicht einmal wie ein Erwachsener fühlte? Wie sollte er Verantwortung für jemand anderen übernehmen, wenn er noch nicht einmal Verantwortung für sich selbst übernahm?

»Was denkst du?«, forderte ihn Franc auf zu reden und schenkte sich Wein nach.

»Mir schwirren so viele Fragen im Kopf rum, Franc, das macht mich völlig verrückt.«

»Dann musst du die Antworten herausfinden.«

»Wenn das so einfach wäre.«

Franc schob seine Unterlippe vor und nickte. »Es ist so einfach, Alex. Wir gefallen uns alle in dem Glauben, kompliziert zu sein, aber im Grunde unseres Herzens sind wir ganz einfache Geschöpfe. Wir sind wie Pflanzen. Wir wachsen und ändern die Richtung. Wir kämpfen uns durch den Dreck, bis wir in sanften Regen und an die Sonne kommen. Meine Frau und meine Kinder geben mir die Kraft, die ich zum Leben brauche. Hast du in diesem Mädchen deinen Regen und deine Sonne gefunden, Alex?«

Die Frage war viel zu poetisch, als dass Alex sie hätte beantworten können, deshalb fiel ihm nichts Besseres ein, als seinen Freund damit aufzuziehen. Danach beschlossen die beiden, das Frauenthema ruhen zu lassen und das Gespräch mit typischen »Männerthemen« fortzusetzen: Sport, Autos etc. Aber sie fühlten beide, dass Francs Worte etwas in Alex berührt hatten, so sehr sogar, dass Alex zwei Stunden später die Bar verließ, in ein Taxi stieg und sich statt zurück zur Villa Marchmont zum Flughafen nach Marseille fahren ließ.

Kapitel 21

Ohne weitere Diskussionen war Olivier vom Bett aufs Sofa im Wohnzimmer umgezogen, aber ansonsten hatten sie weitergemacht wie bisher und verstanden sich nach wie vor gut. Es lief sogar so leicht und selbstverständlich zwischen ihnen, dass Imogen schon an der Richtigkeit ihrer Entscheidung zweifelte, ihre Beziehung wieder in eine rein platonische verwandelt zu haben.

Wenn sie ehrlich zu sich war, dann vermisste sie ihn nachts in ihrem Bett, sie vermisste den phantastischen, überwältigenden Sex. Aber es war bezeichnend, und das war es schließlich auch, was sie daran hinderte, ihn wieder in ihr Bett einzuladen, dass sie es nicht vermisste, neben ihm aufzuwachen.

So war es gut, dass sie eigentlich sowieso zu nichts anderem Zeit hatte, außer die Ausstellung vorzubereiten, und das war schon aufregend und anstrengend genug.

Ihre Mutter hatte wirklich der Himmel geschickt. Sie war so effizient und unnachgiebig im Erledigen der vielen Aufgaben, dass Kit sie schon den »Rottweiler« nannte, weil sie nicht wieder losließ, wenn sie sich erst mal in etwas verbissen hatte. Imogen wusste schon nicht mehr, wie sie es jemals ohne sie geschafft hatte. Umso beunruhigter war sie über den Umstand, dass ihre Eltern gemeinsam mit ihrer Schwester und Marcus am folgenden Tag für drei Wochen auf eine kaum zugängliche Insel im Indischen Ozean fliegen würden. Die Reise war schon seit einem Jahr gebucht und sollte ihren Abschluss in einem

Besuch bei Hetta und Henry finden, was bedeutete, dass Imogen einen ganzen Monat lang allein würde zurechtkommen müssen. Der Gedanke erfüllte sie mit Schrecken, obwohl sie doch früher, bevor Livvy ihre Dienste angeboten hatte, auch alles immer irgendwie geschafft hatte.

Aber sie freute sich, dass Hetta und Henry Besuch bekommen würden. Sie konnten wirklich etwas Gesellschaft gebrauchen. Inmitten ihrer Vorbereitungen für Oliviers Vernissage hatte der arme Onkel Henry ganz aufgelöst wegen eines Wasserschadens in der Maison S'endetter bei ihr angerufen. Es sei eine absolute Katastrophe, hatte er gesagt, wobei seine sonst so lustige Stimme sehr angespannt geklungen hatte, und hatte sie gebeten, ihnen das Leben zu retten und einen Installateur für sie anzurufen und dann ihre Tante zu beruhigen, die ganz aufgeregt nach der Telefonnummer der nichtexistenten Vermieterin verlangte.

Imogen war es gelungen, in Erfahrung zu bringen, dass die alte Senkgrube neu ausgehoben und zu sehr hohen Kosten erneuert werden musste, und jetzt dachte Hetta natürlich, dass diese Kosten von der nichtexistenten Vermieterin getragen werden würden, und bestand darauf, mit ihr zu sprechen. Also hatte Imogen Kit an den Apparat holen müssen, die sich als die französische Vermieterin ausgab, was nicht ganz leicht war, denn schließlich, so betonte sie selbst, war sie weder Französin noch Hausbesitzerin.

»Warum sagst du ihr nicht einfach die Wahrheit, Onkel Henry?«, bettelte Imogen ihn an, als die Farce den Gipfel der Absurdität erreicht hatte.

»Ich gebe ja zu, dass ich das tun sollte, aber wie kann ich es ihr jetzt sagen, wo ich fast unsere gesamten Ersparnisse in dieses Haus gesteckt habe, das sie um ein Haar in Abwasser ertränkt hätte, und wir Tausende zahlen müssen, um alles zu reparieren?«

»Ich wünschte, ich könnte euch helfen.«

»Du hilfst uns doch schon, mein Schatz, und zwar nicht nur mit deinen Französischkenntnissen. Wenn ich dir nicht von meiner Zwickmühle erzählen könnte, würde ich wahnsinnig werden. Das Schlimmste an der Sache ist, dass wir nach London fliegen wollten, um dich bei der Ausstellungseröffnung zu überraschen. Wir hätten dich so gerne an diesem großen Tag unterstützt, aber jetzt können wir hier natürlich nicht weg.«

Imogen konnte sich nicht beherrschen und seufzte enttäuscht.

»Wir sind ja selbst untröstlich, aber wir wünschen euch natürlich das Allerbeste. Obwohl ihr gar kein Glück und keine Hilfe braucht, denn die Bilder müssen sich einfach verkaufen.«

»Oh, Onkel Henry, es wäre so schön gewesen, euch hier zu haben. Wenn du mein unterirdisches Französisch noch einmal gebrauchen kannst, dann ruf bitte wieder an.«

»Nein, nein, ich weiß doch, wie viel du um die Ohren hast.«

»Für dich und Tante Hetta habe ich immer Zeit. Grüß sie bitte ganz herzlich, gib ihr einen Kuss von mir, und drück Arthur für mich ...«

»Mach ich. Wir vermissen dich so sehr«, seufzte Henry, »wir hätten dich so gerne noch hier bei uns.«

»Ich wäre auch gern bei euch«, erwiderte Imogen, und während sie sich in ihrem Chaos umsah und durch die Fenster in den grauen Londoner Himmel hinausblickte, wusste sie, dass sie es ehrlich meinte.

Wenn sie schon nicht die Sonne der Côte d'Azur genießen

konnte, dann brachten zumindest Oliviers Bilder die Erinnerung zurück in ihre Galerieräume. »L'été au sud«, der Sommer im Süden, war der Titel der Ausstellung, und die Bilder zeigten Ansichten von blauem Himmel, in der Sonne glänzendem Meer, weiße Häuser, auf die intensives Licht fiel, Hockney-artige Swimmingpools und vor reifen, glänzenden Früchten berstende Gärten.

Die Vernissage lockte hunderte Freunde und Kunden an. Die Presse war auch da. Imogen hatte noch nie zuvor so viel Anfragen von Journalisten und Fotografen gehabt. Es war wohl der Künstler selbst, der die Medien so anzog. Nicht nur sein Werk begeisterte die Kunstliebhaber, auch sein wahnsinnig gutes Aussehen, sein süßer französischer Akzent und sein ernster, edler Charakter regten die Phantasie der Presse und des Publikums an.

Imogen sah ihm zu, wie er durch die Räume ging und überall die Leute beeindruckte und für sich einnahm, und fragte sich, ob es ein Fehler gewesen war, ihn einfach so aufzugeben. Aber man konnte eben tausend gute Gründe haben, jemanden zu lieben, und es doch nicht tun, genauso wie man gar keine guten Gründe brauchte, um jemanden zu lieben. Sie liebte Olivier einfach nicht. Allerdings hatte es sie früher nicht weiter gestört, nicht verliebt zu sein. Sie hatte sich trotzdem immer wieder sorglos und fröhlich auf Männer eingelassen, mit dem Kopf und mit dem Körper. Aber jetzt fühlte es sich plötzlich nicht mehr richtig an. Vielleicht, weil sie spürte, dass Olivier auf Dauer mehr wollen würde als nur eine Affäre. Vielleicht auch, weil ihr immer noch ein gewisser Filou hartnäckig im Kopf herumspukte, und das, obwohl sie momentan wirklich Wichtigeres zu tun hatte.

Die Vernissage war ein Triumph. Das war vom ersten Augenblick an klar gewesen. Jedes einzelne Bild trug bereits einen kleinen roten Aufkleber. Kein Vergleich zu ihrer Eröffnungsausstellung, als ihr Schwager Marcus nicht so sehr aus Begeisterung, sondern mehr aus Familiensolidarität einige der Gemälde gekauft hatte. Die Leute rissen sich um Oliviers Bilder. Er hatte sogar schon ein paar Angebote für Auftragsarbeiten bekommen, darunter eins von Denzil Maitland-Granger. Der einflussreiche Sammler umschwärmte den ganzen Abend lang nicht nur Olivier, sondern auch ihre Mutter, was ihr Vater amüsiert und gelassen registrierte.

Alles lief unglaublich gut, alle Bilder waren schon verkauft, ihre Kunden schienen sich bestens zu unterhalten, der Künstler war begehrt und umschmeichelt, und so wagte Imogen es schließlich, einen Schritt zurückzutreten und das Ganze mit etwas Abstand in sich aufzunehmen.

Abby und Kit fanden sie auf einer Steinbank auf der Terrasse sitzend, wie sie alle durch die großen Fenster beobachtete, als wäre sie ein kleines Kind, das fasziniert auf die vielen bunten Fische eines Aquariums starrte.

Sie hatten eine Flasche Champagner dabei.

»Wenigstens ein Glas hast du dir verdient.« Kit grinste, während sie ihr eingoss.

»Gratuliere«, Abby hielt ihr Glas hoch, »zu einem unglaublich gelungen Abend.«

Imogen nahm das Glas und erhob es auf ihre Freunde. »Danke, Mädels.«

»Du siehst geschafft aus«, sagte Abby mitfühlend und setzte sich neben sie.

»Eine Menge schlafloser Nächte, um das alles hier auf die Beine zu stellen.«

»Eine Menge schlafloser Nächte mit Olivier in deinem Bett, meinst du wohl«, neckte Kit sie augenzwinkernd.

»Auf meinem Sofa.«

»Auf dem Sofa habt ihr es auch getrieben!«, sagte Kit.

»Nein, ich meinte, er schläft auf meinem Sofa.«

»Du machst Witze.« Sie hörte augenblicklich auf zu kichern, und ihr schienen vor Verwunderung fast die Augen aus dem Kopf zu fallen.

Imogen sah Abby an, die gerade versuchte, Kit mit Blicken zu ermahnen, aber vergeblich.

»Du hast DAS DA auf dein Sofa verbannt?«, sagte sie, während sie mit dem Kopf eine Bewegung in Oliviers Richtung machte. »Bist du wahnsinnig? Sieh ihn dir an!«

»Du klingst ziemlich sexistisch, Kit«, ermahnte Abby sie.

»Nein, ich klinge nur nach dem, was ein Mann dazu sagen würde«, schoss Kit zurück.

»Ja. Ein sexistischer Mann«, beharrte Abby stirnrunzelnd.

»Ich bin nicht in ihn verliebt«, sagte Imogen ruhig.

»Ich bin auch nicht in ihn verliebt, aber ich würde ihn nicht von der Bettkante stoßen, wenn ich die Gelegenheit dazu hätte. Und seit wann muss man verliebt sein, um ein bisschen Spaß mit jemandem zu haben? Abby vielleicht, die ist eine hoffnungslose Romantikerin ...« Abby schlug nach Kits Arm, aber die entging ihr hüpfend und fuhr mit Schalk in ihren schokoladenbraunen Augen fort. »Aber *du* doch nicht, du bist eine Realistin wie ich. Wenn du jemanden magst, sagst du doch nicht Nein. Also, warum hast du den appetitlichen Olivier Ducass aufs Sofa verbannt, frage ich mich ... Ist er schlecht im Bett? Nein, das kann nicht sein. Singt er im Schlaf Charles-Aznavour-Chansons? Schnarcht er die Marseillaise?«

»Kit, lass es gut sein«, warnte Abby sie.

»Es gibt nur einen einzigen Grund, warum du nicht mit Olivier schläfst, weil du nicht in ihn verliebt bist, und der wäre …« Sie hielt kurz inne, um den Gedanken ganz aufzunehmen, der ihr langsam dämmerte. »Dass du in einen anderen verliebt bist!«, verkündete sie triumphierend.

»Kit!«, rief Abby, aber Imogen lachte nur.

»Ich habe keine Zeit und keine Lust, mich zu verlieben, Kit. Aber weißt du, was das bedeutet?«

»Nein, was denn?«, fragte Kit neugierig.

»Olivier ist wieder zu haben … und er ist ein phantastischer Liebhaber.«

Das war ein Angebot, das Kit nicht ablehnen konnte.

»Also?«, fragte Abby, nachdem Kit flirtentschlossen mit dem Rest Champagner in die Galerieräume zurückgaloppiert war.

»Also was?«

»Bist du in einen anderen verliebt?«

»Das ist eine ziemlich direkte Frage für deine Verhältnisse, Abby Lane.«

»Vielleicht, weil ich zur Abwechslung mal eine direkte Antwort haben will.«

»Ich verliebe mich nicht, Abby«, erwiderte Imogen, um dann aufzustehen und zurück in die Galerieräume zu gehen.

Komisch, dachte Abby, während sie ihr folgte. Hatte sie das nicht irgendwo schon einmal gehört?

Alex zündete sich eine Zigarette an, führte sie zum Mund, fluchte, warf sie aus dem Fenster und suchte in seiner Jackentasche nach den Nikotinpflastern, die er am Flughafen gekauft hatte. Warum um alles in der Welt hatte er sich entschieden, mit dem Rauchen aufzuhören? War sein Leben im Moment nicht schon schwierig genug, auch ohne dass er sich von einer seit zehn Jahren praktizierten Gewohnheit trennte?

Er war immer schon ein Gesellschaftsraucher gewesen. Wenn er einen Drink in der einen Hand gehabt hatte, musste er in der anderen einfach eine Zigarette halten. Aber jetzt wurde ihm langsam klar, dass er älter wurde und dass Rauchen einfach eine völlig idiotische Angewohnheit war. Also hatte er beschlossen, aufzuhören, und zwar im selben wahnsinnigen Augenblick, in dem er auch beschlossen hatte, in ein Flugzeug zu steigen und nach London zu fliegen. Und dieser Augenblick des Wahnsinns hatte sich zu einem ganzen Abend des Wahnsinns ausgeweitet. Erst war er zu Galerie gefahren. Hatte die Lichter in den Fenstern gesehen, die Leute, die hinein- und herausströmten, die Jazzmusik gehört.

Er hatte sogar beobachtet, wie Abby und Nathan Hand in Hand aus dem Gebäude gekommen waren. Plaudernd scharwenzelten sie umeinander herum, und ihre Arme flatterten dabei wie Bänder an einem Maibaum. Sie lächelte ihn an, während ihre Gesichter sich ganz nahe waren, und dann umarmten sie sich, um schließlich mit synchronen Schritten die Straße hinunter und außer Sichtweite zu verschwinden.

Er versuchte sich zu testen, indem er sich vorstellte, wie es war, als Abby ihn zum letzten Mal so angesehen hatte. Es war an einem mondbeschienenen Strand in Monaco gewesen. Aber er empfand keinen Schmerz dabei. Im Gegenteil, es war schön, sie so glücklich zu sehen. Und wenn er ehrlich war, hatten sie vielleicht auch so zusammen gelacht, aber hatte sie ihn wirklich jemals so angesehen, wie sie eben Nathan angesehen hatte? Mit einem Lächeln, das so süß und schmelzend war wie Eis in der Sonne?

Wenn seine Reise hierher vergebens oder sinnlos oder einfach nur völlig beknackt war, so hatte er doch eine wichtige Sache gelernt. Er war nicht in seine Exfreundin verliebt.

Aber in ihre Freundin? Sein Herz war das Einzige, das ihm verlässlich die Wahrheit sagte, und jetzt, wo er wieder in Imogens Nähe war, hatte es aufgehört, ruhig und gleichmäßig zu schlagen, sondern war in das gewohnte alberne Springen verfallen. Er musste sie wiedersehen, mit ihr reden, herausfinden, was er für sie empfand. Aber er konnte da jetzt nicht reingehen. Da war ganz offensichtlich irgendetwas Außergewöhnliches im Gange, und er wollte mit ihr allein sprechen. Er würde zu ihr nach Hause fahren und dort auf sie warten.

Und hier saß er nun schon seit zwei Stunden in seinem dicken gemieteten Bentley. Die weichen Ledersitze erschienen ihm unbequem, er fror in seinem beheizten Innenraum, langweilte sich vor dem eingebauten Fernsehbildschirm und dem 20 000 Lieder fassenden MP3-Player und fühlte sich eingekerkert wie der sprichwörtliche Vogel im goldenen Käfig.

Was tat er hier nur? Nach Abby hatte er sich geschworen, so etwas nie wieder zu veranstalten. Und doch lungerte er hier vor Imogens Wohnung herum und wartete darauf, dass sie auftauchen würde, wie ein trauriger vor dem Supermarkt angebundener Welpe, der auf die Rückkehr seines Frauchens wartet. Ein Taxi fuhr vor, und er reckte den Hals, um durch die verdunkelten Autofenster zu erkennen, wer da aus dem Cab stieg.

Es war sie. Der Verband um ihren Fuß war verschwunden, obwohl sie immer noch ein bisschen humpelte. Sie sah toll aus. Sie war immer noch braun von der Woche in Frankreich, und ihr Haar war von der Sonne heller geworden. Sie sah etwas dünner aus, aber das war kein Wunder, schließlich befand sie sich nicht mehr im Einzugsgebiet von Henrys Küche.

Sie trug dasselbe schwarze Kleid, das sie auch an dem Abend ihres Bootsausflugs angehabt hatte, aber diesmal war es mit kniehohen Stiefeln und schwerem Silberschmuck kombiniert, der im Mondlicht schimmerte, seinen Blick aber nicht von ihrem Gesicht ablenken konnte.

Seine Haut spannte sich an und begann zu prickeln, als er sie sah. Er blickte auf seine Arme und bemerkte, dass die feinen Härchen sich hoch aufgestellt hatten, als friere er. Und dann stellten sich ihm auch die Nackenhaare auf, denn da stieg nach ihr noch jemand aus dem Taxi. Ein braungebrannter Adonis. Alex war nicht blöd, und er legte auch keine falsche Bescheidenheit an den Tag, denn er wusste, dass er weitaus attraktiver war als die meisten anderen Männer, aber dieser Typ hier, und das konnte Alex sehen, obwohl er selbst ein Mann war, war einfach wahnsinnig gutaussehend.

»Wer zum Teufel…«, ächzte er schwer, während seine Hände das Steuer fest umklammert hielten.

Nur ein Freund vielleicht?

»Sicher nur ein Freund«, wiederholte er zu sich selbst. Aber als sie an ihre Haustür kamen, wandte sich der Adonis Imogen zu, hob sie hoch, als wäre sie leicht wie eine Feder, und trug sie über die Schwelle.

Nein, das konnte nicht sein. Das durfte nicht wahr sein. Ihm war, als hätte ihm jemand in die Magengrube geschlagen und ihm die Luft abgeschnitten. Das kennen wir doch, Alex Avery, das kennen wir doch nur zu gut. Er erinnerte sich, wie er vor Abbys Wohnung in Hampstead auf sie gewartet hatte –

er hatte sie damals eine ganze Weile nicht mehr gesehen – und sie mit Nathan Rochester die Straße entlanggeschlendert kam. Lag irgendein Fluch auf ihm? Aber schon während er sich die Frage stellte, wusste er, dass das Unsinn war. Er hatte für Abby nicht das empfunden, was er für Imogen empfand, nicht einmal annähernd.

Oh Gott, er brauchte Nikotin.

Er suchte nach den Pflastern in seiner Tasche und fand sie schließlich nicht in seiner Jacke, sondern in seiner Reisetasche. Die Benutzungshinweise waren auf Französisch. Er schmiss das Päckchen aus dem Fenster und zündete sich eine Zigarette an.

Imogen stolperte, als sie die Stufen zum Hauseingang hochging, und zuckte vor Schmerz zusammen. Sie hatte ihren immer noch nicht ausgeheilten Fuß sträflich vernachlässigt. Olivier fing sie just in dem Moment auf, als sie mit dem Knöchel umknickte, lächelte sie mitfühlend an und trug sie dann über die Türschwelle und die Treppe nach oben. Ohne sie loszulassen, brachte er mit einem sicheren Griff in ihre Handtasche ihre Schlüssel zum Vorschein, öffnete vorsichtig mit dem Fuß die Tür zu ihrer Wohnung und trug sie über die Schwelle.

»Du brauchst deine Krücken noch, 'abe isch recht?«, fragte er, als er sie behutsam in ihrem kleinen Wohnzimmer absetzte.

»Nein«, sagte sie entschieden.

»Dann 'ast du vielleischt zu viel getrunken?«

»Nur ein Glas Champagner.« Sie griff in ihre Tasche. »Aber ich habe noch welchen mitgehen lassen, falls du noch ein bisschen feiern möchtest.«

Er lächelte, nahm ihr die Flasche aus der Hand und öffnete

sie mit seinen kräftigen und geschickten Fingern. Sie sah ihm zu, wie er den Flaschendraht entfernte, und lächelte in sich hinein. Sie fand, dass die Hände eines Mannes, insbesondere seine Finger, Ähnlichkeit mit einem gewissen anderen Körperteil aufwiesen. Olivier war wirklich in jeder Hinsicht sehr gut gebaut.

Wenn sie mit einem Mann leben wollte, der Liebe machte wie ein Gott, unverschämt begabt war und aussah wie Adonis, dann war Olivier ihr Mann. Machte sich da ein kleiner Stich des Bedauerns in ihrer Magengrube bemerkbar?

Fehlanzeige. Ihr rebellierender Magen sandte ein bedrohliches Grummeln aus, um sie daran zu erinnern, dass sie den ganzen Tag über nichts gegessen hatte. Das war kein Bedauern, das war schlicht Hunger.

Toast. Das war es, was sie jetzt brauchte. Toast und Marmite. Sie ging in die Küche, steckte zwei Scheiben Brot in den Toaster und kam mit zwei Gläsern für den Champagner zurück.

»Auf dich«, sagte sie. »Ich gratuliere dir! Es war toll heute. Du warst toll. Auf den größten Künstler seit Dalí …«

»Auf disch …«, toastete er zurück und ließ sein Glas an ihres klirren. Sie sah in seinem Gesicht und an der Neigung seines Kopfes, dass er sie küssen wollte, aber sie wusste, dass er zu sehr Gentleman war, um es ohne eine Aufforderung ihrerseits zu tun, jetzt, da sie ihre Beziehung beendet hatte.

Das Dumme war nur, dass sie ihn auch küssen wollte, einfach weil sie wusste, wie gut es sich anfühlte. War das Grund genug? Sollte sie ihn küssen? Warum eigentlich nicht? Na ja, es gab schon ein paar Gründe, warum sie es nicht tun sollte, aber waren es gewichtige Gründe?

Eine dunkle Rauchwolke, die sich aus der Küche näherte, machte dem inneren Kampf ein Ende.

»Der Toast!«, riefen sie wie aus einem Munde und rannten in die Küche, um den Toaster auszumachen.

In dem kleinen Raum hatte sich schwarzer Qualm angesammelt. Also ging sie zum Fenster und riss es auf, um einen großen Zug frischer Luft einzuatmen, bis ihr einfiel, dass sie sich in London befand und gerade wahrscheinlich einen Haufen Abgase eingeatmet hatte, die viel ungesünder waren als die Ausdünstungen von ein bisschen verbranntem Brot. Sie blieb trotzdem am Fenster stehen. In der kühlen Nachtluft. Drinnen könnte es hingegen ziemlich heiß werden, das war ihr klar, ebenso wie die Tatsache, dass das nicht gut für sie beide wäre.

Und dann sah sie ihn.

Das konnte doch nicht wahr sein. Oder? Sie lehnte sich weiter aus dem Fenster, um besser in das beleuchtete Innere des Wagens sehen zu können.

Er sah, wie ihr Mund seinen Namen formte.

Sie sah, wie sein Mund das Wort »Scheiße« formte.

Das hatte er nun davon, sie hatte ihn gesehen. Und was jetzt? Soweit er es überblicken konnte, hatte er zwei Möglichkeiten. Die eine war, den Motor anzulassen und ganz schnell zu verschwinden. Die andere war, die Hände hochzuheben und sich zu ergeben. Wobei er dann weitaus mehr zugeben musste als die bloße Tatsache, dass sie ihn dabei erwischt hatte, wie er ihre Wohnung beobachtete.

Er war sich ziemlich sicher, dass sie noch sauer auf ihn war, und jetzt kam er auch noch wie ein Stalker rüber. Na toll.

Er dachte noch immer über seine beiden Optionen nach, Bleiben oder Gehen, als sie schon die Straße überquerte und an sein Fenster klopfte.

Obwohl – oder weil – sein Herz bei ihrem Anblick einen wilden Stepptanz aufführte, drückte er nur sehr widerwillig auf den elektrischen Fensterknopf.

»Alex? Was um Himmels willen tust du hier?«

»Würdest du mir glauben, wenn ich dir sagen würde, dass ich es selbst nicht so genau weiß?«

»Oh, auf alle Fälle«, erwiderte sie und verschränkte die Arme vor der Brust. »Ich wäre eher überrascht, wenn du tatsächlich wüsstest, was du tust.«

»Ich nehme an, das habe ich verdient«, murmelte er und versuchte sich an einem schiefen Lächeln, das wohl so etwas wie eine Entschuldigung sein sollte.

»Und habe ich verdient, was in Frankreich passiert ist?«, schoss Imogen sofort zurück, um es augenblicklich zu bereuen. »Entschuldigung, ich habe es nicht so gemeint. Es war ein ziemlich anstrengender Tag … und … Ich habe nicht damit gerechnet, dich wiederzusehen.«

Er sah mit seinen verboten schönen Augen zu ihr hoch. »Wenn es dir hilft, ich habe auch nicht damit gerechnet, hier zu sein.«

Sie schüttelte den Kopf. »Tut es nicht. Möchtest du mit reinkommen?«

»Du hast Besuch.«

»Er ist einer meiner Künstler. Ein Freund«, erklärte sie. Sie sagte die Wahrheit, fühlte sich aber, als würde sie lügen.

»Es sah aber eher so aus, als wäre das nicht alles.«

»Das war auch nicht alles, aber jetzt ist er nur noch ein Freund, aber warum zum Teufel erkläre ich dir das? Alex, was hast du hier zu suchen?«

»Ist alles in Ordnung?«

Olivier war ihr aus dem Haus gefolgt und stand barfuß und besorgt hinter ihr auf der Straße.

»Oui, ça va, merci.«

»Bist du sischer?«, fragte er noch einmal, aber dann wartete er nicht mehr auf eine Antwort, sondern beugte sich nach vorn zum Autofenster hinunter, und nun starrten sich die beiden Männer unverwandt an. Es war furchtbar.

»Könntet ihr bitte damit aufhören!«, bat Imogen schließlich, als sie das Schweigen nicht mehr aushielt.

»Womit?«, fragten beide wie aus einem Mund.

»Euch anzustarren. Warum starrt ihr euch so an?«

Sie starrten sich immer noch an.

»Wir kennen uns, oder?« Alex war der Erste, der das Wort an den anderen richtete.

»Isch kenne Sie, ja. Mein Vater arbeitet für Ihre Großeltern. Isch auch, bis vor kurzem.«

»Das ist nicht dein Ernst!«, rief Imogen. »Dann wohnst du …«

»… auf dem Grundstück meiner Großeltern«, beendete Alex den Satz für sie, sah aber immer noch Olivier an.

Olivier nickte.

Als sie zum ersten Mal in Oliviers Arme gesunken war, um die Erinnerung an Alex' Zurückweisung auszuradieren, hatte sie sich also höchstwahrscheinlich nur ein paar hundert Meter von ihm entfernt befunden. Er war nahe genug gewesen, um sie sogar sehen zu können, wenn er einen Spaziergang auf dem Grundstück seiner Großeltern gemacht hätte! Das alles war zu absurd.

»Entschuldige, Olivier, es tut mir leid, aber könntest du uns einen Moment alleinlassen?«

»Wie bitte?«

»Ich muss nur kurz mit Alex allein reden. Würde es dir etwas ausmachen, drinnen auf mich zu warten?«

Er runzelte die Stirn, sagte aber nichts. Er machte ein feindseliges Gesicht, das sich aber nicht auf sie bezog, das wusste sie, und dann nickte er, grüßte mit einem knappen »Salut« in Alex' Richtung und machte auf dem Absatz kehrt.

Nachdem Olivier widerstrebend gegangen war, lächelte Alex sie so entwaffnend an, dass sie nur auf zwei Arten reagieren konnte. Sie konnte entweder die Waffen strecken oder das Visier ganz hochziehen, um sich selbst zu schützen. Zu Alex' Pech entschied sich Imogen für Letzteres. Als er Anstalten machte, die Wagentür zu öffnen, legte sie die Hand darauf, um ihn am Aussteigen zu hindern.

»Warum bist du hier, Alex? Was willst du?«, wiederholte sie ein weiteres Mal.

»Ich weiß es nicht«, sagte er noch einmal und garnierte das Ganze mit einem Schulterzucken.

Imogen seufzte tief.

Ich kann dieses Spielchen nicht mitspielen, sagte sie sich, ich bin viel zu müde dafür und viel zu sehr in Gefahr, von diesem Mann verletzt zu werden.

»Wenn das so ist, dann wird es wohl das Beste sein, wenn du jetzt gehst«, sagte sie leise und schnell, und um ihre eigene Unsicherheit zu verbergen, ging sie über die Straße und zurück ins Haus.

Alex wartete, bis die Tür hinter ihr ins Schloss fiel, startete den Motor und fuhr langsam davon. Er kam aber nur bis zur nächsten Ecke, wo er am Straßenrand hielt und seinen Kopf gegen das Lenkrad schlug.

»Das ist ja super gelaufen. Großartig. Das hast du wieder mal glänzend hingekriegt, Alex Avery«, presste er zwischen zusammengebissenen Zähnen hervor.

Sie hatte recht. Was zum Teufel hatte er hier zu suchen?

Es klopfte wieder an sein Autofenster, aber als Alex in seinem Sitz hochfuhr, sah er nicht Imogen, sondern nur einen neugierigen Polizisten.

»Entschuldigen Sie, Sir, ist das Ihr Fahrzeug?«

»Nein, es ist gemietet«, antwortete Alex und griff nach den Papieren im Handschuhfach.

Der Polizist besah sich alles und gab es ihm zurück.

»Scheint in Ordnung zu sein. Wohnen Sie in der Nähe, Sir?«

Alex schüttelte den Kopf.

»Und wann haben Sie zuletzt Alkohol getrunken?«

»Vorgestern.«

Der Polizist sah ihn sich noch einmal genauer an, weil er überlegte, ob er seinem Kollegen mit dem Teströhrchen Bescheid sagen sollte, aber der Mann im Auto sah nur traurig aus, nicht betrunken.

»In dem Fall sollte Sie sich vielleicht wieder in Bewegung setzen, Sir.«

Alex nickte und ließ den Motor an.

Ja, er sollte sich wohl besser wieder in Bewegung setzen. Er wusste nur nicht, ob er konnte.

Als Imogen zurück in ihre Wohnung kam, stand Olivier mit seinem Rucksack am Wohnzimmerfenster.

»Was machst du, Olivier?«

»Ich gehe jetzt.«

»Aber warum denn? Wegen Alex? Das ist wirklich nicht nötig.«

»Vielleischt nischt. Aber es ist besser, wenn isch jetzt gehe. Morgen ’ätte isch sowieso zurückgemusst. Was macht ein Tag für einen Unterschied? Es war sehr nett von dir, misch bei dir zu ’aben.«

»Du warst ja auch gut zu haben«, murmelte sie und lächelte.

Zum Glück verstand er den Doppelsinn ihrer Worte, und sein angespannter Gesichtsausdruck verwandelte sich in ein Lächeln. Dann lachten sie beide, und die Umarmung, die folgte, war ganz selbstverständlich und alles andere als beklommen.

An der Tür drehte er sich noch einmal zu ihr um und berührte mit einem farbbekleckstenen Finger sanft ihr Gesicht. »Also ist er der Mann, ’abe isch rescht?«

»Wie meinst du das?«

»Der Mann, für den du etwas empfindest.«

»Woher … wie kannst du …?«

»Es steht geschrieben in deinen Augen.« Er lächelte sie freundlich an. »Es geht misch nischts an, aber isch glaube, er ist nischt gut für disch. Er ist, wie sagt man, ein ›Spieler‹. Isch sehe ihn immer in seinem Sportwagen, mit seinen vielen Frauen.« Seine Lippen kräuselten sich vor Verachtung. »Er kann disch nischt glücklisch machen. Er denkt nur an sisch, daran, was ihn selbst glücklisch macht. Wir sind Freunde, non? Isch bin ein sehr schleschter Freund, wenn isch dir nischt sage, wie er ist.«

»Gib dir keine Mühe«, erwiderte Imogen und lächelte traurig. »Ich weiß bereits, wie er ist.«

»Aber du magst ihn immer noch.« Es war keine Frage.

»Ich fürchte, ja«, seufzte sie.

Am nächsten Morgen erwachte Imogen vom Geräusch ihrer Wohnungsklingel.

Sie riss die Augen auf und sah auf ihren Wecker, um erschrocken festzustellen, dass es schon nach zehn war. Sie hatte so hart an Oliviers Ausstellung gearbeitet, dass sie jetzt, wo alles vorbei war, komatös geschlafen hatte. Traumlos und ununterbrochen, bis jemand begann, hartnäckig ihre Klingel zu bearbeiten.

Wer konnte das sein? Auf diese Frage gab es eigentlich nur eine Antwort. Ihr erster Impuls war, sich die Decke über den Kopf zu ziehen und sich zu verstecken. Das Problem war, dass sie sich zwar vor Alex verstecken konnte, aber nicht vor sich selbst. Sie wollte ihn sehen, sie war sogar froh, dass er da war. Sie schwang sich aus dem Bett und lief ins Badezimmer.

»Du Idiotin«, schalt sie sich selbst im Spiegel, als sie sich schnell die Zähne putzte, das Gesicht wusch und mit der Bürste durch ihr dickes maisblondes Haar fuhr. Es klingelte immer noch, und zwar noch ungehaltener, wenn das überhaupt möglich war. Aber sie dachte sich, wenn er so wild darauf war, sie zu sehen, dass er um diese Zeit vor ihrer Haustür stand, dann würde er auch noch ein paar Minuten warten.

Sie sah sich im Spiegel an, atmete tief durch und versuchte sich zu sammeln. Es war nicht gut, dass sie seinetwegen so aufgeregt war. Es war nicht gut für sie. Sie hatte keine Zeit für seine Spielchen, und wenn sie eines sicher wusste, dann das, dass er sein Spielchen mit ihr trieb.

»Sei stark«, ermahnte sie sich, als es erneut klingelte.

Natürlich war er es. Er versteckte sich hinter einer großen braunen Papiertüte und zwei dampfenden Bechern Kaffee. Seine blauen Augen lugten verstohlen über seinem Mitbringsel hervor und sahen sie mit einer Mischung aus Schuldgefühl und Hoffnung an.

»Alex.« Es klang wie ein Seufzer.

»Hi. Ich habe Frühstück mitgebracht. Wie letztes Mal.«

»Was machst du hier?«, wiederholte sie zum x-ten Mal.

»Ich wollte sehen, ob du alleine frühstückst«, gab er mit einem Achselzucken zu.

»Wer sollte hier sein?«

»Der französische Adonis von gestern Abend.«

»Der ist wieder nach Hause gefahren. In dein Zuhause, um genau zu sein.«

»Verrückt, oder?«

»Genauso verrückt wie das hier«, sagte sie, und er nickte zustimmend. »Ich frage dich noch einmal, warum bist du hier?«

»Willst du die Wahrheit wissen?«

»Das wäre gut, ja.«

»Ehrlichkeit währt am längsten«, erinnerte er sie. Sie lächelten beide, und für einen kleinen Moment war die Erinnerung an ihr inneres Einverständnis, das sie an jenem Wochenende geteilt hatten, präsenter als dessen abruptes Ende. »Ich weiß auch nicht genau. Ich schätze, ich habe dich vermisst.«

»Du schätzt?«

»So habe ich das nicht gemeint.«

»Das genau ist das Problem, Alex. Ich fürchte, du weißt überhaupt nicht, was du meinst oder was du willst oder überhaupt irgendetwas. Du hast dich nie um irgendetwas anderes gekümmert als deine spontanen Bedürfnisse oder deine Launen.«

Sie wartete darauf, dass er sich verteidigen oder alles abstreiten würde, aber er sah sie nur feierlich an und nickte dann.

»Stimmt. Aber eines weiß ich ganz gewiss.«

»Und das wäre?« Ihr herausforderndes Gesicht war der Ansporn, den er brauchte, um es endlich anzusprechen.

»Ich brauche dich. Ich möchte mit dir zusammen sein.«

»Woher um Himmels willen kannst du das wissen? Du kennst mich nicht einmal.«

»Ich verstehe es ja selbst nicht.«

»Na, das sagt doch alles.«

»Nein, so habe ich das nicht gemeint. Ich möchte mit dir zusammen sein, Imogen.«

»Du willst eine Beziehung mit mir führen? Okay, nehmen wir entgegen jeder Wahrscheinlichkeit einmal an, das wäre wahr, willst du dann auch alles, was zu so einer Beziehung dazugehört? Wie sollte eine Beziehung zwischen uns funktionieren, mal ganz abgesehen von den praktischen Schwierigkeiten, ich meine, ich lebe und arbeite hier, während du überhaupt nicht arbeitest und nirgendwo wohnst ... Das Problem ist, dass du gar nicht verstehst, was du fühlst und warum du es fühlst. Und vor allem willst du es ja gar nicht fühlen, du kämpfst ja wie verrückt dagegen an. Du willst keine Beziehung, Alex. Sei doch mal ehrlich. Wenn du deine Gefühle einfach ablegen könntest wie ein paar Klamotten, würdest du das nicht sofort tun?«

Sein Schweigen sagte alles.

»Geh nach Hause, Alex. Geh weg, geh dahin, wo du glücklich bist, denn das ist nicht hier bei mir.«

Und dann schloss sie die Tür.

Kapitel 22

Sie hatte es geschafft. Sie war stark geblieben und hatte das Richtige getan. Aber warum fühlte sie sich dann so elend? Wie immer, wenn es ihr schlechtging, fuhr sie zur Galerie. Das Problem war nur, dass sie schon seit einer Stunde dort war, aber nicht den Trost und die Ruhe gefunden hatte, die sie sonst immer empfand, wenn sie sich mit Kunst umgab.

Es war Sonntagmorgen. Es war niemand im Haus außer einem einsamen Maschinenkontrolleur unten in der Druckerei, der ihr ein bisschen verloren zugewinkt hatte, als sie das Gebäude betrat. Ihre Eltern, Lucy und Marcus waren früh am Morgen nach Indien abgeflogen, Abby war übers Wochenende zu Nathans Cottage ans Meer gefahren, und Kit … Keiner wusste, wo Kit war, aber das war ganz normal. Das einzig wirklich Seltsame war, dass Imogen sich sehr einsam fühlte.

Sie hatte nicht sehr viele Freunde. Ihre Familie war ihr ein und alles, und in Abby und ihrem Trupp an tollen Mädchen hatte sie echte Freundinnen gefunden. Es gab zwar auch noch ein paar Leute in Brighton, die ihr etwas bedeuteten, aber zu ihnen hatte sie seit ihrem Umzug den Kontakt weitgehend verloren. Was schon alles sagte. Denn echte Freundschaft war ortsunabhängig, man konnte sich schließlich überall und jederzeit erreichen, egal, wo man war. Die Wahrheit war, dass die Arbeit ihr Leben so fest im Griff hatte, dass alles andere bedeutungslos geworden war. Aber sie war glücklich gewesen. Sie hatte immer gedacht, dass sie alles hatte, was sie brauchte, aber manchmal gerieten einem wichtige Dinge aus dem Blick, wenn man sich allzu sehr auf eine einzige Sache konzentrierte.

Vielleicht hatte ihr der Umstand, dass Olivier die letzten Wochen mit ihr verbracht hatte, vor Augen geführt, dass ihr Gesellschaft fehlte, dachte sie bei sich. Aber sie wusste, dass das nicht stimmte.

Es lag an Alex.

Sie hatte die Gesellschaft mit ihm so sehr genossen wie vorher noch mit keinem Mann. Mit keinem anderen hatte sie je so viel Spaß gehabt, und das hatte nicht an der Extravaganz der Unternehmungen oder an der Schönheit des Ortes gelegen, sondern an ihren Unterhaltungen und seiner schlichten Anwesenheit. Egal, was alles gegen sie als Paar sprechen mochte, es hatte einfach geklickt zwischen ihnen. Und während jede Zelle ihres Gehirns ihr Nein zurief, schrien ihr Herz und jeder Knochen in ihrem Körper Ja.

Es war irrational.

Aber konnte man rational sein in Sachen Liebe?

»Bin ich verliebt?«, fragte sie sich überrascht.

Aber natürlich war niemand da, der ihr eine Antwort hätte geben können.

»Ich muss an die frische Luft.«

Sie ging raus auf ihre Terrasse und sog den Londoner Nebel ein, als könnte ihr das helfen, den Nebel in ihrem Kopf zu lichten. Sie setzte sich auf eine hinter zahlreichen Blumentöpfen versteckte Steinbank und versuchte sich in der Atmosphäre ihres kleinen geheimen Gärtchens zu entspannen.

»Ich war noch nie verliebt«, seufzte sie.

Sie hatte gemocht, sich gesehnt, begehrt, verflucht, aber geliebt?

»Was ist Liebe?«, fragte sie die Statue einer einarmigen Dame, die dort lebte. Die Statue gab ihr natürlich keine Antwort.

Sie erinnerte sich noch an den Tag, als sie die Statue gekauft hatte, es war während eines Besuchs mit Abby bei Hetta und Henry gewesen. Sie erinnerte sich auch noch sehr gut an das Gespräch, das sie damals mit Abby geführt hatte. Sie hatten über ihre Vorbehalte gegen Nathan geredet, denn er war ein geschiedener Mann mit Kindern, die Art Mann, von der Abby geschworen hatte, die Finger zu lassen. Und dennoch hatte Imogen ihr zugeraten, und trotz mancher Stolpersteine auf ihrem Weg waren sie heute so glücklich miteinander.

Ihre Mutter hatte schon aufgegeben, sie danach zu fragen, wann sie sich denn zu verlieben gedenke. »Wann findest du deinen Mr. Right?« »Mr. Right« war natürlich ein schreckliches Klischee, aber das waren die Worte ihrer Mutter. Das war der Lebensweg ihrer Mutter. Aber welcher war Imogens? Sie hatte immer nur in Bezug auf ihre Arbeit an die Zukunft gedacht, aber nie in Bezug auf ihr Privatleben. Vielleicht, weil sie nie jemanden getroffen hatte, mit dem sie ihre Zukunft verbringen wollte. Konnte sie sich eine langfristige Zukunft mit Alex vorstellen? Wohl kaum, denn Alex' Begriff von Langfristigkeit umfasste genau neunundzwanzig Stunden.

Was würde ihre Mutter denken, wenn sie mit jemandem zusammen wäre, der ohne Zweifel früher oder später ihr Herz brechen würde? Aha, das nächste Klischee. Sie wusste, dass es nur eine Metapher war, aber konnte man tatsächlich jemandem das Herz brechen? War nicht das Gehirn das einzige Organ des Menschen, das in der Lage war, Gefühle zu empfinden? Warum war der Mensch nur ein so komplexes Wesen? Gefühle waren dem Menschen so wichtig, genauso wichtig wie körperliche Bedürfnisse, wenn nicht sogar wichtiger.

Gab es irgendein Lebewesen außer dem Menschen, das Liebe empfinden konnte?

Was war Liebe?

Konnte man sie malen?

Vielleicht sollte sie es so machen wie Damian Hurst und ein Herz in Formaldehyd und Plexiglas einschließen. Aber das war nicht ihre Sache, sie malte lieber in Öl. Imogen ging in den Lagerraum und fand dort eine große Leinwand, die sie in ihr kleines, seit Eröffnung der Galerie so sträflich vernachlässigtes Atelier trug und auf ihre Staffelei stellte. Dann zog sie ihre Sachen aus, die zu gut waren, um sie mit Ölfarbe zu versauen, und ihren Overall an.

Okay. Sie brauchte Rot, ein tiefrotes Karmesin. Und Schwarz, unbedingt etwas Schwarz, und vielleicht etwas Ocker und klares Weiß. Sie wählte einen dicken Pinsel und begann zu arbeiten. Schnell war sie völlig in ihre Tätigkeit vertieft und wurde in das Bild hineingezogen wie Alice in den Spiegel. Den Pinsel benutzte sie wie ein Messer, mit dem sie die Leinwand durchschnitt, bis sie blutete. Normalerweise malte sie impressionistisch, aber dieses Bild hatte eher etwas Bauhaus-artiges, Avantgardistisches.

Die Liebe war von fast allen großen Malern durch alle Jahrhunderte hindurch dargestellt worden. Ein Lieblingsmotiv für jeden, der einen Pinsel halten konnte. Einige der schönsten Gemälde, die sie kannte, waren von der Liebe inspiriert, aber ihr Bild sah aus wie ein Massaker!

Eine Stunde später blickte sie mit zur Seite geneigtem Kopf und einem auf den Mund gelegten Finger auf das fast fertige Bild und bemerkte, dass sie genau das gemalt hatte, was ihr Herz gerade empfand.

»Es ist nicht gebrochen, nur vorübergehend außer Betrieb«, sagte sie laut.

Komisch, aber jetzt ging es ihr besser.

Vielleicht war etwas dran an Kunsttherapie. Sie könnte einen Malkurs für zornige, verlassene Frauen geben, wenn die Galerie einmal nicht mehr so laufen sollte. Und dann würde sie eine Ausstellung organisieren mit dem Titel »Desillusionierung«, um mit den Einnahmen eine gemeinsame Reise nach Lesbos zu finanzieren.

»Männer!«, sagte Imogen laut. »Man kann einfach nicht mit ihnen leben …«

»Und umbringen kann man sie auch nicht, ohne dafür lange ins Gefängnis zu müssen«, ergänzte eine andere Stimme.

Imogen drehte sich um und ließ ihren Pinsel auf den Boden fallen, der auf seinem Weg einen riesigen blutroten Fleck auf ihrem weißen Overall hinterließ.

Sie trug schon wieder einen dieser Overalls. Diesmal allerdings ohne gelbes T-Shirt, und er war ihr viel zu groß, sodass er ihre Kurven eher umschmeichelte als umschloss und seitlich Einblick auf ihre vollen Brüste gewährte. Und er war so tief geschnitten, dass darunter ihre nackten Hüften sichtbar waren. Sie sah schrecklich aus. Schrecklich sexy. Nie wieder würde er einen weißen Overall ansehen können, ohne dabei an Imogen Fielding denken zu müssen. Oder an Sex. Was ein bisschen merkwürdig wäre, wenn er mal einen Klempner oder Elektriker brauchen würde. Als er merkte, dass er auf ihre Brüste starrte, richtete er seinen Blick schnell auf die Leinwand und wurde von der Wildheit des Abgebildeten fast umgeworfen.

»Was stellt das dar?«, fragte er.

»Ein zerbrechliches Herz«, antwortete sie.

Imogen war überrascht, dass er nichts weiter dazu sagte, sondern nur nickte, wie man nickt, wenn man versteht, was gemeint ist.

»Was machst du hier?« Diese Frage schien zu ihrem Mantra geworden zu sein.

»Ich war auf dem Weg zurück nach Frankreich, aber ich konnte nicht gehen, ohne …« Er brach ab.

»Ohne was?« Sie versuchte, nicht allzu ungeduldig zu klingen.

Alex seufzte so schwer, dass er mehr als nur Luft auszuatmen schien. Und dann sah er sie geradewegs an und biss sich auf die Lippen, damit sie sich nicht zu einem schiefen, traurigen Lächeln verzogen.

»Dich«, sagte er nur.

Imogen seufzte auch, aber es war ein Seufzer der Resignation und der Akzeptanz, der Freude und der Angst. Manche Dinge waren einfach unvermeidlich. Schließlich war sie nicht die erste Frau, die sich in den falschen Mann verliebte. Es war Pech, dass ihr das gleich beim ersten Mal passierte, da sie sich überhaupt verliebte, aber wenn sie aufpasste, dann würde sie vielleicht auch wieder mit heiler Haut aus der Sache rauskommen. Sie wollte ja selbst nicht mehr als eine Affäre, so war es doch schon immer gewesen. Sie hatte noch nie das dringende Bedürfnis gehabt, mit jemandem bis ans Ende ihrer Tage zusammen zu sein. Wenn sie der Sache offenen Auges begegnete und es annahm wie ihren Busunfall, der schnell passiert und dann auch wieder vorbei gewesen war, dann könnte sie es als das genießen, was es war. Sich zu waschen, ohne sich nasszumachen, sozusagen. Es wäre bloß eine Affäre. Ein unkomplizierter, köstlicher Taumel aus Sex und Romantik ohne Bedeutung oder Konsequenzen. Wie sollte er ihr auch das Herz brechen können, wenn sie es ihm erst gar nicht schenkte?

Er öffnete die Arme, und sie ging ihm entgegen.

Es war nur angemessen, dass das Sofa, das mit seinen allerersten Erinnerungen an sie verknüpft war, der Platz war, auf dem seine Phantasien Wirklichkeit wurden. Mit aneinandergepressten Lippen fielen sie darauf, es war ein einziger, ununterbrochener Kuss, während ihre nach Berührung und Erkundung dürstenden Hände an ihren Kleidern zerrten, die plötzlich so hinderlich geworden waren.

Sie waren so ausgehungert nacheinander, ihr Bedürfnis so dringend, dass ihre Vereinigung schnell und leicht verlief, und es war herrlich, so herrlich, besser als irgendetwas zuvor. Süß und berauschend. Er hatte nie über den Unterschied nachgedacht zwischen »Sex haben« und »Liebe machen«. Für ihn waren es schlicht Synonyme gewesen. Derselbe Akt fleischlicher Wollust. Aber jetzt und hier flossen mit jeder seiner Berührungen Gefühle durch seine Fingerspitzen. Diesmal war nicht nur sein Körper beteiligt, sondern auch sein Herz.

Und dann rutschte es ihm mit einer lustvollen Ausatmung einfach heraus, sanft und geseufzt drang es in sie, wie er selbst.

»Ich liebe dich.«

Es war schwer zu sagen, wer von beiden überraschter war,

der Sprecher oder die Adressatin, aber es war alles gut. Und dann flüsterte sie:

»Ich liebe dich auch«, während sie sich ihm entgegenbäumte, um gemeinsam mit ihm zu kommen.

Es war der Ausdruck in seinen Augen, der alles veränderte. »Verfolgt« war wahrscheinlich der geeignete Begriff, ihn zu beschreiben, oder wäre »gejagt« treffender? Er sah aus wie ein Tier, das von einem Jäger gehetzt wurde. Er war zu Tode erschrocken, alle seine Sinne befahlen ihm zu rennen. Schon wieder. Sie konnte es sehen, und sie konnte es fühlen. Eben noch waren sie ineinander verschmolzen, als wären sie eins, und jetzt wollte er nur noch verschwinden. Es war, wie wenn man ein festklebendes Pflaster entfernen wollte. Erst denkst du, es hilft dir, deine Wunde zu heilen, und dann tut es mehr weh, es abzureißen, als die eigentliche Verletzung, die es bedeckt hatte.

Ob er es wirklich so gemeint hatte oder nicht, zu ihrer eigenen Überraschung hatte sie es sehr wohl so gemeint, als sie es erwidert hatte. Auch ihr machte es Angst, sehr sogar, denn es gab so viele Gründe, warum es nicht funktionieren würde, aber sie hätte es wenigstens versucht. Und jetzt wusste sie nicht, ob sie ihn beruhigen oder schlagen sollte. Und so bat sie ihn nur zu gehen, obwohl sie halb erwartete und ganz und gar hoffte, dass er trotzdem bleiben würde, dass er ihr beweisen würde, dass er wirklich bei ihr sein wollte und sich nicht wegschicken ließe. Aber er tat nichts dergleichen, sondern zog sich an. Er zog den Schwanz ein wie ein Hund, den man anschrie und dem man befahl, zurück in sein Körbchen zu gehen.

Kapitel 23

»Arschloch«, wiederholte Alex und schlug mit der Stirn gegen sein Lenkrad.

»Du Arschloch!«, sagte er noch einmal und schlug die Stirn noch fester dagegen.

Da das teure Auto nur liebevolle und zartfühlende Behandlung gewöhnt war, protestierte es auf die einzige Weise, die ihm zur Verfügung stand: Es löste den Alarm aus.

Eine Minute später stand ein Gendarm über ihm.

»Excusez-moi, monsieur. Est-ce votre voiture?«

Alex schielte mit seinen blutunterlaufenen Augen zu ihm hoch und lachte krächzend. Wenigstens auf ein paar Dinge im Leben konnte man sich verlassen.

»Natürlich ist es meins. Ich meine, oui, la mienne.«

Das Schweigen des Polizisten war ein Zeichen für dessen Missfallen.

»Haben Sie getrunken, Sir?« Der französische Akzent war mit Knoblauch und Sarkasmus garniert, besonders bei dem Wort »Sir«.

»Nein«, antwortete er, öffnete die Tür und stieg aus. »Aber das hört sich nach einer verdammt guten Idee an.«

Alex schloss das Auto mit einem wütenden Druck auf seinen Schlüssel ab, was den Alarm augenblicklich zum Schweigen brachte, und den Polizisten kaum eines Blickes würdigend ging er die Straße hoch, der Bar Bleu entgegen.

Eine halbe Stunde nach Barschluss, Franc wollte gerade die große Eingangstür verriegeln, schlüpfte Alex durch sie hindurch. Ein Gendarm mit vor Wut rotem Gesicht war ebenfalls im Anmarsch. Auf Franc warteten zu Hause ein warmes Bett und eine willige Frau, aber als er Alex' Gesicht sah, beruhigte er den aufgebrachten Polizisten, zum Glück ein Bekannter, und führte seinen Freund zurück an die Bar, wo er ihn auf einen Stuhl setzte und eine Flasche eiskalten Wodka aus dem Kühlschrank holte.

»Also, mein Freund«, sagte Franc entschlossen, während er die Flasche aufschraubte und ihnen beiden einen kräftigen Schluck einschenkte, »was hat dich so aus der Fassung gebracht, dass du unbedingt eine Nacht in der Gendarmerie verbringen willst?«

Und ausnahmsweise erzählte Alex ohne zu zögern die ganze Geschichte. Franc hörte schweigend zu, und als sein Freund zum Ende gekommen war, nickte er verstehend.

»Es sieht so aus, als wärst du verliebt, Alexander Avery.«

»Ich verliebe mich nicht«, korrigierte Alex ihn bitter und goss sich Wodka nach.

»Jeder Mensch verliebt sich.«

»Meinst du?«

»Ich weiß es. Du bist ich vor zehn Jahren.«

»Wenn du vor zehn Jahren ich warst, wer war dann ich vor zehn Jahren?«, entgegnete Alex streitlustig.

Franc lachte. »Wie du weißt, arbeiten eine Menge süßer Mädchen hier, und ich sehe auch nicht schlecht aus, was, Kumpel?« Sein Mund verzog sich zu einem selbstironischen Lächeln. »Aber als ich meine Fabienne getroffen habe, wollte ich keine andere mehr. Es ist traurig, aber wahr, mein Freund, wir Männer müssen irgendwann aufhören, auf der Jagd zu sein. Ich bin kein Teenager mehr, ich bin ein Familienvater. Es ist unvermeidlich. Wir sind eben für das Leben zu zweit geschaffen. Wie in der Arche Noah.« Wie zur Illustration des Gesagten kreuzte er zwei Finger übereinander. »Deux à deux. C'est biologique.«

»Ach Quatsch, Biologie.« Alex schüttete noch mehr Wodka in sich hinein. »Damit kann ich nichts anfangen. Beschissene glückliche Familien ...«

»Aber du willst diese Frau, oder?«

Er wollte es verneinen, aber das konnte er nicht. Er war seit dem Moment, als er sie zum ersten Mal gesehen hatte, hoffnungslos in sie verliebt.

Also nickte er.

»Und was hast du getan, um sie das wissen zu lassen, seit wir uns das letzte Mal gesehen haben?«

Gute Frage. Was hatte er getan, um ihr zu zeigen, dass er sie wollte? Er hatte geflirtet, sie herausgefordert, Versprechen gegeben, die er nicht gehalten hatte, sie verführt, ihr gesagt, dass er sie liebte, war deswegen vor Angst ausgerastet und einmal mehr abgehauen.

Und jetzt hasste sie ihn.

»Sie hasst mich«, sagte er. »Das war nicht die Art von Leidenschaft, die ich in ihr auslösen wollte«, murmelte er resigniert.

»Ich bin sicher, dass das nicht stimmt. Warum sollte sie dich hassen?«

»Es ist ein schmaler Grat«, zitierte er den Beginn einer englischen Redewendung, die Franc nicht zu kennen schien, denn er sah ihn verständnislos an.

»Es ist ein schmaler Grat zwischen Liebe und Hass.«

»Die beiden Gefühle liegen sehr eng beieinander, weil sie beide leidenschaftlich sind«, stimmte Franc zu. »Die Leidenschaft sucht sich immer Erleichterung, und wenn sie die in der Liebe nicht findet, dann entlädt sie sich eben in Hass. Aber es steht euch beiden frei, euch zu lieben, oder? Also gibt es keinen Grund anzunehmen, dass etwas, das so vielversprechend ist, derart schnell in etwas Schlechtes umschlagen sollte.«

»Was soll ich tun?«

»Das liegt doch auf der Hand, Alex. Du hast Mist gebaut. Jetzt machst du es wieder gut. Wir haben auch ein Sprichwort: Du mot au contrat il y a grand espace. Vom Wort bis zur Tat ist es ein langer Weg. Oder wie ihr sagen würdet: Es ist an der Zeit, Nägel mit Köpfen zu machen. Siehst du, ich kenne auch ein paar eurer Redewendungen. Es ist ja gut und schön, die große Show abzuziehen, von wegen große Liebe, große Gesten, zum Essen nach Italien und so, du Hurensohn«, dabei schüttelte er liebevoll ermahnend den Kopf, »aber wenn du diesem Liebesversprechen jetzt keine Taten folgen lässt, und damit will ich sagen, wenn du jetzt nicht bereit bist für eine richtige Beziehung, dann hast du nur eine schöne Sandburg gebaut, die vom Meer weggespült werden wird.«

»Ist das ein anderes französisches Sprichwort?«

»Nein, das ist von mir. Du hast ihr viel versprochen und dir alles genommen, und dann bist du weggelaufen. Du hast keinen Grundstein gelegt, Alex, du hast ihr nicht mal einen Ziegelstein angeboten.«

»Nein, der Ziegelstein ist mein Kopf, ein dicker, dummer Ziegelstein.«

»Wenn du ihr etwas bedeutest, wird sie dir verzeihen. Du musst ihr aber zeigen, dass du es wirklich ernst meinst.«

»Ich stecke wirklich ernsthaft in der Scheiße, Franc. Ich will sie und will mit ihr zusammen sein, aber wenn ich mit ihr zusammen bin, kann ich es nicht aushalten. Stell dir das mal vor.«

Egal, wie viel er für sie empfand, er war trotzdem weggelaufen. Er musste einen Grund dafür gehabt haben. Er wusste zwar nicht, welcher Grund das war, aber wenn sie wirklich zusammengehörten, dann würde er auch nicht wegrennen wollen.

»Ich habe das Richtige getan«, verkündete er laut, aber er sagte es trotzdem mehr zu sich selbst als zu Franc.

»Denkst du das wirklich?«

Alex sah Franc an, dann sah er sein Wodkaglas an, dann wieder Franc.

»Ich denke«, sagte er, »dass ich ein Arschloch bin.«

Und Franc nickte voller Mitgefühl. »Sind wir das nicht alle, Kumpel? Sind wir das nicht alle ...«

Alex erwachte in einem fremden Bett, in einem fremden Raum, mit einem vertrauten verkaterten Klopfen hinter der Stirn und einem ebenso vertrauten unguten Gefühl in der Magengegend. Wo war er jetzt gelandet? Oder besser, was hatte er jetzt wieder angestellt?

Das Zimmer, in dem er sich befand, war vollkommen weiß eingerichtet. Weiße Gazevorhänge flatterten vor den offenen Fenstern, weiße Teppiche aus Tierfell lagen auf den weiß getünchten Dielen, und das riesige Bett, in dem er lag, war mit ägyptischer Baumwolle bezogen, deren Fadenzahl höher war als die der Kalorien in einem Marsriegel, und mit Seidenkissen und einem Spitzenüberwurf bedeckt, der so dick und weich war wie ein Marshmallow. Auch die Möbel im Kolonialstil waren weiß gestrichen, ebenso wie die Wände. Die Helligkeit des Ganzen wurde von der Sonne noch unterstrichen, die durch die großen, auf einen Balkon mit Meerblick führenden Fenstertüren hereinschien.

Als seine Augen sich an das Licht gewöhnt hatten und er langsam zu Bewusstsein kam, erkannte er, dass ihm der Raum vertraut war. Er war auch früher schon hier gewesen, aber das letzte Mal war hier alles noch golden und tiefrot gewesen. Er drehte sich vom Fenster weg und sah neben sich auf das Einzige im Raum, das nicht weiß war, sondern immer noch golden von der Sonne der Riviera, und das war die schlafende, splitternackte Pandora, die auf der Decke neben ihm lag.

Er setzte sich vorsichtig aufrecht hin, um sie nicht zu wecken, und legte den schmerzenden Kopf zwischen seine Hände.

»Warum, warum, warum?«, murmelte er durch steife Finger.

Was hatte er hier zu suchen? Vage, nebelhafte Erinnerungen sagten ihm, dass Franc ihm in ein Taxi geholfen, dem Fahrer ein paar Euro in die Hand gedrückt und ihn angewiesen hatte, ihn direkt zur Villa Marchmont zu fahren. Aber er war hier und nicht in der Villa Marchmont. Normalerweise war Pandora immer seine erste Anlaufstelle, wenn er nach St. Tropez kam, warum war er also so unglücklich darüber, hier zu sein? Weil es sich nicht mehr richtig anfühlte, deshalb.

»Sag mir, dass wir es nicht getan haben«, stöhnte er.

Pandora öffnete die Augen und lächelte ihn kühl an. »Wir haben es nicht getan«, erwiderte sie. »Sag bloß, du willst nicht?« Sie streckte die Hand aus und strich mit einem Finger lasziv über seine Brust und dann hinunter zu seinem Bauch. Ihre Absichten waren eindeutig. Er umschloss ihre Hand fest, um sie zu stoppen, und legte sie zurück auf ihren eigenen Oberschenkel, bevor er sie wieder losließ.

»Lass das.«

Sie runzelte die Stirn. »Was ist los mit dir?«

»Ich sollte nicht hier sein.«

»Nein, das solltest du wirklich nicht«, sagte sie beleidigt, »wenn man bedenkt, dass du schon seit Wochen wieder zurück bist und jetzt erst gekommen bist, um mich zu begrüßen. Andere Mädchen würden dich keines Blickes mehr würdigen, wenn du sie so vernachlässigt hättest. Du hast Glück, dass ich nicht nachtragend bin …« Und wieder begann sie, mit den Fingern in Richtung seines Schoßes zu wandern, diesmal startete sie bei seinem Oberschenkel. Alex seufzte und schob ihre Hand ein weiteres Mal weg.

»Was ist denn nur los mit dir?«

Es war seltsam, aber sie war die einzige Person, vor der er es aussprechen konnte.

»Ich glaube, ich habe mich verliebt, Pan.«

Sie ließ sich nicht die leiseste Überraschung anmerken. Nur ihre Katzenaugen wurden eine Sekunde lang schmal, und sie rückte ein kleines Stückchen von ihm ab.

»Du verliebst dich nicht, Alex. Deine Worte.«

»Ich weiß, aber …«

»Auch, wenn es dir gerade so vorkommen mag, du bildest dir da etwas ein.«

Bewusst oder unbewusst hatte sie seine Achillesferse getroffen. Denn Alex traute sich selber nicht, er misstraute seinen Gefühlen.

»Aber das hier ist real. Ich bin real. Alles, was dich interessiert, ist augenblickliche Bedürfnisbefriedigung. Warum solltest du dir Gedanken über die Zukunft machen, wenn die Gegenwart so verdammt angenehm ist? Ich kenne dich, Alex. Und ich weiß, was du brauchst... Und das kann ich dir alles geben«, murmelte sie und räkelte sich wie eine Katze. Sie wusste, wie ihr Körper im vorteilhaftesten Licht erschien, und Alex konnte nicht anders, als ihre schlanke Figur zu betrachten und über ihre Beweglichkeit zu staunen. Sie hatte kein Gramm Fett zu viel, und doch war sie überall, wo es darauf ankam, kurvenreich. Sie war wirklich sehr schön. Von außen. Von ihrem Innern konnte man das nicht ohne weiteres behaupten. Pandora war vollkommen verwöhnt und manipulativ, aber das wusste er. Er konnte damit umgehen, und eine Zeitlang hatte es ihm sogar gefallen.

Dieses Mal wies er sie nicht zurück. Pan zu küssen war wie zu schnell Champagner zu trinken, prickelnd, berauschend. Aber heute hielt Alex es mit dem berühmten Ausspruch von Boy George. Sex? Alles, was er wollte, war eine Tasse Tee. Sie gab alles, setzte ihr ganzes verführerisches Können ein, aber alles, was er denken konnte, war, dass er wirklich nicht hier sein wollte.

Er versuchte sich loszumachen, aber sie hielt ihn einfach mit der Hand am Hinterkopf fest und zog ihn noch näher an sich. Also legte er ihr die Hände auf ihre Schultern, schob sie sanft von sich weg und hielt sie auf Abstand, bis sie die Augen öffnete und ihn überrascht anblinzelte.

»Was?«, fragte sie.

»Pan...« Alex schüttelte den Kopf.

»Jetzt hab dich nicht so, Alex...«

»Es geht so nicht weiter, Pandora.«

»Das hörte sich heute Nacht aber noch ganz anders an.«

»Heute Nacht … Es tut mir leid, Pan, aber ich war so betrunken, dass ich mich nicht einmal mehr daran erinnere, überhaupt hergekommen zu sein.«

»Vielleicht, aber du bist trotzdem gekommen. Als du nicht mehr klar denken konntest, bist du zu mir gekommen. Und weißt du, warum? In vino veritas. Es ging dir schlecht, du hast getrunken, und du brauchtest mich … Am Ende landest du immer wieder bei mir, Alexander. Immer.«

»Es tut mir leid, aber ich habe mich verändert.«

»Und das hat dieses Mädchen mit dir gemacht?«

»Ich glaube schon.«

Sie schüttelte den Kopf.

»Ich glaube, ich liebe sie.«

Das Kopfschütteln wurde heftiger. »Das kann nicht sein. Du verliebst dich nicht.«

»Ich weiß«, erwiderte er mit einem hilflosen Achselzucken.

»Du bist der einzige Mann, der sich nicht in mich verliebt hat …«, sagte sie beinahe trotzig.

»Das kann ich auch nicht, Pan, das wäre wirklich zu narzisstisch.«

»Was soll das denn heißen?«

»Da könnte ich mich ja gleich in mich selbst verlieben. Wir sind uns zu ähnlich, Pandora. Wir könnten uns niemals außerhalb des Schlafzimmers glücklich machen.«

»Oh, wir haben uns sogar schon an sehr vielen Plätzen außerhalb des Schlafzimmers glücklich gemacht«, schnurrte sie verführerisch, während sie mit ihrem lockenden Finger über seinen Arm strich.

»Du weißt ganz genau, was ich meine«, sagte er, nahm ihre Hand einmal mehr weg und drückte sie sanft, bevor er sie in ihren eigenen Schoß zurücklegte. »Ich gehe jetzt besser.«

Er stand auf, fand seine zerknüllten Sachen auf dem Fußboden neben dem Bett und begann sich anzuziehen. Als er fertig war, beugte er sich zu ihr und gab ihr einen zarten Kuss auf die Wange.

»Pass auf dich auf, ja?«

Sie griff nach seinem Handgelenk, um ihn am Gehen zu hindern. Dabei gruben sich ihre lackierten Fingernägel tief in sein Fleisch.

»Wenn du schon eine richtige Beziehung willst, dann hab sie mit mir«, flüsterte sie eindringlich.

Diesmal war er überrascht. Die vogelfreie Pandora bot sich für eine ernsthafte Beziehung an? Er sah sie erstaunt an und stellte erschreckt fest, dass sie kurz vorm Weinen war. Sie zog sich die Bettdecke vor den Körper, um ihre Nacktheit zu bedecken, die plötzlich kein Machtinstrument mehr war, sondern ein Zeichen ihrer Verwundbarkeit.

»Wie kommst du denn jetzt darauf?«, fragte er vorsichtig. »Du bist doch mindestens genauso beziehungsphobisch wie ich.«

»Nicht mit dem Richtigen«, sagte sie beinahe flehend.

»Ich bin nicht der Richtige für dich.«

»Woher willst du das wissen? Nimm mich, Alex. Ich weiß, was dich glücklich macht. Ich kann dich glücklich machen.«

»Es würde nicht funktionieren, das weißt du ebenso gut wie ich. Wir würden uns gegenseitig wahnsinnig machen. Wir kennen uns so gut, wir könnten uns nie vertrauen. Stell dir doch nur mal vor, wir beide zusammen!«

»Ich habe nichts anderes getan, als mir das vorzustellen, und zwar seit dem Augenblick, als ich dich zum ersten Mal getroffen habe«, sagte sie leise.

Alex rutschte das Herz bis unter seine Schuhsohlen. »Das habe ich nicht gewusst… Ich dachte… Oh, Pan, es tut mir so leid.«

»Wage es nicht, mich zu bemitleiden!«, spuckte sie ihm entgegen, als hätte sie etwas Verdorbenes gegessen.

»Es würde nicht funktionieren mit uns. Das weißt du doch, oder? Das musst du wissen…«

»Wir könnten es versuchen. Ich liebe dich, Alex. Ich habe dich immer geliebt.«

»Ich liebe dich auch, Pan…«

»Aber du bist nicht in mich verliebt«, beendete sie den Satz mit schmerzverzogenem Gesicht. »Damit konnte ich leben, weißt du, jedenfalls so lange, wie ich dachte, dass du mich so liebst, wie du eben zu lieben im Stande bist, aber jetzt sagst du, du bist in eine andere verliebt, Alex… Du hast gesagt, du würdest dich nie verlieben, aber jetzt, wo du denkst, dass du es doch kannst, warum verliebst du dich dann nicht in mich?«

»Es würde nicht funktionieren… Es tut mir leid…«

»Sag nicht andauernd, dass es dir leidtut!«, schrie sie ihn an.

»Aber es stimmt, wirklich, ich wollte das alles nicht…« Er machte eine hilflose Geste. »Ich muss jetzt gehen.«

Und beide wussten, dass er diesmal für immer ging.

»Okay, dann geh doch, ist mir doch egal… Du bedeutest mir sowieso nichts, ich wollte dich nur testen…«

»Wenn du meinst, Pan…«

»Und gestern ist nichts gelaufen, weil du keinen hochgekriegt hast, Alex Avery!«

Zu seiner Überraschung war Alex über diese Nachricht einfach nur erleichtert, was natürlich nicht die Absicht hinter Pandoras Bemerkung gewesen war.

»Dich stecke ich doch locker in die Tasche!«, rief sie ihm hinterher, als er sich zur Tür wandte.

Er drehte sich um, um sie noch einmal anzusehen, und das Mitgefühl und das schlechte Gewissen, die sich in seinem Gesicht abzeichneten, machten sie rasend.

»Ich weiß.« Er lächelte sie traurig an und ging.

Kapitel 24

Alex kam in der Villa Marchmont an, als die Sonne im Begriff war, im Osten über die Berge zu klettern und die Gegend mit ihren wärmenden Strahlen einzuhüllen. Sein Auto stand noch immer vor dem Club auf der Straße, wo er es fast zwei Tage zuvor abgestellt hatte. Er ließ sich vom Taxi am Ende der langen Auffahrt bei dem Pförtnerhaus absetzen, weil er noch ein paar Schritte laufen wollte, um einen klareren Kopf zu bekommen.

Als er bei dem Haus vorbeiging, öffnete sich dessen Tür, und Olivier trat heraus. Als er Alex sah, blieb er auf halbem Wege stehen. Alex nickte ihm zu. Olivier sagte nichts, aber der Ausdruck in seinen Augen war so eindeutig, als hätte er eine Sprechblase über sich, auf der groß »Du bist ein Vollidiot und unter meiner Würde« stand. Alex war sogar seiner Meinung. Olivier drehte sich wieder um, ging ins Haus zurück und ließ die Tür so heftig ins Schloss fallen, dass auch dies eine eindeutige Nachricht war.

Er fragte sich, ob Imogen ihn angerufen und ihm erzählt hatte, was zwischen ihnen vorgefallen war, kam aber schnell zu dem Schluss, dass sie das sicher nicht getan hatte. Sie war zu stolz dafür. Was einer der Gründe war, warum er sich jetzt wieder in Frankreich befand, nachdem sie schon in seinen Armen gelegen hatte. Sie hatte gewusst, wie er war, und war ihm doch mit offenen Armen und offenem Herzen entgegengetreten. Und hatte ihm sogar einen Fluchtweg eröffnet. Und feige, wie er war, hatte er das Angebot angenommen und war weggelaufen. Zurück zu seiner treuen Geliebten: seinem sorgenfreien Leben. Aber auch sie, genau wie die andere Geliebte, die er eben verlassen hatte, hatte ihren Reiz für ihn verloren, egal wie schön, verführerisch oder aufregend sie auch sein mochte.

Er war am Ende seiner Kräfte, aber er ahnte, dass er trotzdem nicht würde schlafen können, und so setzte er sich mit einer Tasse Kaffee und ein paar Croissants auf die Terrasse.

Es war eine wunderschöne Tageszeit. Die Menschen schliefen noch, aber die Natur war schon lange wach und feierte das Leben selbst. Süßes Vogelgezwitscher erfüllte die Luft, und das Versprechen eines weiteren heißen Tages voller Sonnenschein wurde von dem kühlen zarten Morgentau gemildert, der noch alles bedeckte.

Um sieben rannten die Hunde in den Garten, was ihm mitteilte, dass seine Großeltern soeben aufgestanden waren. Feuchte Schnauzen drängten sich zur Begrüßung an ihn, um dann schleunigst durch den Garten zu streifen und die Pflanzen mit dem Inhalt ihrer berstenden Blasen zu gießen.

Seine Großeltern standen immer früh auf, und weil sie Gewohnheitstiere waren, wusste er, dass sie höchstwahrscheinlich gerade auf dem Weg in ihre getrennten Badezimmer waren, um zu duschen.

Pom konnte es nicht leiden, wenn sie ihn morgens in den Sachen vom Vortag sah, denn das bedeutete, dass er gerade erst nach Hause gekommen und die ganze Nacht aus gewesen war. Wenn er jetzt ins Bett ginge, könnte er ein paar Stunden schlafen und dann, wenn er wieder aufstand, einfach so tun, als hätte er verschlafen. Den Rest des Tages würde er dann dösend auf einer der Sonnenliegen neben dem Swimmingpool verbringen, um seinen fehlenden Schlaf wieder reinzuholen. Er verfütterte die übriggebliebenen Croissants an die Hunde und ging die Treppe zu seinem Zimmer hoch.

Alex fiel gerade ins Bett, als Lily aus ihrem aufstand. Sie hatte am Vorabend dunkle Ringe unter ihren Augen entdeckt und deshalb ihren Freunden abgesagt, mit denen sie eigentlich ausgehen wollte, und war stattdessen früh schlafen gegangen. Sie hatte sich schon um zehn ins Bett gelegt und zum dritten Mal einen Film angesehen, dann nach einem Buch gegriffen, in das sie aber nicht hineingefunden hatte, und war dann bis weit nach Mitternacht wachgelegen, bevor sie in einen unruhigen, traumreichen und alles andere als erholsamen Schlaf gefallen war. Um halb sieben war sie dann wieder aufgewacht und hatte einen neuen Versuch mit dem begonnenen Buch gemacht.

Na toll, da hätte sie auch gleich ausgehen und sich betrinken können, so gut, wie ihr das frühe Zubettgehen getan hatte. Sie tappte in ihr Badezimmer und besah sich im Spiegel, wobei sie mit den Fingern die Haut hinter ihren Schläfen nach hinten zog, sodass die Augenringe und die kleinen Fältchen verschwanden.

Vielleicht brauchte sie jetzt doch Botox?

Ein Piepsen aus ihrer Prada-Handtasche zog ihre Aufmerksamkeit von ihrem Gesicht ab und hin zu ihrem Handy. Es war eine lange, weitschweifige SMS von ihrer in London lebenden Freundin Izzy, die eine wilde Nacht in der Stadt mit ein paar gemeinsamen Freunden beschrieb, und so legte sie sich zurück ins Bett, um den Klatsch in vollen Zügen zu genießen. Aber sie stolperte über die letzten Zeilen der Nachricht:

»Hab gestern Alex in London gesehen, dachte, er wär bei dir?«

Lily runzelte verwundert die Stirn. Sie hatte Alex seit dem Mittagessen am Donnerstag nicht mehr gesehen, aber sie hatte angenommen, er sei mit Nelson oder Nico unterwegs. Warum nur war er zurück nach London geflogen, ohne es irgendjemandem zu sagen?

Sie simste Izzy zurück: »Bist du sicher, dass es Alex war?«

Die Antwort war prompt und kurz: »100%.«

»Was hat er bloß in London zu suchen?«, fragte sich Lily laut.

Ihr Großvater nannte sie zwar liebevoll einen Flattergeist, weil sie für ihre Partys und fürs Shoppen lebte, aber sie war immer loyal zu ihren Freunden und ihrer Familie, und sie liebte ihren Cousin wie ihren eigenen Bruder. Sie hasste es, ihn unglücklich zu sehen, und unglücklich schien er im Moment zu sein. Vielleicht sollte sie noch einmal mit ihm reden.

Das Geräusch seiner Dusche hatte ihr verraten, dass er zu Hause war. Lily krabbelte aus ihrem weichen Daunenbett, zog sich einen seidenen Morgenmantel über, putzte sich die Zähne und schlich auf Zehenspitzen zu Alex' Zimmer, das neben ihrem lag, aber als sie ihre Nase durch seine Tür steckte, lag er schon im Bett und schnarchte leise.

Alex trat kurz nach dem Mittagessen hinaus in den Sonnenschein, gähnte, streckte sich und entschuldigte sich für sein spätes Aufstehen. Seine Großeltern saßen an einem Tisch auf der oberen Terrasse und lasen Zeitung.

Die *Times* senkte sich, und darüber erschienen Poms graue Augen, die ihren Enkelsohn aufmerksam ansahen.

»Spät geworden?«, fragte sie ein bisschen spitz, weil sie sich seit Tagen Sorgen um ihn machte und die Sorge langsam in Zorn umschlug.

»Könnte man so sagen«, wand er sich.

»Du hast das Mittagessen verpasst, junger Mann«, ermahnte ihn jetzt auch sein Großvater, der seine Zeitung ebenfalls gesenkt hatte und ihn nun tadelnd über sein Pincenez hinweg ansah.

»Und das Frühstück«, ergänzte Pom, die sich um seine Ernährung sorgte.

»Das stimmt nicht, ich habe so gegen sieben ein paar Croissants gegessen.«

»Dann warst du also früh auf?«

»Sieht so aus.«

»Hast du nicht gesagt, es sei spät geworden gestern?«

»Ich glaube, ich gehe mal eine Runde schwimmen«, entschuldigte sich Alex lächelnd und eilte die marmornen Stufen hinunter zur nächsten Terrasse, wo er sein T-Shirt abstreifte und nur noch mit Badehose bekleidet in das kühle klare Wasser sprang.

»Irgendetwas stimmt doch nicht mit ihm«, sagte Pom zu ihrem Mann, während sie dabei zusah, wie Alex lässig kraulend seine Runden drehte.

Tom legte seine Zeitung beiseite und beobachtete seinen Enkel, der gerade seinen Kopf aus dem Wasser hob, tief einatmete und dann die gesamte Länge des Pools unter Wasser durchschwamm, bis er sich an dessen Ende herauszog und sich tropfend an den Beckenrand setzte, um den herrlichen Blick übers Mittelmeer zu genießen.

»Er ist verliebt«, verkündete Tom.

»Wirklich?«, fragte Pom ungläubig.

»Oh ja, absolut.«

»Woher um Himmels willen weißt du das?«

»Ich weiß das, weil er mich an mich selbst erinnert, als ich dich zum ersten Mal getroffen habe, Darling«, sagte er lächelnd und gab ihr einen Kuss auf ihre weiche Wange. »Er weiß nicht, was er jetzt machen soll, und ist über die Tiefe seiner Gefühle total erschrocken. Er ist noch in der Verdrängungsphase. Er wird sicher etwas schrecklich Dummes anstellen, um die Gefühle wieder loszuwerden, die ihn jetzt im Griff haben. Ja ja, die Macht der Frauen …«

»Und dann?«

»Und dann wird er sich hoffentlich ins Unvermeidliche fügen und das Mädchen heiraten. Das ist auch viel weniger schmerzhaft, als sich dagegen zu wehren.«

Alex schwamm im Pool, bis seine Großeltern mit dem Lesen der Zeitungen fertig waren und die Hundemeute zusammenriefen, um ihren täglichen Spaziergang durch die Gärten anzutreten. Er wusste, dass sie über ihn redeten und auch mit ihm reden würden, wenn er ihnen die Gelegenheit dazu bot, aber er war nicht in der Stimmung für Erklärungen oder gute Ratschläge.

Er zog sich aus dem Wasser, um stattdessen von Lily belagert zu werden, die in einem zitronengelben Bikini, der mehr als das Doppelte der Summe gekostet hatte, die ihr Großvater ihr pro Woche gab, auf einem Liegestuhl saß und schon auf ihn wartete.

»Also, willst du es mir nicht erzählen?«, fragte sie ihn, als er sich triefend aus dem Wasser schleppte.

Alex sah sie stirnrunzelnd an.

»Jetzt tu bitte nicht so, als wüsstest du nicht, wovon ich rede.«

»Ob du es glaubst oder nicht, ich weiß tatsächlich nicht, wovon du redest.«

»Ich rede davon, dass du übers Wochenende heimlich nach London geflogen bist, ohne irgendjemandem etwas davon zu sagen.«

»Woher um Himmels willen …«, rief er überrascht.

»Ich habe eben meine Quellen«, erklärte sie betont lässig. »Also los, spuck es aus, was hast du in London gemacht?«

»Ich möchte nicht darüber reden, Lily«, sagte er gröber, als er vorgehabt hatte.

»Ist es wegen Abby?«

Alex seufzte verzweifelt. »Lily, ich sage es dir jetzt zum letzten Mal: Es hat nichts mit Abby zu tun.«

»Aber irgendetwas ist da doch.«

»Wie bitte?«

»Wenn du sagst, *es* hat nichts mit Abby zu tun. Das heißt doch, dass irgendetwas nicht in Ordnung ist.«

Aber Alex schüttelte nur entnervt den Kopf und sprang zurück in den Pool, wobei sein angespannter Körper in einem perfekten Bogen ins Wasser schnitt. Dass er seiner Cousine aus dem Weg ging, hatte seine Ursache schlicht in der Tatsache, dass er sich zutiefst schämte.

Lily sah ihm zu, wie er ab- und wieder auftauchte, und fragte sich, was er nur in London zu suchen gehabt hatte, wenn es wirklich nicht um Abby ging. Sie hatte genug von Zurückweisungen und schlechter Laune. Es war Zeit, etwas zu unternehmen, und deshalb schlich sie sich nach oben in sein Zimmer und begann, in seinen Sachen herumzuwühlen.

Sie brauchte nicht lange, bis sie etwas gefunden hatte. Alex war niemand, der Sachen lange aufhob oder bei sich trug, und deshalb musste das Stück Papier, das sie in seiner Nachttischschublade fand, eine besondere Bedeutung für ihn haben.

Es stand nicht viel darauf, nur eine Adresse: »Maison S'endetter, Rue de Fayence, Seillans«. Aber darunter stand ein Name: »Imogen«. Er war zweimal unterstrichen, und dahinter war ein Herz gemalt.

Kapitel 25

Hetta war nicht da. Henry hatte sie zum Einkaufen nach Marseille geschickt und ihr einen Termin bei einem Frisör in Marseille gemacht, der laut Virginia ganz toll sein musste, denn seine akkurat gepflegte Frau hatte das Gefühl, dass ihr Haar fransig geworden und von der Sonne ausgeblichen war.

Henry freute sich, dass sie sich einen schönen Tag machen konnte. Er war völlig überschwemmt von seinem schlechten Gewissen, ebenso wie das Haus überschwemmt gewesen war. Er versuchte, das lustig zu finden, aber er schaffte es nicht, darüber zu lachen, sondern seufzte stattdessen.

Das Leben war etwas durcheinandergeraten, genau wie sein Garten. Die Handwerker waren wieder da und gerade dabei, eine neue Senkgrube zu installieren. Der ganze hintere Garten war übersät mit Bergen von Erde, wo sie Furchen für die neuen Rohre gegraben hatten, und mit einem riesigen Loch versehen, aus dem sie die alte Senkgrube entfernt hatten.

Es tat ihm körperlich weh, mit anzusehen, wie sie Pflanzen einfach aus dem Boden rissen, weil sie im Weg waren, und so hatte er quasi die ganze letzte Woche damit verbracht, wie ein Irrer den Handwerkern hinterherzulaufen und die Blumen an anderer Stelle wieder einzupflanzen, bevor sie elendiglich ihre Wurzeln zusammenrollen konnten und eingingen.

Sein einziger Trost war, dass sein Gemüsegarten zu weit von der Baustelle entfernt war, als dass sie ihm etwas anhaben konnten, und dass der Pool und die Terrasse auf der anderen Seite des Gartens lagen und noch immer ein kleines friedliches Paradies waren. Nicht, dass er Zeit gehabt hätte, sich dort zu entspannen.

Unglücklicherweise gab es im Haus nun kein einziges funktionstüchtiges Klo mehr. Die gute, tapfere Hetta hatte einfach vorgeschlagen, dass sie es machen sollten wie die Bären und in den Wald gehen könnten. Und Rollo und Virginia waren so nett gewesen, ihnen ihr Haus als vorübergehenden Schutzraum anzubieten. Henry war aber entschlossen gewesen, dazubleiben und die Arbeiten nicht aus den Augen zu lassen, und hatte dankend abgelehnt, und Hetta hatte darauf bestanden, bei ihm zu bleiben. Aber deswegen fühlte sich Henry nur noch schuldiger, weil nun auch sie in dem Chaos leben musste.

Er hatte ein mobiles Klohäuschen aufstellen lassen, das bei den warmen Temperaturen auch nicht ideal war, aber Hetta wiederum Anlass für zahllose weitere Witze bot.

Er lachte mit ihr, obwohl ihm nicht wirklich nach Lachen zumute war, wenn er daran dachte, wie er das alles bezahlen sollte, ohne noch einmal an ihr gemeinsames Gespartes zu gehen, und das auch noch ohne ihr Wissen. Die Rechnungen würden sicher nicht lange auf sich warten lassen.

Er hätte ihr so gerne alles gestanden, aber dann wäre aus der wunderbaren Überraschung ein teurer Horrortrip geworden. Alles sollte perfekt sein. Er wollte Hetta das Paradies auf Erden bereiten, nicht sie ins Fegefeuer schicken. Auf der anderen Seite war es schlimm für ihn, Geheimnisse vor ihr zu haben. Gutartige Geheimnisse waren eine Sache, nette Überraschungen, schöne Geschenke, aber was war an dieser Angelegenheit noch gut und schön?

Er fühlte sich wirklich schrecklich heute. Er stellte seinen Spaten ab und griff nach dem Glas Wasser, das er sich aus der Küche geholt hatte. Es war nur wenige Minuten her gewesen, aber das Eis war schon geschmolzen und das Glas dick mit Kondenswasser beschlagen. Er trank einen Schluck und strich sich mit dem Ärmel seines Lieblingsgartenhemds über die schweißnasse Stirn.

Es war so heiß heute, vielleicht war es sogar der heißeste Tag seit seiner Ankunft hier. Kein ideales Wetter für Gartenarbeiten, aber einer der Handwerker hatte am Tag zuvor sein geliebtes Azaleenbeet umgegraben, und er wollte die Pflanzen unbedingt zurück unter die Erde bringen, bevor die armen Geschöpfe in der Hitze zu schrumpeln begannen.

Er nahm den Spaten in die Hand und begann zu graben, obwohl ihm ein bisschen mulmig war. Das musste an der Hitze liegen, dachte er bei sich, während er sich auf den Spaten stützte und ein wenig ausruhte. Vielleicht hatte er es auch ein bisschen übertrieben.

Er bückte sich hinunter zu seinem Wasserglas, als ihn ein stechender Schmerz durchfuhr. Henry ließ den Spaten und das Wasserglas fallen, bevor ein zweiter Schmerz ihn so heftig traf, dass er stolperte und rückwärts auf den Hintern fiel.

Was war nur los mit ihm? Ihm war furchtbar übel. Er versuchte, Hettas Namen zu rufen, aber aus seinem Mund kam nur ein schmerzverzerrtes Stöhnen, das er nicht einmal als sein eigenes erkannte. Und dann ein dritter Schmerz, noch heftiger als die ersten. Er fiel auf die Seite. Alles drehte sich, er bekam fast keine Luft mehr, und während der Schmerz weiter durch seinen zitternden Körper jagte, schloss er die Augen. Irgendetwas Warmes, Feuchtes berührte sein Gesicht, heißer

Atem strömte über ihn, und als er unter Schmerzen langsam in dunkle Bewusstlosigkeit fiel, schnitt nur noch das wilde Bellen seines geliebten Arthur durch den dichten Nebel, der sich auf ihn herabsenkte.

Mit einem Tuch, das sie sich um den Kopf gebunden hatte, und einer großen Jackie-O-Sonnenbrille im Gesicht fuhr Lily in ihrem Mercedes Cabrio durch das kleine Dörfchen Fayence und hielt sich für völlig unauffällig. Sie war in geheimer Mission unterwegs und der Überzeugung, dass der Schal und die Brille verhindern würden, dass man sie erkannte. Sie wusste, dass sie das nicht tun sollte, aber ihre Absichten waren die allerbesten, und das war für sie Grund genug einzugreifen. Sie vermutete zwar, dass, wenn Alex gerade in London gewesen war, diese doppelt unterstrichene und mit Herzchen versehene Imogen sicher nicht hier war, aber vielleicht war ja jemand in dem Haus, der ihr ein paar nützliche Tipps geben könnte.

Sie fuhr dreimal durch das Dorf, bis sie es aufgab und nach dem Weg fragte. Zum Glück war das Haus leicht zu finden, wenn man erst mal auf der richtigen Straße war, und das war relativ einfach, denn es war die einzige weit und breit.

»Maison S'endetter«. Das klang geheimnisvoll, fast ein bisschen nach Mafia, und hatte ihre Aufregung wachsen und ihre Adrenalinwerte in die Höhe schießen lassen. Sie stellte sich schon ein burgähnliches Gebäude vor, vor dem dunkelhäutige Männer mit Sonnenbrillen standen und jeden Ankömmling überprüften. In Wirklichkeit war es aber nur ein rustikales Bauernhaus, nicht aufregend, aber dafür sehr romantisch, und was die dunkelhäutigen Männer anging, so war überhaupt niemand in Sicht.

Lily fuhr die Auffahrt hoch – der Kies knirschte unter ihren Reifen –, brachte den Wagen vor dem Haus zum Stehen und zog ihren Lippenstift nach. Das sollte ihr mehr Entschlossenheit verleihen. Wenn Alex sein Leben nicht Ordnung bringen wollte, dann würde sie ihm eben dabei helfen. Die Küchentür stand weit offen. Sie blieb an der Schwelle stehen, weil sie nicht ungeladen eintreten wollte, streckte ihren Kopf durch den Türrahmen und rief ein versuchsweises »Hallo?«.

Die einzige Antwort war das Zirpen der Grillen in dem großen Garten.

Sie ging hinein und versuchte es erneut. »Hallo?«

Immer noch nichts. An einem Tag wie diesem waren sie bestimmt im Garten, also ging sie wieder raus und um die Ecke an den Rand des Swimmingpools. Erst beim Anblick des blauen Wassers wurde ihr bewusst, wie heiß es war. Am liebsten hätte sie sich ausgezogen und wäre hineingesprungen.

Es war niemand auf dieser Seite des Hauses, also zog sie ihre Schuhe mit den hohen Absätzen aus und ging zögernd auf die andere Seite, wo der Boden etwas nach unten abfiel.

»Hallo«, rief sie erneut.

Diesmal bekam sie eine Antwort, aber eine, die sie so nicht erwartet hätte. Ein fetter Spaniel kam schneller auf sie zugerannt, als man seinen kleinen dicken Beinen zugetraut hätte, und stürzte sich mit seinem ganzen Körpergewicht auf sie. Er kläffte wie ein Verrückter und sprang mit seinen scharfen Krallen an ihren nackten Beinen hoch.

Wegen des Rudels ihrer Großeltern war Lily den Umgang mit Hunden gewohnt, daher schob sie ihn sanft zurück auf den Boden und beugte sich zu ihm herunter, um seinen seidigen Kopf zu streicheln.

»Was ist denn los mit dir, junger Mann«, sagte sie sanft, »wo sind denn die anderen?«

Der Hund rannte um die Ecke und zwei Sekunden später wieder zu ihr zurück, dann rannte er erneut weg, kam noch einmal zurück und verschwand wieder hinter der Ecke.

Alarmiert folgte Lily ihm um das Haus in einen anderen Garten, der ebenfalls sehr schön war, wenn man von den vielen aufgeschütteten Hügeln Erde und einer Grube absah, die dort jemand gegraben hatte. Neben diesem Loch lagen eine ganze Reihe halb verwelkter Azaleen und ein paar Männerkleider auf dem Boden, aber dann erkannte Lily, dass in diesen Kleidern auch ein Mann steckte. Sie warf ihre 1000-Dollar-Schuhe in einen Busch und sprintete über den Rasen zu ihm, wo sie sich neben ihm auf die Knie warf.

Außer ein paar Kratzern auf der Wange, die ihm der Hund in seiner Aufregung zugefügt haben musste, trug der Mann keine erkennbaren Anzeichen einer Verletzung.

»Monsieur! Monsieur! Wachen Sie auf, oh, bitte, wachen Sie auf!«, rief sie und hielt automatisch ihre zitternde Hand an seinen Hals, um ihm den Puls zu fühlen. Es dauerte einen Moment, bis sie ihn ausmachte, aber er war da, nur etwas schwach und flattrig.

»Oh, so wachen Sie doch auf!«, flehte sie. Vielleicht war er in der Hitze einfach ohnmächtig geworden. Als sie sich umsah, sah sie ein umgestoßenes Glas Wasser auf dem Boden liegen. Vielleicht sollte sie etwas Wasser holen.

Und dann machte er für einen kurzen Moment die Augen auf und sah wie durch einen Nebel hellblondes Haar.

»Imogen«, krächzte er, »Imogen, Schatz, bist du das? Ich bin so ein alter Trottel …«

Sie wusste nicht, warum sie das tat, vielleicht weil sie die Angst in seiner Stimme wahrgenommen hatte, aber sie ergriff seine eiskalte Hand und sagte in möglichst beruhigendem Tonfall: »Ja, ich bin's. Keine Sorge, ich bin da und hole Hilfe. Halt noch ein bisschen durch …«

Seine Augen flatterten und schlossen sich wieder, und seine Hand in ihrer wurde ganz schlaff.

»Oh nein!«, rief Lily, griff nach ihrer Handtasche und schüttete den gesamten Inhalt auf dem Gras aus, um möglichst schnell ihr Handy zu finden, in das sie die Notrufnummer eingab.

»Au secours!«, schrie sie aufgeregt in ihrem rudimentären Französisch. »Au secours! Une ambulance, s'il vous plaît, maintenant! Oui, Maison S'endetter, Rue de Fayence, Seillans. Merci, Madame, merci … vite, s'il vous plaît, vite.«

Dann ließ sie das Handy wieder zuschnappen, klappte es erneut auf und drückte auf eine gewohntere Nummer.

»Alex, ich bin's. Ich erklär's dir später, aber ich brauche jetzt dringend deine Hilfe …«

Kapitel 26

Alex kam bei der Maison S'endetter an, als sie den bewusstlosen Henry gerade auf einer Trage in einen Krankenwagen hievten. Er stieg aus dem Auto, und Lily kam angerannt und warf ihre Arme um ihn. Sie sah ihn verzweifelt an, ihr Gesicht war tränen- und dreckverschmiert.

»Oh, Alex, sie glauben, dass er einen Herzinfarkt hatte! Das habe ich jedenfalls so verstanden, ich habe nur ein paar Wörter aufgeschnappt, aber ›Cœur‹ war auf jeden Fall eins davon … Sie wollen wissen, wie er heißt … Ich weiß nicht mal, wie er heißt …« Sie begann wieder zu weinen.

Er drückte sie kurz. »Ich rede mal mit ihnen. Bist du okay? Ich brauche nur einen Moment«, sagte er sanft und löste sich aus ihrer Umarmung.

Sie schluckte und nickte und sah zu, wie Alex zu den Sanitätern ging.

»Er heißt Henry Fielding … Nein, ich kenne seine Krankengeschichte nicht. Er wohnt hier mit seiner Frau, ich weiß aber nicht, wo sie gerade ist. Was hat er denn?«

In einer Mischung aus Englisch und Französisch bestätigten sie ihm, dass sie wirklich davon ausgingen, dass Henry einen Herzinfarkt erlitten habe und so schnell wie möglich ins Krankenhaus gebracht werden müsse.

»Gehören Sie zur Familie?«, fragten sie ihn.

»Ja«, erwiderte er ohne nachzudenken und ignorierte den

Blick, den Lily ihm daraufhin zuwarf. »Sagen Sie mir bitte, dass er wieder gesund wird!«

Als Antwort bekam er die üblichen vagen Sätze, Gesten und Blicke, die einen beruhigen sollen, aber obwohl sie gut gemeint sind, meist das Gegenteil bewirken.

Lily zog ihn am Arm, als sich die Türen des Krankenwagens schlossen.

»Was machen sie mit ihm, Alex?«

»Sie bringen ihn in die Herzklinik nach St. Tropez. Einer von uns sollte mitfahren und der andere hier auf die Rückkehr seiner Frau warten.«

»Imogen?«

»Nein, der Name seiner Frau ist Hetta«, antwortete er und sah sie überrascht an. »Imogen«, fügte er langsam hinzu, »ist ihre Nichte.«

»Ah, verstehe.« Lily schlug die Augen nieder und biss sich auf die Unterlippe, um nicht erneut zu weinen. »Ich schätze, du willst wissen, was ich hier zu suchen habe?«, stotterte sie, aber er schüttelte schnell den Kopf und nahm sie wieder in die Arme.

»Das ist doch jetzt ganz unwichtig. Es ist gut, dass du hier warst«, murmelte er in ihr Haar und wartete, bis sie aufhörte zu zittern, bevor er sie wieder losließ.

Hin- und hergerissen, ob er nun auf Hetta warten oder mit Henry mitfahren sollte, beschloss er, dass es besser wäre, wenn ein bekanntes Gesicht die schlechten Nachrichten überbrachte, und so schickte er Lily mit dem Krankenwagen mit. Wenn er nur wüsste, wo Hetta war. Sie konnte überall sein, und zwar für wer weiß wie lange, aber sie hatten keine Zeit zu verlieren. Er fühlte sich ein bisschen komisch dabei, hielt es jedoch für richtig, im Haus nach Hinweisen ihres Aufenthaltsortes zu suchen, fand aber nichts. Er drückte auf die Wahlwiederholung des Haustelefons, aber es meldete sich nur ein Klempner in Grasse. Im Schlafzimmer steckte ein Aufladegerät in der Steckdose, aber es gab keine Spur eines Handys. Im Arbeitszimmer fand er nur einen leeren Schreibtischkalender und einen Haufen Bücher, aber keine Telefonnummern. Und in ihrem sonnigen Schlafzimmer, das nach Freesien und Lederseife roch, fand er nichts außer Kleidern, einer riesigen Menge Cremetöpfchen und noch mehr Büchern, die meisten davon Kochbücher.

Zuletzt ging er in Imogens Zimmer. Es roch noch nach ihr, frisch, duftig und nach etwas, das er nicht gleich einordnen konnte, ihn aber lächeln ließ, als ihm aufging, dass es der Geruch von Ölfarben war. Am liebsten hätte er sich auf ihr Bett gelegt und den Kopf in den Kissen vergraben. Als er das letzte Mal hier war …

Er rief sich zur Ordnung. Es war nicht die Zeit, um sich in sein egoistisches Selbstmitleid zu versenken. Er musste sie anrufen, sie hatte bestimmt Hettas Mobilnummer, falls Hetta überhaupt ein Handy hatte, und sie musste erfahren, was passiert war.

Mit zitternden Händen, die, wie er sich selber vorzumachen versuchte, sicher nur den erschreckenden Ereignissen geschuldet waren, wählte er Imogens Handynummer.

Es dauerte einen Moment, bis die Verbindung im Ausland aufgebaut war. Nach dem dritten Klingeln war die Verbindung plötzlich unterbrochen.

Hatte sie ihn etwa einfach weggedrückt?

Er versuchte es noch einmal. Wieder kam er nicht durch.

»Oh, Imogen, bitte geh ran«, flehte er und drückte ein weiteres Mal auf ihre Nummer.

Diesmal sprang gleich die Mailbox an. Natürlich wollte sie nicht mit ihm reden. Er konnte es ihr aber nicht auf den Anrufbeantworter sprechen. Er legte auf.

Was nun?

Abby. Abby hätte die Nummer vielleicht auch oder könnte sie zumindest von Imogen erfragen. Oder sie dazu bringen, ihn wenigstens anzurufen, aber auch bei ihr erwischte er nur ihre Mailbox. Und dann hörte er, wie ein Auto vor dem Haus vorfuhr, eine Tür zuschlug und Hetta fröhlich drauflosplapperte.

»Henry, ich bin's, obwohl du mich wahrscheinlich nicht wiedererkennen wirst, wenn du mich siehst, denn mit meinem neuen Haarschnitt sehe ich aus wie Marilyn Monroe!«

»Gott sei Dank«, seufzte er. Sie war wieder da, aber seine Erleichterung schwand in der Sekunde, als ihm klar wurde, was er ihr jetzt zu sagen hatte.

Als er es ihr so umsichtig wie möglich beigebracht hatte, war sie zwar bestürzt, aber seltsam gefasst. Sie ging sofort ins Haus und packte schnell und methodisch ein paar Sachen für Henry zusammen, die er im Krankenhaus vielleicht brauchen würde: ein paar saubere Schlafanzüge, seine Zahnbürste, sogar ein Taschenbuch, aber als sie wieder herauskam, war die ganze in den letzten Wochen angesammelte Bräune aus ihrem Gesicht verschwunden und einer Leichenblässe gewichen, und ihre Hände zitterten so sehr, dass Alex ihr schnell die Tasche abnahm, sonst hätte sie sie fallen lassen.

»Keine Sorge«, sagte er sanft, »ich fahre Sie hin.«

Sie nickte dankbar und fragte nur, während er ihr die Tür aufhielt: »Was machen wir mit Arthur?«

»Ich schicke meine Cousine Lily hierher, sie nimmt ihn mit zu meinen Großeltern. Sie haben nämlich schon fünf Hunde, er wird sich dort sicher wohlfühlen, glauben Sie mir.«

Und das tat sie, ohne ein weiteres Wort zu verlieren. Sie fragte ihn nicht, warum er da war, sie war einfach nur froh, dass er es war.

Der Erfolg von Oliviers Bildern hatte Imogens Galerie eine Menge Aufmerksamkeit verschafft. Jetzt arbeitete sie einer Ausstellungseröffnung mit einer neuen Künstlerin entgegen, die schon in der Stadt von sich reden gemacht und die Imogen lange vergeblich zu überreden versucht hatte, bei ihr auszustellen. Kate Solomon war jung und schön, und ihre abstrakten Bilder waren das genaue Gegenteil von Oliviers schmeichelnden Landschaften. Aber sie hatte sich nach dem großen Erfolg ihres Vorgängers entschieden, ebenfalls in der Fielding-Galerie auszustellen.

Imogen hatte am Abend zuvor eine kleine Vorabpräsentation ihrer Werke organisiert, die sehr gut gelaufen war, und war jetzt dabei, die Vernissage vorzubereiten, die in ein paar Tagen stattfinden sollte. Sie hatte ein Riesenglück gehabt, Kate Solomon für sich zu gewinnen, und hatte sich wahnsinnig darüber gefreut … zumindest hatte sie das bis vor einer Stunde, als Alex angerufen hatte. Dreimal. Und sie hatte seine Anrufe abgewiesen. Dreimal.

Wenn sie ehrlich war, hatte sie damit gerechnet, dass er anrufen würde, denn sein Verhalten folgte einem klaren Muster: Erst suchte er ihre Nähe, und dann verschwand er wieder. Es war ein Teufelskreis, und sie hatte die Nase voll davon, sich im Kreis zu drehen, also hatte sie beschlossen, auf seinen nächsten Annäherungsversuch nicht zu reagieren, egal ob er vor ihrer Tür stand oder anrief. Sie fühlte sich nicht gut damit, aber sie wusste, dass es so das Beste wäre, und zwar für sie beide.

Sie könnten die Sache noch ein paar Mal wiederholen, aber am Ende würden sie doch nicht miteinander klarkommen. Sie und Alex konnten einfach keine Beziehung führen, egal wie sehr sie einander auch begehrten, und obwohl sie nicht übermäßig scharf war auf den ganzen Hochzeits-, Kinder- und Hypothekenkram, schon gar nicht im Moment, war ihr idealer Partner auch nicht gerade jemand, der sofort in ein anderes Land flüchtete, sobald ihn ein unbekanntes Gefühl übermannte. Er empfand viel für sie, daran zweifelte sie keine Sekunde, aber das musste ja nicht unbedingt gut für sie sein. Und obwohl sie sich in dem Wissen darauf eingelassen hatte, dass es nichts für die Ewigkeit sein würde, so war sie doch von der Kürze der ganzen Affäre überrascht gewesen. Sie hatte wenigstens mit ein paar Wochen gerechnet, nicht mit ein paar Minuten.

Sie versuchte darüber zu lachen, aber es blieb ihr im Halse stecken und verwandelte sich in Husten, der von den hohen Wänden der Galerie widerhallte.

Sie hatte die Sache schnell abhaken wollen, aber ihre Gefühle für ihn waren stärker, als sie sich eingestehen wollte. Vor ihm hatte sie noch niemandem gesagt, dass sie ihn liebte. Ausgenommen natürlich ihrer Familie und ihren Freunden. Aber da ging es eher ums »Liebhaben«, nicht um das Liebesgeständnis, das man nur macht, wenn man verliebt ist.

Trotzdem hatte sie beschlossen, ihn sich aus dem Kopf zu

schlagen, und hatte sich eingebildet, es ganz gut hinzukriegen. Bis er anrief, jedenfalls. Denn als sie auf ihrem Handy gesehen hatte, dass er es war, hatte sie sofort begonnen zu zittern.

»Du dummes, dummes Mädchen«, schalt sie sich selbst und steckte das Handy in die Schublade ihres Empfangstisches.

Eine Tasse Tee hatte das äußere Zittern vertrieben, aber nicht das innere. Und als es eine Stunde später wieder klingelte, gedämpft zwar, aber immer noch hörbar, hatte sie vor Schreck die fast leere Tasse über den Papieren ausgeschüttet, die sie zu bearbeiten hatte.

Sie zog das Handy aus der Schublade und wollte die Verbindung schon wieder unterbrechen, als sie die ausländische Nummer sah, aber dann erkannte sie, dass der Anruf aus der Maison S'endetter kam, und alles, was sie bis eben noch beschäftigt hatte, verschwand in absoluter Bedeutungslosigkeit, als sie Hetta schluchzen hörte: »Oh, Imogen, dein Onkel Henry …«

Imogen legte ihr Mobiltelefon auf den Schreibtisch und wischte sich mit dem Handrücken die Tränen von den Wangen, die ihr nicht nur wegen Henrys Zustand, den Hetta als »wirklich nicht besonders gut« beschrieben hatte, sondern auch wegen ihrer stoischen Tapferkeit in die Augen gestiegen waren.

Onkel Henry war für sie der Inbegriff des lustvollen Lebens. Wie konnte jemand, der so voller Lebensfreude war, dem Tod so nahe sein? Sie musste hinfahren.

»Du kannst natürlich nicht kommen«, hatte Hetta gesagt, als Imogen es vorgeschlagen hatte. »Du kannst die Galerie nicht schließen.«

Und Hetta hatte recht. Sie konnte nicht einfach die Tür hinter sich zumachen und verschwinden, sie hatte Verpflichtungen und Menschen, die von ihr abhängig waren. Aber die Abhängigste von allen war sie selbst. Wie sehr, hatte sie bisher gar nicht bemerkt. Wie konnte irgendetwas in ihr Leben passen, wenn alles in ihrem Leben sich an ihre Arbeit anpassen musste? In was für ein Leben hatte sie sich da katapultiert? Sie sah sich um, sah in die Räume, auf die so stolz war, auf die Wände, die mit Werken von Menschen behängt waren, für die sie sich eingesetzt hatte. Dieser Platz hatte ihr so viel bedeutet… aber jetzt empfand sie nichts als Panik bei dem Gedanken, hier zu sein und nicht in Frankreich bei Hetta und Henry, die sie brauchten. Sie fühlte sich im Zangengriff von etwas, das ihr einmal wie der Inbegriff ihrer Freiheit erschienen war.

Was hatte Alex noch einmal gesagt, als sie ihn gefragt hatte, ob er Kunst mochte? »Ich mag Kunst, aber Kunst ist die Imitation von Leben, und ich sehe mir lieber gleich das Leben selbst an als einen Haufen Bilder.«

Henrys Leben hing am seidenen Faden. Und sein Leben bedeutete ihr so viel mehr als die Kunst an ihren Wänden.

Ihr Pass war hier, von ihrer unglaublich organisierten Mutter in ihrem Ablagesystem unter »P« aufbewahrt. Unter »N« fand sie einen Umschlag mit Geld für Notfälle. Sie nahm alles, stopfte es in ihre Handtasche und leerte auch die kleine Kassendose in ihr aus.

Sie zog ihre Jacke an, hängte das »Geschlossen«-Schild vor die Tür und rannte die Treppe hinunter und raus auf die Straße, hielt ein Taxi an und fuhr zum Flughafen.

Hetta war so nahe bei Henry wie nur irgend möglich. Wenn sie von den Krankenschwestern aus dem Zimmer geschickt wurde, weil sie die Tropfe kontrollieren beziehungsweis neu auffüllen mussten, setzte sie sich in den Flur vor die Tür und weigerte sich wegzugehen, zu schlafen oder auch nur zu essen.

Die meiste Zeit blieb Alex bei ihr. Alle nahmen an, er sei Henrys und Hettas Sohn, und wegen der strengen Regel, die nur Familienangehörigen den Zutritt zur Intensivstation gestattete, hatten weder er noch Hetta dagegen Einspruch erhoben. Alex sorgte sich tatsächlich so liebevoll und selbstverständlich um sie, dass niemand auf einen anderen Gedanken hätte kommen können.

Er wusste nicht, wie er ihr helfen konnte, wollte es aber unbedingt, und so holte er ihr Kaffee, den sie auch trank, und Croissants, die im Mülleimer landeten. Er kaufte ihr Zeitschriften, die sie nicht las, und Taschentücher, die ihre noch nicht geflossenen Tränen trocknen sollten. Er hätte sie so gerne in den Arm genommen, wenn sie besonders traurig aussah, und das war fast immer der Fall, aber er traute sich nicht, wollte sich nicht aufdrängen, sie aber auch nicht alleinlassen, und so saß er meist im Krankenhausflur auf einem harten Plastikstuhl und war sich gar nicht bewusst, dass allein seine konstante Anwesenheit Hetta mehr half, als Worte sagen konnten.

»Sein Zustand ist stabil« war ein Satz, den sie so oft hörte, dass Hetta irgendwann am liebsten geschrien hätte, wenn man ihn ihr ein weiteres Mal sagte. Sein Zustand war stabil, weil sie ihn bis unter die Haarspitzen mit Medikamenten vollgepumpt hatten. All diese Infusionskanülen mit Salzlösung, Morphium oder weiß Gott was sie ihm alles gaben, konnten doch nicht gut für ihn sein. Und sie wollte ihn nicht stabil, sie wollte ihn gesund und robust und rotbäckig, sie wollte ihn wieder in seiner Küche oder seinem Garten sehen, da, wo er hingehörte. Zurück in ihre Arme, da gehörte er hin.

Ihn so schwach und zerbrechlich daliegen zu sehen verängstigte sie bis auf die Knochen, aber ihre anfängliche Furcht hatte ihr viel Kraft genommen, und so war sie stattdessen einfach wütend geworden, so wütend, dass ihr das wiederum fast Angst machte. Niemand würde ihr ihren Henry wegnehmen. Niemand. Sie würde sich jedem entgegenstellen, der es versuchen würde, und wäre es der Sensenmann persönlich. Auch der Schlaf war ein Feind, denn auch er versuchte, ihn ihr wegzunehmen, und so stemmte sie sich ihm mit aller Macht entgegen.

So wie er dalag, abhängig von Dauertropfinfusionen und Maschinen, die piepsten und pulsierten, die blonden Locken feucht und grau vor Schweiß, sein rundes rotes Gesicht fahl und eingesunken, war er kaum noch wiederzuerkennen.

Hetta nahm seine Hand und ließ ihren Kopf schwer darauf niedersinken. Die Berührung seiner Haut beruhigte sie ein bisschen.

»Oh, Henry, bitte, bitte, stirb nicht«, flüsterte sie und bedeckte seine sommersprossige Haut mit Küssen.

»Warum zum Teufel sollte ich dazu Lust haben?«, antwortete eine krächzende Stimme.

Hetta musste die Tränen zurückkämpfen, als sie hoffnungsvoll den Blick hob und tatsächlich ihrem Mann in die Augen sah. Seine Lider waren schwer und flatterten, aber er war wach.

»Oh, Henry!«, sagte sie heiser.

»Hallo, mein Liebling«, flüsterte er mit staubtrockener,

kratziger Stimme, »Schöne Frisur. Was meinst du, könnten die mir ein schönes kühles Glas Chablis besorgen?«

Er hatte wirklich versucht, wach zu bleiben, aber als die Schwestern, alarmiert von ihren Überwachungs-Monitoren, in Henrys Zimmer stürzten, war Alex doch eingedöst.

Er war sofort hellwach, weil er dachte, dass etwas Schlimmes passiert war, und rappelte sich schnell auf, um einen Blick durch das Fenster in der Tür zu werfen. Aber die Jalousien vor dem Raum waren heruntergelassen.

Es vergingen fünf Minuten, zehn, und ein Arzt kam und ging ins Zimmer, und immer noch wartete er mit vor Angst zugeschnürter Kehle. Seine Nackenhaare hatten sich in Alarmbereitschaft aufgestellt, seine Nerven waren bis zum Zerreißen gespannt. Und dann ging Henrys Tür auf, und heraus flog Hetta und ihm um den Hals und umarmte ihn so fest, dass er fast keine Luft mehr bekam.

»Er ist aufgewacht«, verkündete sie mit feuchten Augen, »und er wird wieder gesund.« Und dann hüpfte sie wieder zurück ins Zimmer, um zwei Sekunden später den Kopf herauszustrecken und zu rufen: »Willst du denn nicht reinkommen und deinem alten Vater hallo sagen?«

Sein Infarkt war zum Glück kein schwerer gewesen. Es hatte nur so schlimm ausgesehen, weil er zusätzlich völlig dehydriert und überanstrengt gewesen war. Er musste seinen Lebensstil ändern, aber wenn er das täte, würde er sich wieder ganz erholen.

Die Erleichterung von Hetta wie auch Henry war spürbar, und wie es ihre Art war, ließen sie alle um sich herum an ihrer Freude teilhaben. Hetta umarmte die Schwestern und dann auch den Arzt, der gekommen war, um seine frohe Botschaft zu verkünden, und nun bis unter die Haarwurzeln errötete und den Raum sehr viel beschwingter verließ, als er ihn betreten hatte.

Und dann umarmte sie auch Alex noch einmal und ließ ihn erst wieder los, als Henry seine zitternden Arme nach ihm ausstreckte und ihn bat, sich neben ihn ans Bett zu setzen.

»Hetta hat mir gesagt, dass du die ganze Zeit hier warst?«, krächzte er.

Alex nickte.

»Dann sag mir bitte die Wahrheit, Alex. Hat sie geschlafen?«

»Nicht viel«, sagte er wahrheitsgemäß.

»Gegessen?«

»Auch nicht viel.«

»Also ehrlich«, erhob Hetta Einspruch, während sie Henrys Kopfkissen aufschlug, »man könnte meinen, ich läge im Krankhaus.«

»Wirst du auch bald, wenn du nicht besser auf dich aufpasst.«

»Solange ich dann neben dir liegen kann, mein Schatz, soll es mir recht sein«, scherzte sie und gab ihm einen Kuss auf die Wange. »Obwohl ich dich natürlich lieber bei mir zu Hause hätte … Du hast mir Angst gemacht, Henry«, sagte sie nahe an seinem Gesicht und suchte seinen Blick, um ihm klarzumachen, wie ernst sie es meinte.

»Das hab ich alles nur arrangiert, damit du mich noch mehr zu schätzen weißt. In Wirklichkeit bin ich nämlich gar nicht krank.«

»Na, dann kommst du ja bald wieder nach Hause, nicht?«

»Ich fürchte, mein Liebling, das kann ich dir nicht garantieren. Aber ich gebe mir die allergrößte Mühe«, sagte er und zwinkerte dabei Alex zu. »Aber wenn ich mir so ansehe, wie hübsch die Schwestern hier sind, bleibe ich vielleicht doch noch ein paar Tage … Kann ich dich um etwas bitten, mein Junge?«

»Natürlich.«

»Passt du bitte solange auf sie auf?«

»Das tut er schon, und zwar sehr, sehr gut«, mischte sich Hetta ein, während sie ihm ein Glas Wasser einschenkte.

Alex nickte und versprach es trotzdem noch einmal.

»Du bist ein guter Junge«, sagte Henry und drückte Alex' Hand, und die Krankenschwester, die hereingekommen war, um seinen Tropf auszutauschen, nickte beifällig.

»Machen Sie sich keine Sorgen, Monsieur Henry, Ihr Sohn kümmert sich sehr gut um seine maman.«

Sie verstand nicht, warum daraufhin alle inklusive Henry, der immer noch an Tropf und Monitor angeschlossen war, anfingen zu kichern.

Bald danach ging Alex, aber nicht ohne einen weiteren Besuch anzukündigen.

»Ich komme wieder«, versprach er. »Wie Schwarzenegger.«

Hetta kommentierte das später Henry gegenüber, weil sie ihn wieder lachen hören wollte: »Nur, dass er tausendmal besser aussieht und keinen österreichischen Akzent hat.«

»Er hat mir versprochen, nach dir zu sehen.«

»Ich weiß, aber das ist dein Job, und bisher hat dir niemand gestattet, in Rente zu gehen«, sagte sie, während sie neben ihm saß und seine Hand hielt.

Henry sah seine Frau an und konnte nach Wochen der Geheimhaltung schließlich nicht mehr an sich halten.

»Hetta, ich muss dir etwas sagen.«

Er sah so feierlich dabei aus, dass Hetta fast in prustendes Gelächter ausgebrochen wäre.

»Oh, mein Liebling, es gibt keinen Anlass für Geständnisse.«

»Nicht?«

Sie lächelte ihn liebevoll an und schüttelte den Kopf.

»Du weißt es schon?«

»Ich weiß es schon.«

»Die Sache mit dem Haus?«

»Wieso, gibt es noch etwas anderes, das du mir nicht erzählt hast?« Sie zog die Augenbrauen hoch.

»Oh nein«, flüsterte er schnell, »sonst nichts, gar nichts. Aber wie hast du es herausgefunden?«

»Na ja, da ist ein ziemliches Loch in unserem Sparkonto ... Ich frage mich, wie du davon ausgehen konntest, dass ich das nicht merken würde, Henry ... Und dann hast du einen Garten angelegt, und wir haben das Haus mit Bildern dekoriert, das angeblich jemand anderem gehörte ... Und außerdem klang die französische Vermieterin verdächtig nach Kit ...« Sie brach in schallendes Gelächter aus.

»Aber warum hast du denn nichts gesagt?«

»Weil ich mir dachte, dass du schon deine Gründe hättest, es mir nicht zu sagen, und dass du es sicher tun würdest, wenn die Zeit reif wäre.«

»So sehr vertraust du mir?«

»Aber natürlich tue ich das.«

Henry war beschämt. »Ich habe mich wie ein Trottel benommen, nicht wahr?«

»Nur weil du dich mit der Sorge dieses Geheimnisses belastet hast.«

»Nicht, weil ich etwas gekauft habe, das unser Vermögen schneller auffrisst als ich ein Vanilleeis?«

»Du wusstest doch, dass ich den Platz genauso lieben würde wie du.«

»Aber ich habe das Geld von unserem Gesparten genommen.«

»Ich weiß. Und ich kann mir nichts Schöneres vorstellen, als dorthin zu ziehen, wenn wir alt und gebrechlich sind.«

»Du meinst also nächste Woche?«, sagte er frech.

»So weit sind wir ja wohl noch nicht«, tadelte sie ihn.

»Also verzeihst du mir?«

»Nur wenn du mir versprichst, von jetzt an besser auf dich Acht zu geben. Und du kannst Geheimnisse haben, so viele du willst, aber wenn du Sorgen hast, dann teilst du sie mit mir, denn dafür bin ich da, in guten wie in schlechten Zeiten.«

»Und wir haben schon eine ganze Menge von den guten gehabt, nicht wahr?«

»Ja, wir haben Glück gehabt«, sagte sie und küsste ihn auf die Stirn.

»Und du willst nicht nach Hause zurück?«

»Wieso, sind wir denn nicht schon zu Hause?«

Und da löste sich Henrys nervöses Lächeln und wich einem glücklichen Strahlen.

Alex kehrte nur eineinhalb Stunden später genauso eilig zum Krankenhaus zurück, wie er es verlassen hatte, nur dass er diesmal mit Tüten beladen war. Als er aus dem Auto stieg, wurde er von zwei jungen Krankenschwestern bemerkt, die gerade Schichtende hatten und Arm in Arm das Gebäude verließen. Sie steckten die Köpfe zusammen und fingen an zu kichern, während sie sich wimpernklimpernd und in Flirtlaune nach ihm umdrehten.

Sie waren beide sehr hübsch, und es bestand kein Zweifel daran, dass der alte Alex in null Komma nichts in den Besitz ihrer Telefonnummern gelangt wäre, aber der neue hatte es nur eilig, zurück in Henrys Zimmer zu kommen, und würdigte die beiden jungen Frauen kaum eines Blickes.

Schon durch das Fenster konnte er sehen, dass die beiden eingeschlafen waren, Hetta in einem Stuhl neben Henrys Bett. Ihr Kopf lag neben seinen Händen auf der Bettdecke und ein Buch, aus dem sie ihm offenbar vorgelesen hatte, noch offen auf ihren Knien.

Eine Krankenschwester stand am Ende des Bettes und schrieb irgendetwas auf ein Kurvenblatt. Als sie Alex sah, lächelte sie, legte einen Finger an die Lippen und trat nach draußen, um mit ihm zu sprechen.

»Wie geht es ihm?«

»Schon viel besser. Er sollte jetzt schlafen. Vielleicht können sie ja Ihre Mutter auch dazu überreden? Was meinen Sie? Sie ist bestimmt sehr müde.«

Alex nickte. »Ich werde es versuchen.«

Alex betrat den Raum so leise wie möglich und begann die Tüten auszupacken, die er dabeihatte: Weintrauben, Zeitschriften, sein eigener iPod, Mineralwasserflaschen. Dann berührte er Hetta sanft an der Schulter, und als sie sich rührte, machte er Zeichen in Richtung ihres schlafenden Ehemanns und bat sie, mit nach draußen zu kommen.

»Okay«, sagte er, nahm sie bei den Händen und setzte sich neben ihr auf die harten Plastikstühle. »Ich habe ein Zimmer in einem Hotel hier in der Nähe gebucht. In genau«, er sah auf seine Uhr, »fünf Minuten wartet draußen vor der Tür ein Wagen. Ich möchte, dass Sie da hinfahren, etwas zu essen beim Zimmerservice bestellen, ein Bad nehmen, tun, was immer Sie tun müssen, aber vor allem ein bisschen schlafen …«

»Oh, Alex, das ist so lieb von dir, aber ich kann Henry wirklich nicht alleinlassen …«

»Die Schwester hat gesagt, dass er jetzt eine Weile schlafen wird. Und Sie sollten das auch tun, Hetta. Wenn Sie so weitermachen, sind Sie ihm bald keine große Hilfe mehr … Das sehen Sie doch ein?«

Sie nickte widerwillig. »Aber wenn er aufwacht … Er hasst es, alleine aufzuwachen.«

»Ich bleibe hier bei ihm sitzen, bis Sie wieder da sind.«

»Das kann ich nicht von dir verlangen.«

»Das tun Sie auch nicht, ich biete es Ihnen an. Ich bin bestens vorbereitet. Ich habe sogar Lektüre besorgt, für den Fall, dass er sich langweilen sollte.« Alex zog ein Buch hervor. »Soweit ich verstanden habe, ist dies sein Lieblingsautor.«

Es war ein Kochbuch von Raymond Blanc.

Hetta fing an zu lachen, hörte aber schnell wieder auf, weil das Lachen in Weinen überzugehen drohte. Und das wollte sie auf jeden Fall vermeiden.

»Oh, Alex, du bist so liebenswürdig. Ich weiß wirklich nicht, was ich ohne dich machen würde.«

»Dann gehen Sie jetzt also?«

Sie nickte. »Aber nicht für lange. Und nur Henry zuliebe. Wenn ich mich nicht ein bisschen zurechtmache, erschrickt er vielleicht so sehr bei meinem Anblick, dass er einen Rückfall kriegt.«

Sie versuchte zu lachen, aber dabei brach ihre Stimme. Sie sah so müde aus. Auch Alex war erschöpft, er hatte schließlich auch lange nicht geschlafen, aber Hettas Erschöpfung war mehr als nur körperlich. Sie sah aus, als hätte ihr jemand von innen heraus die Lebensgeister abgezapft.

»Hetta, darf ich Sie etwas fragen?«

»Natürlich.«

»Wie fühlt es sich an?«

»Wie fühlt sich was an, Alex?«

»Wie fühlt es sich an, jemanden so lange so sehr zu lieben?«

Hetta sah durch das Fenster in den Raum, wo der Mann lag, den sie schon seit so langer Zeit liebte. »Es ist, als wäre man im Besitz des allerschönsten, aber auch allerzerbrechlichsten Geschenks der Welt. Du hütest es wie deinen Augapfel, weil du jetzt, wo du es hast, keinen Tag mehr ohne es verbringen willst, weil du nur noch in seiner Gegenwart wirklich glücklich bist. Und trotzdem wunderst du dich jeden Tag, dass es noch da ist, denn es ist so fragil. Die Freude darüber hält ein Leben lang an. Und die Angst, es zu verlieren, ist schrecklich; und doch gibt sie dir das Gefühl, lebendig zu sein, und macht dich dankbar.« Sie hielt inne und sah Alex mit feuchten Augen an. »Dabei ist er normalerweise der Poetische von uns beiden … Ergibt das überhaupt irgendeinen Sinn für dich?«

Alex senkte den Kopf und verfluchte sich für seine Dummheit. »Es ist sogar das Einzige, was seit langem wieder Sinn für mich ergibt«, antwortete er.

Fünfzehn Minuten später kam Hetta im Hotel an. Wenn sie Augen dafür gehabt hätte, hätte sie sich über das wunderbare alte Gebäude gefreut und ihr Zimmer, das mit seinen schweren Seidenstoffen und dem Himmelbett den Glamour der Fünfzigerjahre verströmte.

Aber so, wie es um sie stand, war das Einzige, was ihr auffiel, eine ihr sehr bekannt vorkommende Reisetasche. Als sie genauer hinsah, stellte sie fest, dass es tatsächlich ihre war. Alex hatte also nicht nur all die Dinge fürs Krankenhaus besorgt und das Hotelzimmer für sie organisiert, er war auch zu ihr nach Hause gefahren und hatte ihre Sachen geholt.

Livvy und Lucy hatte sie nicht erreichen können, offenbar war ihr Urlaubsort eine der wenigen verbliebenen handyfreien Zonen, was sicher auch der Grund gewesen war, warum sie ihn überhaupt als Reiseziel ausgesucht hatten. Lucy und Marcus konnten sich also wirklich erholen, aber Hetta wusste, dass es ihnen sehr leidtun würde zu hören, nicht erreichbar gewesen zu sein, und das tat wiederum Hetta leid. Sie hätte sie so gerne bei sich gehabt und wusste auch, dass sie keine Sekunde gezögert hätten zu kommen, wenn sie es gewusst hätten, und dass es ihnen Kummer machen würde, nicht da gewesen zu sein, wenn sie gebraucht wurden.

Sie fühlte sich plötzlich so allein. Gott sei Dank war wenigstens Alex da. Und sie war so froh um ihre dumme Tasche, weil sie ein paar Sachen von zu Hause enthielt. Sie war so dankbar dafür, dass sie die Tasche umarmte.

Schon wieder fühlte sie Tränen in sich aufsteigen und war

erstaunt über seine Aufmerksamkeit. Als sie ihn in Imogens Anwesenheit kennen gelernt hatte, war er ihr zwar wie ein lieber Junge vorgekommen, aber auch ein bisschen ängstlich vor der Wirklichkeit, vielleicht sogar ein bisschen naiv, aber das war schließlich kein Wunder, denn er schien ja auch in einer surrealen Welt zu leben. Und doch hatte er ihr gerade durch einige der schlimmsten Stunden ihres Lebens geholfen.

Wenn nur Imogen ihn so sehen könnte.

Imogen. Sie sollte sie anrufen und ihr von den neuen Ereignissen erzählen, sie wäre so erleichtert. Aber als Hetta in der Galerie anrief, war nur der Anrufbeantworter dran. Das Gleiche beim Handy. Sie wollte keine Nachricht hinterlassen, sie wollte die Stimme ihrer Nichte hören und sich dadurch trösten lassen, dass sie mit jemandem sprach, der sich ebenso viele Sorgen um Henry machte wie sie. Sie würde es später noch einmal versuchen.

Sie unterdrückte ein heftiges Gähnen. An Essen konnte sie im Moment nicht einmal denken, und ein Bad zu nehmen würde zu lange dauern, also duschte sie nur und zog sich etwas Frisches an. Dann setzte sie sich aufs Bett und sah auf ihre Uhr. Sie war jetzt vierzig Minuten weg. Sie gähnte wieder, diesmal richtig. Sie würde sicher nicht schlafen können, aber ihr Körper fühlte sich so schwer an. Sie würde nur für ein paar Minuten die Augen zumachen …

Hetta fuhr aus dem Schlaf hoch.

Es war nach fünf, sie hatte dreieinhalb Stunden geschlafen. Das hieß, dass sie Henry fast fünf Stunden alleingelassen hatte! Panik stieg in ihr auf, und sie tadelte sich für ihre Dummheit.

Sie schnappte ihre Tasche und rannte hinunter ins Foyer, um jemanden am Empfang auf sich aufmerksam zu machen.

»Excusez-moi, monsieur, excusez-moi, ich brauche ganz schnell ein Taxi!«

Aber eine große Gestalt erhob sich von den Sesseln im Foyer und faltete eine Zeitung zusammen. Es war der Fahrer, der sie schon am Morgen ins Hotel gebracht hatte.

»Ich fahre Sie, Madame.«

»Sie haben auf mich gewartet?«

Der Mann nickte. »Monsieur Avery hat mich angewiesen, auf Sie zu warten und Sie dahin zu fahren, wo Sie hinmöchten«, antwortete er in perfektem Englisch.

Hetta schloss die Augen und seufzte erleichtert. Gott segne dich, Alexander Avery, betete sie im Stillen.

Imogen trat hinaus in die Abendsonne und atmete tief durch, als hätte sie in London unter Sauerstoffmangel gelitten und müsste ihre Lunge regenerieren. Beim Einatmen schloss sie die Augen, und als sie sie wieder öffnete, musste sie wegen des vielen Lichts mehrmals blinzeln. Irgendjemand hatte die Vierzig-Watt-Birne durch eine Hunderter ersetzt. Alles war von Schwarzweiß zu Technicolor gewechselt, es war wieder Disney-Time. Sie fühlte sich geblendet von so viel Sonne, die in ihre Haut drang wie ein Tonikum, wie eine Feuchtigkeitscreme, die von sanften Händen eingerieben wurde. Die Schönheit des Ortes strafte den Anlass ihres Besuches Lügen.

Imogen hatte sieben Stunden auf den nächsten verfügbaren Flug nach St. Tropez warten müssen, die sie dazu genutzt hatte, per Telefon alles abzusagen, was für die kommende Woche geplant gewesen war. Manche der Benachrichtigten reagierten freundlich und verständnisvoll, andere mit Wut und Ungeduld, aber sie war gegen all das seltsam unempfindlich. Alles, was jetzt zählte, war nach Frankreich zurückzukommen und Hetta und Henry zu sehen.

Sie nahm sich ein Taxi und sank schwer auf den Rücksitz.

Als Hetta im Eingangsbereich des Krankenhauses ankam, erkannte sie dort das vertraute blonde Haar ihrer Nichte.

»Imogen!«

»Tante Hetta!«

Die beiden Frauen – eine orientierungslos die Krankenhauswegweiser studierend, die andere in Eile, weil zu spät – waren gleich verängstigt angesichts des Ortes, an dem sie sich befanden, und dessen, was sie dort erwarten würde, und fielen sich sofort in die Arme, um sich die Seele aus dem Leib zu weinen. Eine Flut von bisher angestauten Gefühlen bahnte sich ihren Weg nach draußen.

»Die wohltuende Wirkung von Tränen«, kommentierte Hetta selbstironisch, während sie in ihrer Tasche nach Papiertaschentüchern kramte, auch Imogen eines gab und sich laut die Nase schnäuzte. »Es tut so gut, dich zu sehen …«, sagte sie immer noch weinend und umarmte ihre Nichte ein weiteres Mal. »Aber warum bist du hier?«

»Na, rate mal. Ich bin hier, um dich und Onkel Henry zu sehen.«

»Aber du hast morgen eine Vernissage.«

»Nein, hab ich nicht. Nicht mehr …« Imogen zuckte mit den Schultern und fing bei dem Versuch zu lachen wieder an zu weinen.

»Oh, nein, Imogen, warum das denn? Was ist passiert?«

»Ich habe alles abgesagt«, antwortete sie und nahm sich noch ein Taschentuch von Hetta.

»Aber das war doch wichtig!«

»Weißt du, Tante Hetta, das dachte ich auch, aber dann hast du angerufen, und mir ist klar geworden, dass es nicht wichtig ist, nicht im Vergleich mit euch… Ich konnte den Gedanken nicht ertragen, dass du das alles hier alleine durchstehen musst, und ich wollte unbedingt Onkel Henry sehen… Wie geht es ihm?«

»Er hat das Schlimmste überstanden, sagen sie.«

»Gott sei Dank.«

»Ja. Aber ich muss wieder zu ihm.« Hetta fiel nach der Überraschung, Imogen zu sehen, ihre eigentliche Mission wieder ein, sie hakte ihre Nichte unter und führte sie eiligen Schritts durch die mittlerweile schon vertrauten Krankenhausflure. »Ich war die ganze Zeit hier, aber dann ist er aufgewacht, und sie haben gesagt, er wäre okay, also haben sie mich weggeschickt, damit ich mich ein bisschen ausruhen konnte, und ich wollte nur kurz die Augen zumachen, aber dann bin ich eingeschlafen. Ich kann nicht fassen, dass ich so lange weg war, aber ich denke, Alex hätte angerufen, wenn irgendetwas passiert wäre.«

»Alex? Alex ist hier?«, keuchte Imogen und blieb vollkommen überrumpelt stehen. Sie hatte sowieso Schwierigkeiten gehabt, mit Hettas Stechschritt mitzuhalten.

Hetta wandte sich ihrer Nichte zu und nickte. »Er ist toll, Imogen. Er ist schon die ganze Zeit im Krankenhaus, und das seit insgesamt…« Hetta sah auf ihre Armbanduhr.

»Neunundzwanzig Stunden?«, murmelte Imogen wie ferngesteuert.

»Ja! Woher wusstest du das?«, fragte Hetta erstaunt.

»Reine Schätzung«, erwiderte Imogen.

»Er ist ein lieber und hilfsbereiter Junge«, sagte ihre Tante ernst. »Ich weiß nicht, was ich ohne ihn gemacht hätte.«

Hetta nahm Imogen bei der Hand und raste wieder los. Sie war fünf Stunden weg gewesen, in fünf Stunden konnte alles Mögliche passiert sein. Aber als sie Henrys Zimmer erreichten, blieben sie abrupt davor stehen und trauten ihren Augen nicht.

Hetta hatte sich schon das Allerschlimmste ausgemalt, aber das, was sie jetzt sah, überstieg ihre Vorstellungskraft bei weitem. Sie wusste nicht, ob sie lachen oder weinen sollte.

Alex balancierte das Raymond-Blanc-Kochbuch auf seinem Kopf, während er mit drei Äpfeln jonglierte und sich einen davon immer wieder zum Mund führte, um hineinzubeißen, und Henry, der schon viel mehr Farbe im Gesicht hatte als noch am Morgen, sah ihm fröhlich lachend dabei zu.

Kapitel 27

Als der Herzspezialist nach Henry sah und ihm eine sehr gute Prognose ausstellte, war Hetta wieder so aufgemuntert, dass sie den Doktor fast gefragt hätte, ob er nicht auch einen Blick auf die anderen beiden »Patienten« im Raum werfen wolle.

Wie Boxgegner im Ring saßen sie in entgegengesetzten Ecken des Krankenzimmers. Sein »Hallo« war hoffnungsfroh gewesen, ihres hoffnungslos, wenn auch höflich. Kühl, als wären sie zwei entfernte Bekannte, die nicht viel miteinander verband.

Ihr Herz machte bei seinem Anblick wilde Sprünge, aber die vernünftige Imogen hatte sich in eine Festung verwandelt. Den Burggraben hatte sie mit Piranhas gefüllt, die Zugbrücke hatte sie hochgezogen und sich selbst in die dickste Rüstung gesteckt, die sie auftreiben konnte. Ein klassischer Fall von Selbsterhaltungsmaßnahmen, dachte Hetta.

Sie war wegen Henry und Hetta hier, nicht seinetwegen. Und so schottete sie sich innerlich von ihm ab und steckte alle ihre Gefühle für ihn in eine Kiste, auf der »Öffnen nur auf eigene Gefahr« stand.

Sie muss in ihn verliebt sein, dachte Hetta, während sie auf Imogens verschlossenes Gesicht sah.

Sie muss mich wirklich hassen, dachte Alex, während er auf Imogens verschlossenes Gesicht sah.

Alex sank das Herz bis hinunter in seine Designerschuhe,

und da lag es nun, still und traurig im Dunkeln pulsierend, irgendwo in der Nähe seiner Zehen.

Er war nicht sicher, ob er erleichtert war, als eine Schwester hereinkam und an den drei Anwesenden Anstoß nahm.

»Immer nur zwei Leute gleichzeitig im Raum, s'il vous plaît«, kommandierte sie, und so nahm er seinen alten Platz auf den harten roten Plastikstühlen im Flur wieder ein und begnügte sich damit, Kaffee und etwas zu essen zu holen und ansonsten brav und geduldig zu warten.

Hetta und Imogen freuten sich, dass Henry jetzt wieder ganz ruhig schlief. Sein leises Schnarchen beruhigte sie.

»Manche Menschen bemerken den Wert eines Menschen erst, wenn sie ihn verloren haben«, murmelte Hetta, während sie ihn betrachtete. »Aber zum Glück habe ich immer schon gewusst, was ich an ihm habe.«

Sie sah ihre Nichte an und war nicht überrascht, dass sie sich bei diesen Worten in Richtung des Raumfensters wandte, vor dem Alex saß.

»Geh raus und rede mit ihm«, drängte Hetta sie.

»Ich kann nicht.«

»Geh raus und rede mit ihm.«

Imogen seufzte und stand widerwillig auf. Leise schloss sie hinter sich die Tür und stellte sich vor Alex, der sie erwartungsvoll ansah.

»Du solltest nach Hause gehen und dich etwas ausruhen«, sagte sie sanft.

»Ich bleibe gerne hier.«

Aber sie schüttelte den Kopf und lächelte traurig. »Ich kümmere mich jetzt um sie.«

Da wusste er, dass er ihr Vertrauen verloren hatte.

Am nächsten Tag schickte er einen Riesenstrauß wunderschöner Wiesenblumen, ein Kochbuch für gesunde Ernährung und eine Thermoskanne mit Hettas Lieblings-Schikoree-Kaffee ins Krankenhaus.

Aber er selbst kam nicht.

Schließlich bat Henry sie, Arthur nach Hause zu holen.

Sie wusste, dass das ein Vorwand war, konnte ihm seine Bitte aber nicht abschlagen, jedenfalls nicht in dieser Situation. Sie war so froh und dankbar, ihren geliebten Onkel nicht verloren zu haben, dass er sie auch gleich hätte bitten können, Alexander aufzusuchen, und sie hätte es ohne ein Wort der Widerrede getan.

Als sie mit Henrys großem Auto durch die Tore der Villa Marchmont fuhr, fragte sie sich, ob sie nach Olivier sehen wollte oder sollte, verwarf den Gedanken aber gleich wieder, weil sie jetzt mit allen Sinnen darauf konzentriert war, Alexander zu sehen. Mehr auf einmal konnte sie nicht verkraften. Außerdem musste sie sich wieder in der Parallelwelt der Privilegierten zurechtfinden, in der zweiten Realität, die sein Leben war.

Den Garten konnte man eigentlich gar nicht Garten nennen, er war eher eine mit der unglaublichsten Fauna und Flora bewachsene, mit ehrwürdigen alten Bäumen bestandene Parklandschaft, die liebevoll von den kunstvollen Händen eines Olivier Ducass instand gehalten wurde.

Die Villa selbst raubte ihr den Atem. Kein Wunder, dass Olivier sich von dieser Umgebung zum Malen inspirieren ließ. Kein Wunder, dass Alex so gerne hier war.

Ein junges, hübsches Dienstmädchen kam an die Tür und

beäugte sie misstrauisch. Als Imogen nach Alexander fragte, wurde ihr Blick sogar feindselig, und sie führte sie widerwillig in eine marmorne Eingangshalle solchen Ausmaßes, dass sie das Gefühl hatte, den Kopf und die Stimme senken zu müssen wie in einer Kathedrale.

»Wer ist es denn, Monique?«, erklang eine warme Stimme, und eine außergewöhnlich schöne, junge blonde Frau kam hereingeschwebt. Sie trug nichts als den kleinsten Bikini, den Imogen je gesehen hatte, und feuerroten Nagellack. Sie hatte so viel Ähnlichkeit mit Alex – ihr Auftreten, ihr Gesicht und besonders ihre Augen –, dass Imogen sofort wusste, wer sie war.

»Lily?«

Das Mädchen nickte und sah sie fragend und neugierig an.

»Ich bin Imogen Fielding. Ich kenne deinen Cousin Alex.«

Das Gesicht des Mädchens wurde weich. »Ah, ich verstehe. Herzlich willkommen, Imogen Fielding.« Sie streckte die Hand aus und hakte Imogen unter, um sie durch das Haus zu geleiten. »Komm mit auf die Terrasse. Monique, könntest du bitte Alex für mich ausfindig machen? Er ist vielleicht in der Bibliothek …«, log sie, denn sie wusste ganz genau, dass Alex mit den Hunden draußen auf der Wiese war, aber sie wollte etwas Zeit gewinnen, um länger mit Imogen allein sein zu können.

Sie führte sie zu einem Tisch auf der oberen Terrasse, auf dem ein Kristallkrug, ein Behälter mit Eis und Gläser standen.

»Wie geht es deinem Onkel?«, fragte sie, während Imogen noch über die Aussicht über St. Tropez und aufs Meer staunte.

»Sehr viel besser, vielen Dank.«

Lily setzte sich mit hochgezogenen Beinen und nackten Füßen auf einen der schmiedeeisernen Stühle und bedeutete Imogen, das Gleiche zu tun.

»Möchtest du etwas Tee?«, fragte sie und nahm den Krug hoch.

»Tee?«

»Long-Island-Eistee«, erklärte Lily kichernd. »Den habe ich mir in den Hamptons zu trinken angewöhnt, fürchte ich. Man kann süchtig danach werden. Ist allerdings eine Menge Gin drin. Du kannst auch Wasser haben, wenn du möchtest …«, fügte sie hinzu, als sie Imogens skeptisches Gesicht sah.

»Ich muss leider noch fahren.«

Lily goss Imogen ein Glas kaltes Wasser ein und fügte ein paar Eiswürfel hinzu. Dann sahen sich die beiden Frauen an, die eine unverhohlen neugierig, die andere etwas verlegen bei so viel kritischer Aufmerksamkeit.

»Du hast Onkel Henry gefunden, nicht wahr?« Imogen war es, die schließlich das Schweigen brach.

Lily nickte.

»Ich bin dir so dankbar dafür, dass du es getan hast, aber darf ich dich etwas fragen?«

»Was ich im Haus deiner Tante und deines Onkels zu suchen hatte?«, erriet Lily ihre Gedanken. Sie musterte Imogen immer noch unverfroren und schien dann zu einem Schluss zu kommen. »Ich gebe zu, ich bin deinetwegen hingefahren. Ich wollte die Frau sehen, die meinen sorglosen Cousin in ein liebeskrankes Wrack verwandelt hat.«

»Lily«, erklang es leise warnend hinter ihnen, und sie sahen sich beide um.

»Wenn man vom Teufel spricht …« Lily zog die Augenbrauen hoch und zwinkerte Imogen mit einem verschwörerischen Lächeln zu.

Er sah müde aus, aber das war kein Wunder. Nach Hettas Aussage hatte er erst eine Nacht geschlafen, nachdem er vorher fast zwei Tage am Stück aufgeblieben war. Er hatte zerrissene Jeans an und ein lose zugeknöpftes weißes Baumwollhemd, seine nackten Füße waren dreckig und sein Haar ungekämmt. Unter den Augen hatte er dunkle Schatten, und sein Gesicht war eingefallen. Er sah schrecklich aus, aber das hinderte Imogens Magen nicht daran, wie ein Akrobat Purzelbäume zu schlagen.

Herrchen und Frauchen waren auf einem Tauchausflug, daher hatte Alex die Verantwortung für die Hundemeute übernommen, die ja vor kurzem einen Neuzugang zu verzeichnen gehabt hatte. Arthur erkannte sein Familienmitglied natürlich sofort und begrüßte es stürmisch. Imogen fühlte sich etwas wacklig, obwohl sie saß, und empfand seine feuchte Schnauze in ihrer Hand als tröstend und beruhigend.

»Hi.« Sie hielt sich ein bisschen zu lange auf dem »H« auf, aber das war immer noch mehr, als Alex schaffte, denn der brachte nichts heraus außer einem Husten und einem Nicken.

»Ich bin gekommen, um Arthur abzuholen«, sagte sie und beugte sich zu dem Tier hinunter, um es zu umarmen. »Und ich wollte mich bedanken. Dafür, dass du dich um Onkel Henry und Tante Hetta gekümmert hast. Sie sagen beide, dass sie ohne deine Hilfe verloren gewesen wären.«

»Mmm, ja, nicht? Er war ein richtiger Schutzengel«, murmelte Lily und musterte ihren Cousin.

»Kannst du uns einen Moment alleinlassen?... Bitte, Lily«, fügte er hinzu, als sie keine Anstalten machte zu gehen.

Lily seufzte und erhob sich langsam von ihrem Stuhl. »Okay, ich geh ja schon. Es war sehr schön, dich endlich kennen zu lernen, Imogen.« Zu Imogens Überraschung ging sie um den Tisch herum und gab ihr zwei Küsschen auf die Wange. »Ich hoffe, wir sehen uns bald wieder … Aber eigentlich«, fügte sie hinzu, während sie ihrem Cousin zuzwinkerte, »bin ich mir da ziemlich sicher.«

Alex setzte sich auf den frei gewordenen Platz, und ebenso, wie er Lilys letzten Kommentar ignoriert hatte, würdigte er auch den auf dem Tisch stehenden Alkohol keines Blickes, sondern goss sich ein Glas Wasser ein.

So gerne er sie angesehen hätte, er traute sich nicht, ihr in die Augen zu blicken.

»Wie geht es ihm?«

»Er fragt nach dir.«

»Ich möchte nicht stören.«

»Ich glaube nicht, dass Henry und Hetta es so sehen.«

Schließlich sah er sie doch an. »Und du? Siehst du es so?«

»Es geht hier nicht um mich.«

Natürlich geht es um dich.

»Sie haben dich beide sehr liebgewonnen.«

Und du, Imogen Fielding, was empfindest du für mich?

Obwohl die Frage unausgesprochen blieb, hing sie schwer in der Luft.

»Er kommt morgen nach Hause«, brachte sie schließlich heraus.

»Nach Hause? Zurück nach England?«

Er war sehr erleichtert, als sie den Kopf schüttelte.

»Nein, sie haben beschlossen, bis zum Ende des Sommers hierzubleiben.«

»Das ist gut.«

»Ja und nein. Das Haus sieht immer noch schlimm aus. Einer schnellen Rekonvaleszenz nicht unbedingt zuträglich.«

»Ach so, ja. Hetta hat mir von den Reparaturarbeiten erzählt.«

»Tja, ich schätze, die Handwerker haben die Arbeit ziemlich schleifen lassen. Ich werde mal hinfahren und sehen, ob ich sie noch dazu bewegen kann, alles wieder in Ordnung zu bringen.«

»Kann ich irgendetwas tun?«

Sie sah ihn einen Augenblick an. Die Mehrdeutigkeit der Frage lastete schwer auf ihnen. Und dann schüttelte sie den Kopf, stand auf und nahm Arthur an die Leine, die sie mitgebracht hatte.

»Du hast schon genug getan«, sagte sie leise.

Und dann ging sie. Er sah ihr nach, aber sie drehte sich kein einziges Mal um, und jetzt erst erkannte er, dass er ihr Vertrauen gar nicht verloren hatte … Er hatte es sich erst gar nicht verdient.

Mit einem Griff in die Hosentasche zog Alex sein Handy heraus und scrollte durch seine Kontaktliste. Sein Finger blieb kurz bei »F« für »Floristen« stehen, aber dann wurde ihm klar, dass er ihr alle exotischen Blumen der Welt und die köstlichsten Pralinen Südfrankreichs schicken könnte, ohne damit etwas zu bewirken.

Sie wusste längst, was er für sie empfand.

Jetzt musste er ihr beweisen, dass er auch im Stande war zu handeln.

Wie hatte Franc noch gesagt? »Wenn du diesem Liebesversprechen jetzt keine Taten folgen lässt, und damit will ich sagen, wenn du jetzt nicht bereit bist für eine richtige Beziehung, dann hast du nur eine schöne Sandburg gebaut, die vom Meer weggespült werden wird.«

Es war an der Zeit, endlich etwas anderes zu bauen als Sandburgen.

Er wählte eine Nummer.

»Nico, sag mal, die Jungs, die in deinem Club arbeiten – da ist nicht zufällig einer dabei, der sich mit Klempnerarbeiten auskennt?«

Imogen saß neben dem riesigen Loch im hinteren Garten auf dem Boden und kämpfte mit den Tränen. Sie hatte mehrere Gründe, einfach nur noch loszuheulen und sich auszuweinen, aber der Anblick der in der Sonne vertrockneten, von Henry so heiß geliebten Azaleen gab ihr den Rest. Das und der Anruf, den sie gerade bei den Handwerkern getätigt hatte, die das Haus wieder in Ordnung hätten bringen sollen.

Nachdem sie drei Tage lang nichts mehr von Henry gehört hatten, hatten sie einen anderen Auftrag angenommen und würden erst in drei Wochen wieder zur Verfügung stehen. Was sollte sie jetzt nur machen? Sie konnte Henry doch nicht in dieses Chaos zurückkommen lassen? Sie seufzte tief, kämpfte die Tränen endgültig zurück und begann halbherzig, die toten Pflanzen auf einem Haufen zusammenzulegen. Wenigstens dieser Anblick sollte ihm erspart bleiben.

Und dann hörte sie Motorengeräusche auf der sonst stillen Straße, sah durch die Hecken Autos auf die Einfahrt rollen und hörte das Knirschen von Kies unter ihren Reifen. Sie rannte ums Haus nach vorne, um die Ankunft des Fuhrparks zu beobachten: fünf Lieferwagen, zwei davon besetzt mit Handwerkern und drei beladen mit Werkzeug und Equipment.

Ein braungebrannter Mann mit kurzen Jeans, nacktem, behaartem Oberkörper und schweren Stiefeln stieg vom ersten der Lieferwagen. Er hatte ein freundliches, wettergegerbtes Gesicht.

»Vous êtes Mademoiselle Fielding, n'est-ce pas?«

«Oui, c'est moi.«

Er streckte die Hand aus. »Ich bin Claude«, strahlte er sie an. »Wir sind hergeschickt worden, um hier alles wieder in Ordnung zu bringen.«

Kapitel 28

Lucy, Marcus, Livvy und Patrick kamen am folgenden Morgen. Eine E-Mail hatte sie schließlich in ihrem Ferienresort erreicht, und obwohl sie absichtlich keinen Zweifel daran gelassen hatte, dass das Schlimmste überstanden war, hatten sich die vier besorgten Familienangehörigen sofort auf den Weg gemacht und den nächsten verfügbaren Flug aus Delhi genommen.

Und so kam Henry nicht nur in ein wieder voll funktionstüchtiges Haus zurück, sondern wurde dort auch von seinen liebsten Menschen erwartet und mit einer Party gefeiert, bei der man ihm zu seiner großen Enttäuschung Salat und Wasser servierte.

Er lebte auf, als ein enormer gedämpfter Lachs mit Fenchel aus dem Ofen geholt und zum Abkühlen auf den Küchentisch gestellt wurde, erhielt aber sogleich wieder einen Dämpfer, als Hetta ihm den Beginn einer neuen, gesunden Ernährungsweise im Hause Fielding ankündigte. Es sollte keine Sahnesaucen, keine fetten Pasteten, keine Madeleines und gefüllten Gänse mehr geben, und selbst der Genuss frischen Weißbrots würde die Ausnahme sein. Und was das Eis anging … Edle Erdbeere, Bombige Blaubeere, Neckische Nektarine und seine übrigen liederlichen Freunde waren ebenfalls von der Speisekarte gestrichen.

Natürlich war er glücklich, wieder zu Hause zu sein, aber

aus der Küche verbannt zu werden war ein schwerer Schlag für ihn. Er musste auf einer Sonnenliege im Schatten sitzen und sich ausnahmsweise bedienen lassen, und er wurde grün vor Neid, als er Hetta mit seiner Kochmütze aus der Küche kommen und seinen Lieblingsschöpflöffel schwingen sah. Aber er nahm den Rat der Ärzte, sich von jetzt an gesünder zu ernähren, sehr ernst und hatte bereits darüber nachzudenken begonnen, wie er fettarme Eiscreme aus Joghurt kreieren könnte.

Er hatte Hetta sogar schon darauf angesprochen, sich ein paar Ziegen anzuschaffen, um sie selbst zu melken, war damit aber nicht auf große Gegenliebe gestoßen. Sie hatte versucht, ihn wieder von der Idee abzubringen, indem sie ihn darauf aufmerksam machte, dass niemand da sein würde, um sie zu füttern, wenn sie zurück nach England führen, aber Henry hatte darauf nur erwidert, dass sie nun schließlich auf dem Land lebten, und auf dem Land lebte man eben mit mehr Tieren als nur einem hysterischen Cockerspaniel, und dass es sicher nicht schwer sein würde, im Dorf jemanden zu finden, der sich während ihrer Abwesenheit um die Tiere kümmerte. Vielleicht könnten sie sogar Rollo und Virginia fragen, die kürzlich aus England zurückgekehrt und für heute zum Mittagessen eingeladen waren.

Es stand noch ein weiterer Gast auf ihrer Gästeliste. Einer, der ein bisschen spät kam, einer, der sich einigermaßen erschrak, als er die drei zusätzlichen Autos in der Einfahrt zur Maison S'endetter stehen sah, aber entschlossen war, den Wagen nicht zu wenden und zurück nach St. Tropez zu fahren, wo Nelson und Nico gerade eine Riesenparty auf einem Privatstrand feierten, umgeben von bildschönen Mädchen in winzigen Bikinis und unzähligen Flaschen eisgekühlten Champagners.

Bei der Begrüßung beruhigten sich Alex' Nerven ein bisschen. Denn jeder schien ihn als einen Freund von Imogen und Abby wahrzunehmen, der sich in den vergangenen schwierigen Tagen als eine unschätzbare Hilfe erwiesen hatte, und alle grüßten ihn so warmherzig mit Küssen und Umarmungen, als wäre er kein völlig Fremder, sondern der verlorene Sohn.

Die Einzige, die sich der herzlichen Begrüßung nicht anschloss, war Imogen, und als er ihr Gesicht sah, wusste er, dass sie nicht damit gerechnet hatte, ihn hier zu sehen. Dass Hetta ihn am Vortag telefonisch für heute eingeladen hatte, war für sie ganz offensichtlich eine ebenso große Überraschung, wie sie es für ihn gewesen war. Nun drohte er doch noch in seinem Entschluss zu schwanken, erst recht, als sie bei seinem Anblick auf dem Absatz kehrtmachte und im Haus verschwand.

Alex sah sich nach Henry um und war froh zu sehen, dass er sich wieder in den rubenshaften Engel zurückverwandelt hatte, der er vorher gewesen war. Seine blonden Locken glänzten in der Sonne, und seine fahle graue Haut hatte fast wieder die alte pfirsichfarbene Rötung.

»Alex, mein Junge, komm her und setz dich zu mir …« Er klopfte auf den Stuhl neben sich. »Komm, und unterhalte den Kranken ein bisschen. Möchtest du etwas Wein? Wenn ich ihn schon selbst nicht genießen darf, möchte ich wenigstens den anderen beim Trinken zusehen.«

Alex nahm das angebotene Glas und nippte vorsichtig daran.

»Wie geht es Ihnen, Sir?«

»Nachdem du in den vergangenen Tagen schon ›Dad‹ zu mir gesagt hast, findest du ›Sir‹ da nicht ein bisschen steif?«

»Dann also Monsieur Fielding?«, scherzte Alex.

»Henry reicht vollkommen, danke. Obwohl ich auch nichts gegen Onkel Henry einzuwenden hätte … Das klingt doch noch viel familiärer, nicht? Schließlich bist du mir ja schon fast so vertraut wie ein Familienmitglied.« Henry sah seinen jungen Freund von der Seite an. »Was mich auf eine andere Idee bringt … Wenn ich dir eine Frage stelle, gibst du mir dann eine ehrliche Antwort?«

»Ich will es versuchen.«

»Hast du unsere Toiletten wieder in Ordnung gebracht?«

»Mit der Frage habe ich nicht gerechnet«, lachte Alex.

»Dachtest du, ich würde dich fragen, ob du in meine Nichte verliebt bist? Das brauche ich dich nun wirklich nicht zu fragen, denn ich kenne ja längst die Antwort.«

»Bis über beide Ohren«, sagte Alex leise.

»Das dachte ich mir.«

»Also, was die Toiletten angeht …«

»Ein ziemlich überraschender Themenwechsel, findest du nicht, mein Junge?«

»Das ist kein Themenwechsel, schließlich hast du mit dem Thema angefangen.«

»Okay, dann ist es eben ein Ausweichmanöver. Aber fahr nur fort …«

»Ich würde dich gern um etwas bitten.«

»Mich? Ich dachte, es geht dir um Imogen …«

»Geht es auch. Aber du und die Toiletten haben auch etwas damit zu tun …«

»Na, das klingt ja romantisch«, kicherte Henry. »Aber was diese Toiletten angeht, muss ich dir bezüglich der rasanten Fertigstellung der Reparaturarbeiten doch eine Frage stellen – und bezüglich der sicher horrenden Kosten. Da weder meine Frau noch ich in letzter Zeit irgendeine Rechnung bezahlt haben, nehme ich an, ich stehe in der Schuld von jemand anderem?«

Alex nickte ein Geständnis.

»Ich wusste es«, sagte Henry und griff in seine Tasche. »Kann ich dir einen Scheck ausstellen?«

Aber Alex legte seine Hand auf Henrys, um ihn zu bremsen. »Also … ich weiß, es ist viel verlangt, aber ich hatte gehofft, wir könnten vielleicht zu einer anderen Einigung finden …«

Henry blinzelte ihn überrascht an. »Ah, ich soll dir Imogen verkaufen?«, witzelte er. »Ich muss nur noch kurz mit ihrem Vater sprechen, aber wir können uns da sicher einigen.«

»Ach, wenn es nur so einfach wäre, ihre Gunst zu gewinnen«, seufzte Alex, und Henry fühlte eine heftige Zuneigung in sich aufwallen. »Nein, ich hatte gehofft, ich könnte etwas anderes von dir kaufen …«

Nachdem Imogen sich vergewissert hatte, dass alle Getränke hatten und sich angeregt unterhielten, machte sie sich aus dem Staub.

In England war es einfacher gewesen, sich Gedanken an Alex zu verbieten, wenn sie nicht wusste, wo der Wind oder seine Launen ihn hingetrieben hatten. Aber es war schwer, stark und vernünftig zu bleiben, wenn sie nur wenige Meter trennten und jeder Nerv in ihr vibrierte vor … vor … ja, wovor denn? Begierde? Angst? Sehnsucht? Misstrauen?

Sie hatte völlig die Kontrolle über ihre Gefühlslage verloren, und das war schrecklich.

Jetzt, da sie wusste, dass Henry wieder gesund werden würde, sollte sie sich schleunigst wieder auf die Galerie konzentrieren und den Schaden zu begrenzen versuchen, den ihre Abwesenheit angerichtet hatte. Sofort nachdem ihre Familie angekommen war, hatte sie sich vor den Computer gesetzt und nach Flügen zurück nach London gesucht. Sie hatte auch gefunden, was sie suchte, aber dann schwebte ihr Finger über dem »Buchen«-Knopf, ohne dass sie es schaffte, ihn wirklich zu drücken.

Sie konnte es verleugnen, bis sie schwarz wurde, aber sie wusste genau, warum sie noch da war, und ärgerte sich sehr über sich.

»Jetzt reiß dich aber zusammen. Er wird dich fallenlassen wie eine heiße Kartoffel …«, sagte sie sich, während sie den kleinen Hügel hinter dem Haus hochschnaufte. »Du darfst ihm dein Herz nicht schenken, weil er mit Füßen darauf herumtrampeln wird …«

Selbst oben auf der Lichtung konnte sie noch die Geräusche der Party hören, Musik und Gelächter wurden mit einer sanften Brise zu ihr hergetragen.

Sie stand mitten auf der Lichtung und sah weit hinaus in die hinreißende Landschaft: Jadegrün, Ocker, Terrakotta und das üppige Blaugrün des Meeres in der Ferne. Ein vollkommenes Bild, gegen dessen Schönheit keines in ihrer Galerie ankam.

Vielleicht sollte sie einfach hierbleiben, genau an dieser Stelle, und die Welt und alles in ihr vergessen. Sie würde eine Eremitin sein, die in einer Höhle lebte und ihre Zeit damit verbrachte, hinaus in diese Schönheit zu schauen und sich ganz und gar von ihr einhüllen zu lassen, und dann würde sie nichts anderes mehr brauchen, keine Nahrung, keine Arbeit, keine Freunde und erst recht keine Liebhaber.

Sie schloss die Augen und seufzte tief. Ihr ganzes Leben lang war sie so zielstrebig gewesen und hatte immer gewusst, was sie wollte, und dann kam jemand vorbei und brachte alles durcheinander.

Alex hatte sie natürlich gehen sehen. Wie hätte er auch nicht, schließlich beobachtete er sie schon die ganze Zeit, seit er hier war. Er wusste auch, wohin sie gehen würde, lief zu seinem Wagen, um eine Tasche herauszunehmen, und machte sich an ihre Verfolgung.

Hetta schlenderte aus der Küche zurück in den Garten und stieß einen glücklichen Seufzer aus. Das Leben war schön. Ihr Henry war wieder bei ihr zu Hause, wo er hingehörte, und ihre Familie war da, saß um ihren Tisch herum, aß, lachte und unterhielt sich glänzend.

»Ist alles in Ordnung, mein Liebling?«, fragte sie ihren Mann, während sie sich zu ihm setzte und seine Hand nahm.

»Ich habe so ein Gefühl, als wäre alles mehr als in Ordnung, meine Liebste …«, kicherte er und drückte zärtlich ihre Hand.

»Was meinst du damit, Henry?«

»Ich fürchte, ich muss dir noch ein Geständnis machen, mein Schatz.«

»Was hast du denn jetzt wieder angestellt, du schrecklicher Mensch«, zog sie ihn lachend auf. »Nein, sag nicht, du hast wieder irgendetwas Kostspieliges gekauft und wartest noch auf den richtigen Moment, um es mir zu sagen.«

»Ehrlich gesagt ist es eher das Gegenteil … Ich habe etwas verkauft.«

»Dann hoffe ich, dass du einen guten Preis ausgehandelt

hast, ich habe nämlich gerade einen Blick auf die Handwerkerrechnung geworfen …«

»Oh, ich habe einen sehr guten Preis ausgehandelt, meine Taube, eigentlich sogar einen, der mit Geld gar nicht zu bezahlen ist …«

Weil sie davon ausging, dass weit und breit keine Menschenseele hier oben auf ihrem Hügel wäre, fuhr Imogen fast aus der Haut vor Schreck, als sich plötzlich eine Hand auf ihre Schulter niedersenkte.

»Ich dachte, es ist mein Job, vor allem davonzulaufen«, sagte er leise, als sie sich zu ihm umdrehte.

»Ich brauchte nur ein bisschen Abstand.«

»Von mir?«

Sie konnte nicht lügen, also nickte sie.

»Es tut mir sehr leid. Wie ich mich benommen habe.«

»Das spielt keine Rolle.«

»Bitte, sag das nicht. Wir wissen beide, dass das nicht stimmt …«

»Ich versuche es dir nur leichter zu machen …«

»Was leichter zu machen?«

»Wieder zu verschwinden«, sagte sie vorwurfsvoll.

»Aber ich will nicht verschwinden … Ich liebe dich, Imogen.«

»Alex, bitte nicht …« Sie machte ein Gesicht, als habe sie Schmerzen.

»Aber es ist wahr.«

»Vielleicht glaubst du das wirklich, aber …«

»Es ist wahr«, wiederholte er eindringlich.

Aber sie konnte ihm noch immer nicht in die Augen sehen.

»Ich sollte jetzt besser gehen.«

Aber bevor sie sich wegdrehen konnte, nahm er ihre zitternde Hand und hielt sie fest in seiner. Dann schlang er langsam einen Arm um sie, legte seine Wange an ihre und atmete tief und langsam aus.

»Ich bin ich dich verliebt. Seit ich dich die Treppen vor Abbys Haus runterrasen sah …«

»Und ich dich umgerannt habe …«, unterbrach sie ihn und stieß eine Mischung aus einem Lacher und einem Seufzer aus.

»Du hast mich nicht umgerannt, du hast mich umgehauen. Bitte glaub mir, ich weiß, ich habe eine Menge Mist gebaut, aber ich habe auch eine Menge begriffen in den letzten paar Tagen …«

Sie nickte verständnisvoll, entzog sich ihm aber trotzdem und trat einen Schritt zurück. Sie brauchte ein bisschen Abstand von ihm, weil sie weder seinen Worten noch ihren Gefühlen genug traute, um so nahe bei ihm zu sein.

»Du warst ein Schock für mich«, fuhr er schnell fort, weil er fürchtete, dass jetzt vielleicht sie diejenige sein würde, die sich umdrehen und wegrennen würde. »Meine Gefühle für dich jagen mir eine Höllenangst ein, deshalb bin ich auch ein so schrecklicher Feigling gewesen. Aber jetzt bin ich ausnahmsweise wirklich ehrlich, mit dir und mit mir auch …«

Sie lächelte.

»Ich weiß«, er lächelte sein selbstironisches Lächeln, »das ist untypisch für mich, aber ich habe festgestellt, dass du recht hast: Ehrlich währt am längsten. Und die Wahrheit ist, dass es schrecklich für mich war, mich zu verlieben, und dann auch noch in jemanden, der so kompromisslos ist …«

»So siehst du mich?«

Er nickte. »Im Vergleich zu den meisten anderen Menschen bin ich ja schon ein totaler Faulpelz, aber im Vergleich mit dir …«

»Fleiß war mein zweiter Vorname«, stimmte sie ihm zu.

»War?«

»Vielleicht habe auch ich ein bisschen was gelernt. Zum Beispiel, dass es nichts Wichtigeres gibt als die Menschen, die man liebt. Nichts Materielles kann jemals so wichtig sein.«

»Nicht einmal die Galerie?«

Sie schüttelte den Kopf. »Sie ist wichtig für mich, und für andere auch, aber sie ist nicht der Dreh- und Angelpunkt der Welt, wie ich immer dachte.«

»Und die Sache mit Henry hat dich das gelehrt?«

»Nicht nur die Sache mit Henry«, sagte sie leise und sah zu Boden. Und dann blickte sie zu ihm hoch, und er sah es in ihren Augen. Ein winziges Flimmern ihrer Gefühle für ihn war dem Gefängnis entkommen, in dem sie sie versteckt und weggeschlossen und unter einem Berg aus Vernunft, Disziplin und gesundem Menschenverstand begraben hatte, nur ein klitzekleines Flimmern der Gefühle, die seine eigenen widerspiegelten. Aber sie reichten aus, um ihn den Mut fassen zu lassen, ihr das blonde Haar aus dem Gesicht zu streichen, damit er in ihre tiefblauen Augen sehen und sie fragen konnte.

»Könnten wir nicht versuchen …« Weiter kam er nicht. Ihm fehlten die richtigen Worte. Aber sie wusste, was er sagen wollte.

»Wenn ich Ja sage, läufst du mir nur wieder davon.«

»Vielleicht könntest du dann mit mir zusammen davonlaufen?«

»Das könnte ich, aber ich weiß nicht, ob ich es schaffen würde, mit dir Schritt zu halten.«

»Dann sollte ich vielleicht aufhören mit dem Weglaufen und eine Zeitlang stillhalten.«

»Das genau ist das Problem«, sagte Imogen und wagte es schließlich, ihm ins Gesicht zu sehen, in die Augen. »Weißt du, Alex, ich kann nicht nur eine Zeitlang mit dir zusammen sein. Eine Zeitlang ist mir nicht genug. Ich dachte, das wäre es, aber das stimmt nicht.«

Sie rechnete damit, dass er sich jetzt wieder davonmachen würde, aber zu ihrem großen Erstaunen begann er zu lächeln, und dieses Lächeln verwandelte sich in ein Strahlen, bis er schließlich nicht mehr anders konnte, als in ein glückliches Jubeln auszubrechen.

»Dann machen wir doch ein Lebenslang daraus! Wie fändest du es, jeden Tag und für immer mit dieser Aussicht zu leben?«

»Ich fände es wunderbar«, antwortete sie und sah ihn an.

»Ich meine diese Aussicht«, rief er fröhlich und machte eine großzügige Bewegung mit dem Arm in Richtung der Landschaft und des Meeres.

»Klar, packst du sie mir bitte ein und schickst sie mir nach London?«

»Einpacken kann ich sie dir nicht, aber ich kann sie dir schenken, sodass du sie genießen kannst, wann immer du willst.«

»Das verstehe ich nicht.«

»Ich habe sie gekauft«, sagte er nur.

»Du hast mir die Aussicht gekauft?«

»Nicht ganz«, antwortete er und nahm sie feierlich bei den Händen. »Ich habe uns das Stück Land gekauft, von dem aus du die Aussicht genießen kannst.«

»Aber es gehört doch Hetta und Henry, es ist Teil ihres Grundstücks.«

»Das war es. Jetzt gehört es uns.«

»Du hast es für uns gekauft …«, sagte sie und war überraschter über das »uns« als über das ungewöhnliche, unglaublich schöne Geschenk selbst.

Er nickte hoffnungsfroh. »Aber ich habe noch etwas für dich«, sagte er und holte die Tasche, die er ein paar Meter entfernt hatte liegenlassen, um sie ihr zu überreichen. Sie holte einen schweren, rechteckigen Gegenstand daraus hervor und sah ihn verwundert an.

»Ein Ziegelstein?«

Er nickte. »Man baut ein Fundament damit.«

Sie sah ihn verwirrt an.

»Das hat einmal ein guter Freund zu mir gesagt. Ein starkes Fundament baut man Stein für Stein auf. Und dieser Ziegelstein hier ist der Anfang von uns, von unserem gemeinsamen Leben. Ich finde, er gehört genau hierher.« Er bückte sich und legte ihn sicher und entschieden auf die Erde.

»Hierher?«

»Ja«, sagte er und richtete sich lächelnd wieder auf. »Und wenn ich dich enttäusche und das Haus nie gebaut wird, kannst du mich immer noch damit erschlagen.«

Imogen lächelte, aber er tat es ihr nicht nach, sondern sah sie ernst und feierlich an.

»Du meinst das ernst, oder?«, flüsterte sie.

»Ja. Zum ersten Mal im Leben meine ich etwas ernst. Ich meine es ernst mit dir. Also, Imogen, was meinst du? Machen wir ein Lebenslang daraus?«

»Lebenslang?«, grinste sie und berührte sanft sein Gesicht.

»Wie ich uns kenne, können wir froh sein, wenn vier Minuten daraus werden.«

»Wenn das so ist«, sagte er mit einem Blick auf seine Armbanduhr und streckte die Hände nach ihr aus, »solltest du besser herkommen und mir helfen, das Beste daraus zu machen, meinst du nicht?«